U0450469

特殊罪案调查组 5

九滴水 著

湖南文艺出版社
·长沙·

目　录
Contents

第一案
解签食堂 ___001

每个店员解签之后，他都能感觉到他们的那种轻松、自在。在这十几年里，他为了能够安心，不断地读书，不断地写作，他开始明白，人只有在面对自己真实的样子之后，才可能真正地改变自己，走上不一样的人生道路。

第二案
夺命毒琴 ___179

打开房门，梅姐的尸体已高度腐败。法医通过尸检，确定了她是死于并发症。这和她常年吸食毒品有直接的关系。

第一案
解签食堂

每个店员解签之后,他都能感觉到他们的那种轻松、自在。在这十几年里,他为了能够安心,不断地读书,不断地写作,他开始明白,人只有在面对自己真实的样子之后,才可能真正地改变自己,走上不一样的人生道路。

一

GS市的秋，似乎总带着一股怨气，趁人不备，突袭而来。昨天还衣着清凉的路人，今日就得翻箱倒柜，匆忙找出臃肿的秋衣。

天就像挂着寒霜的脸，忽地冷了下来，连风都藏着冰刀，凛冽地从行人裸露的皮肤上划过。绿植上的叶子刚刚变黄，就被无情吹下，散落一地，又被心情不好的风卷起老高，最后凌乱地挤在墙角。

秋和风，都闹起了情绪，仿佛赌气的孩童，想要踢走面前碍眼的玩具。但落叶缤纷的绚丽与肃杀交织的北国风光，也是祖国东北角的这座城市的独特魅力。

偌大的城区，被一条鹅卵石铺设的中央大街一分为二，这条拥有着百年历史的老街，似一位洞悉所有的长者，不光把地理位置划得清清楚楚，也把贫富差距分得明明白白。

大街被一排水泥石球硬生生地划割成东西两段，西面连着步行街，几经修饰的路面，绝不允许机动车随意"践踏"，然而一旦越过"雷池"往东看去，却有一条双向八车道横亘其外，无论何时都车水马龙，拥堵不堪，那些起彼伏的鸣笛声，也令路过的行人心中莫名烦躁。

沿东段直至尽头，一南一北两条主干道，将行色匆匆的人们带往两个世界。南边灯火辉煌，北边清冷萧条，似乎让人在时光的"过去式"与"将来式"中突然切换。

820路，这趟存在了数十年之久的"爷爷辈"公交，由此始发，由此结束。它也是唯一一趟还能带着"老北头人"一路感受城市现代化变迁的公共交通。

第一案　解签食堂

"老北头"这个颇为市井的称呼，也不知是从何时开始传开的，它代表的是"中街以北"的区域。如把称呼一拆为二，那么"北头"代表的是此处的地理位置，而一个"老"字，则道出了历史变迁带来的无数心酸——斑驳泛黄的墙面；微风拂过便"嘎吱"作响的路灯，还有那些"缺胳膊少腿"的城市基建设施，无不让人感到，这里已是城市中一片被人遗忘的角落。

820路沿途共计三十二站，正好绕着"老北头"一圈，在位于中段的前锋街能卸掉大半乘客。

在当地，人们喜欢说这么一句话："鸡鸭鱼肉三鲜汤，一顿不吃想得慌。萝卜白菜小米粥，倒也凑合整一口。"

正如俗话所言："人是铁，饭是钢。"GS市人对美食，那真是一根筷子夹莲藕——钻窟窿打洞想着吃。

自打几十年前，前锋街就是远近闻名的小吃街。实打实的老字号，少说也有十几家，不论早晚，家家都门庭若市，也就是这几年受了"外卖APP（手机软件）"的影响，这里才逐渐变得冷清了些。

不过每逢节假日，仍然有不少人乐意倒腾腿，来寻找记忆中的那口味道。

前锋街呈南北向，打主干道的小吃名声大噪后，各种美食小店又进军到连接主路的羊肠小道里，从高处俯瞰这美食地图，就像带刺的鱼骨。

当年做"吃口"生意的，无不以能进驻前锋街为荣，只可惜，人算不如天算，如今连主路上的店面都没了昔日的辉煌，更别提这些靠分流度日的小店了。有不少人入不敷出，快没了生存下去的本钱。

秋日进夜，气温又陡降不少，冷风朝家里攥人，更是让前锋街人群稀拉，几乎可以一眼望穿。沿街店铺的老板一个个蜷在灯管下，不停用手机看着各种解闷的短视频。偶有路人经过时，他们会抬起头注视对方，但又很快因对方不停的脚步，失落地埋下头去。偶尔也有几个不甘的老板，卖力地朝人吆喝："吃点啥，我们店里……"可往往话还没说完，视野中就只剩下背影。

越是这样，进街的人越容易被行注目礼，没多久，一前一后的两位行人，又一次让商贩们直起身子，不约而同地瞧了过去。

走在前面的，是一位年轻女子，此时路上光线昏暗，看不清相貌，但偶尔被微光映出的侧脸，已经颇显勾魂的美丽。

那是一张十分符合中国人审美的鹅蛋脸，高高扎起的马尾随她的脚步有节奏地左右晃动，上身藏青色的紧身小西装，勾勒出婀娜曲线，下身配套的西装裤，又恰到好处地显出高挑匀称的身材。她脚下的尖头细高跟皮鞋敲击着地面，发出急促的"嗒嗒"声，不管旁边的小贩怎么招揽，她始终没有回应，只顾低头前行，仿佛心事重重。

紧随其后，距她一臂之遥的是一位与之年纪相仿的魁梧男子，此人仪表堂堂、身形高大、身躯壮硕、步履稳健，和女子不同，对旁人投来的目光，他会貌似不经意地短暂对视，这也让好奇的人趁机看清了他的相貌：一头短寸根根直立，好似钢针一般。额头宽大、剑眉星目、鼻梁高挺、嘴唇厚实，淡淡的络腮胡衬着硬实的下巴，显得此人刚强有力。五官与魁梧的身材都比例协调，颇有一种不怒自威的刚猛男性气质。

在外人眼中，两人绝对是郎才女貌，单从这两人的模样看，人们多半会认为，这是一对情侣在闹别扭，姑娘生气走在前头，男友努力在后边追赶。可事实上，这二位之间并不存在什么私情，来这里更是别有所图。

步行到前锋街北段，能瞥见一条挂着霓虹灯牌的胡同，名为"老铁巷"，这个"老铁"与如今网上张嘴就来的热词是两码事。当地老辈喜欢给某某行当起个诨号，比如说"馒头铺"，就被叫作"发面"，熟人相遇，道一句"我去买二两发面"，便心头有数，这是买二两馒头的意思。

往前数上几十年，谁家日子都过得苦，那年月"砸锅卖铁"绝不是什么玩笑话，要是家里锅烧穿了，没办法补锅底，那么唯一的法子就是砸掉，去铁匠铺熔了做个新物件，又或者直接卖给铁匠铺，换些散碎票子。

在资源极其匮乏的年代，别说扔东西，老百姓不把铁器用废了，都不会想着再循环。送到铺子里的铁器，也都是不堪再用的"老铁"，久而久之，"去铁匠铺"便被当地人形象地叫作"换些老铁"。

顾名思义，"老铁巷"曾经是当地铁匠铺扎堆的地方，只是随着时代发展，这些行当早已不复存在，唯一留下点痕迹的，就剩下这块后人挂起的灯牌了。

年轻女子的脚步终于停在了巷口，男子也跟了上来，两人并排站在不停闪烁的 LED 灯下。

"到了，就是这里。"女子开了口。

"师姐，这是什么地方？"男子有些发蒙地四处看看。

"师姐"抬手看了看腕表："我预约的时间马上到了，回头再跟你解释。"

第一案 解签食堂

说完，她便径直朝巷内走去。

男子一边跟，一边好奇地打量着这条巷道：此巷宽度最多可容四人并排，由于巷子弯弯曲曲，又没有路灯，大晚上也看不出有多深远，巷子旁有零星几家小炒店亮着灯箱，经营的大多是炒饭、炒面、汤饼这种随处可见的廉价快餐。店与店中间，偶尔会夹杂一两家烟酒小卖部。

迎面走来的三两食客，也都是举止随意，衣衫陈旧。他们或勾肩搭背，谈笑自如；或拎着酒瓶，面红耳赤，步履蹒跚，瞧着多少有几分寒夜失意人的意思。

男子正琢磨这里到底是个什么地方时，前面的女子却在拐弯尽头的饭店门口停下了脚步。

这是一家两层的酒楼。一层是开放式门面，有百十平方米，透过玻璃幕墙可以看到，店内只有三两食客，每个人都端着瓷碗，唏哩呼噜地吃着面条。

正在此时，一个系着围裙的中年男子从店内走出，他约莫四十岁的年纪，中等身材、四方脸，兴许是常年烟熏火燎的原因，他的皮肤显得很粗糙。

因为上了年岁，他鬓角微秃了些，眉毛倒是浓黑而整齐，双眼则深深地陷了进去，看上去有些睡眠不足。发现二人站在门口，他礼貌性地勾起嘴角，露出一口整齐洁白的牙齿。

青年男子以为对方是出门迎客，毕竟一路走来，他们已引起了不少人的注意，然而对方只是笑笑，便走到了店门旁，将那个闪烁着"不罪不归大食堂"的招牌熄灭，点亮了旁边那块"深夜面馆"的灯箱。

"一个店，白天晚上还挂着不同的招牌？"青年男子正要问出口，一个酩酊大醉的皮裤男，却从旁边摇摇晃晃地插了进来。

"这么大的饭店，晚上就只卖面？够本钱吗？"皮裤男身材消瘦，留着一头中分披肩发，明明还没到穿貂皮的季节，他愣是把一件明显不合身的貂皮大衣搭在肩上。也不知是衣服太沉，还是那堆骨头架压根不扛重，本就不高的身子，又被硬生生地压下去半截，让他看起来活像个《魔戒》里的霍比特人。

围裙男先朝皮裤男弯弯腰，有些不好意思地道："我也是刚来不久，这是我们老板规定的，晚上八点之后只卖牛肉面。"

兴许是发现有漂亮女士在场，皮裤男借着酒劲想表现表现，他冷哼一声，掏出一沓人民币在手中摔了摔，嚷嚷道："哥们儿不差钱。瞅着这胡同里头就你们家门脸大，哥们儿刚喝完人头马，就想吃口贵的，你居然告诉我，你们晚上只卖面？"

青年男子却不在意皮裤男耍宝，他的注意力全被围裙男脖子上那道弧形刀疤吸引了，从伤口处隆起的疤痕不难看出，这位的脖颈曾被极其锋利的锐器割开过，刀口多呈直线状，类似这种绕着脖颈半圈的弧形伤口，通常只会出自本人之手。

青年男子也是习武之人，各种伤疤形成的原理他多少有些了解。此时，青年男子坚信自己的判断，眼前这位系着围裙，看起来甚至有些腼腆的中年男子，绝对是位深藏不露的狠角色。

二

店内本就没几位食客，加上店门大开，外面的动静迅速引起了店内人的注意。

垂下的塑料门帘再次被掀开，走出一人，围裙男转身恭敬地道："老板！"

一听是店主，青年男子饶有兴趣地打量起此人，他的面相要比围裙男显得年轻不少，但骨子里透出的气质更加深沉。这是只有经过岁月反复历练才有的一种风度，如同盘成的文玩，有着某种特殊魅力。

老板皮肤黝黑，脸上留着些许胡楂，虽说也系着蓝色围裙，但他这条格外整洁，围裙下是一身笔挺的塑身夹克，给人留下干净、利落，却又有不凡经历的观感。

"我说老余，都是兄弟，我也就比你大两岁，你能不能别整天老板、老板地喊，也不怕折我的福。"

"好的……老……老板。"围裙男挠挠脑袋。

"你看你看，又来，不然你还是和其他伙计一样，叫我大名罗平吧，或者叫老罗也成，喊老板听着真不得劲。"

"那，罗……罗平？"围裙男还是扭捏。

"得得得，你爱怎么叫就怎么叫吧！"罗平挥挥手，笑盈盈地看向青年女子，"您又来了？外面挺冷，要不，里面请？"很明显，他俩不是第一次打交道了。

第一案　解签食堂

女子一笑，与青年男子前后脚进了店。

"那，您要不要也进去吃口面，垫巴垫巴？"罗平瞧瞧还在那儿摆造型的皮裤男，补了一句。

出来混，最重要的就是面子，店老板都出门相迎了，再拿架子就有些过了，这哥们儿也就借坡下驴，把皮包往腋下一夹："得，大鱼大肉、生猛海鲜我也吃腻了，今天就权当体验生活吧！"说着，他也抬脚进了店内。

之前的男女已找了位置坐下，他却不急，站在门口晃着脑袋东瞧西看。

一楼除了一张收银的吧台，剩下的全是桌椅板凳，并没什么特别，但吧台后侧有一铁制楼梯，每级台阶上都粘着红色贴纸，上面醒目地标注着："二楼包间，小心碰头。"

为了显出自己的范儿，皮裤男眼珠子一转，抬脚就上了楼梯。

这时，从隐藏在楼梯下方的厨房内走出一位身材壮硕的中年男人，他低着头，双手端着托盘，斜照的灯光勾出男人冷酷的半张脸。

听到动静，他瞅一眼皮裤男。他眉毛很浓，瞳子极黑，眼中仿佛装的都是冰碴子，皮裤男还没开口，他就不容拒绝地说道："先生，晚上二楼不营业。"

皮裤男见对方一脸凶相，酒突然醒了七七八八，那刚迈上第四级台阶的脚，也缓缓地缩了回去："得，既然是来体验生活嘛，在大厅吃也一样。"

男人不再理会，径直来到青年男女面前，放下面碗，说道："您的面，请慢用！"

"今天，你可不可以解签？"女子趁他转身的空隙，赶紧追了一句，"我加到五百！"

"哼，你觉着，这是钱的事？"男人头也不回，拒人于千里之外。

女子是熟客，老板罗平赶忙出来打圆场："不好意思，元鲲这个人脾气有些古怪，他不想被解签，我也不能勉强，还希望二位理解。多多担待一下，今晚的面算我请客，权当给二位赔不是了！"

"老板的好意我心领了，这次我也就是碰碰运气，他的案子影响恶劣，不愿意说，也不出我的意料。"女子掏出一张百元大钞，"钱还是要给的，剩下的，就加在备用面里吧。"

罗平有些犹豫，但女子执意将钱塞进了他的手中。

"那就谢谢了！"罗平朝二位微微弓腰，走到店内那块挂着的黑板前，将数字"921"给擦去,接着用红色粉笔重新写上了数字"931"。

"说了我请就我请。"罗平回头,与开始吃面的女子相视一笑。

"师姐,他在干吗?"青年男子把脸凑近,小声问了句。

女子将口中的面咽下,小声解释:"牛肉面十元一碗,黑板上的931,代表目前店里存有九百三十一碗备用面,这些都是客人捐赠的,要是哪天有人走投无路,可以免费从这里领一碗备用面,或者以每碗十元的价格折成现金,拿去救个急,当然,也不是无止境的,每人最多只能领十碗。"

青年男子又瞅了一眼黑板:"九百三十一,捐的人不少啊!"

"老板罗平有前科,出狱后找工作四处碰壁,因此深知其中不易,自己发家后,就开了这饭店,他这店里招聘的伙计,全都是前科人员。"

"这就难怪了。"青年男子想起刚才的围裙男,小声嘀咕了一句。

"难怪什么?"

"没……没什么。"青年男子回过神,"然后呢?师姐你接着说。"

女子抬头看一眼正在吧台内敲打键盘的罗平。"罗平喜欢写作,自己开了个微信公众号,叫'不罪不归'。里边记录的都是前科人员的犯罪过程,而这些人都在这家店里当过伙计,按他的说法,是想用真人真事,劝说那些游走在犯罪边缘上的人,罪海无涯,回头是岸。

"微信公众号推出以后,立马在网上引起了强烈的反响,很多文章的阅读量都在十万以上,因此慕名而来的食客络绎不绝,这里头还夹杂着不少记者、媒体人,还有些出于其他目的的咨询者。

"这家饭店地理位置不是很好,赶热度来的人也大多集中在白天,加上罗平习惯在晚上更新公众号,所以他决定,饭店在晚上八点以后只卖牛肉面,这样一来可以保证店里的伙计有充足的休息时间,二来也不耽误他写作。另外,从晚上八点到晚上十一点,店里又推出了一个新项目——解签。"

"解签?"

"对!"女子点点头,"所谓解签,就是可以和店里的伙计面谈,详细了解他的犯罪过程,每次收费三百元,晚上八点开始,时长限制在打烊前,规矩是自愿原则,伙计不愿意说的,不能逼迫。要是媒体人来解签,文章在刊登之前,必须交由罗平审核,否则交易取消。解签的全部收入归伙计所有。也算是罗老板给伙计们创造的福利。"

第一案　解签食堂

"师姐，你怎么知道这么多？"

女子举起筷子，又朝远处的黑板指了指。"备用面里，有我的两百碗。"

"多少？"青年男子眼睛一瞪，"两百碗？按一次捐十碗算，你来了有二十趟了？"

"差不多吧！"

青年男子把筷子一横，问了句："前十九次是谁陪你来的？"

女子打量他一下，似觉得这位脑回路清奇，但她还是答道："多数都是鬼叔，道九也来过两次。"

听到这二人的名字，青年男子紧绷的表情瞬间松弛下来。"你为啥不喊我？"

女子奇怪道："航班是下午飞，这个时间你基本都在健身房，我怎么叫？倒是你，干吗我做什么都得叫上你？"

"咯……咯……"为了掩饰尴尬，男子轻咳了两声，"那不是鬼叔年纪大了，道九那家伙又全身都是心眼，万一遇到事，他绝对第一个跑。还是我陪着比较放心嘛！师姐，下次你一定要提前跟我说，行不？"

女子点了点头，算是给了保证。

男子顿时满脸喜气，吃两口面条，他又问道："对了，师姐，今天咱们来，就是为了吃碗面？"

女子轻叹道："饭店每天都有伙计值班，值班表也都提前公布在公众号上，要是有人对某位伙计的犯罪过程感兴趣，可以按照值班表预约，然后来解签。"

"店里的老伙计，我差不多都解完了，我现在最想了解的，就是刚才给我们端面的那个伙计，他大名叫程元鲲，店里人都喊他元鲲。我在微信上预约了多次，元鲲都不愿解签，所以我就想趁他今天值班碰碰运气，结果嘛！你也知道了。"

来回三小时的航班，只是为了碰碰运气，这未免也太草率了些。青年男子迟疑了一下，还是问出口："天下案子那么多，师姐，你为啥对这人这么执着？"

这话一说，女子顿时失去了胃口，脑海中突然浮现出了半年前母亲带有警告意味的那句话："我这个科研项目，最多做两年，两年后，不管什么原因，你都要从组里给我退下来！"

虽说她打小和父母聚少离多，但也深知母亲在家中的超然地位，而且以母亲如今的身份，就算部里的一把手也要给她几分薄面。也就是说，只要母亲下定决心让她退出，只怕是没人拦得住。

一想到自己导师尚未完成的遗作，女子心头莫名焦灼，时间眼看着就剩下一年半，要是在这段时间内完成不了，接下来到底要怎么办，她自己心里也没有谱。"我就是想……想早点完成关荣老师的心愿。"

听到"关荣老师"四个字，男子顿时了然，英年早逝的老师留下的研究项目，向来是师姐看重的事。这就难怪，哪怕只有一点希望，她都想尽力争取，为此不辞劳苦又算得了什么？见她神情低落，已然将筷子放下，男子三两口将面扒拉个底朝天，用袖子一抹嘴角："师姐，我吃饱了。要不咱们这就回去吧！"

女子有些惆怅地环视一下店面，轻轻"嗯"了一声，两人起身朝店外走去。

吧台内，罗平瞅了两人一眼，又把目光落在了那台他用了数年的笔记本电脑上，屏幕里，名为"不罪不归"的公众号下，已经新建了一篇文章。

文章标题为：《新婚之夜，他强奸了他的邻居！》

三

青年男女刚走不久，皮裤男就踉跄着从厕所里走了出来，罗平来不及多想，点击发布，这意味着他今晚的大活总算是告一段落。

"哎？刚才那漂亮小姐呢？"皮裤男把那"驴牌"花纹的皮包朝桌子上一扔，伸着脖子四处张望。

店内没几个食客，罗平正想找点事解解闷，就笑吟吟地道："老板，您是不是自己都不记得在厕所蹲了多久啊？这都快半小时了，吃碗面能要多久，人家早走了。"

"半小时？有这么久吗？"皮裤男使劲拍拍额头，疑惑道，"不对啊，今天我没喝多少啊，怎么断片了呢？"

"元鲲，给客人来碗面！"罗平冲后厨吆喝了一声，笑眯眯打量着皮裤男，"喝多喝少我不清楚，但您今晚，算是撞了大运。"

皮裤男揉了揉眼，顿觉清醒了不少，听出店老板的调侃之意，他心中不免

第一案　解签食堂

生出不快来，立马反问："您这话……是什么意思？"

一楼厕所位于吧台之后，与厨房一墙之隔。皮裤男跑进厕所老半天，罗平不免有些担心，要是醉酒滑倒摔出个好歹，到时候店里也脱不了干系，所以罗平曾进去查看过一次，看见满地带着刺鼻气味的尿液，罗平就连忙退了出来。

醉汉随地撒尿，他也不是第一次经历，而罗平常年与"前科人员"打交道，他一眼就看出尿液中有问题。单纯上火不会呈现出这种褐色，也不可能带着一股药水味。

老北头，本就是鱼龙混杂之地，嗑药（吸毒）的人也不在少数，罗平百分之百可以确定，眼前这位身材消瘦的皮裤男，就是其中之一。

"什么意思？"罗平朝门外瞅了瞅，压低声音，诡秘地笑道，"怎么着，您没看出来，刚才那二位是警察吗？"

"警察？"皮裤男顿时一惊。

"嘘，小点声，"罗平挑眉，有些兴致勃勃，"实不相瞒，他俩还不是一般的小片儿警，人家来自公安部！"

"真的假的？"

罗平眼中露出猫戏耗子的表情："当然是真的，难道您没注意到青年男子皮带上的国徽吗？"

"我都喝断片了，我哪儿有心思往那儿瞅！"皮裤男连忙解释。

"您就算是有心思，也只顾得看人家小姑娘了吧！"

见对方一脸害怕，罗平挑眉打量这位："我觉得吧，出来混，还是低调点好，万一被拉去派出所做个尿检，那可就不好了，您说是不是？"

"是是是！"有句话说得好，看透不点透，还是好朋友，皮裤男心知这位放了自己一马，自然点头如捣蒜。

见店掌柜拿起抹布准备收拾桌面，皮裤男突然回忆起店门口的那个细节："对了老板，您好像跟他们很熟？"

罗平微微一笑："甭担心，他们不会把您怎么着，再说了，就您这样的，公安部也看不上。人家要找的，是我的伙计。"说着，他朝厨房一指："喏，就是正在给您做面的那位。"

皮裤男作为一个资深混子，哪儿能听不出罗平的言外之意。他一缩脖，讪讪地道:"敢情您这儿是藏龙卧虎之地啊!刚才不好意思啊!打扰……打扰……"

然而他又好奇:"您这伙计,怕是事不小吧!"

"也不是什么大事!"罗平把餐桌上碗筷摞在手中,轻描淡写地回了句,"也就是剁巴剁巴,炖巴炖巴,杀人烹尸而已。"

"而已……"皮裤男的脸就像是被抽干了血一般,瞬间变得煞白。就在这时,元鲲正好端着一碗热腾腾的面来到跟前,"咚"的一声搁在桌上:"您的面,请慢用!"

皮裤男此时连正眼瞧他的勇气都没了,低头看着面碗上那被切得整整齐齐的肉丁,胃里一阵翻江倒海,要不是刚才已经在厕所吐过一茬,估计他这会儿就要"交代"一桌子。

皮裤男按紧嘴唇,刚涌上来的苦水,又被他硬生生给吞了回去,他从包中抽出一张"毛爷爷",拍在桌子上,含含糊糊地道:"不用找了!"起身就朝门外跑去。

"剩下的给您记在备用面里了,谢谢老板!"罗平冲门口大声吆喝。

皮裤男背对着两人,举手挥了挥,算是回了话。

"这面咋办?还没碰过。"元鲲问。

"丢了怪可惜的,你也忙活半天了,干脆吃了吧!"

"那行吧!"元鲲把手在围裙上擦了擦,从桌面的铁盒中拿起了筷子。

"就这么把人给放了?"

"戏弄他两句无所谓,刚才要是较真起来,他保不齐就要'拘留所十日游',开门做生意,做人留一线,日后好相见,没必要去招惹这些小混混。"

"老罗,这和你平时跟我们说的可不一样,"元鲲搅着面条,淡淡地道,"让我们改过自新,可眼皮子底下的毒虫,你反倒是容得。"

"这种人呢,为了毒资什么都干得出来,往后要是违法犯罪了,迟早被逮进去,我操那份子闲心干吗?"罗平微微一笑,"你们是我的伙计,我得对你们负责。至于对付这种货色,那是法律的事,我就少给你们惹麻烦就成。"

说到这里,罗平见元鲲并未动嘴,而是紧盯着自己,于是问道:"怎么?有心事?"

"你刚才说,那两位是公安部的警察,是真的?"

"差不多吧!"

第一案 解签食堂

"怎么,你也不确定?"

"很简单,排除法推导的结果,"罗平点了支烟,"一般来解签的人,大致分为四类:第一类,有犯罪冲动,但又不敢犯罪的人,他们大多只会找一或两个人解签,对象和他们想犯罪的类型相似,权当体验体验生活;第二类,新闻媒体人,他们解签以后,会在媒体平台上刊登,做活吃饭嘛;第三类,纯属好奇心作祟,他们解完签后,最多发个朋友圈,倒也不会有其他的动作;第四类,是短视频博主,他们往往都会带有专业的录像设备,你也见过,拿腔拿调,直播或者剪个视频上传,要的都是流量和人气。

"这么一归类,你就会发现,刚才那对男女,不属于这四类中的任何一种。那个女的,来这儿解签不下于二十次,而且专挑重刑犯,听其他伙计说,她在解签的过程中,会不停地做记录,尤其会针对犯罪时的所思所想深度挖掘,所以我一开始就觉得,她可能是犯罪心理方面的研究者,或者是位作家,来取材什么的,不过后来我又注意到她身边的人,这才让我开始怀疑她是个警察。"

"她身边的人?"

"嗯,如果我没记错,算上今天的小伙子,一共有三个男的陪她来过。

"前面两位,一位三十多岁,双眼极其有神,江湖味挺重,到了店里,便开始跟我套近乎,三言两语,差点没把我的老底给套了去。另一位五十多岁,是个秃顶大叔,在解签时,他会在一旁给人画素描,他的绘画技艺非常高明,一支铅笔就能把人画得惟妙惟肖。

"我也算是阅人无数了,开这个店这么多年,什么人没见过,这两位,来头绝对简单不了,一技傍身那是客气话。所以我怀疑,他们应该是一个团队的。

"至于警察的身份,是今天来的这位小伙子让我看出了破绽。你有没有注意到,他穿的是武装训练裤,扎的是警用制式皮带。进店时,我故意跟在他的身后,发现他屁股口袋上有环状印痕,这是常年装手铐才可能留下的痕迹。

"所以我笃定,这帮人铁定是警察,只是当时还猜不到具体是什么部门。"

元鲲仍然不解:"那又怎么判断他们是公安部的呢?"

"这你就不知道了,"罗平笑得精明,"去年店里来了位伙计小宋,他是因故意伤害罪被判了三年,小宋在看守所等待宣判期间,有位潜藏多年的连环杀人犯与他关在一起,这人叫什么我忘了,只知道他是为了给谁复仇,接连杀了三个人，而且每杀一个人，就会在现场留下数字。在看守所多无聊啊，俩人就聊大天呗，这位就说了，公安部成立了一个专门攻克疑难悬案的专案组，其中有一个复姓司徒的女警察，是专门搞犯罪心理研究的。

"回忆起小宋这么一说，我就想到刚才那名女子，她之前都是用支付宝转的解签费。于是我翻出那个记录一看，她的姓氏刚好是司徒，我觉得不会有这么巧的事，所以敢断定，这帮人，就是来自那个神乎其神的公安部专案组。"

"原来是这样……"元鲲若有所思地点了点头。

"你呢？"罗平两指将烟头直接掐灭，"什么时候解签？人家可来过很多趟了。"

元鲲不说话，低头专心将面送入口中。

罗平见状，也明白有些事还需一步步慢慢来，当年元鲲在警察面前都没有供述其杀人烹尸的真正动机，现在二十多年过去，想让他再次揭开这难以启齿的伤疤，不给一点时间，是不可能的。

可他想了想，还是忍不住劝道："这人哪！生在世上，是知道善恶的，人但凡作恶，心中必有愧疚，也会在心里头来回煎熬，就跟那面条在水里头来回煮一样。别看你服完了刑，只要一天没正面你的过去，这煎熬就会跟你一辈子。你当这解签是为了满足那些人的窥探欲吗？并不是，这是一个机会，一个真正和自己的过去告别的机会。你说出来，别人知道了，知道的人多一个，你就在这个世上活得坦然一分，再往后，又是个堂堂正正的人了。正所谓坦白从宽，我和警方的理解可不同，坦白，是为了以后自己脚下的路走得宽些！这也是我让伙计们勇敢面对解签的真正目的。"

见元鲲陷入沉思，罗平又轻言细语地补了句："你好好考虑考虑，哪天想通了，再告诉我。"

四

专案中心，休息区内鼾声如雷。

吃完早餐，已在中心外围溜达了半晌的隗国安，冷不丁地觉得这呼噜声有些耳熟，他便循着声音走了过去。

内部休息区在专案中心靠近出口的位置，穿过门禁拐弯就到。休息区拢共

第一案 解签食堂

四间玻璃房,每间房两张单人床,构造和宾馆标准间如出一辙,这倒也不是真正意义上的休息室,而是留给夜班值守人员用的。所以,门口牌子上写的也是值班1室、值班2室、值班3室、值班4室。

他越走越近,走廊里呼噜声也越来越大,当来到值班4室的门口时,隗国安停了下来。毛玻璃门可不像木门那样严丝合缝,他眯眼朝门缝里面瞅了瞅,果不其然,连衣服都没脱的嬴亮,四仰八叉地躺在床上,睡得不知今夕何年。

伴着"嘀嘀嘀"的密码输入声,隗国安打开门禁,进门就喊:"太阳都晒屁股了,你小子还在这儿睡!"

嬴亮猛然从床上坐起,揉揉被眼屎粘住的睡眼,迷迷糊糊地瞅着站在他面前的隗国安,这位正咧着大嘴冲他呵呵直笑。

"哎呀……是你啊!鬼叔。"嬴亮的声音带着疲惫。

"昨天晚上你小子干啥去了,这马上快十点了,还撅屁股睡呢?"

"唉,你可别提了!"嬴亮起身到卫生间,用冷水冲了把脸,话音混杂着漱口声,从玻璃幕墙的另一端传来,"昨天展队让我陪师姐走一趟,还以为是调查什么案子,哪儿知是去一家面馆解什么签!"

"这个我知道,蓝嫣在搞什么犯罪心理调研,展队也让我陪她去过好几次。"

"没错!"嬴亮拆开放在洗手池旁边的一次性牙刷,"师姐要找一个叫元鲲的伙计,可这家伙油盐不进,就是不愿解签,后来实在没办法,我和师姐就走了。可谁承想,我俩刚走到主干道准备打车去机场,师姐的微信响了起来,那个饭店的公众号又更新了一篇文章。"说着,嬴亮把挤满牙膏的牙刷戳进口中,反复刷出泡沫。

"这个公众号我也有关注,不过很久没有看了。"隗国安掏出手机,找出最新的那篇,"《新婚之夜,他强奸了他的邻居!》,是这个吗?"

"咕噜噜。"嬴亮将口中的泡沫漱掉,扯下搭在肩头的毛巾擦干嘴角,回道,"没错,就是这个。当晚这位刑满释放的伙计就在店里,我和师姐掉头又拐了回去,解完签都十一点多了,好家伙,等我们赶回中心,天都快亮了。"

隗国安上了年纪,眼睛有些昏花,不戴眼镜压根看不清手机屏幕上的字,他只好问嬴亮:"那伙计是怎么说的?"

"也是个苦命人!"嬴亮洗漱完毕,回屋侃侃而谈起来,"这人姓余,单名一个超字,四十五岁,还是个重点大学中文系的大学生。因为念过书,牢里的人干脆给他起了个'秀才'的外号。

"2000年,余超从大学毕业,应聘到一家出版社上班,当时是在社里做图书编辑,张红是他的编室主任。虽说张红级别比他高不少,但余超出生在农村,十岁才上小学,所以两人年龄相差不大。

"余超家庭负担很重,都大学毕业了还有好几万助学贷款没还,所以,他很珍惜在出版社的工作,常常会加班到深夜。

"而编室主任张红年纪不大,却已是这行的翘楚,属于事业心强的女生,余超上班那会儿,就没见张红在十点之前下过班。可能是太要强,张红始终单身。

"单凭长相,张红并不出众,就算有化妆品点缀,也很难让人一眼心动。再加上急躁的性格,公司里有不少人对她有非议,她和同事间的关系,也形同水火,几乎与任何人都没有私交。

"不过这些,余超也是后来才听说。刚入职时,除了工作,余超对张红没有任何深入了解,余超也是编室唯一一位没在背后嚼她舌根的人。"

接过隗国安递来的纯净水,嬴亮"咕嘟咕嘟"灌了几口:"余超那时的想法很简单,就是多赚点钱把助学贷款还了。所以工作很卖力,不过他这种突出表现,在同事眼中就是逞强好胜,逐渐地,余超发现,他也开始受到排挤。

"不是有句话叫'敌人的敌人就是朋友'吗?两人都不受待见,自然而然关系就亲近了许多。

"两年后,他俩鬼使神差地恋爱了。

"感情稳固,矛盾也随之增加,张红家境很好,再加上她的收入以年薪计,花起钱来,也是大手大脚,动辄上千上万元的花费,对她来说再正常不过。而余超出生在农村,省吃俭用了好几年才勉强把贷款还完。

"消费观念有差异,加上家庭背景落差,两人逐渐产生了隔阂,余超偶尔的大男子主义,在张红眼中就成了摆谱逞能。"

"确实是个问题!"隗国安说,"古人婚嫁都要讲究门当户对,里面还是有些讲究的。"

嬴亮继续道:"其实,余超也认识到身份差异是无法弥补的。虽然他时常

第一案 解签食堂

感到自卑,但这些并不是诱发案件的主要原因。"

"有第三人打破了这个平衡?"

"哎,鬼叔你怎么知道?"

"瞎猜的,你接着说。"

"你猜得没错,这个人就是张红的父亲。"赢亮说,"张红生活在单亲家庭里,从小在父亲身边长大。她爸张成曾是一位政府高官,退休后,与几位志同道合的老友搞起了连锁经营,说白了,就是靠着各种人脉关系发家致富,所以门第观念,对张成来说相当根深蒂固。"

"后来的事,我大概能猜到。"隗国安说,"张红从小与父亲相依为命,她因情感依赖,对父亲百般顺从。再加上张红这种由父亲培养出的争强好胜性格,具有极强的控制欲,如果她不主动提出分开,余超只怕连提出分手的资格都没有。就算余超想摆脱,也基本没戏。余超活在家庭被歧视、情感被禁锢的两难境地,这会让他长时间压抑、紧绷,导致受控型犯罪的发生。"

"受控型犯罪?那是什么?"

"这就涉及蓝嫣的专业领域了。"

"鬼叔,你难道还懂犯罪心理?"

"略懂一二。"

"啧,你就吹吧。"赢亮觉得好笑。

"不信?"

"你都进专案组好几年了,从没听你说起过,让我怎么信。"

隗国安哈哈一笑:"你不瞅瞅我这三脚猫的功夫,哪儿敢在你师姐面前班门弄斧?"

"行吧!你到底是真懂还是假懂啊?"

"那我就跟你掰扯两块钱的呗!"隗国安一屁股坐在床上,"心理学上说,是人都存在犯罪意识。不过正常人不仅有犯罪意识,更有反犯罪意识。所谓反犯罪意识,是意识中存在的,对犯罪行为的否定,或反对犯罪行为的认知。这种认识主要来自外界社会的教育和影响。反犯罪意识不仅对人的自我进行控制,防止自我走向犯罪,而且还对犯罪意识进行压抑,不让其发展。

"受控型犯罪呢,有一个发展过程。一开始,犯罪人也有较强的反犯罪意识。只是出于各种主客观原因,犯罪意识逐渐增强,使反犯罪意识对犯罪意识失去了控制,导致犯罪行为的发生。它有几个特点:第一,犯罪目的明确;第二,犯罪前往往经过缜密的策划;第三,犯罪人具有高智商或屡犯的特点;第四,犯罪后几乎没有内疚、自责心理,没有'犯罪感'。"

隗国安未注意到嬴亮的惊讶,自顾自地继续:"余超始终压抑着自己的犯罪冲动,我觉得他之所以没犯罪,可能是因为还有情感羁绊。他来自农村,这份羁绊必然是亲情。我猜,是张红父女俩提出了某种要求,伤害了余超的亲情观。"

隗国安捏着下巴,在屋内来回踱步:"一个来自农村的穷小子,情感和物质上都没有可索取的价值,张红父女俩唯一能要的,就是婚后所生的孩子。"

"是!"嬴亮道,"张红父亲提出,两人结婚后生的孩子要姓张。"

"在农村,宗族观念可是根深蒂固的,对了,余超家是不是就他一个男孩?"

"鬼叔,你实话告诉我,是不是提前知道底细?在我这儿猪鼻子插大葱——装象呢?"

"我有那闲工夫,不如去画几幅画卖钱。"隗国安哈哈一乐,"你就说是不是吧!"

"对,他家里除了他,剩下的不是姐就是妹!"

隗国安微微皱起眉头:"情感被禁锢,又被无理要求,余超心中肯定想着反抗,他怎么做的?"

"答应了倒插门。但他提出要三十万彩礼,给家里当作补偿,张红和她爸同意了这个要求。"

"有这些钱,倒也算报答了父母养育之恩,照我看,只怕是从拿到钱那一刻起,余超就展开了复仇计划,要是我没猜错,他强奸的那个女的,和张红一家恐怕有亲戚关系吧?"

"那栋楼是拆迁还原房,楼上楼下都是亲戚妯娌,余超强奸的,就是张红的堂妹,她住在新房楼下,案发当晚,被害人在新房中为他俩压床。"

"我预料得没错,这一切都是余超精心设计的,张红家越看重面子,余超就越会选择用极端的方式去报复,他清楚自己在做什么,也明白这样做的后果。我猜,作完案后,余超要么逃离了现场,要么就产生了更为偏激的行为。"

"他用刀抹了自己的脖子,不过,命大,没死掉。"

隗国安摇了摇头:"不出所料,不出所料啊……"

五

这事,嬴亮起先不过是听个乐呵,可听到后面,他开始对隗国安的案情分析大为惊叹起来。

他绝对相信,这桩案子隗国安不可能提前了解内情。毕竟,店主罗平的微信公众号上,虽然有部分内容,但那不过是余超的忏悔录,而且用的还是化名。类似这些隐藏在其内心的犯罪动机,目前就只有他和师姐知道内情。

"鬼叔,我发现自从你的事了了以后,你咋跟变了个人似的?"

"你不也一样?"隗国安嘿嘿一声,"你不也是一直认为,展队是故意压着石头的案子不办?好嘛!还整天跟他吹胡子瞪眼,搅得组里鸡飞狗跳,我唾沫星子说干了,都拉不回你这头倔驴,现在你知道了,不也就不再'一哭二闹三上吊了'。"

"那可不一定,说不定哪天咱小暴脾气上来,还得跟他吵吵两句。"

"得得得,别贫了,既然被选派到这么重要的专案组中,咱们最起码要对得起组织上对咱们的信任,你说是不是这个理?"

"那倒是,要么不干,要么就往死里干呗!"

隗国安拍拍嬴亮的肩膀,欣慰道:"要的就是你这个精神头。"

"对了,鬼叔,展队今天有没有什么新指示?"

"你们凌晨才回,蓝嫣她一早就在办公室里敲打键盘,你又睡得四仰八叉,展队就让我留下照看你们,他跟道九俩人一早出外勤去了。"

"有新案子?"

"应该不是。不过他没说,我也没多问。"

"是这样……"嬴亮的两道剑眉一拧,显然有些心思。

"你怎么了?难不成,又和你师姐有关?"隗国安瞧出了端倪。

嬴亮难得地叹口气:"师姐说,她在给关荣老师整理遗作。"

"唉……"隗国安听到"关荣"俩字,也跟着叹了口气。

嬴亮挑起浓眉:"怎么,鬼叔,你是不是认识师姐的导师?"

隗国安微微颔首:"哪儿能不认识,那时我俩都是公安部专家库的成员,部里开会时见过，放眼全国，在犯罪心理领域，没人可以超过她，只可惜……"

嬴亮对上一任专案组只知皮毛，见老鬼神色凝重，他心里有数，老鬼对此了解得必然比他深。他欲言又止，最后还是问出了口："鬼叔，我听说，当年第一批914专案组，除了展队，都遭遇不测，你……知道这事吗？"

隗国安咧嘴苦笑："牺牲的人里，有个叫陆闫的人，他是一名刑事相貌学专家，我跟他是好朋友，当年我还去参加了他的追悼会。你说我知情不知情？"

"能不能跟我说说，到底发生了什么？"

隗国安习惯性摸摸上衣口袋，捏了半响，才从口袋边缘抽出一支烟卷。

点燃了烟，他深吸一口，接着吐出，像极了嫌犯交代口供前的模样。很显然，这份回忆对他而言，并不是什么让人快乐的事。

沉吟片刻，隗国安才缓缓说道："其实……这个案子早就结了，根本算不上什么秘密，你之所以不知道，只是因为大家都不愿提而已。"

他又曝了一口烟，接着道："当年公安集中优势力量攻克悬案和疑难杂案，而悬案不像现发案件那样有大量可供分析的物证。侦破这样的案件，必须另辟蹊径，那么人选，就得特意斟酌。可以说，部里是不惜一切代价，才成立了一个顶尖的侦破小组。当时也是经过层层筛选，才最终确定了第一批专案组的成员。

"组内第一人，是物证鉴定高级工程师，胡立春。他的专长是法医检验，全国法医领域，他认第二，就没人敢认第一。他进组时都年过五十了，从警二十八年里，他参与侦破的重大刑事案件，最少有两千起，咱们现在使用的虚拟解剖设备，就是他参与研发的。正是因为他破案无数，引来了不少仇家，他的左脸有一道刀疤，据说就是被仇家堵在家门口给砍的，他自己倒是心大，干脆给自己取了个外号，就叫胡疤瘌。

"排名第二的，就是蓝嫣的导师，犯罪心理侧写领域的专家关荣。这个领域比较冷门，需要研究者有极高悟性，我们公安队伍中，专门研究犯罪心理的，一把手都能数得过来。不过虽说研究者比较少，但不可否认的是，犯罪心理分析，在侦破线索稀缺的悬案时，确实可以发挥奇效。公安部会谈时，我记得关荣好像说过，要写一本关于犯罪心理的指导性教材，想把这个领域发扬光大，我猜，蓝嫣现在写的，恐怕就是这个。"

见嬴亮点了点头，隗国安慢悠悠地继续道："排名第三的就是陆闫。刑事

第一案　解签食堂

相貌学专家，除了我的看家本领泥塑他不懂，绘画的其他方面，他哪样都比我强，尤其是在分辨人像方面，他可以做到过目不忘，一双眼睛比照相机记录的都要细致。

"排名第四的，就是展峰了，他不只是公安部最年轻的物证鉴定高级工程师，还是为数不多的双领域专家，主攻痕迹检验。别看他年轻，他分析现场可谓滴水不漏，几乎没有任何痕迹能逃过他的眼睛，在实习期就参与过多起有影响的恶性案件侦破，进组后，他和胡立春搭档，还不到一年的时间，就把老胡的看家本领全都学了去。说起来，老胡算他半个师父。

"第一批 914 专案组，主要成员就他们四个。不过别小看这几个人，他们破起案来毫不含糊，成立不到两年，就攻克了很多有影响的悬案。只可惜，后来遇到了那起案子。"

隗国安将烟卷掐灭，独自走向窗边，十点的太阳最是明艳，晃得他睁不开眼，眼前的景象也如梦境般模糊起来，他眯着眼，站了很久，才再度开口："那是一起久侦未破的爆炸悬案，嫌疑人在多年间用炸药作案四起。前三起，共炸死八人；最后一起，炸死两人，伤一人。最令人痛心的是，伤者还是个年纪不大的女孩，当天，她是跟着母亲一起，给被害人送东西，结果东西刚送到就发生了爆炸，女孩的母亲及住户被当场炸死，女孩双腿截肢。听展队说，她到现在还在福利院里，生活也仅是勉强可以自理。

"这起案子打从被专案组挂牌督办，很长时间内都没有进展，直到后来，大数据兴起，专案组请了一位高级情报研判专家协助，经过数月不眠不休的分析，这才终于从零星的数据中找到了线索，结合掌握的物证，专案组很快就锁定了嫌疑人的住处。

"当在对目标地进行勘查时，嫌疑人引爆了炸弹，与专案组同归于尽，而展峰当天因家中临时有事，没有一起行动，这才保住了一命。

"惨剧发生后，公安部组织人员展开调查，最终确定，这个案子本就是嫌疑人做的局，他早在很多年前就查出患有癌症，这次是故意露出马脚，引专案组上钩。

"报复社会，让一群精英为他陪葬。"

"这件事后，展峰整个人受到了极大的打击，参加完追悼会后，就办了停薪留职，回到老家罗湖市开了一家海鲜小炒店，再后来的事，你都知道了。"

"鬼叔？"嬴亮在他身后呼唤。

隗国安转过身来，随手抹去眼角的泪，上下打量着嬴亮，笑道："怎么了？"

嬴亮凝视着那张熟悉的脸，他发现，曾经与他朝夕相处多年，总是油头滑脑、随遇而安的隗国安，现在看来竟带着丝丝陌生的味道，他忍不住想："鬼叔心里到底藏了多少事情？"

隗国安经验何等丰富，一眼就看穿了他的心思，咧嘴道："你是不是想问，为何我会知道这么多？"

嬴亮先是一惊，而后随口应了一声："对。"

"因为……"隗国安长叹一口气，"因为那起爆炸案，我也被抽调，参与了调查。"

六

刚才的谈话勾起了隗国安对老友的思念，他心情低落地走出了值班室。沿走廊一直向前走，尽头有一间单独设立的房间，以黑白格调为基础，挂着三个楷书大字的门匾——追悼厅。

屋内墙面上，贴满已故刑侦专家的照片，下方罗列着他们的个人事迹，来到那个标有"914专案组"的单独区域前，隗国安停了下来。

嬴亮默默地跟着他，站在门外，与老鬼保持不到五步的距离。

他知道，自己开启的，是一个极为沉痛的话题，他想上前安慰，但作为钢铁直男，他又不知该如何开口。透过玻璃幕墙，嬴亮注视着老鬼的一举一动，就在他犹豫着要不要也跟进去时，那部专网手机突然响了起来。

嬴亮瞧了一眼来电，屏幕上赫然显示着"蓝嫣师姐"四个字。他眉头微微隆起：在专案中心，只要有空余时间，他总会想着法出现在师姐面前，两人平时的沟通，多用"微信"或"内部聊天"程序，除非遇到紧急情况，否则一般不会直接通话。

莫非她遇到什么事了？嬴亮连忙接起电话："喂，师姐，怎么了？"

"元鲲跟我联系了，说想见我一面。"

"元鲲？谁啊？"嬴亮纳闷之际，司徒蓝嫣已经举着电话，大步来到中心出

第一案　解签食堂

口位置。

嬴亮听见了脚步声，挂断电话走了过去。

"师姐，我在这儿。"

司徒蓝嫣在门口人脸识别区偏了一下头："抓点紧，我们赶十二点十分那趟飞机。"说完转身就走。

嬴亮抬手看表。"差五分十一点钟，算上安检，时间可真够紧的。"在心里盘算完，他三步并作两步追了上去。

出了中心停车场，两人就上了司徒蓝嫣那辆号称小坦克的大众途昂，当车辆启动驶上机场高速时，嬴亮续上刚才的话："师姐，你说的元鲲……"

"就是昨天我要解签，被他拒绝的那个。"

嬴亮一拍脑门，想起了昨晚的一幕幕，还有那个让人匪夷所思的面馆："我想起来了，就是那个人高马大，给我做面的伙计。"

"没错，就是他！"司徒蓝嫣猛踩了一脚油门，超过了前方的保时捷。

"师姐，你这么盯他，这人到底犯了什么不得了的事？"

司徒蓝嫣扶正方向盘，竹筒倒豆子一样，把早就烂熟于心的案情说了出来："程元鲲，1975年12月生，1993年8月，他把同村的程齐武杀害，并且将尸体分割成了两百多块，放在锅里煮熟，然后丢给了村内的野狗食用。因程元鲲和程齐武向来有矛盾，所以在程齐武消失数日之后，他家里人第一个怀疑的，就是程元鲲。可更奇怪的是，程元鲲当时也一并消失了，联系不上。程齐武家人报警后，警方发现程元鲲除自己家之外，还有另一个不为人知的住所，是一间独门独院的砖瓦房，在这间房子里，警方找到了程齐武的血衣及被野狗啃食殆尽的骨架。而厨房的锅中，尚有大量没有煮完的内脏器官。整个现场，可谓惨不忍睹。警方用了两年时间，才将其抓获归案。"

嬴亮也是身经百战，看过无数奇案重案，但听到描述，仍有些反胃不已："杀了人，还切成两百多块，再煮了喂狗？这俩人什么仇什么怨啊？"

"我曾通过展队联系到当地的办案部门，看过了卷宗的影印版，这是程元鲲在笔录上的供述，至于到底有没有这么多，狗可不会说话，只有他自己清楚。"

"他为什么这样做？"

"关于犯罪动机，程元鲲给的解释是仇恨，至于什么仇恨，他一个字也没吐露。"车穿过地下车库的门禁，机场近在咫尺，司徒蓝嫣继续道："据警方调查，程元鲲与程齐武之前其实没有大的矛盾，最多偶尔拌拌嘴之类，所以至今也搞不清他真正的杀人动机。不过他交代的作案过程，与现场勘查提取的物证倒是完全吻合，定案还是一点问题都没有的。"

赢亮觉得匪夷所思，他胡乱猜测起来："难道，元鲲精神有问题？"

"这一点，警方在办案时也考虑到了，他们还专门带元鲲去精神病院做了鉴定，结果证明，他的精神完全正常。"两人来到机场大厅，司徒蓝嫣从售票机中打印了两张登机牌。

赢亮接过一张，问道："精神完全正常？杀人手法可是很变态啊！"

司徒蓝嫣没有直接回答，而是带着赢亮绕过人群，走进贵宾区，专案组出差频繁，为节省时间，专案中心在机场专门开了一张单位贵宾卡，等通过安检后，两人径直找了间无人的休息室坐下。

此时头顶的喇叭播报，他们所乘的航班，可能会晚点一小时，本来极为紧张的时间突然充裕了起来。在刷卡时，机场的工作人员就已知晓了两人的身份，OL（白领女性）装扮的服务生送来两杯热饮，确定不再需要其他服务，很识趣地退出了房间。

室内重新安静，司徒蓝嫣端起咖啡喝了一口，等困意被咖啡因驱赶大半后，她问赢亮："你不觉得，这种作案手法，在某个案件中出现过吗？"

赢亮眉头皱起片刻，又舒展开来："师姐你是说 N 大……"

"没错。就是那起案子。"司徒蓝嫣似乎不想在公共场合提及那起案子，于是打断了他，"程元鲲的作案时间是在 1993 年 8 月，N 大的案子发生在 1996 年 1 月，中间相隔三年，从作案手法上看，两者存在相似性，不排除后案的嫌疑人有模仿作案的可能。元鲲作案时，未满十八周岁，所以最终只判了个死缓，他也是目前为止，唯一一个可供参考，并且活着的变态杀人犯。"

"所以，剖析他的犯罪心理，或许有助于其他案件的侦破。难怪师姐你会这么上心。"

司徒蓝嫣微微点头："你有没有想过，程元鲲为什么不交代真正的作案动机？"

"有苦衷？"

"不对。"她的面目骤然冰冷，"我觉得，这背后恐怕还有一个我们不了解的真相，而且是大事。"

七

按程元鲲发来的微信定位，两人来到前锋街一个茶馆内。在老板的引导声中，他俩走向楼上最里侧的包间。

现在的前锋街，非节假日见不到几个人，更别说不早不晚的大中午了。包间只是用三合板隔开的，压根谈不上隔音，屁大点声音都能听见，估计程元鲲也预计到了这一点，所以他特意选了三楼，也没什么人会来。

竹质楼梯踩上去会发出"嘎吱嘎吱"的动静，就跟门铃似的，两人还没走到包间跟前，程元鲲就推开了木门，打了声招呼。

"这里，这里。"

嬴亮感到奇怪，程元鲲脸上丝毫没有了昨晚那抗拒的神色，连说话的语气都变得客气了许多。

"才一晚上，这家伙就转性了？"带着疑问，嬴亮随师姐进屋落座。

说是包间，其实也就是卡座围了四块木板，好在空间还算富裕，三人以桌为界，分坐两边，茶水、小食都已准备妥当，嬴亮上手摸了一把面前的紫砂茶壶，从温度上判断，元鲲应该也是刚来不久。

脱掉那身伙计穿的厨师衣，今天的程元鲲换上了一套黑色的夹克衫，款式有些老气，看起来有些年头，好在干净整洁，穿在身上也显得颇有精神。他皮肤黝黑，双手粗大，肤纹皲裂，一看就常年从事体力劳动。

昨天他不苟言笑，今天却笑容满面，掩去很多戾气，要不是提前知道他干过的那些事，嬴亮多半会以为，此时坐在他们面前的，就是一位普普通通，甚至有些淳朴的中年大叔。

"你是不是知道了我们的身份？"司徒蓝嫣看见元鲲的神情，心中已然有数，连寒暄客套的环节都直接跳过了。

"知道！"程元鲲没有否认，"是老板告诉我的，他说你们俩，还有之前和你一起来的人，应该来自公安部一个比较厉害的专案组。"

"他怎么知道？"嬴亮有些好奇。

司徒蓝嫣瞥他一眼，淡淡地解释："我去了这么多次，罗老板又常年雇用刑满释放人员，猜到我们的身份不是难事。"她研究微表情数年，从罗老板对她恭敬且警惕的态度上，看出端倪再简单不过，而且她也没想着要遮掩身份，毕竟食堂的伙计都是重点人群[1]，让他们知道有警察在盯，也不算是件坏事。

"我的微信是罗老板给你的？"她接着问。

"没错。"

"解签可以直接约在店中，特地喊我们来，肯定不是说这件事。我们时间有限，你不妨打开天窗说亮话。"

直接被点出来意，程元鲲有些错愕，但他很快又恢复了平静。"警官厉害，你说得没错，今天找你们来，不是解签，是为了别的事。"

"找这么个安静不容易被打扰的地方，你要说的，不会是小事。"司徒蓝嫣道，"需要我们警察帮忙？"

"对，我想报案！"

"什么案？"

"这件事说来话就长了，不知是否耽误二位警官的时间？"程元鲲紧张地搓搓手。

"二十四小时不到，我们前后赶了两趟飞机，时间好说，不过我劝你，有什么最好一次性说完，别拖泥带水。"赢亮失去了耐心。

"不好意思。"程元鲲双手合十，"你们是警察，我也就没必要遮遮掩掩了。这事，我会彻底说清楚的。"

赢亮的闷气消了一些："嗯，这样最好。"

程元鲲端起紫砂茶壶，嘬了一口，润了润嗓子，然后他平静地讲述起来："1993年8月12日，我杀了同村程齐武，把他的尸体切块、煮熟，喂给了村里的野狗。谁知，在喂狗时，其中一条狗贪嘴，直接叼走了扔在一旁的人手。我觉得事情只怕要败露，于是把家里值钱的东西一裹，跑了。

"在逃跑过程中，我突发疾病，没钱医治，只能躲在桥洞下面等死，这时有位耍猴的老头从桥上经过，发现了我，用草药把我给救了下来。

"耍猴老头叫老闷儿，当时六十啷当岁，他身边带着一个小男孩和一位年轻女子。老闷儿说，这俩人都是他从路边捡来的，小男孩叫小迷糊，先天性唇

---

[1] 刑满释放人员，属于重点人群，需要派出所列管。——作者注（若无特殊说明，注释均为作者注。）

第一案　解签食堂

裂。我遇到他们时,小迷糊才十三岁;那个年轻女子,是个聋哑人,叫新月,比我小一岁,算起来应该是1976年生的。他们的猴子叫大圣,老闷儿把它当命根子。

"当年他们三人一猴,挤在一个没人住的破院子里,老闷儿把我救活后,问我为啥睡在桥洞下,我担心被警察抓,编了个谎话,说自己犯了点事,被仇家追杀。

"老闷儿也没往深了问,他说既然我是被追杀的,在外面跑也不是个事,他正好缺个能主事的男人,如果可以,希望我能留下来。也不需要我做什么,他们出摊,我帮忙挑点东西,出出苦力就成。

"我寻思那个院子虽破,可总比我睡在桥洞强多了,于是我就应了下来。从那以后,我戴着口罩,跟在老闷儿后面,一挑就是将近两年。

"直到1995年7月的一天,我们来到一座陌生的城市,这里距离我犯案的地方有1000多公里,但我不清楚,为啥我的悬赏通报在那个城市也有,而且,当时警方开出的悬红,高达一万元。"

嬴亮快速心算了一下:"不少啊!要换算成现在的市值,少说也值十万。"

程元鲲苦笑起来:"那可不!我和老闷儿一起看到了那个通报,我知道,这事铁定是瞒不住了。

"那天收摊回到住处,老闷儿就把我叫到了屋里,我实话告诉他,说我杀了人,但具体过程我没讲,他也不问。后来老闷儿说,他猜到我身上有事,只是不知道案子这么大。

"说实话,那两年老闷儿对我很不错,我也心存感激。一看老闷儿半晌不说话,我心里清楚,他还是希望我能投案自首,毕竟,这样做有机会保住一命。

"只是老闷儿不清楚我干的事有多可怕,我自己觉得,不管是投案,还是被抓,到最后都免不了一死。后来我心一横,就有了个主意。"

"你想让老闷儿举报你,拿到那一万元?"司徒蓝嫣直接说出了结果。

"没错。"程元鲲沉浸在回忆中,重重点头道,"我知道,跟老闷儿坦白后,我也不可能像以前一样和他们生活下去。可一旦我离开他们,就有被抓的风险,与其这样,不如用我的命去换一万元,有了这些钱,老闷儿他们也能做点小生意,不用再东奔西走了。

"可老闷儿是个直肠子,他说他不要钱,让我去自首,能保一命就行。悬赏通报又没说我的具体作案经过，我也不好和他细讲，于是我只能说，我杀了两个人，再投案也是一死，没意义，我劝他就算为了小迷糊和新月，也要拿这笔钱。后来老闷儿见我执意这么做，就答应了我的请求。可到头来……"

程元鲲说到这里，忍不住埋怨起来："老闷儿这家伙就是个死脑筋！原本按计划，我躲在一个废墟里假装睡觉，老闷儿去报警，就说发现了我，然后我被警察抓获，老闷儿去领赏金。

"这讲得好好的，我假装睡觉的那地方，距离派出所不过1公里，可老闷儿去了足足一小时。

"我以为是中途出了什么幺蛾子，想去瞅瞅，不过我又担心警察找不到我，拿老闷儿是问，于是我就耐着性子等啊等。

"又过了半小时，我终于听到了窸窸窣窣的脚步声，很快，一群警察进屋把我拿下。在审讯中，我才知道，原来老闷儿压根没按照我说的来，他告诉警察，我本来要去投案，但是心里有些害怕，就派他去派出所告知一声。

"警察也不是好糊弄的，知道事关重大，就逮着老闷儿从头到尾询问了一番，老闷儿行走江湖这么多年，知道什么能说什么不能说，他告诉警察，他在桥洞里救了我，发现我不对劲，就逼问我犯了什么事，问出情况后，他就劝我来投案。他还告诉警察，一万元他不要，只要警察算自首，他就带着警察去找我，否则不愿提供任何线索。"

程元鲲用力抹了把脸，伤感地道："我后来才知道，我犯案时不满十八周岁，不适用死刑。加上老闷儿用一万元给我换来的这份投案自首材料，让我少受了三年的牢狱之苦。算上减刑，我在牢里一共只蹲了二十年。

"出狱后，我就一直在找老闷儿他们，这几年，我跑遍了整个中国，可连他们的一点音讯都没有。"

"你是想让我们帮忙找人？"司徒蓝嫣冷冷地问。

程元鲲硬着头皮道："没错。"

"这不是我们专案组的职责范围，不过……我可以帮你联系派出所，只要你能提供足够详细的信息。"

程元鲲沉吟片刻，他把头偏向了窗外，半晌不语。

嬴亮顿时觉得这家伙不识抬举，刚要发作，却被司徒蓝嫣给按了下来。她摇摇头，示意他再等等。

第一案　解签食堂

赢亮顿时反应过来，通常审理案情时，案犯突然沉默不言，也就是交代到了关键的地方，想来这个程元鲲也不会例外。

只是这一等，就是足足一盏茶的工夫。程元鲲缓缓开口："司徒警官，听说你是研究犯罪心理的，你相信第六感吗？"

司徒蓝嫣微微一愣，她没想到程元鲲会提到这个话题，不过很快，她点了点头："所谓第六感，指的是'超感官知觉'，它能透过正常感官之外接收讯息，并预知将要发生的事情。这种感官，其实在我们心理学中也有研究，只不过我学艺不精，尚未涉及这个领域，因此，我无法给你明确的答案。"

"不管你们信不信，但是我相信。"程元鲲目光闪烁，从口袋中掏出手机，"你们看看这个。"说完，他从密密麻麻的相册中找出一段视频，点击播放。

赢亮身体前倾，双目微眯，看到视频左上角的 logo（标识），判断出这是从某短视频平台下载而来的，内容约两分钟，是一位网友用手机拍摄的警方出警内容。画面里，一具类似人形的骸骨被警察从淤泥里挖出，不过从骸骨的长度和体型可以判断，这并非属于人类。视频播完，赢亮也没发现什么奇特之处，于是又坐了回去。

程元鲲知道两人没看到细节，于是他把手机拿过去，在进度条播放到二十一秒时，点击了暂停。"你们看见骨架脖子上的红绳没有？"

经他提醒，司徒蓝嫣与赢亮也注意到了重点。

"这是新月给大圣编的项圈，这种编花，只有新月会。"

"不一定吧！这种网状的编织手法，很普通，没有什么特别之处。"

听司徒蓝嫣这么说，程元鲲从怀中掏出一个木质锦盒，那盒子上，锁着一枚小号铜锁，瞧起来很是精致。接着，他取下拴在手腕上的钥匙，打开后，二人发现，放置在金色丝垫上的并非什么贵重物品，而是一串具有同样编织手法的手绳。

"这是？"赢亮问。

"我入狱前，新月送给我的。"

司徒蓝嫣抬头看向程元鲲："我没猜错的话。在逃亡的两年里，你和新月之间产生了好感？"

"你怎么看出来的？"

"不难猜。第一，你愿意用自己的命，去给老闷儿换一万元悬赏。从感情上说，他救你，你也给他出了两年的苦力，两不相欠，不至于让你这样做。而且之前你能跑两年，离开老闷儿，再跑个两年也不是问题。你没有这样做，说明你有情感牵挂。而且对于这份情感，你需要去弥补。在几人中，只有你与新月的男女之情，才可能让你舍生忘死。所以，结合你认为自己投案自首必死无疑带来的愧疚，这才是你主动要求投案，让老闷儿拿钱的初衷。

"第二，按你所说，你出狱后跑遍了整个中国，就为寻找老闷儿几人，事隔二十几年，你的动力又是什么？什么让你这么执着？我觉得应该是一个承诺，新月应该跟你保证过，会等你出狱。

"第三，视频里，主播为本地口音，显然发现尸体的地方就在这座城市，你应该是找到了线索，才来到了这里，并在面馆应聘，准备在这儿长期寻找下去。巧就巧在，你正好遇上了我们，你清楚我想知道什么，你改变态度，是打算用你的秘密做交换，让我们帮你找新月。"

师姐说完，嬴亮也道："再补充一点，我看你的手机中，存了许多关于耍猴的视频。你入狱这些年，和老闷儿一行人失去了联系，所以出狱后，你就用'耍猴'为关键词在网上搜索，网页根据关键词给你推送了相关内容，这让你在海量的视频中，发现了大圣的骸骨。确切地说，这不是什么第六感，而是大数据筛选的结果。"

程元鲲此时已彻底领教到了二人的实力，他决定不再隐瞒，开诚布公道："司徒警官说得没错，我入伙的第一年，就和新月好上了，而且还是在老闷儿的撮合下在一起的。我入狱前，新月连夜给我编了这个手绳，她告诉我，只要我不死，就一直等我。可惜……我怀疑她根本没等到我出狱。"

"现在人还没找到，你为什么这么说？"

"因为，大圣死了。"

"两者有何关联？"

程元鲲情绪低落："大圣是老闷儿的命根子，一人一猴相依为命，老闷儿说过，如果他死了，一定要跟大圣葬在一起。可现在大圣的骸骨被随意丢弃在了野外。所以我怀疑，老闷儿他们……可能被害了。"

"那也最多不过是怀疑吧！"嬴亮插了一句。

程元鲲苦笑着摇了摇头："警官，你觉得我这么说会没理由吗？找了这么多年，老闷儿的家乡，新月、小迷糊被丢弃的地方，还有他们常去的城市，可

第一案　解签食堂

以说所有能寻觅踪迹的地方，我都找了，但一点音讯都没有。这不符合常理。所以我觉得，只有一种可能，就是他们人已经不在这世上了。"

嬴亮却道："你刚说，逃亡时老闷儿已近六旬，现在二十多年过去，他仙逝而去也不是不可能。新月虽说过会等你，但客观来讲，这一等毕竟二十多年，感情疏远后，说不定她已经成家了。至于小迷糊，会不会也是一样的情况？全国十几亿人，别说是你，就算我们，没有线索也无异于大海捞针，凭猜测就说他们遇害，我觉得你在故意夸大其词，好让我们引起重视，帮你找人。"

嬴亮直来直去的性格，换成旁人估计早就骂街了，可程元鲲听了，似乎没有任何反应，依旧沉浸在悲痛中，他双手抱着茶壶，右手的拇指在茶壶把儿上不停摩挲，直到屋内重新变得安静，他才抬头与嬴亮对视："这位警官，你说的是正常猜测，我能理解。可你不知道老闷儿、新月、小迷糊、大圣之间的感情。除非天塌地陷，否则他们绝不会分开。老闷儿说大圣在他眼里不是猴，就是他的亲儿子，它死了，老闷儿还要给它打口棺材，规规矩矩下葬。他怎么可能舍得把大圣丢在荒郊野外？这说不通的。"

见两人也陷入思索，程元鲲继续道："老闷儿他们日子虽说过得苦，但绝对不是贪财之人，否则当年那一万元悬赏，他完全可以收下。他没有这么做，可见老闷儿是江湖性子，把情谊看得比命重，新月、小迷糊是他从小养到大的，也随了他的性格。所以，他们绝对不会撇开谁单独成家。还有……"

程元鲲将锦盒打开，再次取出那个用红丝线编织的手绳："你们不清楚，这不是一般的手绳，里面编有新月的头发，这是她给我的定情信物，她发过誓，她会等我，她是我的结发之妻。她的性格我清楚，说一不二，她不会骗我。我找了他们这么多年，杳无音信，如果他们都还活着，我就一定可以找到他们。可现在，我找不到，他们只怕是凶多吉少了。"

说到这里，程元鲲起身，突然跪倒在地："求求二位警官帮帮忙，活要见人，死要见尸。只要你们找到人，想知道什么我都说，我在这儿给你们磕头了。"

这一切发生得太快，嬴亮本能起身搀扶，无奈有茶桌阻挡，反而差点翻了桌。尚有余热的茶水，泼洒得到处都是，几把紫砂茶壶也滚得七零八落，险些掉在地上。

程元鲲身上满是茶叶茶水，却跪在地上不肯起来。

一片狼藉中，司徒蓝嫣与嬴亮对看一眼，事到如今，二人也不得不考虑是否接受程元鲲的请求。

"起来吧，我们需要和上级先汇报一下……"

二人的行动，均已提前与专案中心报备，原本回去也要按规定报告。于是，在用心安抚好程元鲲之后，两人决定，先听一听展峰的意见，再做打算。

八

汇报前，司徒蓝嫣做了大量工作。

她清楚，要想说服展峰出手，必须拿出实打实的物证供他分析。听了程元鲲的叙述，她觉得，有个关键性的问题必须解决：视频中发现的那具猴子骸骨，到底是不是大圣？而要确定这一点，就要找到视频的源头。好在视频水印上有主播 ID（账号），有了这个，找到出处，对嬴亮这种高级情报分析专员来说，简直是张飞吃豆芽——小菜一碟。

前后也就半天时间，他们就联系上了当天的出警单位，收到专案中心的手续后，他们从分局物证室内，取到了骸骨上的绳圈。程元鲲用锦盒保存的那个定情信物，自然也被一并带了回来。

专案中心比对试验室内，展峰盯着电脑屏幕，给出一个初步结论："那个叫程元鲲的说得没错。放大后，分析编织工艺[1]，可以确定，这个大号的绳圈与锦盒中的手绳，出自同一个人之手。"

"真的是大圣？"司徒蓝嫣顿时感到一丝不安。

嬴亮指着那个锦盒："程元鲲说，手绳是新月给他的定情信物，里面编的是头发，不如把手绳剪开，看看有没有毛囊或皮肤组织，如果有，提取 DNA 样本入库比对一下，看看有没有结果。"

"是个办法。"展峰将手绳拿起看了看，却又放回盒中，"不过目前有个问题。"

"什么问题？"

---

[1] 编织是指使长条状物以一定的规律重复排列，相互交错或钩连而组织起来形成有序排列，组合出需要的图案和形状的工艺。每个人在使用不同材质进行编织时，具有显著的个人特点，如错花手法、使用力道、图案密集度等，通过分析这些特征，是可以确定某个人的编织特征的。

第一案 解签食堂

"周局有新的指示,我和道九这几天都在忙活这个,所以我要请示他那边,这件事是我们牵头,还是交给属地公安局。"

司徒蓝嫣和嬴亮两人在 GS 市折腾了半天,才把两样物证给取齐,尤其是程元鲲手里的锦盒,那里面装的手绳是他的定情信物,嬴亮可是解释了半晌,才让程元鲲明白,想找到新月,最简单的办法就是将手绳解开,分析毛发。

现在好不容易两样物证都摆在面前,没想到展峰是这种态度,就算两人已冰释前嫌,可嬴亮忍不住要顶几句:"不过是举手之劳,仪器就在旁边,以你的技术,最多也就个把小时的事。再说,不管是失踪案还是凶杀案,都是我们公安局管辖的范围,比个 DNA 样本,有就有,没有就没有,你较什么真啊?"

"那我问你,如果没有比对结果,你打算怎么办?"

"那还不简单?把线索推送给属地公安局便是。"

"连我们都查不下去的线索,推送给属地,你觉得他们又该怎么查?拿什么去查?"

"这个……"嬴亮被问住了。

"物证检验不光是对物证的消耗,还是对物证毁灭性的破坏。不管新月是失踪还是被害,目前唯一的线索就只有这条手绳,本着对案件负责的态度,我个人认为,在得到确切的管辖指令前,还是不要轻举妄动得好。"

嬴亮彻底清楚了展峰的用意。毕竟专案中心是为了侦破悬案而设立的,如果这种"未知案"的前期工作都由专案组着手调查,那就违背了初衷。而且作为公安部直属部门,专案中心每个人的一举一动都要提前报备,并记录在案。

包括他与司徒蓝嫣的解签行为,也都是得到展峰的允许后,才能实施。不过展峰的许可范围,仅限于他们组员的日常行为,一旦要介入案件,哪怕是一桩盗窃案,按照程序,也要与中心直接领导周局汇报。

"展队说得没毛病,那……咱们就再等等。"

见嬴亮语气软了下来,展峰将锦盒小心翼翼地装进物证袋封存,又对司徒蓝嫣叮嘱道:"具体情况你比较熟悉,按照程元鲲所述,起草一份案件简要情况,让莫思琪发给周局。"

他又看向嬴亮:"两小时后,我带道九出趟外勤,只要周局那边给答复,确定此案归中心管辖,我会立刻返回,对物证进行检验。"

"明白，谢谢展队！"嬴亮这回心悦诚服。

"不客气！"

九

"哎，我说展护卫，你又哪根弦搭错了，大下午的，你带我回小炒店干啥？难不成专案组收成不好，你又准备脱岗了？"

站在已落满浮灰的海鲜小炒店内，展峰笑而不语，吕瀚海则双手掐腰，大气凛然地道："现在干小吃是赚钱，可咱做人不能掉钱眼里，得做点对社会有意义的事，你说是不是，展护卫？你要真想做小吃生意，等你退休了，我陪你做就是。"

这话把展峰给说乐了："这些要是别人说说也就罢了，从你九爷嘴里说出来，还真让我大吃一惊。怎么？你真转性了？"

要是放在以前，吕瀚海估计又会扯个没边，可今天，他却抠着桌角，半晌不吭声。

这个反常的举动，也引起了展峰的注意："怎么？今天的状态不对啊。难不成是身体不舒服？"

"那倒没有！"吕瀚海硬挤出一丝微笑，"不瞒你说，进组这几年，我也看明白一些事，这人总是会变的，我总要做点见得光的事吧！"

"道九，坦白了吧！你是不是有什么话，想和我说明白？"

"你这么聪明，你觉得我会和你说什么？"吕瀚海贼眼兮兮地瞅他。

展峰却不上套："有些事也不是我觉得怎样就能怎样，不是吗？"

吕瀚海正色道："说真的，我还有机会吗？"

二人对视片刻，展峰点头道："当然有，我一直在等你，至于时间，你安排。"

屋内气氛突然沉重，刚老实了没多久的吕瀚海，却又换上了嬉皮笑脸的模样："什么等我时间，还你安排，搞得跟按摩小姐上钟似的，我有的是时间，就不知道你这个专案组一把手，准备啥时候点我的钟。"

展峰嘴角一咧："反正今天是不成，我还有个任务要交给你。"

"行，有事说话，咱俩谁跟谁啊。什么任务？"

展峰目光朝门外一瞟："看见对面的咖啡屋了吗？"

第一案　解签食堂

"你以前天天去的那家？紫上云间咖啡与书？"吕瀚海眯眼望着招牌读出了声。

"对，就是那家！"

"让我干啥？"

"两件事！"展峰竖起两根手指，"一是把咱们店里里外外打扫一遍。做完这个后，去对面店买两杯咖啡，你自己喝一杯，给我留一杯。"

"就这？"

"就这！"

"展护卫，你不是在玩我吧？咱俩大老远坐飞机回来，搞得神神秘秘的，结果就让我出个苦力？你有没有搞错？"

"没有，你照我说的做就是！"

"得得得，你是老大，你说什么就是什么！"吕瀚海从墙角的钉子上拽下一块已经干得发硬的抹布丢在洗碗池里，看见展峰抬脚要走，他追问道，"哎，你干啥去？"

"回家换身衣服，马上就回！"

"回来就换衣服？来回机票，都够你从头买到脚了。"伴着吕瀚海的嘀咕声，展峰走出了店门。

…………

几年过去，康安家园依旧是一副破败模样，微风里夹杂着令人作呕的臭味，夜幕低垂，借着街边忽明忽暗的路灯，展峰找到了那条直通自己家中的小道。

走进院子，展峰双脚使劲在地上跺了跺，皮鞋上的泥土被震了下来。

觉得干净利落后，他才疾步踏上台阶，推开了厚重的防盗门。

屋内亮着微光，此时高天宇正坐在客厅的沙发上，摇晃着手中的红酒杯，空气中弥漫着甜腻的香水味，展峰揉揉鼻尖，让自己快速适应这股浓香，走到高天宇对面坐了下来。

"喊我回来什么事？"他问。

"我想，你应该多少知道一些。最近，一直有人试图解码我们的位置。"

"我不喜欢猜过程，直接说结果。"

"唉……整天待在这个房间里，我都快忘记外面的世界长什么样了。"高天宇环顾四周，嘴里答非所问。

"就目前而言，这里对你来说是最安全的地方，我答应过你随时可以离开，但我还是要提醒你，一旦走出这间屋子，我很难保证你的安全。"

"哦？我发现，自从'贼帮案'我救了你之后，你好像对我的态度有所改变。或者说……"高天宇顿了几秒，"你对我的仇恨减弱了许多。"

多年的相处，展峰对高天宇的性格多少有些了解。要说攻心之计，他自知不是高天宇的对手，对高天宇这种试探性的问题，展峰从来都是用标准的官方语言回答。

"你怎么想是你的事，对我来说，我们之间有约定，在事情查清楚之前，你还不能出事。"

"好吧！"高天宇跷起二郎腿，左手四指在膝盖上有节奏地依次敲打，"那我也不藏着掖着了，叫你回来，是因为我查到了对方端口的 IP 地址。"

"在哪儿？"

"别这么心急，大老远把你喊回来，我肯定会告诉你的，只是在这之前，你能不能说点解闷的事做交换？"

展峰露出"果然如此"的表情："你想知道什么？"

高天宇微微一笑："不用紧张，我不会套你的话，就是想知道，最近有没有新案子发生？"

"临来之前有一个请示指令，不过，是不是由我们管辖，还在等回复。"

"哦？什么案子？"高天宇身体微微前倾，显然是来了兴趣。

"一桩失踪案。"

高天宇的身体重新靠了回去，一脸失望："你们专案组是不是没活干了？这种级别的案子，还要你们插手？"

要真是失踪案，展峰可能会直接把线索移交给属地公安部门，但当他知晓程元鲲的情况后，隐约也觉得此事非同小可。都说监狱是个大染缸，程元鲲在里面蹲了二十多年，就算是耳濡目染，也能学到不少反侦查的手段，像他这种人，哪怕只有一点线索，想找到某个人，应该不是难事。可奇怪的是，程元鲲寻了数年，三个人杳无音信，直到后来发现了大圣的骸骨，才算有了思路。

从程元鲲的寻人轨迹观察，展峰和他有相似的看法：三人遇害的可能性

第一案　解签食堂

极大。

程元鲲为情苦苦追寻数年，而他展峰自己又何尝不是如此呢？要不是林婉，他也不可能执意穿上这身警服，说到底，他的前半生与程元鲲一样，都在寻求一个"活要见人，死要见尸"的真相。

有的问题，终究要有一个结果。否则就会死缠到底，让人好像时刻处于窒息之中……

所以不管是感同身受，还是本着对案件负责的态度，他打心底里想接这个案子，但周局愿不愿意在这个关键时刻"节外生枝"，展峰也拿捏不准。

不过这不影响他与高天宇之间的交谈，后者压根不清楚，自己的行踪全都在专案中心的监视范围，这早就得到周局的许可，展峰对高天宇的知无不言，其实都在警方的视野之内。

听完展峰对程元鲲的讲述，高天宇倏然长叹："仁义也好，爱情也罢，是人都逃不过七情六欲的束缚，你我皆如此。我愿为此赌上性命，你愿为此赌上人生。古代君王，也有为红颜放弃江山的人。你我凡夫俗子，看来，没人能逃过情字这张大网……"

高天宇的这番话，让展峰也不由得动容，两人相视沉默起来。

片刻后，高天宇率先打破了平静："如果我猜得没错，不管结果如何，你都很想接这起案子。"

"没错。"

"我真喜欢你这直爽的性格，要是没有过去，你我应该可以成为互相欣赏的朋友。"高天宇嘿嘿一笑，换了个姿势，"新鲜事也听完了，作为交换，我现在可以告诉你地址了。"

"洗耳恭听。"

"这地方你经常路过，和你的小炒店只隔着一条马路，叫紫上云间咖啡与书。"

"你确定是那里？"展峰似乎不愿相信。

"不会有错，对方的互联网信号站设在二楼。另外，你还记得，我曾给你看的，屋外监控捕捉到的那张女子的照片吗？"

"记得。"

高天宇饶有兴致地盯着展峰："她是不是那间咖啡屋的老板？"

"是，不过这件事与她何干？"

"与她何干？"高天宇压低声音，"地方是她的，我怀疑她就是幕后的人。"

"你有什么证据，还是仅为猜测？"

"你话里话外的意思，好像很关心她啊？"高天宇戏谑道，"我发现，只要在你在乎的女人面前，你的原则真是荡然无存。"

展峰也不反驳，平静地道："警察的原则，是做任何事情都要讲证据。"

"想要证据是吧？你看看这个。"高天宇说着，把茶几上的笔记本电脑掀开，掉转屏幕，"你看她是谁？"

虽然截图有些模糊，但展峰还是一眼认出了她，不是别人，正是咖啡屋的女主人——唐紫倩。

见展峰沉默不语，高天宇道："这是我黑进对方系统，利用前置摄像头抓拍的一张照片，不过这个漏洞很快被察觉，已经补上了。所以，你现在还觉得，她的出现，是个巧合吗？"

展峰还没来得及开口，口袋中的手机突然振动起来，屏幕的来电显示上，出现"道九"二字。他没接听，干脆将手机调成了静音。而这一切，都落在高天宇的眼里。

"还有没有其他线索？"展峰续上被打断的话题。

"只有这么多！"高天宇重新拿起酒杯，悠然自得地在手中晃了晃。

"我还赶时间，今天就到这里。"展峰起身走到门口，他的手刚接触到门把手，突然又停了下来，"咱们现在是一根绳上的蚂蚱，在查出幕后主使是谁之前，你不能有任何闪失，我希望你可以保护好自己！"

说完，厚重的防盗门被重新锁死，展峰的脚步声，也逐渐远去。

望着空空的房间，高天宇冷笑了一声，仰头将红酒一饮而尽，他擦擦嘴角，抓起电脑，走进卧室。

木门被他锁死，屋内除了那台电脑屏幕泛起的微微亮光，四处一片黑暗。敲击键盘的声响持续良久，原本杂乱的电脑桌面，突地被另一个"镜头"程序取代，高天宇双击打开，画面显示出了福利院中的景象，那个戴着假肢的徐娇，正蹒跚地朝教室方向走去，这是她上夜课的时间，也是高天宇烂熟于心的作息表。

爱人走出画面之后，一个矫健的黑影也跟了过去，这个场景高天宇不知回放了多少次，然而没有一次，可以让他捕捉到黑影的相貌，虽说他知道黑影没

第一案　解签食堂

有恶意，但他始终感到一丝惶恐与不安，他心里清楚，这位比起展峰要心狠手辣得多。

"保护，还是监视呢？"他皱起眉，自言自语起来。

而就在这时，原本的监控画面突然扭曲，再次清晰后，一个人像显现了出来。

高天宇很快调整情绪，在黑暗的掩护下，那人似乎并未注意到他的表情。

"他走了？"那人的声音很平静。

"走了。"

"都按照我说的，告诉他了？"

"是。"

"你觉得他会不会相信？"

"也许会，也许不会。"

"为什么？"

"因为……展峰这个人，我始终也看不透。"

"哼……"那人道，"那么容易被看透，就不是展峰了……"

十一

在莫思琪将专案组的报告投到周局的专属邮箱后，很快就有了回复，那是一个用红色字迹标注出的指令文件："请展峰队长酌情处理。"

收到指令，展峰嘴角微微勾起，外人看来，周局好像又把皮球给踢了回来，实则只有他知晓这句话的潜在含义。

捕捉大鱼的网已经撒下，若是守着"鱼坑"等鱼上钩，反而会打草惊蛇，最明智的做法，就是换个坑，制造"漠不关心"的假象，让"大鱼"放松警惕，在危险的边缘疯狂试探。

然而"大鱼"永远都不会料到，幕后还有一帮人，在暗中盯着"鱼坑"，这，就是展峰与周局精心布局多年的计划。

…………

元鲲提供的线索，展峰让莫思琪整理成接案材料，按照程序，在接手前，专案组还要召开一个案件研讨会，只有多数人表示赞同，该案才可录入专案中心的"案件侦办系统"。

对于这桩案子是否接案,大家早已心照不宣,象征性地走个过场后,展峰拿起那条裹着新月头发的编织绳,走进了物证检验室。

显微镜下,手绳的外观被放大得格外清晰,它由六根直径2毫米左右的红色尼龙丝线交替编织而成,在肉眼无法识别的方格形网眼内,仅有少量褐色灰尘浮着,并未发现油脂浸染,这说明,这条手绳压根没怎么佩戴过。

司徒蓝嫣当即打电话咨询元鲲,在询问后得知,手绳是他被投送到监狱前,老闷儿几人去探视时,新月亲手递给他的。这些年来,他一直放在锦盒中贴身珍藏,确实没有佩戴过。

在比对显微镜的帮助下,展峰找到了绳头的位置。为不破坏编织痕迹,他用解剖刀小心翼翼划开绳头,接着转移"战场",将这条手绳放在了一个长方体的玻璃箱中。

箱子大小与普通投票箱类似,左右开出两个圆孔,关上箱顶的透明玻璃盖,这便形成了一个小型的无干扰环境。熟悉操作流程的隗国安等人,主动退到检验台的黄线之后,视线则转移到头顶的液晶屏幕上。

展峰拉了拉手上那薄如蝉翼的乳胶手套,接着双手由两边插入玻璃箱,小心翼翼地解开了尼龙绳。

很快,一撮如枯枝般蜡黄的长发,被摆在了检验台上。[1]

隗国安透过屏幕,表情凝重地注视着展峰的一举一动:"还好是由展队亲手检验,否则……"

"怎么这么说?不就是取个DNA?"嬴亮低声问了句。

"我擅长画像,但平时也没少和研究物证的专家交流。往前数三十年,微量物证检验技术还不成熟,就算头发上有毛囊,也不一定百分之百能提取出DNA,你瞅见没,"隗国安朝屏幕方向努了努嘴,"手绳里的头发长度一样,显然经过裁剪,压根没有毛囊。要想提取出DNA,只能依靠脱落细胞。但这条手绳少说也有将近三十年的历史,长期处在干燥的环境中还好,一旦受潮,皮屑粘连,估计连微量的脱落细胞都找不到。"

---

[1] 毛发的耐腐程度仅次于骨骼。它腐朽的过程先是失去光泽,然后强度逐渐变弱,之后弹性变差,最后变脆断裂,一般约五十年才消失。

第一案　解签食堂

听老鬼这么说，嬴亮也担心地瞅了一眼展峰的方向："这么说，要是连展队都做不出来，地市局的技术员就更别谈了。"

"也不能这么悲观，我觉得展队没问题。"

"哦？鬼叔对他这么有信心？"

"开会时，我翻看了一下程元鲲涉及的那起案件。他被送往监狱的那天是11月份，刚好是秋季。你再看看检验台上的样本。"

老鬼确定嬴亮顺着他的指尖瞅了过去后，继续道："头发不仅一样长，而且还比较顺，这说明什么？"

"说明新月在剪掉头发之前，曾仔仔细细地梳过。"嬴亮此言一出，大脑中的七经八络瞬间畅通，"秋季空气干燥，容易产生静电，在梳头的过程中，势必会在头发上吸附大量的皮屑，也就是说，如果不出意外，这条用头发编织的手绳中，一定存有可检验的样本。"

"没错。"隗国安胸有成竹地笑了。

…………

忙碌了一小时，展峰让司徒蓝嫣从设备库中取出了那个长得很像"剃头推子"的微量物证提取设备。

室内干扰光线完全关闭后，展峰在"暗室"内，将抖落下的细微皮屑全部吸入设备手柄处的一个玻璃管内。关闭电源后，嬴亮发现，原本透明洁净的玻璃管壁，像是起雾般，蒙上了一层白色碎末。

展峰将玻璃管从设备上拔出，塞紧木盖，独自一人走进DNA检验室。

其他人透过屏幕观察着展峰的一举一动，此刻他们的心情不亚于等在手术室外的病人家属。时隔多年，究竟能不能分离出DNA，谁心里都没个底。

没过多久，连接检验设备的打印机亮起绿灯，当隗国安看到如"大盘走势图"的曲线被缓缓打印出来时，他紧绷的脸终于舒展。

"展队确实牛×。"嬴亮由衷赞叹一声。

而门外的三人中，只有司徒蓝嫣始终面无波澜，眉头还越拧越紧。

"师姐，怎么这副表情？"嬴亮问。

"我注意到展队在拿到报告后，下颌下垂，嘴巴放松，眼睛张大，眼睑和眉毛微抬。这是人遇到某种意想不到的事后，才会露出的惊讶表情。"

"惊讶？"

"没错。"司徒蓝嫣转身与嬴亮对视,"我怀疑 DNA 比中了结果,还是很不好的结果。"

…………

又一小时后,DNA 检验室的双重玻璃门终于被打开。

来不及拽掉那副用来阻挡飞沫的塑料口罩,展峰直接宣布了结果:"头发样本上取下的皮屑,比中了一具无名女尸。"

虽早有猜测,可当展峰亲口说出这个结论后,专案组其他成员还是很惊讶。

"无名尸体是不是 GS 市公安局发现的?"

这次轮到展峰诧异,他看向司徒蓝嫣:"你怎么知道?"

"程元鲲说的应该是实情,别说老闷儿还得靠猴子赚钱谋生,就说现在城市里养猫养狗的爱宠一族,不乏把宠物当家人看的,为其治病送终的大有人在。老闷儿把猴子当作儿子,从情感上说,他绝不会把大圣的尸体抛到荒郊野外。"司徒蓝嫣捏着下巴来回踱步,"要是新月尸体发现的地方,距离大圣的骸骨并不远的话,那么……"

她没继续往下说,但嬴亮真真切切地感到,屋内的气氛突然变得紧张起来。人人都心里有数,有一就有二,只怕元鲲是说中了。

"别着急,先看比对结果怎么说。"隗国安从展峰手中接过那张 A4 纸,直接翻到结尾简要案情部分:

2019 年 3 月 6 日,GS 市海市区东北方的大洪沼泽自然保护区内,报案人在挖野菜时,发现一黄色袋子一角露出地面,出于好奇,他用镰刀割开一个孔,接着用手电筒进行查看,发现其中有类似人体组织的不明物体,随即报案。我单位接报后,迅速赶到现场,从土中挖出一黄色敛尸袋,袋中有衣着完好的女尸一具,已出现鞣尸特征,经法医检验,可确定为他杀。女尸身上未找到可证明身份的相关物证,故提取女尸 DNA 样本,入库比对。

"鞣尸是什么?"嬴亮听到了一个新奇的词。

隗国安嘴巴张开,就在即将脱口而出时,他用余光瞟了一眼展峰,又把话

第一案 解签食堂

咽了下去，转而说道："涉及我的知识盲区了，还是让展队来解释吧。"

展峰从检验室出来后，始终眉头紧锁，似乎在思考什么问题，听到隗国安喊他的名字，他才恍然回过神来。

"鞣尸是一种晚期保存型尸体现象。尸体浸于富含多种腐殖酸和单宁物质[1]的酸性泥炭、沼泽中后，因酸性物质作用，腐败停止发展，皮肤鞣化，肌肉与其他组织脱水，蛋白逐渐溶解，骨骼和牙齿脱钙，这一系列的变化会导致尸体显著缩小，重量减轻，变软易曲，这种保存型尸体被称为鞣尸，也叫软尸。"

听完理论，嬴亮似懂非懂地点点头，不过姜还是老的辣，隗国安倒是很快抓住一个重点："既然是保存型尸体，说不定就有可利用的物证！"

十一

办理完一系列程序性手续，出差日被定在了第二天上午。

"哎，我说道九，你最近是哪根筋搭错了？"隗国安拎着装备走入停车场，发现专案组的专用司机吕瀚海正趴在地上，一丝不苟地检查着车况。

"好你个老鬼，天天最会说风凉话，我这还不都是为了你们出勤安全考虑？"吕瀚海双手撑地，费力地直起身，又用毛巾掸了掸身上的灰尘。

"话是这么说，可你最近，是不是有些忒勤奋了！"隗国安指着大巴车，"如果我没记错，光这个月你洗了四回车了吧？这要放在早前，那车头积灰厚得都能铲回家盖房子，可都没见你擦过一次。还有……"隗国安说到起劲时，干脆放下箱子，"我们不出勤时，你除了猫在大厅看电视剧，就没见你挪过地方，一个好好的海绵沙发，硬是让你盘出个窝来。你这人无利不起早，实话实说，是不是展队同意给你报销什么项目，你才这么卖力？这次又能吃多少回扣？"

"我呸！"吕瀚海眉毛直竖，"你个老鬼，难怪头上毛都快掉光了。一天到晚不琢磨怎么办案，净琢磨些歪门邪道。别门缝里看人，把我给看扁了，你去问问展峰，我做这些有没有问他要过一毛钱？"

看吕瀚海要吹胡子瞪眼，隗国安立马换了副模样："哈哈，九爷消消气，

---

[1] 单宁又名单宁酸、鞣质、鞣酸，是几种多酚类化合物的总称。果实切开或削皮后，果肉和果皮的颜色会逐渐变得暗褐，这是酶和单宁类物质引起的褐变。这种情况在苹果、梨、香蕉、樱桃、草莓、桃等水果中经常遇到。

消消气，是我的不是，是我看错人了啊！"

吕瀚海毛巾往肩膀上一搭，不耐烦地摆摆手："去去去，懒得搭理你。"瞧见展峰也朝车的方向走了过来，他又提高调门，几乎是喊出声，"我这么做，绝对不是为了钱，完全是看在展护卫的面子上，只要他念我这个好，我就知足了！"

"哎哎哎，你小点声，整个中心都听见了，马屁拍得有失水准！"隗国安用手指掏了掏被震得发痒的耳朵，提醒一句。

"道九，别耍宝了，这次路远，抓紧时间！"展峰提了一句。

"得嘞，有我在您放心，多远都稳稳当当的！"吕瀚海甩了甩毛巾，目送展峰进了车舱。

"你小子不当汉奸都屈才。"隗国安打趣一声，也跟着上了车。

横竖和老鬼没事就喜欢斗嘴解闷，吕瀚海懒得搭腔，在司徒蓝嫣和嬴亮也上车后，他一头钻进驾驶室，哼唱着《东北人都是活雷锋》，一路向北驶去。

此行目的地是 GS 市公安局，案件为刑警支队大案队主办，接案的大队长张明虎提前一天就得知了 914 专案组的行程，此时他正忐忑地坐在会议室内等待展峰。

他始终想不明白一个问题，该案尚在侦查之中，怎么就惊动了公安部的直属专案组。按照命案的管辖机制，亡一人市局管辖，亡两人属省厅刑警总队管辖，两人以上，才会汇报给公安部，且是否需要部里直接接手，还得看案件的恶劣程度。

这起无名女尸案的确比较棘手，但也没麻烦到让公安部直接参与的地步。到底问题出在了哪里呢？他瞎琢磨半响，也还是只能挠头。

下午四点，有些局促的张明虎在会议室内接见了专案组四人。自我介绍后，有些耐不住性子的他率先开口："展队，你看我们这起案件是存在什么问题，还是……"

"张队不要多虑，我们是接到线索举报，在报案人移交的物证中，提取到 DNA 样本，刚好比中了你们这起无名女尸案。"

"技术室昨天跟我反馈，说无名尸源库有比中信息，只是点开后，没有发现比中单位，他们还在核实是不是系统出了问题……"

展峰解释道："抱歉，由于我们中心属于涉密单位，所以没有在系统中

第一案 解签食堂

标示。"

　　不管是哪个部门比中,对无名尸体来说,能够核查出尸源,那么距离破案也就不远了,明白部里这几位此行的来由,张明虎心中顿时舒畅了不少。他上下打量了一番比自己小不了多少的展峰,点头道:"这个我完全理解,只要有比中信息,终归是件好事。"

　　"也不见得。"司徒蓝嫣面露难色。

　　张明虎脑瓜子又嗡嗡作响起来,连忙追问:"司徒警官,您这话是什么意思?"

　　她将赢亮从派出所调出的出警记录递过去:"您先看下这个。"

　　张明虎双手接过,带着疑惑小声将出警反馈读出声音:"2019年2月12日,报案人称在沼泽区发现一具骨架,我所值班人员接警后赶到现场,找到一具类似'人形'的骸骨,经法医鉴定,并非人类骨架,初步怀疑为哺乳纲灵长目猴科动物,为了避免影响,我所已将骨架带离现场,存放在分局技术科物证室,做下一步处理。"读到这里,他又看了一眼落款:"西泽派出所。"

　　张明虎不解:"一副猴子骨架,和无名女尸案有关联?"

　　"在接到报案人提供的线索前,我们也不会想到两者有联系……"司徒蓝嫣话说一半,看一眼展峰,见对方并未介意,又继续道,"目前我们得知,死者名叫新月,大名不详,具体身份也未核实。她是某江湖杂耍团队的成员之一。这个团队除她以外,还有老闷儿、小迷糊以及一只叫大圣的猴子。我们目前只掌握他们的江湖化名,核查不出真实身份。而这个团队走南闯北,靠耍猴吸引过客,获取经济来源。"

　　张明虎常办大案,很快听出关键所在:"司徒警官,您的意思是说,在沼泽区发现的骨架,就是那只叫大圣的猴子?"

　　"就是它!"

　　"团队中一人一猴的尸骨,都在同一个沼泽区被发现?"张明虎意识到了此事的严重性,他彻底明白了,此案为何会惊动公安部的王牌专案组,沉思数秒,他试探地问了句,"莫非,团队的其他人……"

　　司徒蓝嫣沉着脸,给出一个终极结论:"全部失联!"

十二

这起看似普通的无名女尸案,如同一条未知的导火绳,而程元鲲提供的线索,恰好将它点燃,导火绳的那一端究竟会引爆多大威力的"炸药",还是未知数。

张明虎感到事态严重,他用最快的速度将本案相关的所有物证罗列清楚,办理了移交手续。

第二天一早,展峰带队来到市殡仪馆内的法医解剖中心。

在市局法医的帮助下,展峰从冷藏柜中取出那具已提前解冻好的鞣尸。

从心理承受能力上说,鞣尸的尸观要比普通尸体容易接受。放在解剖台上的这具呈平躺状,毛发尚存,面部五官虽不算清晰可见,但尚能辨别第二性征,由于此前已做过尸检,所以尸体并无衣物包裹,可见全身皮肤黝黑,并带有皮革般光亮,触之有柔性,不易回弹。

当鞣尸从低温冷藏"恢复"到正常温度后,展峰将其还原到了现场勘查的原始状态。

同步录音录像全部调试完毕,由展峰主刀,鞣尸的二次解剖正式开始。

展峰首先来到物证台上那个黄色的敛尸袋旁,负责速记的司徒蓝嫣也跟着将记录本翻到了"尸体附着物"那一页。

他拉开卷尺,测量几组数据后,松手让卷尺自动缩回。"亮黄色敛尸袋,平铺后为长方形,长210厘米,宽70厘米,厚0.5厘米,牛筋布材料,内涂防水胶层,空袋重3斤,正面缝制有倒U形拉锁轨道,拉链为不锈钢材质。"说着,展峰捏住拉锁头,上下滑动了几下,"时隔这么久还能拉动,可见做工精良,绝非普通一次性拉锁可比。不过就算做工再精良,也不可能一点锈渍都没有。"他从工具箱拿出高倍放大镜对准拉锁牙的位置仔细瞧了数分钟,"难怪……"他把双眼从放大镜上端移开,这时连接同步录音录像的大屏上出现了被放大后的影像。

隗国安看着那星星点点的反光:"拉锁牙上也有涂层?"

"没错。"展峰用解剖刀轻轻一划,看着划痕中的乳白色物质道,"这是一种浸入式涂层,可起到防水、防腐蚀的作用。"说完,他又看向敛尸袋的两

第一案　解签食堂

端,"顶部和底部,分别缝制了两个金属拉环,顶端拉环完好,底端拉环变形严重,炸线约 5 厘米,底端拉环上拴有一截被扯断的麻绳,绳端呈丝状断裂,这是由于麻绳浸泡在沼泽土壤中,加之重物长时间作用,导致的拉扯性撕裂。"

司徒蓝嫣停下笔。"沼泽土壤密度较大,尸体下沉缓慢,拴上重物可以加快下沉速度。反映出凶手急切的作案心理。不过要想在沼泽区找到恰到好处的重物,也非易事,说明下坠物定是嫌疑人自己带来的。"

"可能性颇大。"

"重物究竟是什么?"

"首次勘查时,接案技术员也注意到了这一点,在对沼泽坑进行深挖后,他们找到了一块不规则状的岩石,重约 42 斤。"

"为抛尸准备工具,说明是有预谋作案……"司徒蓝嫣自言自语,在记录本上写下了自己的判断。

隗国安冷不丁开口:"展队,有个问题,我不是太明白。"

"你说。"

"敛尸袋这个东西,大多为一次性用品,我刚上网搜了一下,那种价格在十元左右的销量最高,而嫌疑人使用的这种加厚防水敛尸袋,一个要八九十元。抛个尸用普通的就完全够了,为什么要用质量这么好的?"

"会不会是因为那个拉环?"嬴亮不知何时已在数据库中把市面上最常见的敛尸袋图片给罗列了出来,"鬼叔提醒得好,我刚才查了一下,从颜色上分,常见的敛尸袋,有黄、黑、蓝三种颜色。其中黄色代表黄道吉日,黑色代表庄重,所以这两种颜色多使用在殡葬行业。而那些时常与尸体打交道的应急单位,比如说咱们公安局、应急管理局、急救中心等,多会采购蓝色,用来与殡葬行业加以区分。当然,这只是统计出的概率,并不是绝对。"

"据《民政行业标准》'MZ/T 135-2019'关于《遗体收殓运输卫生技术规范》中的相关记载,敛尸袋是一次性用品。所以制造商都会按照行业标准去生产,普通一次性敛尸袋多采用的是 PVC 材料,料质很薄,而且很少会设计拉环,因为一旦设计,受尸体自身重力的影响,就很容易把敛尸袋扯烂。"

"有道理。"隗国安附和道,"尸体送至殡仪馆,基本都是放在推车上,而法医解剖、事故救援也都有担架,这些单位不可能为了一个拉环,在敛尸袋上花费这么高,都快一百一个了。"

"但是有些特殊情况,必须使用这种价格较高的一次性敛尸袋。"嬴亮从数据库中调出一张照片,展示给众人,"你们看,这种规格的敛尸袋,是不是和本案的比较类似?"

几人纷纷把目光投来,隗国安道:"亮黄色,带拉环,看起来也比较厚实,除拉锁位置不同以外,其他几乎一模一样。"在确定答案后,他又看了一眼右下角的价格,"我滴(的)乖乖,这一个要二百八十五元,怎么这么贵?"

"因为它是用来处理特殊尸体的,用量少,自然就贵。"

"特殊尸体?"

"没错,这种敛尸袋不光防水性能好,还可以起到隔离保护的作用。所以它在某些领域是必不可少的。比如:传染病医院、生物化学科研机构(主要装实验动物尸体)等等。"

"这种敛尸袋,是不是需要特殊购买渠道?"

面对隗国安如此刁钻的问题,嬴亮尴尬地挠了挠头:"这个……我不是太清楚。"

隗国安看向展峰,后者会意道:"敛尸袋属于消耗品,尚无明确生产标准,所以确定购买渠道比较困难,不过……你们看这里。"他指着袋子正面一处像极了汉字部首"匚"的痕迹。

"这是……卡槽?"

"对。"展峰利用检验台上的微距镜头,将此处痕迹放大,此时,那边缘锯齿状的塑料碎片也重新变得清晰可见。

"卡槽长10厘米,宽6厘米,银行卡大小,作用显而易见,是用来塞入死者姓名牌的。卡槽上曾覆有硬塑料膜,从痕迹判断,膜是被人故意撕下来的。你们觉得什么人会这么做?目的又是什么?"

面对展峰提出的问题,隗国安和嬴亮面面相觑,不知该如何回答,倒是半晌未开口的司徒蓝嫣接了话头:"附加动作反映出动机。要是新的敛尸袋,则不需要多此一举,这说明用于抛尸的袋子,曾塞过姓名牌。而塞姓名牌的目的,当然是为了注明死者身份,方便家属认领,只有尸首经团体或单位接手后,才会这么做,如医院无力救治、抢险救灾发现等。姓名牌多为纸质,手写而成。往往这边写过,那边就会塞入其中,未干的字迹,不可避免地会印在塑料片上，就算事后姓名牌被抽出，塑料片上也有隐约字迹可见。嫌疑人将卡槽上的塑料膜撕掉，大概率是这个原因，而这也恰巧证明一点，抛尸用的是二手敛尸袋，这是其一。

"其二，特殊敛尸袋用于医疗，根据国家规定，医疗废物有特殊处理渠道，不可能直接丢弃，嫌疑人能接触到这种东西，恐怕存在一定行业关联。"

"师姐说得有理。"嬴亮先拍一番马屁，又道，"可展队说得也没错，类似行业面太广，敛尸袋上又没有任何标识，想通过渠道确定嫌疑人的职业特征，有些困难。"

"那就暂且放一放。"展峰把敛尸袋移到一边，接着他按照原始勘查的顺序，拿起了另外一个物证——八卦镜。

"它是在敛尸袋中发现的。"展峰将八卦镜一分为二，"直径17.5厘米，厚1.5厘米，重约250克，中间圆框部位，用胶水粘着一块圆形的凸透镜，由于酸性土壤的腐蚀，胶水已失去黏性。取下玻璃镜，观察边缘，可见坑洼毛边，这是使用劣质工具裁剪玻璃后留下的特征。用手上下掰动八卦镜，能感觉出柔性，从外观看，八卦镜金黄，看似为铜，实则是杂质含量较高的地条钢所制。"

嬴亮露出失望的神色："一看就是哪里都能买到的地摊货。"

司徒蓝嫣却说："虽然我不清楚使用八卦镜到底有什么讲究，但有一点可以确定，这是一种辟邪之物。嫌疑人塞入这个，估计是为求一个心理安慰。反映出对方存在迷信观念，文化水平并不是很高。"

"要说八卦镜，道九是专家。"隗国安掏出手机，拍了几张照片，"回头我问问他去！"

十三

敛尸袋、八卦镜被重新装回物证袋，嬴亮与隗国安合力架起3D扫描设备，直到将那具鞣性尸体完全扫进系统后，二次解剖才算正式开始。

死者为女性，报案人元鲲提供姓名为新月，真实身份不详，身高1.62米，首次解剖经耻骨联合面[1]计算得出,死者年龄在二十五岁左右。

"二十五岁?"司徒蓝嫣皱眉回忆片刻,"元鲲之前很肯定地告诉我,他比新月大一岁,他是1975年12月生,那么新月出生在1976年。二十五岁,那新月便是2001年遇害,算起来,至今已经过去十九年了?"[2]

"竟然这么久了?"

隗国安瞅嬴亮一眼,瞬间猜到他为何露出一副苦瓜脸。原本插手这桩案子的前提,就是在帮司徒蓝嫣争取一个解签变态杀人犯的机会。嬴亮作为师姐的追求者,自然极力站在司徒蓝嫣这边,促成接案。

DNA比中的信息上显示,新月的尸体是在2019年被发现的,掐指算还不到一年,众人原本以为这是一起"新发"的案子,调查起来不会有太大的难度,可现在看来,本案比以往接触的悬案都棘手。十九年,足以让一切人证、物证随之消亡,现在留给专案组的线索只有一个敛尸袋、一枚八卦镜,还有一具仿佛被抽成"真空包装"的鞣尸。

前两者都是大通货,无论分析得如何细致,也不可能得到指向性的结果。"三减二"到底是等于一,还是等于零,一切都要从尸体上寻找答案。

短暂的插曲后,尸体解剖继续进行。

死者被发现时衣着完整,没有被撕扯的迹象,上身从外到内为:黑色棉袄、橘黄色毛衣、粉色秋衣、白色胸罩;下身为淡蓝色牛仔裤、毛线裤、粉色秋裤、黑色内裤。

"从衣着特征看,新月应该是在气温较低的秋冬季节遇害的。"展峰将剪开的衣物拿至一边,开始从头到脚检验尸表。

"长发,未见染发痕迹,头骨上有并排五个孔状贯穿伤,孔洞呈直线型排列,间距约为2厘米,推测是某种耙子击打后形成的。间距过小,可排除农村种地使用的大号金属耙(大号金属耙齿距均在4厘米以上)。小号耙子,能在颅骨上一次性敲出如此致命伤,除了凶手要有一定的力气,耙子的手柄也要足够长,至少能完成一个挥舞的动作,这样才可以产生足够的力。以此推测作案

---

[1] 耻骨联合是由两侧的耻骨联合面借纤维软骨连接而成,有耻骨上韧带、耻骨弓状韧带加强,有人将耻骨联合算作半关节。通过耻骨联合面的形态学特征来识别无名尸体的年龄,逐渐成为一种重要手段之一。在测量耻骨联合相关数据后,带入计算公式,可推测出死者的年龄范围,精确测量,误差较小。
[2] 本案完稿于2020年。

地,并非一个狭窄的空间,室内、室外皆有可能。"

嬴亮自知是自己挑的事,所以在展峰叙述时,他也很上心地在一旁检索。"展队,按照你说的,齿距为2厘米且手柄较长的耙子有三种。"

"哦?说来听听?"

"第一种是菜园耙,耙齿比较长,平均都在10厘米以上,是种植蔬菜时松土所用的。"

"第二种是草料耙,多用在给小型牲畜添加饲料上,不过这种耙子的齿钉有一定的弯曲,这样更容易叉取草料。"

"第三种是灰耙,这种耙子在东北较为常见,因为那里习惯烧炕,在清理炕下的草木灰时,就会用到这种耙子。"

展峰的目光在三种耙子上逐一掠过,再三确认后,他最终有了答案:"菜园耙,是人在直立状态下使用的,手柄较长、耙齿较多,用它刺入头部,不可能只留下五个孔洞。草料耙带有弧度,那么在头部留下的孔洞会有一定的弯曲。用排除法判断,只有灰耙符合作案条件。"

虽说确定了种类,但嬴亮还是高兴不起来:"在东北,灰耙几乎家家都有,有些太泛泛了。"

"先作为线索掌握也未尝不可。"司徒蓝嫣提笔在"作案工具"一栏做了相应记录。

展峰随后又将尸表仔仔细细检查了一遍,当未发现其他致命伤后,他又用剪刀,将尸首腹部缝合处重新剪开。尸体长期处于隔绝空气的酸性土壤中,又有防水性较好的敛尸袋保护,因此死者的胸腹腔器官,仅是软化萎缩,无明显破裂,具备检验条件。

"首次尸检发现,新月胃部充盈,经检测,里面都包含什么成分?"展峰头也没抬地问道。

卷宗的电子扫描件,一向存放在嬴亮的电脑中,他立刻调出尸检报告,找到了相应记录。"是一种不易消化的植物茎叶,具体什么种类,并未查明。另外还有大量炭化颗粒,看起来像是谷物,其他就没有了。"

展峰用镊子从幽门末端中夹出一颗,放在无影灯下仔细观察。"谷物是粗加工后的麦仁。"

"十二指肠中有没有发现?"他又问。

"没有。"

"这么说来,新月是刚用餐完毕就被杀了?"

"植物粗纤维,麦仁?"隗国安琢磨片刻,"难道吃的麦仁粥配咸菜?"

司徒蓝嫣不解:"粥很好猜,咸菜您是怎么推断出来的?"

隗国安刚才也伸头看了一眼尸检报告,当看到植物茎叶与麦仁的比例时,心中就大概有了料想,他回道:"生活经验嘛!死者胃内有大量谷物炭化颗粒,说明当晚喝了很多粥,要是咸度适中的家常菜,不可能喝这么多粥,就吃一点菜。"

"嗯,有道理。"司徒蓝嫣点点头,继而又问,"那鬼叔觉得,她吃的是早餐,还是晚餐呢?"

"我看是晚餐。"

"哦?何以见得?"

"虽说按照北方人的饮食习惯,早晚餐都会喝粥吃咸菜,但是你们可能没有注意到一个细节。"隗国安把众人的注意力引到了死者光秃秃的脚上,"新月被害时,没穿鞋袜。"

展峰确认道:"鬼叔说得没错,提取的物证中,确实没有死者的鞋袜。"

"那就没差了。"隗国安说,"新月是在秋冬季节被害的,那个年代还没有集中供暖,天气较为寒冷。她上下身都穿着整齐,不可能漏掉鞋袜,毕竟就算是穷人家,起床后简单的洗漱还是要有的,尤其新月满头长发,洗漱起来时间一定不会短。那么冷的天,光脚穿拖鞋一般人受不了。但到了晚上就不一样了。因为吃完晚饭后要洗脚上床,所以我觉得晚餐的可能性较大。"

"原来是这样。"司徒蓝嫣点头表示认可。

"恐怕事情没那么简单。"嬴亮将另外一份报告展示给众人,"这儿还有一份毒理检验报告。"

"怎么说的?"展峰问。

"市局法医提取新月的胃组织做了毒物分析,从中检出了毒鼠强的成分。"

"中毒死的?"隗国安略感诧异。

"中了毒,但没有死。"展峰指着新月的头部,"伤口集中在后脑,也就是说,凶手用灰耙击打时,新月处在趴卧状态,这个时候,她应该中了毒,但尚未失去生命体征,所以凶手才补了这致命的一耙。另外,我同意鬼叔的推论,新月被害时，吃的是晚餐。胃内容物以麦仁粥为主，表明粥内无毒。由此判断，毒鼠强可能是被下在了咸菜中。"

隗国安点头道："也符合生活常识。咸菜口味重，就算下了毒，也不一定能吃得出来。而且咸菜这玩意儿，本就是调剂口味，不可能吃多少。所以就算中毒，也不一定致命。"

司徒蓝嫣问："能不能通过检验证实？"

"可以。"展峰给了肯定回答，他用镊子从新月头上拔掉数根毛发，"一并检验，这样可以分析出毒物的具体成分。"

十四

尸体解剖直至深夜才彻底结束，为了不放过任何一个细节，展峰不光将现在提取的物证拿进了外勤车，就连市局已检过的检材，他也不厌其烦地重新鉴定了一番。

与此同时，隗国安那边，新月的颅骨复原，也告一段落。

经专案组讨论后决议，在进入下一步调查前，必须对程元鲲进行一次系统的询问，为了拉近距离，在问话中，专案组沿用了店老板罗平平时对他的称呼——元鲲。

…………

询问室内，隗国安将一张打印好的彩色照片递给元鲲："仔细看看，是不是新月？"

元鲲双手接过照片，凝视着上面的女子，久久沉默不语，司徒蓝嫣注意到，他的眼眶缓缓发红，眼角泛着微微泪光。

"唉……"他长长地叹了口气，把照片平放在面前的小桌板上，双手捂着脸颊用力搓了几下，再松开双手时，眼角的泪水已被悄悄拭去。

"人到底怎么没的？"他问。

"你怎么知道人没了？"展峰很好奇。

"警官，二十几年大牢不是白蹲的，有些事你们瞒不住。"元鲲有些哽咽，"没有新月的下落，你们也不会联系我。如果新月还活着，你们更不会给我看一张电脑合成照。要是我没猜错，人恐怕很早就没了，而且从尸体的脸也一眼看不出是谁，所以你们才会给我看打印照片……这应该是你们中的专家弄出来的吧？"

询问室内，无人应答。

专案组的反应，让元鲲确定了心中的猜测，他勉强笑了笑："你们放心，找了他们这么多年，我早就有心理准备，尽管实话告诉我就是。"

展峰必须在这次对话中，问清楚前因后果，所以，他本来也没打算有所保留："行，那我就说了。新月是被人下毒后，再用灰耙击打后脑致死的。"

元鲲口口声声说，自己做好了心理准备，但此时他浑身不由自主地战栗起来，这个貌似质朴的汉子变得戾气四散，眼中充满杀意。

"谁干的?!"

"还不清楚，所以需要你的配合。"展峰语气依旧平静。

元鲲知道，破案的事还得指望这帮警察，他稍微调整了一下情绪，低声道："什么时候的事？"

"初步估计，是 2001 年。"

"2001 年？"元鲲一愣，看向展峰的眼神带上了怨愤，"十九年了，你们警方居然还没破案？"

"尸体是去年下半年才被发现的，由于受害人身份不明，本案在侦查之中遇到瓶颈，直至我从你提供的头发手绳中，提取到了 DNA 样本，这才对上了新月的身份。"

元鲲并没消气，死死盯住展峰，追问道："尸体是在哪里发现的？"

"与大圣尸骨发现处直线距离不到 1 公里的沼泽区。"展峰道，"你的直觉，是对的。"

"怎么会这样？怎么会这样？这到底是为什么……"元鲲再也抑制不住自己的情绪，一拳一拳地猛击桌面，双手顿时皮开肉绽。

"这么年过去了，凶手还逍遥法外，我希望你能冷静下来，现在还不到伤心的时候。"面对失控的元鲲，展峰沉声劝阻道，"后续侦查能不能顺利进行，你提供的线索至关重要，怎么？不想查出真凶，为他们昭雪吗？"

撕心裂肺的叫喊声停了下来，元鲲阴鸷地盯着展峰："警官，这种话我在监狱听得太多了，可很多案子偏偏就是石沉大海，我怎么知道你一定办得到？"

第一案 解签食堂

面对挑衅，展峰的语气却平静无波："影响破案的因素很多，我不能给你其他保证。但是，只要是我经手的案子，无论需要多少时间，哪怕追到天涯海角，我也会追到水落石出的那一天。"

元鲲凝视着展峰，许久之后，他突然咧开嘴，发出"呵呵"的笑声："你让我想起一种动物……"

展峰并不说话，元鲲继续说道："鳄鱼见过吗？看起来好像一节枯树枝漂在水面上，眼睛却紧紧地盯着猎物。"

他弯曲两根手指，在自己眼前比画了一下，又把手指朝向展峰："它一直在寻找猎物，非常有耐心和恒心，找到机会就会一口咬住……"

"所以呢？你的决定是什么？"

元鲲哼了一声，表情松弛下来："我可不可以先抽支烟。"

"没问题，等你觉得可以开始了，我们再往下进行。"

"谢了。"元鲲从兜里取出一支烟，自顾自地点燃，刚抽一半，他似乎又想起什么，抬头看向展峰，"新月没了板上钉钉，那老闷儿和小迷糊呢，他们怎么样了？"

面对这个问题，展峰给了一个很官方的回答："暂时失联。"

"新月是聋哑人，老闷儿是不会抛弃她的，你就给我句实话，恐怕他们也是凶多吉少了吧！"

"还在调查，不能排除这种可能。"

"他们一没钱，二不得罪人，为什么要杀他们？"元鲲说到这儿，想到某种可能性，顿时瞪大双眼，"难道新月……"

展峰知道他想什么，摇头道："发现时，她的衣着完整，没有任何被性侵的迹象，至于凶手的动机，我们暂时也还不清楚。"

这个结果，多少让元鲲放松下来："要是这样，我猜多半是仇杀。"

"你这么说，是知道老闷儿得罪过什么人吗？"

"老闷儿倒是没亲口说，但我在的那两年里，确实有人找过他碴儿。"

"你把事情经过说说。"

"行！"元鲲恶狠狠地将烟卷捻灭，"之前老闷儿干过什么，我也不知道，他从来没跟我提过，这个人嘴巴紧得很，只要他不想说，你用什么办法都撬不开嘴。我也只知道和他们在一起那两年的事。

"老闷儿跟我闲聊时说过,他是江湖中人,属于什么彩字门[1]一派。和一般跑江湖的不同,他是打小规规矩矩拜入师父门下,行了师徒礼,才学的耍猴之术。师父带着他走南闯北,也算是见过不少市面,直到他师父客死他乡,他才继承了师父的衣钵。

"其实老闷儿的师父怎么死的,我挺好奇。别看他们这些人跑江湖天南海北地到处走,反而思乡的情绪浓厚,也通常有落叶归根的讲究。要是正经人病了,不行了,那宁可车马劳顿,也要回家闭眼。他师父死在外头,和老闷儿平时跟我说的那些'规矩'可不大一样,因此我也顺嘴问过,但老闷儿总是摆摆手,说一句江湖险恶,就不再往下多说半个字了。

"老闷儿这样倒也不奇怪,毕竟这人总把那句'过一天算一天'挂在嘴边,要不是这样,只怕也不会不问来由地收留我。虽然这班底赚钱不多,但这几个人都挺能苦中作乐的。搁现在,动物保护意识上来了,耍猴这门手艺也算绝了迹,可在二十世纪九十年代那会儿,跑江湖干这行,还是比较吃香的。

"那时不像现在,哪儿哪儿都有商店,处处张灯结彩。小点的城市乡镇里头,老百姓想买东西,那就要等逢集。[2]"元鲲说着,目光落在隗国安身上,"说起逢集,以这位警官的年岁,可能经历过。"

隗国安微微点点头,算是回答。

元鲲得到了肯定,继续往下说:"耍猴想赚钱,必须靠人流,大家瞧着新鲜,都会掏钱打赏。很多地方,每隔两三天就会逢一次集,所以一些小集市,压根没多少人。我们一般用逢集赚小钱解决温饱,要是想多赚点,就必须赶上庙会[3]。

"老闷儿手头有一个记事本,上面密密麻麻记录着全国各地庙会开始和结束的时间。另外,他说他们江湖人士,有个叫长春会的组织,联系长春会,能

---

[1] 彩字门做的是变戏法的行当。就像常见的吞剑、喷火、踩高跷,都属这一门。
[2] 逢集是一般在北方地区、西北等偏远地区人民生活中所运用的词。所谓逢集,就是以某一个乡镇为中心点自然村,以四天或五天为一个时间间隔段,有些地区会以每月的初一、初四、初九、十一、十四、十九、二十一、二十四、二十九这几天为逢集日,也有些以初二、初五、初十为逢集日,到这一天周边相邻的村的人齐聚乡镇,参加集会,进行商品的采购、买卖等。这一现象称为逢集。
[3] 庙会起源于寺庙周围,所以叫"庙";又由于小商小贩们看到烧香拜佛者多,在庙外摆起各式小摊赚钱,渐渐地成为定期活动,所以叫"会"。久而久之,"逛庙会"演变成了如今人们节日期间,特别是春节期间的娱乐活动。

第一案　解签食堂

得到最新的庙会时间表，长春会还能给我们提供最省钱的到达路线。

"夏天老闷儿会带着我们一路北上，到了冬天就会南下。每到一个地方，老闷儿就去找当地的长春会，交点会费，人家就能在庙会上给你画出一片地方来。另外，我们还可以跟他们打听哪儿有便宜的旅社、饭食，要是兜里实在没有钱，长春会还能给我们安排破营子。"

隗国安问："破营子是什么？"

"就是没人住的破屋呗！比如没建成的工地、搬走的拆迁房，总之能遮风挡雨就行，用老闷儿的话说，行走江湖，没那么多讲究。"

展峰问："有没有很多江湖艺人住在同一个破营子里的情况？"

"经常能遇到。不少次，我们都和别的江湖艺人挤在一个院里，毕竟都是出来讨生活，能省点是点。"

"那你有没有遇到过黑吃黑？"展峰捏着下巴，沉思片刻，"比方说，你们赚到钱，其他人还饿着肚子，会不会有人趁火打劫？"

"听过，但我和老闷儿在一起的两年里，倒没遇到过。因为每个地方的长春会都能提供存钱服务。"

"存钱？"

"对。我们初来乍到，对当地不熟，铁定不敢带太多钱在身上，只要身上有大票子，我们都会在长春会寄存，这样安全，不过取的时候，长春会要提百分之一的保管费。"

"所有江湖艺人都知道？"

"跑江湖的都晓得。"元鲲道，"老闷儿做事很谨慎，以我对他的了解，他身上从头到脚搜不出十元钱，遇到打劫的他很配合，用他的话说，好汉不吃眼前亏，钱没了可以赚，人没了就什么都没了。所以，抢劫杀人的也不会看上他。"

"原来如此。"展峰点点头，"你刚说案子是仇杀，这又是为什么？"

"实话实说吧，我也是猜的。"

"猜的？那也总有个原因。"

"没错，当年我入伙不久，遇到过一件事。就是这件事，让我觉得，他们可能是遭了报复。"

"什么事？"

"有一天,老闷儿被同住在破营子的另一帮人带出去,回来时被打得鼻青脸肿,我看不惯,要去给他报仇,他把我拦了下来,说江湖险恶,让我千万别多管闲事。"

"就是说,老闷儿因为什么被打,你也不清楚?"

"不知道。"元鲲眉头一皱,回忆片刻,"我就记得那天,我们刚在破营子落脚。那个废旧四合院有七八间房,我们去的时候,里面已经住了不少人,有卖杂货的、卖膏药的、算命的,还有点痣去瘊子的,我们住靠门口的房间。当时我在卸行李,新月收拾房间,小迷糊给大圣喂食。没多久就进来三个人,他们张嘴就问谁是管事的,老闷儿从茅房解手回来,就跟他们出了院子。一直等到太阳落山,老闷儿才捂着鼻子回院子,另外三个人就住在我们隔壁房。我见老闷儿上嘴唇有血,我就要去讨个说法,结果被他给拽了下来。要不是新月苦苦哀求,我当晚就让他们好看,反正我身上已经背了一条人命,收拾掉他们三个,我也只赚不亏。"

"你的意思是说,老闷儿被他们仨打了?"

"对。"

"真没有原因?"

"老闷儿没说,后来听小迷糊提了一嘴,可能是因为合伙做买卖的事。"

"合伙?"

"就是捆绑买卖,我一说,你们就知道了。"元鲲详细解释了一下,"老闷儿干的是耍猴营生,这种戏法可以吸引很多客流,但没货,所以看客掏钱全凭自愿,一场猴戏下来真正掏钱的没有几个。而有些买卖全靠吆喝,比方说卖膏药的、卖小百货的。集市上人来人往,你要是靠嗓子喊,谁也撑不了几天。但是不叫卖,那就只能等买家自动上门。虽说这种生意人没多少客流,但他们卖东西,只要有人上门,多数都会掏钱。说白了,各行都有各行的利弊。

"老闷儿说,他们彩字门,之所以在江湖八小门[1]中排行第三,就是因为他们的手艺可以短时间内带动人气,盘活一个集市。所以彩字门到哪里,都被人高看一眼。"

---

[1] 江湖八小门:金、皮、彩、挂、平、团、调、柳。详见《特殊罪案调查组2》中的"灭顶贼帮案"。

第一案　解签食堂

"不过枪打出头鸟，名声在外也不是啥好事，其他买卖人知道你是耍彩头的，就会有人过来与你商议搞合伙。也就是老闷儿耍猴，先把客流量带起来，卖货的再上台借着人流推销货物。老闷儿在耍猴时，顺道说几句推销词，感觉吧，有点像现在的直播带货。老闷儿根据卖货的多少，抽一点佣金。"

"这不挺好吗？互利互惠嘛！"隗国安道。

元鲲摇摇头："你们不知道其中的道道。但凡出来跑江湖卖货的，基本都打着'猎奇'的名号，什么包治百病，包用十年。其实呢？基本上都是一些残次品。多数打一枪换一个地方，货一卖完就卷铺盖走人。可耍猴，不管在哪个庙会，都是被当成台柱子的把戏，当地长春会通常会给选一块比较中心的位置，你说你只演个一两天就走，那绝对不可能，基本都是庙会什么时候散场，我们什么时候才休息，要是不遵守规矩被列入黑名单，那以后日子就不好混了。

"我们倘若在耍猴时卖了假货，人家后续找来，黑锅都是我们背。所以，不知根知底的人，老闷儿压根不愿搭理。这江湖人最讲究面子，时间一长，肯定起矛盾，而且那些卖货的，也都是从长春会打听到你的，有些人也算是抬头不见低头见，对方一旦对你起偏见，后续就会有不少烦心事。不过好在我长得人高马大，我在的那两年，除了第一次我不知道情况，老闷儿被人钻了空子，其他时候，还真没人敢动手，最多就在背后嚼嚼舌根子。不过，老闷儿也是个要面子的人，为了堵住人家的嘴，他干脆自己卖起了货。"

"什么货？"

"老鼠药。"

"喀喀喀。"隗国安刚含了一口水在口中，听到元鲲提及老鼠药，他硬是呛了半晌才缓过劲来，"你说什么？老鼠药？"

元鲲也不清楚隗国安为什么这么问，只是回了句："对。"

"他从哪里弄的老鼠药？"展峰问道。

"自己配的。"

"老闷儿不是耍猴的吗？还有这手艺？"缓过来劲的隗国安来了兴致。

"我也不知道他跟谁学的，但他配的鼠药效果确实好，我们用它在破营子里药过老鼠，基本三步倒。"

"我以前在派出所抓过不少私自配鼠药的，凭良心说，有些人配的鼠药，效果确实没话说。"

隗国安此话一出，负责记录的嬴亮不由自主地朝他瞟了一眼，别人不清楚，他心里跟明镜似的，论审讯技巧，隗国安绝不在展峰之下。能把捧杀玩得神不知鬼不觉，也就数头上没毛的隗国安厉害。

果然，元鲲听到这句话，脸上有了几分自豪的神色："老闷儿的鼠药，确实是他的独家秘方，除我之外，他谁也没告诉过。"

"看家的生意，怎么就单单告诉你呢？"

司徒蓝嫣的这句话，让元鲲刚恢复的心情，又变得有些难受，他续了支烟卷，缓缓地道："老闷儿年岁已高，折腾不了几年了。而且耍猴的营生，一年不如一年，我就是想学，老闷儿也不想教。用他的话说，动物都有灵性，驯猴那一套，手上也沾了猴的血，靠耍猴吃饭是要折阳寿的。他不希望这门手艺再传承下去。所以才会传给我另一门手艺……"

"不见得吧！"司徒蓝嫣挑起秀美的眉头，"要传手艺，小迷糊不是更合适？你才跟他两年，他就把这配鼠药的看家本事交了底，恐怕有别的原因，对不对？"

"什么别的原因？"

见元鲲揣着明白当糊涂，司徒蓝嫣浅浅一笑："这事，其实你也没什么好掩饰的，老闷儿这么做，摆明就是在跟你托孤。他心里头知道，单靠新月和小迷糊走江湖，那是不可能长久的，得给他们找个依靠。老闷儿选择的依靠，就是你，而这，源自你和新月之间不同寻常的关系。"

"我和新月有感情，和老闷儿有啥关系？"

司徒蓝嫣道："你说话时，我一直在留心你的表情，只有提及新月时，你才会表现出极度的伤心，而在说起老闷儿和小迷糊时，你语气平静。这说明，三人中，你始终放不下的只有新月。很明显，你和她的感情，比一般的恋爱关系要深得多。

"老闷儿是个老江湖，他救你，是出于江湖人的道义，况且那个时候，老闷儿的团队中，又缺一个能扛事的男丁，所以他才选中你。换句话说，你和老闷儿之间你情我愿，一个愿打一个愿挨，互相利用，实则谁也不欠谁的情。

"而且你入伙时，并没有坦言自己犯了什么事，将心比心，你有保留，那老闷儿这种老江湖，自然不会对你掏心掏肺。也就是说，当时你们的关系，其

第一案 解签食堂

实并没有你所描述的那么好。"

见对方沉默不语,她继续道:"我国二十世纪九十年代,对鼠药几乎没什么管控措施,所以用鼠药投毒的案子屡见不鲜,鼠药对我们警察来说,可不算陌生。

"那几年国家整体经济水平不高,老百姓大多居住在低矮的四合院中,鼠患是大多数老百姓生活中的大麻烦。那个年代,鼠药是家家户户都会用到的生活必需品,如果鼠药配得好,完全可以当一门手艺传承。

"以现在鼠药的价格来说,毒鼠强[1]原药大概每斤四百元,可以配10斤水,200斤谷物。这么配成的老鼠药,按2~3克分成小包出售,利润能达到四五万元,绝对算得上暴利行业。但毒鼠强有剧毒,配置过程中稍有不慎,就会毒伤自身,所以鼠药这个东西,尽管很赚钱,却不是谁都能配置的。老闷儿既然把这门手艺交给你,自然是有所托付了。"

司徒蓝嫣神色一敛,严肃地道:"元鲲,希望你明白一点。这桩案子,是你找到警方的,既然接案,我们就会一追到底,你不要习惯性地隐瞒事实,你是最重要的知情者,想要真相大白,你必须全力配合我们。"

元鲲毕竟坐了二十几年牢,虽说是自作自受,但他不可能对警方完全放下戒心。这一点,司徒蓝嫣从第一次接触元鲲时,就有所察觉,所以,她必须给元鲲当头一棒,让他清醒地认识到,他在警方面前玩不了什么花样。

见元鲲若有所思,司徒蓝嫣趁势继续分析下去:"老闷儿对你不信任,但又把赚钱的活计拱手相让,这是个矛盾的选择。而他做出这个选择的原因,就在新月身上。

"新月是他从小抚养长大的,感情自然不一般。作为老江湖,他不会傻到把自己的'女儿'托付给一个他自己并不完全信任、且随时都会离开之人。况且新月还先天性聋哑,如果对方谈不上知根知底、真诚可靠,我相信,就以你所形容的老闷儿的性情看,绝对不会拿新月的终身幸福开玩笑。

"话说到这里,情况其实已经很明白了。在你和新月的感情中,主动的应该是你,换句话说,你和新月之间发生了什么,正巧被老闷儿给撞见,这导致

---

[1] 毒鼠强,其化学名称为"四亚甲基二砜四胺",又名"三步倒""闻到死"等等,是德国科学家于1949年首先合成的。其毒性极大,动物食入后,毒物未人胃便发作,几分钟即可死亡。由于其化学结构非常稳定,不易降解,可造成二次、三次中毒。

他不得不做出选择,把一切都交托给你。

"当然,等到你后来提出,以自己的性命换回一万元悬红给老闷儿,他在那个时候,彻底看清了你的想法和人品,觉得新月看上你是有理由的,所以他选择不要钱,给你换一个自首的机会,希望能保你一命,将来你出狱,也能照顾新月和小迷糊,对不对?"

元鲲没回答,但他脸色青红交替,可见司徒蓝嫣所推测的,与事实情况几乎没什么偏差。

"不愧是公安部的王牌专案组。"终于,元鲲长叹一声,放下了掩盖的想法,"司徒警官,你说得没错。我那时候才十八岁,正是冲动的年纪,新月虽然长相并不出众,但人是感情动物,加上新月真诚、善良、勤勤恳恳,我们也就日久生情了。起初,新月很保守,对我的示爱,她总是躲躲闪闪。我大概知道,她聋哑,所以很自卑,后来我背着老闷儿,硬是亲了她一口,她却没反抗。自那以后,我就知道,她对我也有那份心,我俩就这么好上了。

"老闷儿虽然嘴上不说,但始终对我有所提防,当然,这怪我不够坦诚。可话又说回来,我要是告诉他们,我是杀人犯,估计老闷儿也就不会把我留下了。

"所以,我和新月的恋情,当然是瞒着老闷儿的。然而纸包不住火,两个人一旦好上,干啥都含情脉脉。老闷儿这么精明,没过多久就看出了猫腻。

"有天晚上,当我和新月偷偷溜出去幽会时,老闷儿悄悄跟了上来,他瞧见我和新月亲嘴。老闷儿很能沉住气,当时没上来揭穿,只是在事后找了我。爷俩聊了一夜,老闷儿让我保证这辈子要对得起新月,从那天以后,我和新月的事,才算能见人了。老闷儿为了让我以后能有一门吃饭手艺,照顾好新月,这才把配置鼠药的技术传给了我。"

见元鲲敞亮了,展峰抓住机会追问:"老闷儿卖的鼠药里,都用的是什么配方?"

时隔多年,元鲲说起配方来,完全不需要回忆一样侃侃而谈:"将4斤大米、2斤香菜子、2斤南瓜子、1斤大豆、半斤芝麻、半斤花生混在一起,炒香,磨成10斤杂食粉。把杂食粉与买来的毒鼠强原药按照50∶1的比例混合,再和入水中,搅拌成糊状。这种状态下,毒鼠强不会挥发,所以要趁着糊状装袋,封包,然后放在户外阴干。当用手捏,能感觉到里面的药呈粉末状时,就可以用热胶机封口了。"

"你还少说了一样步骤。"

元鲲不解地望向展峰："这我都背多少遍了，哪里还缺步骤？"

"用来混合鼠药的水，不是一般的水，里面加了少量甲醛熔液。"

"对对对，瞧我这记性。也是上了年岁了……"元鲲一拍脑门，"老闷儿的行李架中，是有个玻璃药瓶子，但里面装的是什么我不清楚，我只知道他每次配药时，会在水中滴几滴。这老家伙，也不知道是不是还怀疑我，留着这么一手。"

看元鲲的反应没有故意隐瞒的意思，展峰道："看来……老闷儿交给你配方后，你没有自己配置过鼠药？"

"唉！"元鲲叹道，"过程我都看了无数遍了，就差亲手调制，结果悬赏通报被贴了出来……"

展峰没有纠结："鼠药效果怎样？"

"老闷儿给鼠药起名三步倒，效果也一样。鼠药里头加了各种粮食，闻起来有股粮食香，所以比较招老鼠。老闷儿是个实在人，鼠药卖得便宜，也算有名头，销量还可以。"

隗国安插了句："你们又耍猴，又卖鼠药，经济收益应该还不错啊！"

"五张嘴要吃饭呢，也只有庙会那几天能多赚点。而且老闷儿有事没事还喜欢给我们加个餐，赚的钱也就够解决温饱，余不下什么。"

十五

在告知元鲲真相大白之前不允许离开 GS 市之后，展峰和在外闲逛的吕瀚海通了个电话，要求他立刻赶到市局询问区。

这要放在早几年，吕瀚海说不定还会小紧张一下，可经过这么多年的心性打磨，他早已把临危不惧发挥到了极致。虽说展峰并没告诉他，这回到底要干吗，但从他急切的语气中，吕瀚海敏锐地察觉到，只怕是这位又有事让他帮忙了。

GS 市局办案区建在地下负三层，吕瀚海进了电梯，手机四格信号瞬间灭了三格半，随着电梯"叮"的一声打开，那剩下的最后半格，也消失得无影无踪。

看着手机屏幕右上角的"无服务"三个字，吕瀚海笑眯眯地将手机揣进兜里，长舒一口气："总算能清净一会儿了。"他小声咕哝着，朝前面不停挥手的隗国安走了过去。

"找我啥事？"吕瀚海问。

"来钱的活！"隗国安笑眯眯地拍拍他的肩。

"得得得，你个鬼精可别给我下套，你们专案组的钱可不好赚！"隗国安递来一个带有别针的塑料卡片，吕瀚海接过去瞅瞅，"这什么鬼？"

"感应器。"隗国安手指办案区入口那扇厚重的金属门，"门禁都是感应的，带着这个才能进。办案人员用绿色，嫌疑人用红色，要是带着这个离开办案区，后台会自动报警。"

"嘿，还真是高科技。"那块绿色的塑料卡片被吕瀚海捏在手头把玩了一番，"唉，只可惜，这色，看起来有些不得劲。"

"又不是帽子，有啥不得劲的。"隗国安催促，"别磨叽了，展队他们都在屋里，就等着你这个主角到场呢！"

吕瀚海知道隗国安是个马屁精，可这舒坦话到他耳朵里，还是相当受用的，他双手一背，昂首挺胸，拉开腔调："那就有请老鬼同志，先行带路吧。"

隗国安捏着嗓子，学着公公的声音，回了个"喏"，二人便一前一后踏入了门禁。

GS市局办案区是严格按照公安部下发的标准建设的，询问证人的询问区，与讯问嫌疑人的讯问区，中间被一道软包墙隔开。

吕瀚海跟着隗国安七拐八拐，朝最里侧的那间房走去。

一路走来，吕瀚海注意到，经过的每一道门，上面都标有序号，诸如询问1室、询问2室等等，以此类推。而展峰所在的这间门，却是光秃秃的啥都没有，但推门而入，里面却别有洞天：软沙发、太空椅、原木桌等办公用品，摆放得错落有致。最让吕瀚海诧异的是，这间房内没有监控探头。

推门的一刹那，他就把屋内布局尽收眼底，据他推测，这应该是一间秘密的会谈室。

"展护卫，找我干啥？"吕瀚海一屁股坐在太空椅上，摆了个舒服的姿势。

"这次接手的案子涉及江湖帮派，想让你帮个忙。"展峰把元鲲的笔录摘选在手中晃了晃，"要不你先看看工作量，再报个价？"

第一案　解签食堂

"我说展护卫,你还真以为我九爷只认钱当祖宗?你别忘了,我是部里直接聘请的辅警司机,怎么着我也是专案组的一员,能不能别老跟我提钱?"

"哎哎哎,九爷,九爷,感情渲染到顶了,咱差不多行了啊!"隗国安将笔录摘选硬塞到了吕瀚海怀里,"时间紧,任务重,你赶紧看,然后报个价,咱心里都踏实,都是千年的狐狸,就别玩聊斋了。"

吕瀚海腾地从太空椅上站了起来:"好你个老鬼,谁对你好你损谁,我哪次赚的线索费没请你吃饭。得,你既然要门缝里看人,那这次的饭你别吃了。"吕瀚海把笔录往桌上一摔,"我九爷今天把话撂在这儿,这个案子,从头到尾,只要需要我帮忙,我义无反顾,而且我一毛钱不收。"

这次轮到隗国安傻眼了:"道九,你来真的?"

"比珍珠还真!"

"哎呀,九爷转性了呀!您这境界,啥也不说了!"隗国安假装激动,把竖起拇指的手又抖了两下。

吕瀚海白他一眼,重新拿起笔录,转身面对展峰:"说吧,要我干啥?"

比起其他三人,展峰淡定许多,仿佛吕瀚海的转变他早就看在眼里:"既然不用报价,那就麻烦九爷看看,从这些问话里头,能不能看出猫腻来?"

吕瀚海恢复了进门前那吊儿郎当的样子:"成,让九爷我仔细推敲推敲。"他一屁股坐回太空椅,其他人也坐了下来。

屋内安静起来,除了吕瀚海偶尔朝指尖吐唾沫翻页的"呸呸"声,再也没有任何响动。

约莫半小时工夫,吕瀚海将笔录纸从脸前拿开,若有所思地问:"这个叫老闷儿的人,你们对他了解多少?"

见他耍宝半天的嬴亮,早就有些耐不住性子:"让你看元鲲的笔录,你问老闷儿干吗?"

吕瀚海从隗国安嘴里,听了些嬴亮与展峰的过节,现在两人冰释前嫌,那么他作为展峰的第一号"跟班",自然不能再添油加醋。吕瀚海向来也秉持劝和不劝分的态度,就算嬴亮偶尔还对他发些小暴脾气,他倒是也不会真往心里去。

他咂巴着嘴:"你们就没看出来,老闷儿这个人不简单哪。"

"这怎么说?"司徒蓝嫣好奇道。

"元鲲说老闷儿靠耍猴为生,属彩字门。这金、皮、彩、挂、平、团、调、柳,江湖八小门中,彩字门排行第三,是上等营生。

"彩字门中的'彩',据《江湖春点》记载,全称'彩立子',江湖中凡是变戏法的行当,皆称彩立子。这彩字门里,还有种种区分。玩杂技的,叫'阡子';变戏法的,叫'挑除供的';变魔术的,叫'色(shǎi)糖立子'。其中,最难的一门莫过于猴戏,江湖人称'鬼熬人'。

"在古代,老祖宗把猴视为马的守护神,常在马厩内养猴子,说是能留住马,因此猴子又有'马留'的别称。说好听点是'守护神',说难听点,就是因为猴子长得像人,马分不清楚,不敢乱来而已。

"你们有所不知,要想彻底驯服一只猴子,耍猴人要从猴子一生下来就和它吃住在一起,先培养感情,然后日复一日、年复一年地训练。

"一场庙会少则三五天,多则半个月,要是猴子只会那一两招,老闷儿不可能有本事带着元鲲他们走南闯北。

"在咱们国内,能把猴戏耍到极致的,也就HN省野县的那一小拨人。从古至今,猴戏都是从那里发源的。而且耍猴带卖鼠药,也是从那里最先兴起的,所以从元鲲这些话里边分析,我觉得,老闷儿的祖籍应该就在那一片。"

"不能这么武断!"嬴亮打断道,"元鲲说得很明确,老闷儿是正儿八经拜师学的猴戏,要是他师父是那一片的,那老闷儿到底是哪儿的,还两说。"

"不不不。"吕瀚海摇摇头,"要是现在,你说的倒有可能。但放在几十年前,那就绝对没有。"

"因为师承严格?"隗国安问。

"只是一方面。重点在,老闷儿能联系到长春会。"吕瀚海解释,"长春会虽然是民间组织,但管理严格。能入长春会法眼的,无一例外是正统江湖中人,另外,元鲲还说,长春会给他们安排过庙会的黄金地段。

"你们要知道,庙会那是寸土寸金,能让长春会给安排这种地方,不是你有钱就可以的。他们最看重的是江湖声望。如果老闷儿不是正统师传,是不可能这么受长春会的器重的。毕竟在那个年代,耍野猴的也不少。"

"耍野猴?"隗国安听了个新鲜词。

吕瀚海早料到他会问,便继续说道:"猴戏在早年可是很赚钱的。但这行

第一案　解签食堂

师传极为严格，很多人压根进不了这个圈子。可他们又想用这个赚钱，怎么办呢？于是就有人买猴子，用鞭子抽，把猴子打服为止，只要猴子能做几个简单动作，就开始上街卖艺。"

"那我就不明白了，围观的又不是傻子，这种猴戏，能有几个人看？"

"也有人看，但指望路人心甘情愿地掏钱，那不可能。"

"那他们这么做，图个啥？"

吕瀚海嘿嘿一笑："当然还是图钱。"

"好，你个道九，拿我寻开心呢？"隗国安愤愤不平，"别卖关子了，快说谜底。"

"谜底也很简单，逆向思维一下嘛！既然人不主动掏钱，那么……"吕瀚海伸出两根手指，夹了夹。

"偷？"

"没错。"吕瀚海把手收回去，"这些耍野猴的，通常都跟荣行[1]合伙，只要路人围上来，他们会拼命敲锣吸引注意。这个时候，混在人群中的荣行帮众，便下手行窃。得了钱财，两伙人约好按一定比例分成。一般都是耍猴的拿四，荣行拿六。不过这是最初的搭配，很多地方的荣行，为了把另外的四成也吃掉，干脆自导自演，选几个机灵的帮众从事耍猴。

"串行在江湖上是大忌，为长春会所不齿，在没人管没人问的大街上耍耍还行，要是在长春会的地盘上明目张胆地捞偏门，那绝对是做梦。"

吕瀚海拿起问话笔录，往后翻了几页："元鲲说老闷儿在破营子里被人打过，我怀疑打他的不是什么货郎，就是荣行的人。"

"哦？何以见得？"

"老闷儿耍的是猴戏，到哪里都能拉动游客。那个年代没有微信、支付宝，只要是个人，逛庙会都会带钱买新鲜玩意儿，围观的人对荣行来说，那就是行走的钱袋。老闷儿有把'钱袋'聚集起来的能力，自然会引起荣行的关注。"

"有一点我就不明白了。"隗国安捏捏下巴，"看耍猴的人本来就多，荣行直接下手不就得了，干什么非要与老闷儿合伙？"

"因为只有老闷儿可以把控全场气氛，简单点来说，老闷儿想让你得手，

---

[1] 江湖中盗窃的行当。

你就能轻而易举地拿下；如果他从中作梗，荣行的人很容易被发现。毕竟一场庙会就那几天，无论是正行还是偏门，谁不想多捞一点。"

"没错，是这个理。"隗国安点点头。

"往往这个时候，要是双方达成一致意愿，那就心平气和地坐下来谈分成，如果没有合作的想法，像老闷儿这样的手艺人，被暴打一顿也是有可能的。"

司徒蓝嫣斟酌片刻，问："九爷，如果老闷儿宁死不从，荣行的人会不会杀人灭口？"

吕瀚海明白她这问题中的深意，于是慎重地道："世事无常，我只能说，可能会，也可能不会，但老闷儿这种情况，杀人灭口的概率不是很大。"

"哦？有什么道理可讲？"

"从元鲲的描述中可以看出来，老闷儿是个心地善良、性格沉稳、讲究道义的江湖中人，这种人性格比较执拗，把道义看得比命还重，只要他们认定的事，一般人很难改变。"吕瀚海说到这里，突然停了下来，这番对老闷儿的描述，让他想起了另一个人……

隗国安见他双目放空，用胳膊肘使劲戳了他两下："九爷，想什么呢？"

"没什么。只是想到了一个人。"吕瀚海搓搓脸颊，余光看向展峰，发现对方正低头记录，好像没有发现自己的失态，他松了口气，继续道，"江湖中，像老闷儿这样死守规矩的人不在少数，一般荣行的绺子，见劝不动，最多是拳头耳光打一顿，泄泄愤完事。毕竟庙会上也有不少人不守规矩，没有必要因为一门不配合，就置人于死地。

"况且，荣行也在长春会眼皮子底下刨食吃，而长春会全靠老闷儿这种正儿八经的营生撑场面，要是荣行敢杀人灭口，别的不说，长春会都饶不了他们。再说，老闷儿这种认死理的老江湖，身上不会有多少钱。我实在想不出，荣行杀他有啥意思。"

"照你这么分析，确实动机不足。"司徒蓝嫣点了点头。

此时吕瀚海眉头紧锁，捏着笔录纸翻来翻去。

"都来回看几遍了，还有什么发现？"隗国安把头伸了过去。

吕瀚海没理会隗国安，而是看向正对面的展峰，敲了敲桌面，引起他的注意，两人四目相接后，吕瀚海这才道："我觉得，有条线索可以去查查。"

"什么线索？"隗国安一听坐直了身子。

第一案 解签食堂

见展峰也正襟危坐，摆出一副极其认真的样子，吕瀚海这才把自己的想法说了出来："老闷儿的家乡距此地好几千公里。而材料上说，大圣的尸骨是在本市的沼泽区内发现的。他们带着猴子不远千里来到这里，一定是参加庙会。如果你们能给个大致时间，我可以想办法找到当地长春会的人，应该可以打听出消息。"

吕瀚海原本以为，此言一出，算是给了解决之道，可恰恰相反，四人非但没有喜悦之情，反而眉头越拧越紧。

"怎么？是我说错了什么吗？"吕瀚海不解。

"办法非常好！"隗国安说，"可实不相瞒，这事吧，过去的时间有些长。"

"有多长？"

"十九年。"

"这么久？"吕瀚海大吃一惊，不过既然打包票的话已经说了出来，为不引起误会，他觉得还是有必要解释一下，"这件事过去了这么久，我觉得还是有必要把丑话说在前面，毕竟在那个年代，讲道义守规矩的，也都是些五六十岁的老江湖，事情发生在十年以内还好说，可过去这么久，老一辈的江湖人是否健在，还要打个问号。"他又看向展峰，"不过展护卫你放心，这条线我肯定免费帮你去查，只要有一丝线索，我都给你问个明白。"

"行，有九爷这句话，我就放心了。"

"得嘞。"吕瀚海撸起袖管，指着隗国安，"我一辅警，没有执法证，调查必须得让老鬼陪着。"

隗国安笑眯眯地回了句："你小子，好事不找我，拉我陪你跑腿。"不过这事他也没反驳，算是应了下来。

十六

离开办案区，吕瀚海就告诉展峰，他要先单独出门摸摸线索，而后拦了辆出租车，一溜烟就没了影子。

专案组其他人，丝毫没有松懈，在展峰的带领下又马不停蹄地转移"战场"，上了那辆停在负二层的外勤大巴。

他们之所以不敢浪费一秒，是因为本案有一个特殊情况。

通过计算新月的耻骨联合面数据，发现本案已过去了十九年，而《中华人民共和国刑法》关于"追诉时效"[1]的相关规定，法定最高刑为无期徒刑、死刑的，追诉时效的期限为二十年。要是展峰的计算存在一年误差，那么本案的嫌疑人，就有可能因过了追诉时效，免于刑事处罚。

伤脑筋的是，得出这个"十九年"的结论，完全是靠元鲲的口供和新月的耻骨联合面数据，存在很大的不确定性。毕竟死者新月的真实身份尚未查实，她只是口头告诉元鲲自己比他小一岁，如果元鲲记忆存在偏差，或者新月的年龄并非她自己说的那样，那本案就有过追诉时效的可能。当然，就算是过了追诉时效，也可以报请最高人民检察院核准后继续追诉，只是程序上要更加烦琐一些。

因此，要想把本案的迷雾彻底揭开，就必须争分夺秒，从物证上寻找线索。

…………

嬴亮按展峰的指示，把3D扫描仪中的数据导入系统。展峰则按照由外向内的顺序，逐一调出3D影像，展示给众人。

在系统自带的电脑中，嬴亮选中"敛尸袋"后，它的全息影像便被投了出来。

对可能存有线索的重点部位，以红、绿两色分别标注，其中绿色代表已分析，红色则是未检部位。

泾渭分明的标注，使得会议重点变得一目了然。展峰来到影像前，逐一扫过拉锁、卡槽、拉环这些被绿色覆盖的区域，在确定没有疏漏之后，他的目光锁定在了下方拉环上捆绑的那条被扯裂的半截麻绳上。

展峰手一挥，将此区域放大，麻绳上原本覆盖的红色阴影，也因这个操作自然消失，麻绳变得清晰起来。

---

[1] 追诉时效，是指刑事法律规定的，对犯罪分子追究刑事责任的有效期限。犯罪已过追诉时效期限的，不再追究刑事责任。《中华人民共和国刑法》规定，犯罪经过下列期限不再追诉：（一）法定最高刑为不满五年有期徒刑的，经过五年；（二）法定最高刑为五年以上不满十年有期徒刑的，经过十年；（三）法定最高刑为十年以上有期徒刑的，经过十五年；（四）法定最高刑为无期徒刑、死刑的，经过二十年。如果二十年以后认为必须追诉的，须报请最高人民检察院核准。超过上述期限，追诉时效即告终止，不再追诉。追诉期限从犯罪之日起计算，犯罪行为有连续或者继续状态的，从犯罪行为终了之日起计算。

第一案　解签食堂

隗国安眯起眼睛，朝着断面瞅了瞅："展队，你是不是在麻绳中分离出了DNA样本？"

此言一出，赢亮与司徒蓝嫣都震惊了，赢亮忙问："DNA？麻绳里怎么会有DNA？"

隗国安没着急回答，扭头看向展峰，见对方沉默不语，他知道自己多半猜中了答案，于是他解释说："你们这个年纪，对挣公分的年代并不了解。在二十世纪六七十年代，麻绳可谓用途广泛。所以很多地方的生产队，都会以户为单位，下发搓麻绳的任务。搓好的麻绳上交后，可以计公分，家家户户以公分的多少，来换取生活所需。一般搓制麻绳，使用的是比较廉价的黄麻。搓麻绳听来简单，可实际操作有些困难。"

说到这儿，隗国安眼角余光瞟向众人，见都一脸认真地在听，他才继续道："这搓麻绳有好几道工序。首先，要把麻放在水中清洗干净，接着悬挂在竹竿上晾晒，在晾晒过程中，先用大号梳子将比较粗的麻捋顺，接着再用细梳，就像梳头发一样，使之垂直均匀。其次，麻在晾晒的过程中，要不定时地检查，观察水分流失的情况，如果太湿，搓起来会有水渗出，导致手掌快速被磨破；如果太干，两股麻很难缠在一起。再次，力道要掌控得恰到好处，搓麻绳时不可用蛮力，否则，两股麻拧在一起过紧，会打结，不能使用。最后，也是最重要的一个方面，要均匀分股。搓麻绳都是由少到多，先搓一股细绳，然后再将细绳叠加，反复搓，制成粗绳。为了掌握好力道，必须严格控制每股绳的粗细。熟练工能做到手一掐便粗细相当、分毫不差。那么问题就来了。"

隗国安指着全息投影上的麻绳："从断面看，这是四小股麻绳，每股的粗细不一，肯定是人工搓制的，机器不会做得如此粗糙。另外，麻绳中的麻纤维，有粘连和打结的情况，这说明，从第一道工序开始，他就没有认真做，应该是个新手。而对新手来说，搓麻绳是个非常辛苦的活计，刚开始搓时，手上会起水疱，只有熬过这个痛苦的过程，手掌的皮肤才会慢慢生出老茧。麻绳搓得如此松散，他一定还没熬过新手期。所以我推测，麻绳中可能会夹杂皮肤组织。"

"鬼叔说得没错。"展峰从另外一台电脑调出检验结论，"其一，敛尸袋上的麻绳结构松散，当重物长期作用时，纤维会出现受力不均的情况，再加上酸的腐蚀，很容易产生断裂。其二，敛尸袋密封性和防水性较强，在半固态的沼泽土壤中，会产生一定的浮力，当失去向下的牵引后，敛尸袋便会缓慢上升，最终被人发现。其三，我把麻绳纤维逐根分离后，找到了微量的皮肤碎屑，经检验，得到了一名男性的DNA，但这个人究竟是谁，暂时不得而知。"

"会不会是嫌疑人？"嬴亮随意猜测。

"可能是，也可能不是。"展峰手一挥，敛尸袋上捆绑麻绳的那块重点部位恢复到了原来的大小，与此同时，红色阴影也重新覆盖其上。

司徒蓝嫣会意，在这条线索中标注了"待查"的字样。

展峰再次切换，全息影像上浮现了一块造型极不规则，但比较接近长方体的岩石，岩石表面，被麻绳分别从四个方向捆绑，绳子相交处，系有造型规整的绳结，乍一看还以为是谁把石头当成礼物绑了起来。然而，与画面格格不入的是，绳结下方，还连着一条半米长的断绳。

确定众人观察得差不多，展峰再次挥手，岩石一角、绳结以及绳子断头处，都被标注成了红色，按照顺序，每个红色区域，都有数字编号。

展峰走到3号绳头的位置，只见他双手做拉伸状，绳头的全息影像，便被逐渐放大。

"黄麻，与敛尸袋的断口完全吻合，我在其中也提取到了脱落细胞，检验出同种男性DNA，身份待核实。"

说完，3号变成绿色，展峰接着来到2号绳结的位置，他指着那两个有些像兔耳朵的绳圈道："这种打结方式名为兔耳结，多在礼品包装时才会用到，尤其是鲜花店礼品店中最为常见。"

"有了。"嬴亮把查到的资料传输进了车舱内的大屏幕，"这就是兔耳结的打结过程，一共分为八个步骤。"

隗国安抬头看了一眼，即便每步前都有序号标注，但他依旧云里雾里："嫌疑人脑子是不是抽了，干吗要用这么麻烦的打结方式？"

"这是一种心理行为习惯。"司徒蓝嫣解释，"无论哪种打结方式，都是在行为人的意志控制下形成的。通过绳结，可以看出行为的自主性和能动性。所谓自主性，是打结习惯受人的主观意念影响，而具有相对独立自主的特性。人的打结习惯形成了动力定型：即达到熟练之后，打结活动变成了自动化的过程。所谓能动性，则是打结技能建立了动力定型后，具有适应不同条件，克服外界各种干扰，而顽强表现自己的特性。

"摸清打结者的这两个心理特征后，不光可以看出行为人正常打结的固有

第一案　解签食堂

规律，也可以在各种伪装绳结中，找到变化。比如说，左撇子系绳结，就算他再怎么伪装，也会在绳结受力点上露出破绽。"

"师姐，你能看出这个绳结属于什么情况吗？"

"右利手，无伪装痕迹。"司徒蓝嫣给出结论，又分析道，"能看出他有长期打兔耳结的经历。但在抛尸如此紧急的情况下，他还想着去打如此烦琐的绳结，我认为，其中一定有某个东西，与他有情感关联。"

"难不成嫌疑人与新月……"

展峰突然插话："蓝嫣所说的情感，恐怕不是人情。"

"展队说得没错。"司徒蓝嫣道，"凶手先是下毒，接着用灰耙一耙将新月置于死地，作案手法干净利落，能看出他对新月并无眷恋。"

"那……难不成，是这块石头？"隗国安自己都觉得想法有些荒谬。

"没错！"展峰将2号区域变绿，接着把1号部位放大，同时，一条引线从终点区域引出，线段末端，标注有一行小字："青石，地壳中分布最广的沉积岩，约占岩石圈的15%，是碳酸盐岩中最重要的组成岩石。"

展峰一挥手，所有备注全部消失，全息影像中，只留下那块被放大数倍的青石。

经这么一操作，青石表面那些坑洼，瞬间变得清晰起来。

隗国安揪着络腮胡，绕着青石走了一圈，他指着那些如月球表面的坑洼："这么看，石头好像被凿过。"

"没错，这些矩形的小坑洞，都是用凿子凿出来的。"

"这是准备干吗，难不成要做石像？"

展峰摇了摇头。"没这么复杂，他只是把石头修得规整一些，这样好压缸。"

"压缸？"隗国安挠了挠头皮，"难不成是要腌咸菜？"

"我在青石表面随机提取样本，经检验，发现了大量的氯化钠及氯化镁成分，氯化镁是粗盐特有的杂质。且两种成分已完全渗入岩层内部，在沼泽地中深埋如此之久还能检出，说明这块青石曾长时间浸泡在高浓度的盐水中。"

"依检验结果，这块石头肯定是用来腌咸菜的，这点毋庸置疑。"隗国安琢磨了一会儿，"我年轻时，邻居家就以卖咸菜为生，我去他家买过咸菜，所以对腌咸菜的过程比较熟悉。不是所有的咸菜都需要压缸，只有那些植物茎叶类才需要。比如，大白菜、雪里蕻等。这种蔬菜经粗盐腌制时会析出大量水分，如果不弄块压缸石将菜压制住，那么菜叶就会浮起，与空气接触，发生腐败。严重的，还会导致整缸咸菜都无法食用。这种压缸石在压缸的过程中，会随着植物水分的析出，被盐水完全没入。"

隗国安说到这儿，瞧了一眼系统显示的青石尺寸，显示为长72厘米，宽43厘米，高26厘米。"这么大的压缸石，要是放在现在，一般家里不会用，不过在那个年代，咸菜是家家户户都会吃的佐菜，尤其是在北方，一到冬季天寒地冻，很少有人出门，不少人会用大缸腌制咸菜。"

"鬼叔，那这块石头到底是家用的，还是商用的呢？"

带着嬴亮的问题，隗国安将青石重新打量一番，当他再次审视表面那些坑洼时，他严肃的表情逐渐松弛下来："亮子不说，我还真没往这上面去想。你们看到这些密密麻麻的用凿子凿出的小坑没有？这些足以证明，这块青石，来自咸菜贩子。"

"怎么说？"嬴亮问。

"自家腌咸菜，最多一缸，咸淡可控，喜欢吃淡口就少放些盐，喜欢重口就多放些。但用来售卖的咸菜，针对的是大众消费，所以基本都要往齁了腌。这样喜欢淡口的，买回去多洗两遍就行了。而咸菜贩子，在腌咸菜的过程中，既要保持咸度，还要注意外观。如果在最初腌菜时，就往缸内死命倒盐，这样会使蔬菜快速出水，导致外层菜咸度较高，而内层菜无法入味，另外，这种方法腌制出的菜容易蔫巴，卖相不好看。正所谓慢工出细活，要想做出品相好、咸度高的咸菜，就必须分批次放盐。可这又会出现一个问题，放置咸菜的咸菜缸，就算不密封，多数也要隔绝空气，反复掀开，会对咸菜品质造成损害。为了解决这个问题，只要在压缸石上多挖些坑洞，在腌制之初，先在缸内撒些盐，剩下的盐，全部码在石头坑里，这样，等蔬菜慢慢析出水分，把压缸石淹没后，剩下的盐，也就缓缓地熔到了咸菜水中。"

"还真是个一举多得的法子！"嬴亮不禁赞叹。

隗国安摸摸络腮胡，随口回道："这都是劳动人民的智慧啊！"此话一出，他发现有些不妥，尴尬地看了看展峰。

后者并不在意："我赞同鬼叔的推断。"他看向青石，"雕刻棱角圆润，可见这块石头已被使用多年，只有长时间浸泡在盐水中，才会使得岩层内部检出氯化钠成分。据结果推测，这块青石的使用年限，最少在五年以上。"

第一案 解签食堂

隗国安瞬间明白了展峰的言下之意:"压缸石这东西,对普通人来说,可能没啥价值,但对咸菜贩子来说,那可是镇缸之宝,五年以上的,更是宝中之宝,绝对不会有人随意丢掉。"

"也就是说,凶手可能是个咸菜贩子?"因为激动,嬴亮的嗓门都高了几分。

"极有可能。"展峰认可了这个结论。

"正如道九猜的。"车舱中,响起司徒蓝嫣的说话声,"老闷儿他们来此,一定是为了赶庙会,要是元鲲提供的情况属实,那么老闷儿他们住的地方,大概率是长春会给安排的。"

"还有一种可能。"隗国安做了补充,"这地方他们恐怕不止一次来过,这样就无须长春会再打招呼,然而不管哪种情况,长春会必然知情。"

"话虽如此,可是长春会是民间组织……事情过去这么多年,到底还能不能摸到线索?"嬴亮有些担忧。

隗国安倒是不以为意:"在这方面,我绝对相信道九的能力,别瞧他整天吊儿郎当,只要他应下来的事,肯定会尽心尽力去办,就算找不到直接线索,估计也能给咱指个方向,这条线,回头我来负责盯。"

十七

因尸检中提取的物证还没来得及检验,所以专案会开到这里,只能暂时终止。

刚走出车舱,隗国安那恢复信号的手机便不停有短信发来。他低头一看,全是道九的来电提醒。

"难不成有重大发现?"他按捺住激动的心情,用颤抖的手点下回拨键。

电话那端声音有些嘈杂,隗国安按下免提,就听那边有人说:"小子,电话打过来了,你要敢骗我,今天看我不打死你!"

地下停车场信号极弱,那边的声音断断续续,不过几个关键词,隗国安还是听得清清楚楚,他可不敢怠慢,沿着楼梯火速跑到地面上,当信号重新恢复满格后,那边的声音也清晰了许多。

"老鬼,老鬼,你听见没有,快点说话。"

隗国安一时间还没弄明白到底发生了什么,确定那边是道九,他忙回道:

"刚开会结束,你这玩的是哪一出?"

"少废话,抓紧时间来东新街53号,三麻子香油铺,记住,你一个人来,别告诉其他人!"

"我一个人怎么……"隗国安刚要发问,对方已经直接挂断了。

对于吕瀚海的秉性,他再熟悉不过,把手机握在手中,隗国安仔细揣摩着刚才那句话中释放的潜在信号。

第一,他的直觉告诉他,吕瀚海遇到了麻烦,可要是麻烦棘手,吕瀚海应该直接联系展峰才是,为啥要打电话给他?显然,吕瀚海没打算暴露辅警的身份。第二,在这种情况下,他还可以爆粗口,说话有条不紊,说明这个麻烦对他来说不难解决。第三,只让一个人过去,这里边必有难言之隐。

想通这三点,隗国安把专案组那部可以定位的手机贴身装好,换了套便装只身前往。

此时天色已晚,自打出租车从按下计时表的那一刻,车窗外的行人便逐渐随路线行进变得稀拉起来。透过挡风玻璃,隗国安发现,周围的建筑物也从"二十一世纪"回到了"解放前",要不是隗国安那一副中年油腻大叔的憨厚长相,估计司机都不敢轻易接这边的活。

计费表显示,车子已跑了30多公里,看着车费即将逼近报销额度[1],隗国安擦擦脑门上的汗,问道:"师傅,还有多远?"

出租车司机一听是外地口音,答非所问地回句:"老哥,您去东新街有啥事吗?"

"哦!去找个人。"

出租车司机一听双眼直放绿光:"老相好吗?"

隗国安天生好脾气,憨笑道:"我初来贵地,一个人都不认识,哪儿来的老相好?"

"不不不,您没明白我的意思。"前方十字路口亮起了红灯,司机拉起手刹,耐心解释,"此相好,非彼相好。"

"哦?您给说道说道?"

"您是真不知道,还是假不知道?"

---

[1] 公安局外出出差,日报销公共交通费用八十元。

第一案　解签食堂

"知道什么？"

"东新街，可是号称'小东莞'哪！"

一提东莞，隗国安瞬间明白过来。"哦！你说这个啊！"他故作淡定，"这我当然知道，要不然大半夜往这儿跑干啥！"

"对嘛，我一猜你就是慕名而来。"

隗国安借坡下驴："对对对，朋友介绍的。"

"估计你这个朋友，也是很长时间没来了。"司机使劲打了几圈方向盘，向右上了小道，"打东莞出了事，全国都在扫黄，东新街啊，已经没落了。除了晚上出来刨活的站街女，那些大场子早就关门大吉了。"

听司机如此介绍，再想想吕瀚海刚才所言，他似乎意识到了什么："难不成道九这小子去找小姐了？"

想法刚一冒出，隗国安便打了个冷战，这可是原则性错误，万一被捅出去，是要被拘留的，不过他又一想，以道九谨小慎微的秉性，应该不会犯如此低级的错误。

这也不可能，那也不可能，究竟发生了什么？

隗国安在猜测、否定、又猜测、又否定中，来到了司机口中那条曾经的花花世界——东新街。

这是一条东西走向的双向四车道，路面沥青铺设，瞧上去已经有些年头，道路中断，被一条水泥小道一分为二；小道南北两端是一望无际的住宅区，鲜有高楼大厦，放眼看去，不是平房就是四合院。

路上，司机告诉隗国安，有个顺口溜，东新街以此路为界，叫东吃西嫖，也就是说东边是美食街，西边才是花花世界。虽说现在东新街已被整治，与普通街市别无二致，但往深处走，还是会有不少意外发现。

下车时司机还好心叮嘱一句："想找老妹儿，就往西边黑胡同里钻，别去东边，东边没有，记住了啊！"

隗国安尴尬地道了声谢，步行没几步，就站在位于西边的三麻子香油铺门前了。

这是一间看起来并不大的门脸，不到三十平方米，门上挂着的招牌，是用红色油漆在白色木板上写成的，"香油铺"三个字歪歪扭扭，看起来书写者最多只有小学文化。

此时，夜幕已完全笼罩，周围有几家米面粮油店都往屋内收拾东西，准备打烊。再看眼前这家，门口大铁锅中的芝麻膏还散发着腻人的香气，淡黄色的芝麻油，在铁锅中汇成薄薄一层，按理说，这口大锅是香油铺的灵魂，老板连吃饭的家伙都顾不上了，想必有重要事情发生。

隗国安定定心神，朝拉了一半的卷闸门喊："有人吗？"

"谁啊？"屋内的脚步声由远及近，语气中带着很不友好的意味。

隗国安没有作声，而是把手放在胸口位置，确定可以摸到那颗凸起的按钮时，他才顿觉安心。那是中心为专案组成员专门设计的报警按钮，只要用力按下去，中心便会收到求救信号。

脚步声越来越清晰，越来越有力，这是青壮年男性踩出的步伐。为稳妥起见，隗国安后撤一步，与卷闸门保持恰到好处的距离。

就在隗国安刚站稳的那一刹那，卷闸门"哗啦"一声被拉开，一位皮肤黝黑、肌肉遒劲的中年男子从门内走出来。

他看上去三十七八岁，上身穿件小码的蓝色秋衣，下身则搭了条黑色西装裤，脚踩劳保鞋。

衣着廉价，毫无搭配可言。

隗国安打量对方的同时，对方也在瞧他。

"来赎人的？"那人张口便问。

"赎人？赎什么人？"

"我问你，你是不是叫老鬼？"

"对，是我！"

"那，道九是不是你大侄子？"

虽不知这葫芦里到底卖的什么药，但隗国安能猜出，道九一定又满嘴跑火车了，于是他巧妙地回了句："你又不是警察，搁这儿调查我族谱呢？有事说事。"

"哟嚯，都这么大岁数了，还挺有脾气。"男人撸起袖管，亮出臂膀的肌肉，"你大侄子调戏我妹妹，本来想报警，他说要花钱私了。咱也是好说话的人，既然他都这么说了，那我也不能让他的话掉地上不是？"

"你要多少？"

男人伸出一根手指："不多，一千，交钱放人！"

看架势，今天这一千元指定是要往外掏，这钱他隗国安可以出，但事情必

第一案　解签食堂

须弄个明白，于是他道："价钱倒也合情合理，只是给钱之前，能不能让我先见见我那不争气的大侄子？"

男人一听对方愿意掏钱，脾气倒也收敛了些，他左手一抬，道句："里面请！"说完也不管隗国安听没听清，径直朝店内走去。

这个颇为"江湖"的细微动作，没逃过隗国安的眼睛，他觉得吕瀚海这一难，只怕来得有些蹊跷。

穿过香油铺，后面竟是别有洞天，偌大的四合院，和前面的多家商铺相通，后院有不少人在忙活，拿货的拿货，收拾东西的收拾东西，一片忙忙碌碌的热闹景象。

男人似乎对眼前的一切漠不关心，他领着隗国安朝其中一间平房走去。

推开木门，屋内布局尽收眼底，这是一间约莫二十平方米的小屋，一张东西向的木板床，一张方形木桌，再加几张木椅，便是全部家具摆设。板床上散落着不少男性衣物，屋内到处散发着一股子不可名状的汗臭。

吕瀚海的手脚被捆在了板床的床头，他那部全是裂痕的华为手机也被丢在床板中央。坐在对面的，是一位染着黄毛、衣着清凉的女子。

可能是浓妆艳抹的原因，这女子乍一看能和年轻搭上点关系，可隗国安仔细一瞧，好家伙，最少四十开外，大脸盘子高颧骨，一看就深具泼辣范儿，吕瀚海就算再没眼光，也不可能去调戏这么个女人。

"大侄子，这到底是怎么回事啊？"隗国安"恨铁不成钢"，一巴掌扇到了吕瀚海头上。

吕瀚海结结实实挨了一下，心里那叫一个恨，为不穿帮，他还不能表现出来，于是他咬牙切齿地反驳道："什么怎么回事，人家告我调戏她，你要不想让你大侄子进拘留所，就抓紧掏钱！"

"你大爷的，真调戏人家了？"

"哎呀，别问了，抓紧时间掏钱，我都被捆好几个小时了！"

"就是，就是，抓紧掏钱！"那女人也扯着公鸭嗓催促。

"得得得，谁让我是你叔呢，从小一把屎一把尿把你喂大，长大了还不让人省心！"隗国安掏出手机，"微信还是支付宝？"

那男人一听，有些谨慎："有没有现金？"

"我去，都什么年代了，谁还用现金？"隗国安收起手机，"实在不行，我出去换点？"

"千万不能让他出去，你要让他跑了，你们肯定拿不到钱！"

隗国安朝着吕瀚海头上又是一巴掌。"你大爷的，你到底跟谁是一伙的？"

"得得得，微信就微信，扫我的！"那女人亮出收款码。

"当啷啷。"伴着零钱落袋的声音，吕瀚海重获自由，他站起身活动了下筋骨，也不管隗国安跟没跟上，拿起全是裂痕的手机就头也不回地朝院外走去。

事出反常必有妖，隗国安也没有言语，跟着吕瀚海走出了东新街。

直到两人上了出租车，跑出10公里，吕瀚海才让司机在一家沙县小吃门口停了下来。

默不作声干了四笼蒸饺后，吕瀚海这才顺顺肠胃，长舒一口气，道了句："舒坦！"

见他心情好转，隗国安龇着牙问："你今天到底经历了啥？"

吕瀚海朝包间门口努努嘴，隗国安会意，拉开房门朝外面瞅瞅，再次合上包间门："放心，没人。"

"他奶奶的，我实在没想到，这里的长春会排外！"吕瀚海捏了只鸡大腿，使劲咬了一口。

"这怎么说？"

"如果我猜得没错，刚才那一男一女就是长春会的，表面上让我们掏一千元，实际上是给我们一个教训。"

"注意措辞，是给你一个教训，不是给我们，谁让你调戏人家良家妇女的！"

"我调戏？"吕瀚海气得把鸡大腿往碗里一扔，"我就算调戏，也不调戏那样的，你也不看那女的都长成啥样了！"

"那我不管，事情是你引的，这一千元也是我给你垫的，你必须还给我！"隗国安说完，又指着满桌的饭菜，"我可是一筷子都没动，这也得算你头上！"

"瞧你那抠搜的样子！"吕瀚海把隗国安面前的鸡汤端到自己跟前，"既然都算我的，那你别喝了。"

隗国安倒没生气，笑眯眯道："我肠胃不好，晚上不能吃油腻的，你喝，你喝！"

伸手不打笑脸人，隗国安这么一整，吕瀚海反倒没了脾气，他放下鸡汤，把那盅花旗参鸽子汤端了过去："知道你要替侄子还账，油腻的吃不下，那就吃点清淡的！放心，这钱都算我头上。"

"九爷大气！"隗国安伸手接了过来，不过在这个关键时刻，他可不像吕瀚海有胃口，"你刚才说长春会排外，到底是怎么回事？"

吕瀚海也吃得七七八八，喝了口鸡汤润了润嗓子。"虽说这里的长春会我没熟人，但是其他地方的长春会，还是多少给我一点面子的，我托他们问到了2000年左右，这里有没有什么大型的庙会。他们告诉我，在这里，有一个全国知名的东新庙会，开办地点就在东新街。你别看现在这条街落魄，但往前数几十年，那是一等一的闹市区。"

吕瀚海朝嘴巴里弹了粒花生仁，继续道："我听我那熟人说，这里的长春会总部就设在东新街，具体哪家他摸不清，所以我只能前来探探路。"

"探路？你怎么探的？"

"这个对我来说很简单，你们却不能干！"

"啥意思？"

"找小姐！"

"什么？你真去找小姐了？"

"嘻，不是你想的那样！"吕瀚海摆摆手，"我是花钱从小姐嘴里买情报。"

隗国安冷静下来："小姐能知道什么？"

"这你就有所不知了！"吕瀚海拍拍手上的花生皮，"江湖人士，走南闯北，劲头上来，找小姐解决生理问题，那是相当常见。在出租车上，听司机介绍完东新街的情况，我下了车就直接往西边蹿，专找那些五十岁左右的老姐，我寻思，这帮人经历过那个年代，而且年老色衰没什么生意，给她们点钱，应该能问出点情况。没想到啊没想到，这帮人警惕性这么强，我才问了一个，就在路口遇到了那个大脸盘女人，她挡住我的去路，问我是干什么的，我没理她，她就说我非礼她，紧接着那卖香油的壮汉就把我给逮了去。"

"你是说，他们故意做你局？"

"这不秃子头上的虱子，明摆着的吗！"吕瀚海本能地接了句谚语，抬头一看隗国安的"光明顶"，顿时咧开嘴笑道，"我不是故意的，顺嘴秃噜，顺嘴秃噜而已。"

隗国安懒得跟他计较，追问道："后来呢，发生了什么事？"

"我又不是傻，当然能感觉出那卖香油的与长春会有关，于是我就说了几句《江湖春点》，那人听后先是一愣，接着故作镇定，说听不懂我在说啥。再后来，他们就把我给绑了，让我赔他们一千元！"

"然后你就给我打电话了？"

"对头！"

"你身上没钱？"

"我身上带钱不会超过两百，你又不是不知道。"

"唉，我就搞不懂了，你从专案组敲诈那么多线人费、特勤费，都让你花哪里了？"

"嘿，你个正编公安干警，哪儿晓得我们编外人员的苦，我一个月才两千五，指望这点工资，啥时候才能娶上媳妇，我不得攒点老婆本哪。"

见吕瀚海那嬉皮笑脸的样子，隗国安无心再和他扯，接着问了一个他最关心的问题："那你为啥要给我打电话，不联系展峰？"

"专案组里，只有你最没警察的气质！"

"哎，你个道九！损谁呢？"

吕瀚海朝他挤眉弄眼："咱俩关系这么好，我怎么可能损你？主要是展峰一棍子都打不出一个屁来，他哪儿有你脑子灵光，把他喊来一准露馅。"

"这还像个人话。"

"长春会虽然不干啥违法犯罪的事，但碍于江湖规矩，他们不喜欢跟警察打交道，一旦我暴露身份，一准啥事都问不出来。"

"你在这儿跟我扯半天犊子，他们人也绑了，我钱也赔了，不还啥都没问出来吗？"隗国安撇撇嘴，"亏我在其他人面前把你夸了个天花乱坠，没承想，到最后赔了夫人又折兵。"

"你能不能不要这么早下结论？"吕瀚海淡定自若地把碗里的鸡汤一口喝干。

"怎么？难不成你还有法子？"

吕瀚海神秘一笑，没有回话。

十八

GS 公安局，在那间密不透风的会议室里，吕瀚海与展峰相视而坐。

第一案　解签食堂

东新街发生的一切，吕瀚海一字不落地全部复述出来，展峰抱臂于胸前，思忖片刻："也就是说，长春会这条线索进行不下去了？"

"办法不是没有，但我有个请求。"

展峰与吕瀚海相处多年，他还从未见吕瀚海如此严肃过："如果我猜得没错，你最近表现积极，就是为了这个请求做铺垫吧？"

"展峰，你是聪明人，我感觉你知道我想说什么。"

当吕瀚海喊出他的大名时，展峰察觉到，这事变得不简单起来。"你为什么觉得我会知道？"

"因为我很了解你。或者说，我之前并不了解你！"

"听你说话的意思，你好像一直在试探我！"

"你要是这么认为，我无话可说。"吕瀚海声音微微颤抖，显然内心正在做极大的斗争，"你上次不是说，希望我能心平气和地跟你谈一谈？"

"我是说过这话。"展峰双手撑着桌面，与吕瀚海对视，"不过，开弓没有回头箭，你可得考虑清楚。"

"怎么，你觉得，我还能回头吗？"吕瀚海露出了一个无比难看的笑容。

…………

那天夜里，会议室的灯一直亮到了清晨，没有第三个人知道，当晚两人到底谈了些什么。

隗国安醒来之后就听说，吕瀚海从司徒蓝嫣那里拨走了五千元，用作差旅费，而经费报批的条子上，签的是展峰的大名。

按分工，调查长春会这条线索，是他与吕瀚海共同进行的，现在吕瀚海撇开他单溜，这让隗国安顿觉不爽。得知出行消息后，他抄起电话，准备骂两句解解气，可奇怪的是，吕瀚海的手机始终处在关机状态。

"又他奶奶的选择性失联！"隗国安多次尝试，最终放弃了让吕瀚海狗血喷头的念头。

然而不管吕瀚海如何玩失踪，有一个人总能准确地捕捉他的位置，那个脸上有刀疤的男子，就像幽魂一样始终缠绕在吕瀚海身旁，只要他有任何出轨举动，"刀疤男"总能准时出现在他的面前。

出了飞机场，那辆换牌不换车的"奔驰雷霆"，就像约好的一样，出现在吕瀚海面前。

"你这次出行又没报备。"坐在副驾驶的刀疤男，语气很不和善。

"刀疤，你能不能站在我的角度上考虑下问题，你又不是不知道，展峰是什么人，什么事能瞒过他的眼睛？我在专案组整天提心吊胆、如履薄冰，你们要是不怕暴露，我当着他的面给你打电话都没问题，反正老不死的一归西，我也了无牵挂了。"

"你这话是什么意思？"

"没什么意思！"吕瀚海不知从哪里来了底气，"你他妈别整天说话阴阳怪气的，我道九做事有自己的分寸，我去哪儿，你们又不是查不着，难不成让我一日三餐、撒尿拉屎都要跟你们汇报？"

刀疤不知吕瀚海从哪里冒出的无名邪火，倒是被他一顿吼给唬住了："你……"他语塞半天，也没说出个所以然来。

"你是当小弟的，我也不为难你！带我去见虎哥！我当面跟他谈！"

刀疤一听，总算有话可说了："虎哥，可不是你想见就能见的！"

"这话是你说的！"吕瀚海手指他的额头，"你们之所以能拿捏住我，就是因为老不死，我也不怕告诉你，我道九天不怕、地不怕，就算挨了枪弹，也不带闭眼的，少他妈给我来这套！"

"道九，别给脸不要脸！你是不是觉得，我不敢收拾你？"刀疤怒从心起。

"你要收拾，何必还等到现在？没虎哥的命令，你就算想，也动不了我。不如好好考虑我的要求。"吕瀚海不依不饶，"给你十秒钟，去还是不去？"

车内的气氛剑拔弩张，刀疤坐在副驾驶，一副要杀人的样子，死死盯着吕瀚海，司机也有些不知所措，渐渐放缓了行车速度。

"十……九……八……七……"

吕瀚海也不管这么多，倒计时依旧继续。

车快行驶到城区高架桥入口时，被怒火攻心的刀疤，一巴掌拍在了副驾驶前面的中控台上，气归气，可坏了大事他担待不起，他只能被迫朝司机吼道："别他妈往前开了，给我停车！掉头去清禅阁！"

"三……"吕瀚海的声音总算停了下来。

…………

照规矩，吕瀚海主动套上头套，在太空座椅上找了个舒服的姿势，睡了过去。

第一案　解签食堂

也不知过了多久，吕瀚海被人晃醒，摘掉头套，他发现自己置身在高尔夫球场之中，视线范围内到处都是修建规整的草坪，绿油油的，充满生命力。

在刀疤的引领下，吕瀚海来到了位于草坪一角的凉亭。

"听说你要见我？"庞虎端起一杯还冒着热气的茶水，摆在他面前，"上好的龙井，千金难买，快尝尝。"

吕瀚海印象中，这么多年以来，他这是第一次与庞虎如此近距离面对面地坐在一起。

五十多岁的年纪，鬓角略显斑白，但庞虎的身体极为硬朗，蓝色条纹衬衫下，刚劲的肌肉线条，很是明显。

他有一张很有辨识度的国字脸，浓眉下藏着双可以将人一眼看透的狠眸，鼻梁坚挺，嘴唇略厚，脸上可见丝许皱纹，但岁月的痕迹，并不影响他慑人的气质，那是一种只有经历过大风大浪，尝试过刀口舔血，才表现出的凝练和沉稳。

"要是我没记错，咱们是第二次见面！"

吕瀚海答应入伙时，坐在谈判桌上的正是庞虎，所以算起来，确实是第二次。

不等吕瀚海开口，庞虎又道："刚才发生的事，刀疤都跟我说了，你是个非常聪明的人，知道用激将法让刀疤带你来见我，要是刀疤能有你一半脑子，也不可能轻而易举中你的招。"

吕瀚海端起面前那没满杯的茶，一饮而尽："虎哥这里果真都是真品，好茶！"

庞虎也混过江湖，当然明白吕瀚海的意思："既然我同意见你，也大概知道你要说什么，那咱们就开门见山。在我这儿，客为先，说说你的想法。"

"我养父估计没多久活头了！"吕瀚海略带伤感地说了这句开场白。

"医院那边，刀疤已经跟我说了。"庞虎又给吕瀚海斟了一杯，"这年头，能用钱解决的都不叫事，可生老病死，自然轮回，有钱也无力回天，要是真到了那一天，还请节哀顺变。"

"道理我都懂！"吕瀚海重重点头，"你好不容易设局，把我弄进专案组，我自然不会半途而废，这点请虎哥放心。"

"哈哈哈。"庞虎笑得释怀，"我就说你是个聪明人，只要有这句话，其他的事都好谈。"

"那好，我就实话实说了！"

庞虎放下茶碗："那我就洗耳恭听！"

"我觉得，展峰开始怀疑我了。"

"哦？怎么怀疑的？"

"说不清楚，只是感觉。"

"据刀疤给我回的消息，你最近好像也没什么大动静，他怎么会怀疑到你头上的？"

"虎哥，我问你件事，你一定实话告诉我。"

"可以，只要能说的。"

"老鬼那封举报信是不是你干的？他是不是哪里得罪过你？"

庞虎眼角一抽，语气有些冰冷："你为什么怀疑到我头上？"

从庞虎的反应中，吕瀚海已猜出七七八八，他毫不避讳地迎上庞虎的目光："虎哥，不管这件事是否与你有关，我都希望你们别再针对老鬼。展峰是个很护犊子的人，以我对他的了解，他表面上没什么反应，但一定在背后秘密调查，如果这件事和你有关，那么势必会牵连到我！"

一听吕瀚海是求自保，庞虎的眉头逐渐舒展："原来是这样！行，我明白了。只要你还在专案组，我保证不让你为难。"

"另外，还有一件事，必须提上日程！"

"什么事？"

"无论用什么方法，给我在海外开个账户，等我养父归西，钱就打在这个账户里，要是事情败露，不管你用什么方法，立刻安排我跑路！后半辈子，我不想再回国了！"

庞虎微微颔首："放心，只要你把事情烂在肚子里，你要求的一切，我都会帮你办妥！"

十九

友邦佳和医院，特护病房里。

风尘仆仆的吕瀚海，坐在病床边的沙发上喘着粗气。值班护士送来一杯茶水，就很识趣地将病房门重新关严。

屋内除了仪器的"嘀嗒"声和一位老者的喘息声，几乎听不到任何响动。

第一案 解签食堂

带有温度的阳光,从窗帘的夹缝中射了进来,虽说只是几缕光线,但经大理石地面的反射,屋内也顿时变得亮堂起来。

空气中有淡淡的茉莉花香,吕瀚海顺着香味,把目光落到了窗边那几盆精心打理的花上,每一盆都亭亭玉立、郁郁葱葱,展现出顽强的生命力。这一幕,与那位瘫卧病床、奄奄一息的老者,形成了鲜明的对比。

吕瀚海瞧瞧墙上的挂钟,从进门到现在已过去二十分钟有余,可养父吕良白始终在昏睡之中。

"这么等下去,也不是办法。回头赶不上回去的航班了。"吕瀚海暗下决心,抬头瞥了一眼挂在墙角的鱼眼监控。与隗国安在一起勾肩搭背这么多年,就算是耳濡目染,他也多少了解一些监控型号及覆盖范围。这种鱼眼监控使用的是超广角镜头,虽说病房内的一切都逃不过镜头的捕捉,但他还是从隗国安那里学到了找这种镜头的漏洞。

起身搬了一张折叠椅,他在距离床边 30 厘米的地方坐了下来,按照他的估计,这里正好是镜头弧度最大的范围,拍出的画面,也会有稍微形变,只要动作幅度不大,监控那边也不会察觉。

"喂……老不死的,醒醒!"吕瀚海用手拍了拍病床上的吕良白。

"啊……谁呀?"吕良白声音沙哑,吃力地侧过身,眨巴眨巴眼,当看清面前的人时,他立马来了精神,"大海来了!"

"你今天怎么有空的?不忙啦?"正说着,吕良白按动手中的遥控器,缓缓将床板升了起来。

"哟嗬,这个高级!"

"没办法,我现在病情恶化,哪儿哪儿都动不了,值班的护士吧,又整不动我,所以干脆给我换了个全自动的病床,这样我也不至于什么事都喊他们。"

听师父这么说,吕瀚海心里也不是滋味:"瞎扯什么犊子,什么叫病情恶化,现在咱是财神爷串门,不差钱。等你出院了,我给你找个老太婆,闲着没事,到公园里跳广场舞,多滋润。"

"嗯,是个不错的主意。"吕良白嘿嘿一笑,一排豁牙露出来,"你师父我一辈子没成家,到时候记得给我找个年轻的。"

"呸,你个老不死的,老牛还想拱嫩草!"吕瀚海也跟着笑,但笑容中多少带着些伤感。

"今天找我有啥事？"吕良白努力提高调门，好让自己看起来有些精气神。

"想找长春会打听点事，结果事没问到，他们还把我给绑了，硬讹了我一千元。"

"你还能有这事？"

"亏你当年与长春总会的大当家是拜把兄弟，你们这些老古董，死的死伤的伤，也不瞧瞧现在有几个人还讲江湖规矩。"

"得得得，别发牢骚了，回头真赶不上回去的航班了！"

"哎，你个老不死的，你装睡！"

"要不是牵挂你，我还真想一觉就睡过去得了。"

"得了吧你。"吕瀚海撇撇嘴，"这病房堪比五星级，还有护士陪着，我看你滋润得很。"

"嘿嘿，那还不是托我儿子的福。"

"说正事！"吕瀚海正襟危坐，"GS市长春会的人，你认不认识？"

吕良白不假思索地道："东新街庙会全国知名，他们请我去压过场，老一辈的负责人我都熟。"

"得嘞，有你这句话，这趟算没白跑。"吕瀚海眼珠子一转，又问，"怎么联系他们？"

"我年轻时没电话，有啥事都是当面说！"

"老不死的，拿我寻开心呢，你都这德行了，别回头在路上嗝屁了。"

"我都不知道你这脾气跟谁学的。"吕良白指指吕瀚海左边鼓起的口袋，"把手机拿出来，咱爷俩拍个视频，我再给你个信物，然后我告诉你地址，你去找他们不就完了！我这脸，人家一看就认识。"

"对呀！"吕瀚海大乐，"没想到你这老不死的，脑子还挺灵光。"

"我这是人越老脑子越好！"

"我估计我这厚脸皮的性格，就是打你那儿来的！"吕瀚海左手举起手机，机身界面刚好与鱼眼监控保持水平，他的拇指没有着急去触摸那个红色的录像按钮，借机凑到吕良白耳边，低声耳语了几句。

吕良白大惊失色："你说什么？真的要干？你可要想清楚了，展峰可不是好应付的！"

吕瀚海目光犀利，从牙缝中挤出句话来："自古华山一条路，没的选，当断不断反受其乱,把咱爷俩逼到这个份儿上,必须有一个了结了!"

二十

正值晌午人最少的时候,就算扔炸弹,估计在东新街也炸不到一个人。沿街商铺老板个个靠着门框,有的斜眼朝天,不知魂飞九天哪一天;有的则头点如小鸡啄米,打起了瞌睡。

两个男人的到来,引起了商家们的注意,他们一人留着络腮胡,顶着个秃脑瓜,几根稀毛随着散漫的步子,在风中上上下下,那叫一个荡漾。另一人贼眉鼠眼,梳着中分汉奸头,撇着八字胡,穿着随意,虽算不上邋遢,但也绝对是低配混搭。

这俩人打眼看就不像有钱的主,列位只是抬眼一瞅,就失去了叫卖的兴趣。

踩着中路,两人朝西走去,一路上倒也算耳根清净,很快,两人又停在了那口散发着浓郁芝麻香的大锅旁。

"喂,有人吗?"精瘦男子扯着嗓子喊道。

"谁呀!"应答声相当不耐烦。

"还能是谁,你老熟人。"

正说着,屋内那位拉开卷闸门,走了出来。

四目相对,男人有些诧异:"怎么又是你们?"

没错,叫门的正是上次被绑的吕瀚海,随行的则是花钱赎人的隗国安。

吕瀚海笑眯眯道:"上次可能是个误会,我们这次想找坎爷!"

男子一听,顿时警觉:"你认识坎爷?"

"家中长者所托,前来拜访,不知坎爷他老人家能否赏脸一见?"

"瞧你也是江湖人,这江湖规矩不用我再跟你介绍了吧,你吃了我的坑[1],这说明不欢迎你。"男子很不客气地摆摆手,"哪儿来回哪儿吧,恕不远送。"

吕瀚海早就料到会有这个结果,他从兜里掏出一块巴掌大的龟甲递了过去。"劳烦小兄弟把这个带给坎爷一观,要是他见了这个,还不愿相见,我立

---

[1] 出自《江湖春点》,意思是说,中了我的埋伏。

马掉屁股走人！"

男子没有伸手去接，而是仔细瞅瞅那盘得有些发亮的龟甲，他印象中，这东西有些似曾相识，但就是想不起来在哪儿见过。

"别琢磨了，估计你见它的时候还穿开裆裤呢！"吕瀚海说罢，不管对方有何反应，一把将龟甲塞到了男人的手中，"快去，我们在这儿候着！"

"行，看在你吃了我的坑的面子上，我就帮你带这话！"男子把握着龟甲的手一紧，掉头进了香油铺。

待卷闸门重新拉上，隗国安用手指弹了弹烟盒，打支烟卷递给吕瀚海，"哎，我说道九，这回行不行？"

吕瀚海接过烟，点燃抽了一口："问题不大！"

"这么有把握？"

"不是我有把握。"吕瀚海倚着门口的电线杆，长叹一声，"他们这帮老江湖把江湖规矩看得比命都重，吃人一块大饼都能记一辈子。搁现在，早他妈被人卖好几回了。"

隗国安笑道："也不能这么绝对，当今社会不择手段的人不少，但讲规矩的还是大有人在。"

"有是有，就是没落个好下场！"吕瀚海无奈一笑，隗国安从他的笑容里咂摸出点味，却也没追问。

半支烟抽罢，香油铺的卷闸门重新被拉开："坎爷要见你，请随我来吧！"

"得嘞！"吕瀚海将烟头往电线杆子上一按，隗国安见状，也快步跟了上去。

"哎！"男人身子一拦，把隗国安挡了个结结实实，"你不能进去。"

"为啥？我俩是一起的！"

"坎爷要见的是他，可没说要见你，劳烦你在外头再等一等。"

"道九……这……"隗国安朝他挤眉弄眼。

吕瀚海摇摇头："刚才跟你说了，这帮老江湖只认他们的规矩，你等一会儿，我去去就回。"

"哗啦"一声，卷闸门被重新拉下。

穿过香油铺，吕瀚海又来到那间院子，只是这次的房间，换成了院子正中那间稍大一点的砖瓦房。

第一案　解签食堂

男人推开木门，一位头发花白、满脸褐斑的老者，正坐在太师椅上。男人抱拳，恭敬地道了声："坎爷，人给你带来了。"

"行，你下去吧！"老者声音浑厚，说话的状态，给人一种江湖侠士的感觉。

"请吧！"男人侧身闪开一条缝，引吕瀚海进了屋。

这是一间布置得很有中式风格的单人居室，进门打眼一瞧便是中堂，一把太师椅摆在正中，依着两边，是四把木质客座，名为坎爷的老者，身穿唐装，手持烟斗，正笑眯眯地上下打量着迎门进来的吕瀚海。

吕瀚海一瞥，便知这位坎爷来头定是不小，那种波澜不惊的气度，绝非一朝一夕可以练就。

吕瀚海虽平时嬉皮笑脸，但在关键时刻可是格外讲究，只见他双手一拱，屈身下拜："坎爷，小字辈吕瀚海，给您道安了。"

老者微微一笑受了此礼，待吕瀚海直起身子，他才缓缓道："我与你师父吕良白多年未见，曾多次派人去寻，也没一点音讯，我还以为他退隐山林了呢。"

"我师父身体抱恙多年，早已退出江湖了。"吕瀚海递上手机，手机上正播放着他与吕良白拍的那个视频。

老者看完后，放下烟斗，将龟甲放在手心里凝视片刻，叹道："唉，你师父竟然瘫痪在床。不得不说，你师父真是个神人，当年就是靠它给我算了一卦，说我命犯血光，让我提防着些。结果没两天就应验了，要不是我心中早有提防，恐怕早就被自己人给害了。"

吕瀚海只是从师父那儿得了龟甲，并不知其中内情，见老者自说自话，他也不知该如何搭腔，只是毕恭毕敬地站在那里，默不作声。心想："家有一老如有一宝，还真就是这么个理，敢情咱家那位还是您救命恩人呢。"

而这举动到了老者眼中，反倒成了懂事之举，他满意地点了点头。"良白教了个好儿徒。"说完，他双手把龟甲递回吕瀚海手中。

"不管怎么说，你师父都算是我的救命恩人，只要我能帮上忙的，尽管开口。"

吕瀚海再次抱拳施礼："那我这个小字辈，就在此先谢过了。"

"嗯！"老者捏着胡须，笑道，"说吧，是缺钱，还是讨份活计。"

"都不是！"吕瀚海抬眼瞅着老者，"想托您打听个人。"

"就这点事？"

"就这点事。"

"嗐，举手之劳，何必搞得如此兴师动众。"老者释然，"我还以为你要讨份活计，来养活你师父呢。"

"还真不是，"吕瀚海再次强调，"打听个人就成。"

"行，说吧，谁？"

"不知大名，只知道是彩字门，耍猴为生，江湖诨号，老闷儿。"

"老闷儿？"老者拿起烟斗，叼在嘴中，空吸了两口，"有些印象，但过去这么多年，我一下子确实对不上号。"

"我打听到，他2001年在东新街庙会期间，就不知所终了。"

"你要是这么一说，我好像想起一件事来。"老者目光一聚，"2001年是东新街庙会二十周年，当年那场面，是锣鼓喧天、人山人海。全国各地慕名而来的艺人少说有好几百，都是我们长春会组织的。因为场地有限，为了防止出岔子，来长春会登记的艺人，我们都给发了牌子，他们可以按照牌号在街上寻找摊位。我依稀记得，当年有几个人在我们会交了押金，还开了户头，结果没演两天，人就不见了。"

"是哪几个人，咱们会还有记录吗？"

"他们在庙会前几日赚的钱，还都存在我们会的账户上，这些年了，也还没来取，应该有记录！你稍等！"老者走到门边，朝外喊道，"算盘！"

一个戴着八角帽的老头蹒跚着走到近前，摘掉八角帽，微微施礼。"爷，您喊我。"

"去，把2001年的账本给我取来，我查个人！"

"哎！听您的！"老头将帽子重新扣在脑门上，弓腰朝院子角落走去。

老者吩咐完，这才发现吕瀚海还毕恭毕敬地站在那里，忙道："后生，赶紧坐下歇歇脚。"

吕瀚海弯腰站了半天，早就有些脱力，听老者这么说，他也没推辞，选了个靠边的客座坐了下来。这个位置，按礼法，是给客人随从的安脚之位。吕良白于老者有救命之恩，吕瀚海作为吕良白的儿徒，在江湖人眼中，那就等于亲儿子，恩人的亲儿子到访，怎么也能算得上贵客，吕瀚海摆出如此低姿态，让

第一案　解签食堂

老者反倒有些不好意思。

"后生，你怎么能坐这里，快上座，快上座！"

吕瀚海起身作揖："今日有事相求，还得多麻烦您，我小字辈的坐哪里都一样。"

"那怎么行？"老者再三礼让，见吕瀚海依旧谦卑，也就没再坚持。

虽说吕瀚海年纪不大，但从七八岁起便混迹江湖，各种江湖人士，他可没少接触，什么层级，什么秉性，他摸得门清，打瞧第一眼，他可就对老者的脾气掌握了个七七八八。

恩人之子前来，依旧稳坐太师椅，表明此人礼大于情，所以，必须在礼上下功夫，方能取得信任，为下一步打探消息做好铺垫。

正所谓，江湖人有江湖人的规矩，说白了就是喜欢摆谱。有这样的人在长春会掌舵，难怪会这般排外。

吕瀚海看透不点透，依旧心不焦气不躁，耐心等候。

不多时，那古稀老头捧着本布满浮灰的蓝色笔记本走了进来。"爷，您要的账。"

"嗯！"老者点点头，接着看向吕瀚海，"后生，你翻翻看，有没有你要找的人！"

吕瀚海心知，账本这个东西，是一个帮会最私密的东西，客套话听听也就罢了，他可不会傻到真的动手去翻，他起身到老头跟前，弯腰鞠上一躬，道："老喀[1]，这事您熟，能否劳您大驾，帮我找找，2001年庙会，有几个人不辞而别吗？"

老头瞧了瞧自己的当家人，后者冲他微微点了点头，他这才欣然道："行，那我就来帮你找找。"说着，他从怀中摸出了老花镜。

当老头翻开第一页，吕瀚海瞅见那写满笔记本的江湖暗语时，便十分庆幸，还好自己没有冒冒失失，丢了礼数，这玩意儿让他看，那铁定是一把抓瞎。

老头虽年过古稀，但查账速度快得惊人，吕瀚海还未看清账本到底记录的是啥，老头便已翻了下一页。

既然看不懂，吕瀚海索性把头缩了回来，不多时，老头从口袋取出铅笔，在账本上画了几个圈，再次确认无误后，他抬头说道："有五个人。"

---

[1] 出自《江湖春点》，对长辈的尊称。

"几个？"吕瀚海惊得叫了出来。

老头被他这突如其来的反应吓得一激灵："干啥一惊一乍的？"

"对不住，老嗒。"吕瀚海定了定心神，"是哪几个？"

"就记了个诨名。"老头瞅着账本道，"老闷儿、小迷糊、新月，他们三个是一起的，登记了7号摊位，用于耍猴戏，交了五十元定金，在咱们会存了一千三百元，至今没有取走。另外还有两个都是货郎，一个叫扁担，一个叫拨浪鼓，两个人来自同一个地方，但是卖的东西不同，扁担登记的是33号摊位，交了二十元定金，存四百元；拨浪鼓登记的是46号摊位，也交了二十元，存五百五十元。他俩的钱和老闷儿的一样，至今都留在咱们会的账面上。目前，查到的就他们五个人。"

老者点点头，看向吕瀚海："后生，我这儿能查的就这么多了，毕竟长春会只是个组织机构，艺人只要不在庙会闹事，我们通常都不会去过多干预人家的私事，更不会去打听这打听那！"

"明白，明白！"吕瀚海连连点头。

"还有什么要问的吗？"

吕瀚海本想道谢离开，可话刚到嘴边，突然想到了隗国安的叮嘱，他立刻改口道："再跟您打听个小事。当年，咱长春会给他们安排住的地方了吗？我是说，免费的破营子之类。"

老者苦笑道："东新街庙会在全国都是数一数二的，只要庙会一开，全国各地的艺人，都往这儿拥，我们会登记都登记不过来，哪儿还会管这些杂事。一般都是自己去找，反正这附近，小旅社、民宿、农家大院多如牛毛，价钱也不贵，一般艺人，都能负担得起。"

"那有没有破营子住？"吕瀚海依旧咬着不放。

"那当然也有！"老头接过话腔，"东新街西北角，有一个倒闭的工厂，附近还有一些家属院，由于厂子关门，职工也就拖家带口搬离了那里，我每年都能看见有落魄的江湖艺人住在那里。"

"现在还在不在？"

"在倒是在，不过房子都已倒得七七八八，根本不能住人！"

总算得了结果，吕瀚海一抱拳，再次认真跟两位老爷子施礼，转身离开了香油铺。

第一案　解签食堂

二十一

从香油铺出来，吕瀚海将打听到的消息一五一十转述给了隗国安。后者一听顿时大惊失色，也不顾上吕瀚海吵着要去哪儿哪儿吃饭，当即编了条信息发在了专案组的聊天群中。吕瀚海一脸疑惑，可隗国安晓得其中的厉害。

据元鲲的供述，新月比他小一岁，在尸体解剖中，展峰依此，判断出新月的死亡时间在2001年，这个时间只是个预估值，现在却与长春会的账本记录不谋而合！

这说明，元鲲在关键问题上提供的线索完全真实可靠。可凡事都有两面性，元鲲在供述中称，老闷儿、新月、小迷糊和大圣，走到哪里都形影不离，现在已经可以确定，他们三人一猴来此处参加庙会，在此期间不辞而别，连存在长春会的钱都没来得及拿，这显然不符合正常逻辑。

现在，新月和大圣的尸骨已经在沼泽区寻到下落，那么另外两个人会不会一并遇害？可能性只怕是极大的。然而，这还不是最坏的结果，他们没想到的是，在调查中，又有两个人不知所终。

他们是否也遭遇了不测？隗国安觉得恐怕是凶多吉少。要是往最坏的方向上发展，这宗案子，可能会涉及五条人命。

一路上，隗国安低头盯着手机，吕瀚海好奇心起，想伸头去瞧上两眼，却发现手机上装的是一块防窥屏，他知道这不是自己能看的东西。抱着咕咕叫的肚子，吕瀚海伸手拦了辆出租车，为了避嫌，他干脆坐在了副驾驶的位置。

隗国安坐在后排，始终沉默不语，要不是那部专案组配发的定制手机时不时传来振动声，吕瀚海真以为隗国安被人点了定身穴道。

导航显示，从东新街到GS市局，有四十分钟的车程，直到导航喊出"前方接近目的地"，隗国安才抬起头来，双眼迷离地望向前方。

"老鬼，你是不是吃错药了？"吕瀚海透过后视镜望着他。

"唉，别提了！这回怕不是个大雷子！"

吕瀚海本想细问，瞧见隗国安朝他挤眉弄眼，这才想起俩人还在车中。司机似乎也瞧出了端倪，脚踩油门，加速将二位送到了站。

隗国安推门下车，伸了伸懒腰，长叹一声："是福不是祸，是祸躲不过，骑驴看账本——走着瞧吧。"

"哎,我说老鬼,你又在这儿打什么哑谜呢?"

"哑谜?我有那闲工夫!"隗国安颇感无奈,不过他看吕瀚海时,勉强又挂起了笑脸,"道九,不得不说,这回多亏了你,展队刚才说,如果线索核实了,给你申请线索费呢!"

"什么线索?"吕瀚海眉头一皱,"你是说当年庙会半路失踪的那几个都……"他话说了一半,顿觉一股冷气从脚底板直蹿天灵盖。

"十有八九是没了!"隗国安干干脆脆地把他没说完的后半句给补了上去。

吕瀚海知晓,隗国安在专案组是根老油条,一般不会主动说出结论性猜测,除非是展峰给了结果。

进了市局营房,果不其然,除了他和隗国安,其他人连个鬼影都没有。正当吕瀚海纳闷到底发生了什么事时,隗国安出神地望向远处那片沼泽区,喃喃地道:"现在市局刑警支队的所有人,都在忙着找尸体呢,展队他们估计一时半会儿还回不来。"

心事重重的他又翻开手机中的聊天记录,略过他自己发的那段调查结果,从头到尾又浏览了一遍:

展峰:首先,长春会账本时间记录与现场分析吻合,元鲲提供的线索属实,新月为1976年生,被害时二十五岁。其次,已在沼泽区找到猴子大圣及新月的尸体,另外四人遇害的可能性较大。最后,新月与大圣尸骸相距不远,考虑到沼泽区行进困难,其他人要是真被害,抛尸地也不会太远。

嬴亮:沼泽区土壤黏重,不能行车,那么凶手必然步行抛尸。我们可以测算一下成年人在沼泽区的步行速度,计算出十二小时内的距离,以此为半径,再以新月尸体发现处为圆心,划定一个搜寻范围,到时候,联系水利、地质、环保等部门前来勘查,看看有哪些沼泽坑适合抛尸,说不定会有发现。

司徒蓝嫣:我同意嬴亮的观点。另外,凶手使用的是二手敛尸袋,如果他是有预谋作案,那么在杀人手法上,会存在相似性,所以不排除他会用相同的方法处理尸体。

嬴亮:敛尸袋上都有金属拉环,如果真如师姐所说,那么利用超精度金属探测仪,就能完美解决问题。

> 展峰：我同意以上观点，鬼叔你什么时候到？
> 隗国安：需要四十分钟到一小时。
> 展峰：那我这边就先开展工作，你和道九到了以后，先在市局休息，有情况再联络。
> 隗国安：收到！

…………

退出聊天界面，在吕瀚海的嚷嚷下，两人到附近饭馆点了俩炒菜果腹，酒过三巡，饭过五味，天边被落日烫红了一片，隗国安时不时看下手机，群内却始终寂静无声。

一小时……

两小时……

三小时……

…………

扛不住的隗国安，终于在凌晨时分沉沉入睡，直到清晨，他被一阵急促的敲门声惊醒，吕瀚海推门而入，面色苍白。他说话时，好像被什么卡住了喉咙，半天也听不出他说的到底是啥。

咽了好几口唾沫，他才彻底把受惊的舌头捋顺。"不……不……不好了！"

隗国安瞬间清醒："怎么了？"

"展护卫他们，他们……挖……挖……挖出来四具尸体！"

二十二

此时，市局法医中心早已人满为患。

四张多功能解剖床上，逐一摆放着裹满泥浆的敛尸袋，也许是抬起抬落的原因，少许边角泥土被剐蹭殆尽，露出星点亮黄色。要说，这敛尸袋确实质量过关，在黏稠的土壤中浸泡如此之久，依旧保持着原有的模样。

被紧急抽调的众法医也没料到，一起看似简单的无名尸案，竟又牵扯出四条人命，专案组倒是习以为常，其他参案人员就阵脚大乱了。

尤其是负责接案的刑警支队大案队队长张明虎，从昨天起，他头上的汗就没干过，他想过此案非比寻常，但他万万没有料到，会是五条人命这么严重的后果。好在有公安部的王牌专案组亲自上阵，参案人员定下心来，便很快恢复了最佳状态。

众法医被分为四组，解剖前，展峰将新月的尸检视频完整播放了一遍，强调了取证要求后，所有负责检验的人员，朝尸体鞠躬行礼后，解剖正式开始。

按照尸首被发现的时间次序，新月被列为1号死者，剩下的则依照编号，标注为2号至5号。

用清水缓慢冲洗掉黏土，众人发现，一切可谓与司徒蓝嫣推测的不谋而合。

亮黄色敛尸袋、麻绳、青石、八卦镜，几乎是每具尸体的标配。别的暂且不说，光凭这些东西，就足以反映出凶手的作案习惯。

相关物证经拍照、提取、固定、封存后，解剖工作进入了最紧张的环节——尸体检验。

有新月被杀案做参照，在展峰的指挥下，此项工作进行得有条不紊。

一组反馈：

2号死者，男性鞣尸，身份不详，身高一米七一，计算耻骨联合面得出，年龄在十九岁上下，衣着完整，上身从外到内为：黑色厚棉袄、蓝色毛衣、棕色秋衣；下身：黑色厚棉裤、橘黄色毛裤、棕色秋裤、黑色三角裤；光脚，未见鞋袜。

颅骨有孔洞状刺入伤，可致死，孔洞间距及性状与新月的如出一辙。死者双脚发现大面积不规则皮肤脱落，揭开秋裤，有皮肤粘连，分析为生前烫伤。在胃内容物中，发现植物茎叶及谷物颗粒。提取胃组织及毛发样本，检出毒鼠强成分。

二组反馈：

3号死者，男性鞣尸，身份不详，身高一米六三，推断年龄在七十岁上下，衣着完整，穿着与2号类似，尤其是内衬蓝色毛衣，从编织痕迹可以看出，为同一人手工打制。

后脑粉碎性骨折，足以致死，棉衣领口有碎骨片，可与钝器口接合，胃内容物中，发现大量植物茎叶及少量谷物，检出毒鼠强成分是2号的五倍有余，如此多的剂量，足以让3号瞬间死亡。推测，3号后脑的钝器伤，是凶手为了确保致死的附加伤。

第一案　解签食堂

剩下两组反馈：

4号死者，男性鞣尸，身份不详，身高一米五八，年龄在六十岁上下。5号死者，男性鞣尸，身份不详，身高一米七三，年龄在五十岁上下。

两位穿衣打扮有显著的西北方特征，上身松垮大棉袄，下身透风老棉裤，上衣袖口，以及下身裤口，均用蓝色布条紧紧缠绕。两侧肩膀内，缝有厚厚的垫肩，肩膀摩擦痕迹明显，可反映出长期挑重物的职业特征。

二人身上无明显外伤，分离胃内容物，也找到了大量的植物茎叶，毒鼠强剂量，比3号还要多出不少。

除此之外，四组法医还有一个重大发现，四名死者的耳道及鼻腔内，均发现了仅有米粒大小，尚未孵化的苍蝇卵。

与此同时，新月的尸体也被再次被拉出重新解剖，最终竟得到了同样的结论。

…………

经过整整两天不眠不休的高强度工作，展峰决定召开一次特殊的"案件分析会"，专案组成员进入车舱，报案人元鲲则被安排在了一个小型视频会议室内，视频系统与车舱相连，展峰可以选择性地打开或关闭视讯网络。

吕瀚海则带着一部专案组配发的手机，再次前往东新街53号香油铺，这部手机，也被连入了视讯网络。

在数次调试确认稳妥后，元鲲的网络被率先打开。

展峰将隗国安给颅骨复原后的照片标注序号，打在了屏幕上。"元鲲，告诉我，这几人你是否认识？"

透过另一块屏幕，展峰注意到，元鲲一愣，接着眼眶开始微微发红，也许是早就料到了这个结果，没过多久，他哽咽着道："2号，是小迷糊；3号是老闷儿，剩下的两个人我没见过。"

"能否确定？"

元鲲难过地点了点头："可以确定。"

"再问你一个问题。"展峰道，"老闷儿有没有和货郎在一起合作过？"

"我听他说，以前有，自从被人坑了以后就再没合作过，而且老闷儿发过誓，说以后再也不跟这帮人搅和在一起，否则，他也不会去卖老鼠药。"

"那你觉得，老闷儿在你入狱后，会不会另寻合伙人？"

"不会!"

"你们又没在一起,为何回答得如此肯定?"

"因为我太了解老闷儿的性格。"元鲲叹了口气,"他这个人虽然穷,但从不把钱放在眼里,吐口吐沫,就是钉子,他认定的事,几头牛都拉不回来,而且像他们这样走南闯北的老江湖,都是这个样子的。他们相信因果报应,一旦发誓不去做的事,就一定不会碰,这是原则。所以,老闷儿不会找对外合伙人。而对内就更不会了。老闷儿心善,自从大圣的父母死了以后,他就再没抓过猴。一只猴,任凭怎么耍,也耍不出多少花样,所以,老闷儿就算再卖力,赚的钱也只够花销。而且耍猴的手艺只有老闷儿会,多招个人入伙会增加开销。当年要不是我和新月好上,他估计迟早也会找个由头,让我离开。"

断开连接,展峰又给吕瀚海发了一条视频指令。"你那边怎样?"

画面中,吕瀚海叼着烟卷,坐在驾驶室:"问清楚了,4号照片上的是扁担,另外一张是拨浪鼓。"

"有没有问清,他们和老闷儿是否存在合伙关系?"

"没有的事!"吕瀚海摇开车窗,将烟头丢进了旁边的垃圾桶,"扁担和拨浪鼓都有各自的摊位,他们离老闷儿远着呢,怎么可能合伙。而且你们有所不知,江湖货郎其实也分好几种,一种是全国各地到处窜,专靠卖假货赚快钱;一种是打着卖货的幌子,溜门串巷偷鸡摸狗;还有一种是正儿八经的卖货。扁担和拨浪鼓属于第三种,像他们这种人,多半都有些巧手活,比如用草绳编个蚱蜢,或者用木头雕个人偶,再或者用糖稀做个糖人等等。俗话说,有手艺不愁饭吃,和老闷儿合作,完全没那个必要。"

"九爷说得有道理!"隗国安的半张脸挤进了屏幕。

"我说老鬼,你可别给我戴高帽子,有屁快放,我说过了,这起案件免费,只要要求不过分,我都给你们一一解答。"

"得嘞,有九爷这句话,我就放心了!"隗国安挤眉弄眼道,"你能不能让他们再仔仔细细地想一想,当年逢庙会时,那些手艺人都住哪儿?尤其是附近有咸菜缸的地方,你让他们回忆回忆,就算说不出具体位置,给个大概范围也成啊!"

"咸菜缸?"

"对。"

第一案　解签食堂

"知道腌的是什么咸菜吗？"

"呃……"隗国安顿时语塞。

"是不能说，还是你不知道？"

"呃……不知道。"

"不知道还不起开，展护卫！你在吗？"

"我在！"

见展峰的脸显示在了屏幕中，吕瀚海才继续道："前两天我就在这儿逛了一圈，你是不晓得，东新街有多少卖咸菜的，你最起码得告诉我，咸菜的品种，我才好去问哪。"

展峰道句"稍等"，接着转身走出了屏幕，视频没有中断，展峰与嬴亮的对话声，断断续续地从视频那边传来，不知过了多久，吕瀚海顿感困意袭来，为了保持清醒，他将车窗完全打开，肆意窜入的冷风，硬是把他逼出个冷战，他抖擞了精神，催促一声。

"还没研究好吗？"

"可以了！"展峰的声音由远及近，直到他那张不苟言笑的脸再次进入吕瀚海的视线，"目前只分析出，死者吃入胃内的是驴蹄草与蒲棒草，至于这两种植物能制作成什么样的咸菜，还不清楚。"

"你要说榨菜疙瘩、萝卜干，我还见过。你确定你说的这两样东西是给人吃的？可别搞错了耽误事！"

听吕瀚海对此产生怀疑，嬴亮愤愤地挤进屏幕："不管是不是给人吃的，我们分离出来的东西就是这个，软件绝对不会识别错！"

这么多年的相处，嬴亮的脾气，吕瀚海再熟悉不过，性格直得都不拐弯，专案组最经不起调侃的莫过于他，吕瀚海心知再这么聊下去，耽误事不说，到头来还落个不愉快，于是他放软口气回道："行行行，那我就按你们说的去打听，还有其他事吗？没事我撂了啊！"

展峰打了个"OK（好的）"手势，中断了通话。

二十三

车舱内灯光瞬间暗淡，全息投影系统也在此时被完全启动。

展峰手一挥，与本案的相关物证被逐一显现出来。

"敛尸袋规格一致，名片卡槽均被撕毁，3号老闷儿及5号拨浪鼓的袋中，检出混合型DNA，由此可以判断，嫌疑人承装尸体使用的均为二手敛尸袋。"

展峰话音一落，隗国安便迫不及待冲赢亮问道："敛尸袋这条线，还有没有深挖的可能？"

后者摇摇头。"我在数据库中搜索，并没找到一模一样的敛尸袋，由于这东西又没有固定的生产标准，而且时隔这么多年，要想查到厂家几乎不可能。"

一条线索中断，剩下的物证在全息投影上依次浮现。

展峰继续道："五根用于拴重物的麻绳中，均检出了同一人的DNA，该人的真实身份是否为嫌疑人，暂时不知。

"重物，均为压缸石，体积大小接近，都检出氯化钠及氯化镁成分。如果一块是巧合，那么这么多块集中出现，足以证明鬼叔之前的推断：嫌疑人，可能是以腌制咸菜为经济来源的商贩。

"经鬼叔提醒，我也查阅了一些关于咸菜腌制的注意事项。确实只有长茎叶的植物，才需要压缸石腌制，比如，雪里蕻、大白菜等。赢亮根据死者胃内植物叶片特征，分析出的驴蹄草与蒲棒草，也都属于这种类型的植物，腌制过程较为缓慢，需要在阴暗隔热的环境下进行。通常大批量地腌制咸菜，都需要一个特殊的空间。"

"腌菜窖？"隗国安最先转过弯来。

"没错。"展峰道，"腌菜在发酵过程中，会产生大量的硫化氢，硫化氢是具有刺激性和窒息性的无色气体。低浓度接触可闻到臭鸡蛋气味，仅对呼吸道及眼局部有刺激作用，一旦浓度极高，便很快引起嗅觉疲劳而不觉其味，人一旦误吸，中枢神经系统症状会瞬间被麻痹，出现窒息症状。少量腌制仅供自己食用，无须考虑那么多。可要是大批量腌制，用于售卖，那么腌菜窖必须与生活区保持一定的距离。"

隗国安听言，眉头拧在了一起。"我见过不少腌菜窖，不讲究的，就选一间砖瓦房；讲究的，会挖个防潮的地坑。但无论如何，从外观上，是瞧不出与普通民宅有什么不同的。如果腌菜窖再与嫌疑人的居住地分开较远，时隔这么多年，要想从咸菜商这条线寻到切入口，估计够呛。"

"确实。"展峰没有否认。

第一案　解签食堂

上述两条物证分析信息，被赢亮录入系统，并标注为红色"终止"线索后，五块八卦镜紧接着悬在了半空中。

"同样的制作手法。圆形玻璃边缘存在大量不规则毛边，为手工制作。"展峰看向隗国安，"这条线你问过道九没？"

"问了，照片也给他看了。"

"怎么说？"

"他说市面上的八卦镜可分为三种：凹镜、凸镜和平面镜。虽然都是迷信，但作用各有千秋。

"八卦凹镜就是镜面凹入的八卦镜，用来照煞、驱邪、镇宅、除疾病和藏风聚气。用凹镜面照人，邪气就不能侵入体内，人也不容易患病。除此之外，还有统摄、巩固人体精气神的作用。一般都是悬挂在床尾或屋内。

"八卦凸镜是镜面凸出成圆弧形的八卦镜，其凸出的弧形镜面，可把煞气散向四方，从而起到化解煞气的作用。一般电影和电视剧中，驱鬼道士用的就是八卦凸镜，也有人把它悬挂在门口或者窗口。"

隗国安走到全息投影旁，指着悬浮在半空中的八卦镜道："现场发现的，是第三种，也是造价最低廉的平面镜，它仅具有反射作用，可以遮挡户外不良建筑形状，一般只有在正门对着别人家的墙角或者尖形物体时，才会使用。"说着，他掉转八卦镜，将背面两个不起眼的孔洞展示给众人。"这种镜子有两种悬挂方法，第一种，用胶水直接粘在门头，不过时间一长容易掉落；第二种，则根据孔洞的位置，事先钉入洋钉，然后直接挂上即可。"

展峰道："我仔细检查过，八卦镜背面，既没有胶水粘贴痕迹，也没有被悬挂后产生的压痕。"

"也就是说，这些八卦镜都是新的喽？"赢亮转念一想，"会不会是扁担或拨浪鼓卖的货？"

"完全有这个可能。"隗国安说。

"男性，单人作案，文化水平不高。"司徒蓝嫣斟酌后，给出了三条侧写。

"师姐，你是怎么得出来的？"

"从鬼叔的转述中可以看出，嫌疑人并不知道八卦镜的使用方法，把这个扔在敛尸袋中，可能只为寻求心理安慰，间接表现出他的迷信心理。

"迷信往往是个体在无法把握未来事件的情况下产生的，这种不可把握性容易使人产生危机感，导致人心理失衡，使个体不得不求助于外界某些能预测自己未来命运的载体，以安慰自己，达到心理平衡。迷信有其特定的心理安慰功能，它降低人们的心理失调程度，减轻心理焦虑，成为人们适应社会、求得生存的一种途径。

"尤其是在面对某种突如其来的压力和冲突时，一些人会产生心理不适应，感到迷惑不安，甚至精神空虚、悲观厌世、无所适从，急于寻求精神的寄托。而迷信活动能为处于困境中的人们提供一个超自然的避难所，使人们在精神上得到某种慰藉。当然，这种迷信观念的产生与受教育水平息息相关。

"嫌疑人接连杀死五个人，其精神必定处在一个紧绷的状态，如果是两人或者两人以上作案，有人壮胆，这种以物为依托的迷信心理会被冲淡。所以单人作案的可能性较大。本案致死五人，女性难以完成。嫌疑人又存在迷信心理，则此人受教育程度不会太高。"

"我完全同意蓝嫣的推断。"

既然展峰都给了肯定的答复，赢亮自然顺理成章地将结论敲入了案件分析系统，树形思维导图中，由八卦镜延伸出一条下级菜单，引出的方框内，标注了一行绿色小字，内容便是司徒蓝嫣的侧写结果。

二十四

附着物证分析完毕，展峰手一挥，五具尸体的全息影像被显现出来。

从1号至5号，分别是新月、小迷糊、老闷儿、扁担及拨浪鼓。

"提取DNA样本，均无比中信息，五人真实身份无法核实。"

"你们有没有想过，"隗国安皱了皱眉，"他们五个是怎么凑在一起遇害的？"

赢亮琢磨道："元鲲说得很明确，老闷儿不和别人合作，他们必定是住在一起。"

"对，是这个理。"隗国安又道，"像这种江湖中人，在哪儿都能落脚，什么在建工地、破营子，甚至桥洞下面都能下榻，可是这么一来，案发现场就会存在很多变数。"

"确实是个头疼的问题。"赢亮说着，瞅一眼如一团乱麻的树形图，"要是这个不确定，接下来侦查方向还真不好明确。"

第一案 解签食堂

"也许这个问题……"展峰手托下巴，眼盯屏幕，"我们可以从尸体上找到答案。"

换了个姿势，展峰继续道："五人胃内容物及头发样本，均检出毒鼠强，且成分与元鲲的叙述吻合，鼠药应是出自老闷儿之手。这是其一。

"其二，五人吃入食物种类相同，说明案发前，五人曾坐在一起进食，分析为晚餐。鼠药被混在了咸菜中，从中毒剂量分析，扁担、拨浪鼓食入最多，老闷儿其次，新月与小迷糊最少。

"因在毒发的过程中，扁担儿、拨浪鼓中毒身亡，所以他们身上并未发现钝器伤；老闷儿、新月及小迷糊，可能是在此过程中，存在挣扎行为，这才促使嫌疑人使用灰耙击打三人后脑。"

司徒蓝嫣让展峰调出了老闷儿后脑的钝器伤，观察之后，她说道："三人中，老闷儿食入的咸菜量最大，足以达到致死量。可相比之下，他后脑遭受的钝器击打次数反而最多，这种反常行为，恰巧表明，嫌疑人知晓，老闷儿是团队的主心骨。"

"师姐，你的意思是说，他们与嫌疑人之间，彼此熟悉？"

"没错！至少存在某种关联。"

隗国安也顺着思路发散："又是煮粥，又是提供咸菜。我感觉，这个地方，应该不是破营子。"

展峰将 2 号小迷糊的尸体放大："他的双脚有生前烫伤，我在其裤腿及皮肤粘连处发现了少量银色玻璃碴，这是通过'银镜反应'[1]镀过硝酸银后的保温瓶胆碎片。据我推测，小迷糊在挣扎时，很可能踢翻了保温瓶。"

说完，他打开了元鲲的连线，通过询问得知，跑江湖的吃百家饭，出门几乎都是轻装上阵，老闷儿几人也是如此，并不会携带锅碗瓢盆。

得到结论，展峰继续刚才的话题："按照元鲲所说，被害的五人自行做饭的可能性较小，他们应是受邀吃了这顿'最后的晚餐'。

"解剖时，在五人耳道、鼻腔内，均发现了未孵化的苍蝇卵。人死后，苍蝇喜在尸体有孔处或伤口处产卵。通常，如果达到一定气温条件，两小时以

---

[1] 银镜反应是银化合物的溶液被还原为金属银的化学反应，由于生成的金属银附着在容器内壁上，光亮如镜，故称为银镜反应。

后，苍蝇便开始在尸体上产卵。"

"由此，我们能部分还原现场情况。"

展峰似乎早有准备，从电脑中调出了一张房屋 3D 图："五人都穿着厚厚的棉衣，说明案发时正处在秋冬季节，我查了一下 GS 市的气温，大约从 10 月份往后，夜晚最低气温，可直逼 0 摄氏度。在这种条件下，要是苍蝇产卵，那么必须存在温差，因此，案发现场一定是在室内，且室内温度必须达到 15 摄氏度以上。"

"当年，GS 市没有集中供暖，要想得到如此大的温差，那么这间屋内，必须有取暖设备，分析应该是炭炉。"

说完，展峰点击鼠标，一个圆柱形的连接烟管的炭炉出现在了 3D 模型中，他接着道："能坐下五个人同时吃饭，而且都穿着棉衣，那么这个用于吃饭的饭桌必然不小，也就是说，房屋的纵向长宽足够。另外，凶手能抡起灰耙对死者进行击打，说明此室存在一定的高度。如此看来，杀人现场，必定是一个不小的空间。"

"如果房间内使用的是一个孔的蜂窝煤炭，无论怎么烧，都不可能产生 15 摄氏度以上的温差，所以，我怀疑，屋内要么使用的是多孔蜂窝煤炉，要么就不止一个炉子。而且必须持续燃烧产生热量，才可以维持室内温度。"

隗国安道："一般也不可能放着炉子空烧，而且上面没有东西压火，燃烧产生的有害气体会扩散到房间内，造成一氧化碳中毒。普通家庭在屋内放个炉子，除了做饭、烧开水，应该也不会有其他的用处。要是多个炉子一起烧水……"他说到这儿，双目一瞪，瞬间顿悟，"是旅社！只有旅社才会源源不断地烧水，供应给住客！"

"对啊！"嬴亮也跟着附和，"这也正好解释了，为何老闷儿他们会和扁担、拨浪鼓一起吃饭！他们有可能都是旅社的住客！"

这是本案到目前为止最大的一个发现，众人都在兴奋之余，唯有展峰依旧眉头紧锁。

隗国安有些瞧出端倪来："展队，难道推断有误？"

"没有。"展峰摇了摇头，"五人住店，基本可以确定下来。不过刚才我说，就算室内温度足够，也需要至少两小时，苍蝇才可以在尸体上产卵。而这段时间，五名死者应该躺在温暖的室内没有移动过。唯一能解释通的便是，凶手在利用这两小时,准备抛尸工具。"

司徒蓝嫣听到这里,表情也重新严肃起来,她读出了展峰的言外之意:"假设这个时候有人来住店,或是其他住客听到了动静,一定会前来查看,那么此事就一定会暴露。所以说,凶手掌握着旅社的经营权,他可以决定旅社是不是接客,换而言之,嫌疑人就是旅社的老板。"

"有道理!"嬴亮打了个响指,"老板杀死住客,谋财害命!看来我们距离真相越来越近了!"

"可是……"司徒蓝嫣那俊秀的脸上挂着寒霜,"我们怎么确定,旅社里就只住着五个人?"

二十五

紫上云间咖啡与书二楼。

穿着带有黑白蕾丝花边的女仆装的萝莉,正在电脑前不停敲击着键盘,屏幕上流动着令人眼花缭乱的字符。

一旁的唐紫倩屏息凝神地注视着,数十分钟后,萝莉的嘴巴中传来"嘎巴"一声响,唐紫倩的目光也因此被吸引了过去。

"×,断了!"萝莉大骂一声。

"什么断了?"唐紫倩紧张地问道。

萝莉将嘴边的塑料棍拽出,在末端有半块七色糖果摇摇欲坠。"棒棒糖断了!"

唐紫倩松了口气,白她一眼:"服务器怎么样了?"

"补丁打上了!"萝莉将糖果咔嚓咔嚓地嚼烂,"老板,服务器天天被攻击,这么下去也不是个办法。万一哪天我们的 IP 地址被破解,咱这个地方可就得搬了!"

唐紫倩有些不耐烦地摆摆手,让她别再往下说,可萝莉依旧不依不饶:"难不成,你忘记半年前的那张照片了?要不是我攻破了麻将馆的监控,还真发现不了有人盯上了咱们。虽说放大了看,发现那人不是展峰,只是穿了同款的夹克衫,可这人冒出来总有什么缘故,咱们在明,人家在暗,这恐怕不好吧!人家想干什么可难讲,加上现在服务器天天被攻击,要是不想出个解决的办法，保不齐哪天出什么事。"

"能让你手忙脚乱，对方也是个计算机高手吧！"唐紫倩移开话题。

"不至于……不过，至少不在我之下！"

萝莉有多厉害，唐紫倩心里有数，她这么一说，唐紫倩也难免有些不安。"可韩阳说，这些都是我爸让我查的，你说我爸这个老爷子，脑子里头就他那点生意，他让我查的，能是什么很危险的玩意儿吗？"

"老板，你话说到这儿，也别怪我跟你讲实话了。不是我说你，你都多久没见唐总了，每次不都是那个叫韩阳的来传话，到底谁才是你爸的孩子？"

"这……"唐紫倩没想到萝莉冷不丁蹦这么几句出来，面露尴尬，"你又不是不知道那些事，尤其我回国之前，一直跟着的是我妈……"

"我是知道，可你到底叫唐总爸爸，总该比那什么韩阳亲近吧！"萝莉摇摇头，"反正我觉得，那个韩阳对你一直都有些小心思。一个大男人，你对他这么不客气，哪一次他不是笑眯眯，一丁点看不出生气的样？我看啊，这人可不简单！他到底有没有假传圣旨，只怕难讲。"

正所谓当局者迷旁观者清，经这么一提醒，唐紫倩似乎也意识到，韩阳扔过来的活，只怕不是他说的那么简单。

只是韩阳和爸爸唐康永可谓朝夕相处，关系也非同一般，加上母亲向来对唐康永那些生意一直抱着绝不干涉的态度，自己就算去问，只怕也未必就有答案……

见她还有些犹豫不决，萝莉催促道："别磨叽了老板，跟韩阳直接面谈，这可是他惹的事，让他自己摆平！帮个忙帮出危险来了，没道理牵扯咱俩吧。"

她这么一说，唐紫倩终于点了头。

…………

和韩阳约好了见面时间，出了咖啡屋后门，唐紫倩开着那辆酒红色的帕纳美拉直奔机场。要是放在以前，唐紫倩要见他，韩阳就算再忙，也会亲自前往，绝不会让她自己舟车劳顿。

不过这一次，倒的确是因为韩阳在这当口脱不开身。

因为，这次绊住他的不是别人，而是在他心中重要性排名 NO.1（第一）的帝铂集团的一把手——唐康永。

第一案　解签食堂

今天上午上班前，秘书转达唐总口信，今天不要离开公司，唐总有事找他，一有空就会召唤。

下午五点，在挂断唐紫倩电话的三小时后，韩阳接到了公司总台的电话，电话那边，唐康永的私人助理告知，让他去集团顶楼办公室。

打从辞去警察身份，进入集团的第一天起，他就仔仔细细地摸清了唐康永的所有个人习惯，包括签阅合同在什么地点，重要的事会在哪里谈，诸如此类。他搞得这么细致，倒不是为了拍上级马屁，而是因为唐康永是改变他一生的那个人，要不是这位数十年前出手资助，他可能毕生都会在贫穷的山村中潦倒，绝不会有如今的人生。

顶楼那间办公室，是唐康永的私人生活区，一般只有关系亲近者，才有资格进入那里。而韩阳本人，也是公司为数不多，能用指纹解锁直达顶层的高管之一。

唐康永要说什么他不知道，但必定不会是小事。莫非他发现了什么……怀着忐忑的心情，韩阳走进了那部专属电梯。到层提醒的电铃声，如撞击编钟般清脆悦耳，站在铺设高级波斯地毯的走廊上，他整整西装，朝前方那扇虚掩着的双开红木大门走去。

来到门前，韩阳轻轻按了下旁边的门铃："唐总？"

"是韩阳吗？"脚步声由远及近。

"是。"韩阳刚一应声，木门便被拉开。

门内的人年近六旬，却没有这个年纪的老态，也没有暴发户的大肚腩，只有与年龄毫不相称的精悍体魄，那张国字脸上的五官并不出众，但眼睛深邃有神，鼻梁高挺，眼角微弯，又给人一种和善亲厚的感觉。

他修了一头短发，看起来更是年轻不少。白衬衫领口微微敞开，袖口卷到手臂中间，露出小麦色皮肤，手腕上那块跟了他不知多少年的上海牌手表，证明这位集团首脑哪怕身份赫赫，仍是个极为念旧的人。

"傻站着干吗？进来，茶都泡好了！"

唐康永冲他勾勾手，转身回到茶座旁。

韩阳嘴角微微扬起，他喜欢唐康永这样不客气地说话，就像父亲催促儿子。

"唐总，找我什么事？"

唐康永亲手端起一杯茶水，摆在韩阳面前，调侃道，"怎么？难不成必须有事才能找你？咱爷俩就不能唠唠家常？"

"那当然可以。"韩阳会心一笑。

"这就对了，尝尝这叶子怎么样。"

韩阳端起水杯，饮了一口，可茶水还未下咽，他便愣在了那里。

"嗯？品出来了？"唐康永笑笑，"这么苦的茶，也就你能尝出其中深意。"

"咕嘟"一声，韩阳将茶水咽下："这是我家后山的野茶，小时候饿肚子，就喝这种茶水，因为太苦了，喝下去倒是感觉不到饿了。"

见韩阳有些伤感，唐康永道："前些日子，集团刚好在你故乡做了个慈善项目，我就特意让人从那边带了一点，回头，我让助理送到你办公室。亲不亲故乡人，甜不甜家乡水。你这个孩子向来重情重义，虽然故乡贫瘠，这些年你在集团没少想着帮扶故乡建设！你挂念故乡的东西，我心里有数。这苦茶啊！我让人送去研究成分了，据报告说是能降血压，往后再看看能不能集团主持，搞点特产开发什么的……"

一个身家千亿的集团首脑，能对他如此细心，这让韩阳心头有说不出的感动，千言万语，也就化为一句"谢谢唐总"。

唐康永轻轻拍了拍他的手背："咱爷俩谁跟谁？当初我最需要人的时候，你不也是毅然决然地不做警察，来助我一臂之力？"

韩阳没有作声，只是重重地点了点头。

"说来可惜，"唐康永长叹一声，"你要是还留在警队，只怕现在也前途无量。"

"您说的哪里话？"韩阳忙道，"人生在于选择，这还是您告诉我的。跟着您，是我自己的选择，做什么都有成本，我觉得我现在这样挺好的！"

"那好，既然如此，我有一件事要问你，你可得跟我实话实说。"

"唐总您说。"

"你和我那个老哥哥庞虎之间，最近是不是闹得有些不愉快？"

韩阳顿时面露不解："当初我进公司，不就是按照您的意思，一直跟在他身后，查查他做了哪些事？庞虎这人您最了解，我看他多少有些察觉，所以他不能给我什么好脸色，就这点事，应该早就在您意料之中吧……"

"话虽如此，可是……"唐康永话说一半，欲言又止。

第一案　解签食堂

"可是什么？"韩阳连忙追问。

"庞虎这人，和我做了一辈子的兄弟，我对他的性子再了解不过，他平时还好说，但是一旦触到他的逆鳞，就难讲他会做出什么事来了。他没离开集团的时候，我可没少给他收拾烂摊子，我让你盯他，就是想看看他离了公司以后，到底都做了啥。这位老兄弟的脾性，着实是让我放心不下啊……他既然对你有些不满，你最近就离他远些，少招惹他。"

"您是在担心我的安全？"

闻言，唐康永一笑："你要是这么理解，那就是吧！"

韩阳小心地窥视着唐康永的神情："那……您有没有这样担心过别人？"

唐康永一挑花白的眉毛，奇怪地反问："别人？阳阳，你怎么突然问起这个？"

就在此时，一个声音自门外传来："谁在担心谁啊？"

两人转身望去，唐紫倩风尘仆仆地拎着限量奢牌提包走了进来，一进屋，她就瞅了一眼茶盘，愤愤道："我赶了两小时的路，你们却在这儿喝功夫茶。"

她又看向韩阳："尤其是你，挺悠闲啊！接我电话的时候怎么说的？'要事缠身'，这敢情好，你韩局的要事，就是陪我爸喝茶啊？"

韩阳满脸无奈："唐总一早打了招呼，我也不知道是什么事……"

"算了，我也不想跟你计较这么多。今天正好你们两个都在，倒是省了我的事。"唐紫倩一屁股坐在沙发上，"爸，有件事我想问您，韩阳让我做的那些事，您到底知不知情？"

唐康永一愣，还没闹明白女儿邪火从何而来，他瞥了一眼韩阳，后者冲他使个眼色，唐康永心中有数，便笑眯眯道："我当然知道，倩倩，到底怎么了？"

"那行，既然爸您知道，我就不跟他较劲了，"唐紫倩冷冷地看向韩阳，"事情是你交代的，现在出了点问题，我希望你能解决好，别搞得我还得给你擦屁股。"

说着，她递给对方一张监控抓拍的模糊照片："以你的本事，应该可以查出这个人是谁，我就一个要求，让他不要再攻击服务器了。"

韩阳将照片贴身收好，点点头："行，这件事交给我办，你放心，一定不会再让你费神了。"

唐紫倩哼了一声，权当接受了他的处理态度。

韩阳是个识趣之人，唐紫倩大老远跑来，许久不见的父女俩只怕有话要说。他起身道："唐总，如果没什么其他的事，我就先走了。"

唐康永欲言又止，不过瞥见坐在身边的唐紫倩，他只得无奈地摆摆手："行，你先去吧。我提醒的事情，你可得记着。"

韩阳心头微热："嗯！您放心，都记着呢！"

房门重新关严，唐紫倩眨巴眨巴美眸："怎么，还有些舍不得他走？我看，韩阳在您心里，倒是比我更重要吧！"

"你呀，跟着你妈学得牙尖嘴利，不知道她这些年到底都教了你什么。"唐康永不以为然，给闺女倒了杯茶，"我说，你是不是对韩阳有些偏见。"

"那倒没有，只是和他相处不来。"唐紫倩呵呵一笑，"您的手下爱将，您用得好就行。"

"我怎么好像听说，他对你有些意思？"

唐紫倩翻了翻白眼："那麻烦您找个时候告诉他，最好是死了这条心。"

"怎么，这么多年过去，你还没忘记那个小子呢？"

"哎哎哎？我和韩阳处不来，和他有什么关系？"唐紫倩嘟囔道，"再说了，我觉得有些人……是可以等一辈子的。"

这句话似乎不经意地触动了唐康永的心弦，他突然沉默下来，意味深长地点了点头："你说得没错。有些人，确实能让人挂念一辈子。"

唐紫倩一听，顿时意识到不对劲，连忙端正坐姿，小心翼翼地问："爸……您怎么了？"

"没什么，就是想起了一些往事。"唐康永强打精神，换了话题，"怎么？你这个乐不思蜀的小家伙，能想着跑回来，是不是还有别的事？"

唐紫倩翻开微信，将备注为"妈妈"的聊天记录翻了出来："妈想让我回香港，我找您商量商量。"

唐康永眉头微微皱起，只是象征性地看了一眼，似乎并不怎么关心："她让你回去做什么？"

"没什么，妈说想我了，让我回去陪陪她。"

"哦，那你回去就是，怎么还来问我？"唐康永的语气就像凉了的茶水。

"回去肯定要回去，您刚没细看吧！妈说，让我回去之前，先过来看

第一案 解签食堂

看您。"

"我有什么好看的？老头子一个……"唐康永挑眉，"倒是你，还得你妈来提醒，成天窝在你那咖啡屋里有什么意思？要不，另外找点事做？"

"不用了，"唐紫倩抱着唐康永的胳膊摇了摇，小声地道，"爸，我不知道过去您和妈之间到底发生了什么，虽然她在我面前，从来不提起您，但是我能感觉到，妈对您是很牵挂的。她让我去香港之前先来看您，回去以后，铁定要问我您现在怎么样。您说您二位，加起来都超过一百岁的人了……怎么就闹成这样？"

唐康永当然可以听出女儿的好意，但有些事他也不知该如何开口。说到底，在情感之路上，他可谓是一失足成千古恨，当年，就是因为他一念之差，毁掉了三个人的幸福。

事到如今，虽已事业有成，风光无限，可那个选择酿成的后果，他这一辈子只怕都没办法再去弥补。

想至此，唐康永一声长叹，把唐紫倩的手拉了下来："你妈当年的选择，我一直心怀感激，她是个好女人，我们彼此欣赏，但我和她之间的感情，并不是所谓的夫妻之情。倩倩，你心里有人，应该能理解我这话的意思，以后你只要有时间，就替我多陪陪她，当然，如果她愿意接受这个现实，我随时等她回来，我们还可以像……"

"可以像什么？"

"像朋友一样……"

二十六

专案会告一段落之后，展峰向市局转达了一个推测，他担心还有其他人被害，为稳妥起见，需要对嫌疑范围内具备藏匿条件的沼泽坑全部进行探查。殊不知，这看似随意的几句话，却是一个极其庞大的工作量。

专案组讨论认为，抛尸只可能是在夜晚，且存在多次往返抛尸的情况，按照GS市夜间时长约十小时计算，也就是以成年人步行十小时的里程为半径画圆，划定一个嫌疑范围。

已知，成年男性，平均步长在60厘米，按坑洼路面，每秒跨一步计算，那么每小时至少可以行进2公里，虽说嫌疑人在负重情况下会放缓速度，但在不知凶手体力的前提下，展峰仍把范围划定在了20公里以内。

为能在短时间内证实推测的合理性，专案中心协调当地省厅，紧急抽调专职人手及数十条警犬，对该范围进行了地毯式的搜查。

用吕瀚海的话说，展峰的嘴就像是开过光，好的不灵，坏的一说一个准。

搜查进行到第三天，第六具尸体就被挖了出来。

同样的敛尸袋、同样的麻绳、同样的压缸石、同样的八卦镜，只是这具尸体没有头。

然而麻烦并不止这一点，经过尸检，展峰意识到一个十分严重的问题，6号尸体的出现，可能会把先前得出的结论全部推翻。

外勤车内，尸体的全息影像飘浮在空中，散发着幽幽蓝光。

四人都沉默不语，舱内除了机器发出的低鸣声，听不到任何响动，从展峰凝重的表情不难看出，案件开始向最糟糕的方向发展。

"头找到了吗？"他问赢亮。

后者瞅了一眼手机，当看到备注为"张明虎"的号码并未发来任何信息时，他低声回道："还没有。"

隗国安道："敛尸袋上有金属拉环，靠着金属探测仪和警犬，不难锁定，可只是一个头，找起来无异于大海捞针。"

这种浅显的道理，展峰自然也懂，他迟迟没发话，只不过是想能不能巧合一次，然而可惜，奇迹并没出现，或者说，本来就不会出现。

"那好，我们开始吧！"展峰走到全息影像旁边，手一挥，四样物证同时出现在众人面前，其中前三样被标注成绿色，只有最后一样被显示成了红色。

"敛尸袋、压缸石、八卦镜，与前五名死者无异，无须再分析，咱们重点看下麻绳。"展峰将绿色物证抹去，只有捆成兔子耳朵一般的红色物证，留在众人的视野中间，"打结方式与前五人如出一辙，然而我们在六根麻绳上提取的DNA样本，却与6号死者吻合。"

隗国安惊了："绳子是6号搓的？"

"没错。"

赢亮倒是瞬间想通："嫌疑人能用老闷儿的耗子药，扁担他们的八卦镜，用6号搓的麻绳，倒是也不足为奇。"

第一案　解签食堂

司徒蓝嫣道："问题在于，6号尸体的处理方式，和前几人截然不同，凶手把尸体与头分离，一定是担心有人会通过容貌认出6号的身份，这间接能说明几个问题。

"第一，前五名死者都是外地人，凶手直接抛尸；6号尸体被区别对待，侧面证明，他可能是本地人。死者身份暴露，能让人直接联想到他们之间的关联性。

"第二，对前五人，凶手使用毒药及钝器致死，而这一过程，选择锐器其实更容易些。他之所以没有这样做，可能是考虑到，在抛尸的过程中，万一有大量血迹流出，会留下痕迹。但这个推断放在6号尸体上，完全行不通。要知道，颈动脉的血压最高，就算是死后割下头颅，也会造成大量血液流出。这种既耗时，又会留下破绽的附加行为，也足以证明6号的特殊性。

"第三，沼泽区本就人迹罕至，嫌疑人还是如此小心，推测6号的实际居住地，可能距离沼泽区不远。

"第四，有预谋作案，为抛尸准备工具，尤其是敛尸袋的获取渠道有限，凶手不可能一次性获取六个，需要长时间积攒。这种持续性的行为，表现在犯罪动机上，又能分为两种情况：一种，准备敛尸袋，就是为了杀人做准备；另一种，是敛尸袋有其他用途，只是某种突发性情况造成了凶案发生，而此时，嫌疑人身边恰好有敛尸袋，就用来抛尸。

"第五，再看杀人动机。被害人均为底层劳动者，接触的社会面具有局限性，那么引发的犯罪动机，也不会太复杂。《犯罪心理学》中，将最浅显的杀人动机大致分为三类：仇恨、私情、侵财。老闷儿等人的钱财寄存在长春会，图财可以排除。被害人中新月是女子，因她发案的可能性并非没有，但通过元鲲对老闷儿的描述，他这种和事佬性格，很难导致严重后果发生。三去二，我个人更倾向于仇杀。再看6号死者。"

司徒蓝嫣指着尸体颈部："断面极不规则，怀疑可能是用某种便携刀具多次砍切造成的。"说完，她看向展峰。

后者点头："我在骨断裂的夹缝中，找到了少量铁锈，推测菜刀的可能性较大。另外，伤口内部粘连大量碎石，凶手砍头的过程，应该是在户外完成的。"

"会不会就在沼泽地里？"赢亮问。

展峰道:"有很大概率。"

司徒蓝嫣继续道:"要是凶手只是不想让人认出,用钝器击打面部即可,他为何要大费周章,割掉头颅呢?而且,我们再来看一下6号被发现的位置。"她示意嬴亮将沼泽区的电子地图调出来。

在图中,有六个带有序号的红点,不停闪烁。

其中,新月被发现的位置,被标注成了1号,2、3、4、5这四个点,均在距离1号不远的位置,唯独6号,像是格格不入一般,被显示在了极远的地方。

司徒蓝嫣用鼠标从最外侧的5号点拉了一条直线,将其与6号相连,双击之后,线段上显示出了距离,为4.62公里。

"从尸体的分布范围可以明显地看出,凶手的目的是什么。他是想先把前五具尸体处理完毕,再重点处理6号。那么,是什么动机促使他负重行走这么远,又采用如此复杂的方式分尸抛尸的呢?只有仇恨!而且可能还是一种叠加仇恨!"

"叠加仇恨?"

"就是这个,"司徒蓝嫣解释,"从心理学角度讲,仇恨是一种极端的负面情绪。思维中的仇恨会使人丧失理性思维,而情绪化的仇恨行动,会严重破坏人与人之间的和谐关系,是一种极为黑暗与邪恶的情感。仇恨,会直接导致凶杀案的发生。

"从本案处理尸体的方式上不难发现,这种仇恨,主要集中在6号身上。而实际上,仇恨已经导致了最极端的犯罪结果的发生,但在结果发生后,凶手又存在泄愤的附加行为,这种多余的仇恨从何而来?据我推测,极有可能是前五人被杀后的结果转化,也就是说,老闷儿这几个人,大概率是因6号而死的!"

隗国安惊讶地看向司徒蓝嫣,每次专案会,与自己儿子年龄相仿的她总是少言寡语的那一位,但只要她开口,必然语出惊人,只是一个分尸方式,就侧写出如此多的信息,不得不让人刮目相看。

不过震惊之余,隗国安也提出了自己的想法:"会不会,是凶手准备将6号灭口,这期间被其他五人察觉,最终导致了六人全部遇害?"

司徒蓝嫣道:"还有另一种可能!六人都是江湖人士,杀掉某一人,就必

第一案　解签食堂

须同时解决掉其他五人！"

赢亮也赞同:"如果凶手是旅社老板,前五人都是江湖艺人,那么6号恐怕也和他们住在一起。"

"那为何长春会上只有五个人的记录?"展峰的一句反问,让众人又陷入了深思。

"也许他没赚到钱,又可能,他只是普通的住客?"赢亮胡乱猜测。

"恐怕,事情没有这么简单!"

二十七

说完,展峰手一挥,调出两种植物的全息影像。

"驴蹄草与蒲棒草?"赢亮很快道出了植物的名称。

"没错。"展峰道,"驴蹄草又名驴蹄菜,多年生草本植物,全部无毛,有多数肉质须根。茎高可达48厘米,全草含白头翁素和其他植物碱,有毒,可药用,有除风、散寒之效。摘掉花骨朵,经过腌制,可祛除毒性。

"蒲棒草,又名香蒲或蒲棒菜,多年生水生或沼生植物。根状茎粗壮,乳白色。地上茎直立,最高可达2.5米,粗壮。叶片细长,可食用,具有消炎止血之功效。

"这两种植物,在沼泽区随处可见,但按生长能力,驴蹄草要胜出不少。

"因驴蹄草纤维含量较高,需要长时间腌制,且在腌制过程中,会发出难闻的臭味,所以使用它腌制的咸菜,又名臭菜。

"饥荒年代,这种臭菜在当地,几乎家家会做。但由于这种菜奇臭难闻,所以很难下咽,于是就有人想出,将香蒲叶混入缓解臭味,从那以后,这种做法,便延续了下来。

"道九在东新街查探,发现有不少售卖臭菜的摊点,而他们腌制咸菜的材料,追根溯源,几乎都是从沼泽区割取的,这两样东西都没有人工种植,属于野菜。

"凶手选择将尸体抛入沼泽坑,也说明他对那里的环境极为熟悉,这个熟悉的过程,可能与长期挖菜,有着直接关联。

"而臭菜如鱼腥草一样,大都只被当地人所接纳,因此,凶手即便不是本地人，也肯定是长期在此居住。"

"两个本地人？"隗国安也意识到了问题所在。

"没错！"

"两个本地人的仇恨，为何波及五个外地人？"嬴亮也跟着思索起来。

展峰没有回答，他手一挥，6号鞣性尸体的全息影像被调了出来。"死者上身着绿色中山装，水洗标上的字迹已无法辨认，说明衣服有些年头。上衣左口袋别有一支"英雄"牌钢笔，钢笔在那个年代，属大通货，已无法追溯生产厂家及生产年限。死者下身着绿色长裤，系有牛皮带，金属皮带头上可见五角星及八一字样。由此判断，6号，可能有参军史。

"与前五人不同，其脚上穿有棉鞋，未穿袜子，棉鞋为手工缝制，鞋底无花纹，鞋后跟处塌陷严重，死者脚后跟皲裂严重，这可能是其长期将脚后跟暴露在干燥空气中所致，推测死者有趿拉鞋走路的习惯。

"6号不习惯穿袜子，又趿拉着鞋，要是长期行走于室外，这种习惯会冻伤脚后跟，所以他的活动范围，必定是在相对来说比较温暖的室内。"

说完，他将死者上衣单独显示，众人注意到，口袋内侧有一矩形方块在不停闪烁，展峰戴上指套点击此处，一个缝制好的布囊显示了出来，随后，由布囊射出的几条引线上，出现了小号铜钱、珍珠、铜元宝及一块四四方方的金色布料。

展峰道："它缝制在死者衣服内侧。我咨询道九，他告诉我这是一种求财符，需缝制在衣服内侧，心口的位置，名曰'心诚则灵'。金色布料上写的是祈福者的生辰八字，字迹已掉色，无法辨识。但包裹的信物，会根据年龄的不同，有所区分。例如这个布囊中，有三枚铜元宝、四枚铜钱及两颗珍珠，它所代表的含义便是未来的三十四年零两个月，只要心诚，必定会发财。

"道九还说，一般人祈福，都是按照百年寿命来算，如此一减，6号死者被害时，应该是六十五岁零十个月。道九给出的结论，与耻骨联合面计算的结果基本吻合。"

隗国安仔细瞅瞅："我看求财符里面的东西造价不低，估计也是来之不易。"

"按道九的说法，这玩意儿要看机缘巧合，有钱都不一定能求到。"

"怎么个机缘巧合法？"

第一案　解签食堂

"道九说这种布囊看似简单，其实里面大有学问，通常只有惊门[1]中的高人才会，这种高人云游四方，很难寻觅，而且这种东西制作完成后，还需要高人根据祈福者的身高体态亲手缝制在衣服上，所以一般摆摊的半仙根本不会。"

隗国安仔细琢磨着展峰话中的潜台词。"温室、光脚趿拉鞋、机缘巧合……"他自言自语中，突然瞪大双目，"展队，你是说，旅社真正的老板，可能是6号死者？"

"没错！我所理解的机缘巧合，可能是有惊门中人在这里住店，恰好与6号结识，这才有了求财符一事。"

"我来捋一捋！"隗国安在车舱内来回踱步，"前五人是冤死鬼，6号是店老板，凶手与之十分熟悉，而凶手在当地又有腌菜窖，这么看来，只有一种可能，凶手是店内的长期住客！"

司徒蓝嫣也跟着补充："因长时间接触，加之租赁关系，产生仇恨，也在情理之中。"

嬴亮调出了一张电子地图，上面用红、黄、蓝三色，分别标注了三个地名，其中西边蓝色区域为庙会发源地东新街，最东边是黄色区域抛尸沼泽地，夹在中间的红色区域名为土坝孜，从面积上看，这个区域，是东新街的数倍，目测有沼泽区的五分之一大小。

"上次专案会结束后，我对凶手作案的地理方位进行了系统的分析，目前看，他居住在土坝孜村的可能性最大。这个村子是附近最大的自然村，靠着东新街，有大量的流动人口，各种无牌无证的小旅社遍地开花，有的常住户把空余的房间一收拾，就在大门口用油漆写上'住店'二字，摇身一变，就成了旅社。

"由于村内道路崎岖难走，当地警方多次突击检查，均收效甚微，也就在近几年，东新街生意日渐衰败，众多三无旅社纷纷倒闭，治安形势才有所好转。

"所以，要是没有更为明确的目标，排查起来的难度会非常大！"

车舱内重新恢复了寂静，展峰皱眉望着那具飘浮在半空中，看起来有些诡

---

[1] 惊门是江湖八大门之首，主要是研究吉凶祸福，为人指点迷津。

异的无头尸体。

时间一分一秒地流逝，从他沉重的表情中，众人能感觉到，他正在努力回忆着本案的所有细节，不知过了多久，他右手奋力一挥，全息投影如烟尘般散去。原本，众人以为专案会到此结束，可谁知尸体淡去之后，三小块碎裂的扇形骨骼，却在半空中闪烁着微光。

"这个是……"隗国安双目圆瞪，"头盖骨？"

"对！"展峰话锋一转，"但这些不属于6号死者，DNA不匹配。"

司徒蓝嫣问："难道是残留在敛尸袋中的？"

"可能性很大。"展峰将三块骨骼拼接，得到了一个接近半圆的图案，"敛尸袋中残留的只是部分碎骨，疑似尸体受到了钝器伤，导致脑浆迸出，相关人员在抬尸的过程中，碎骨伴随脑浆，流进了敛尸袋，由于脑浆中水分被蒸发，最终碎骨粘连在袋子底端。

"少量碎骨拼接，得到了一个半圆，由此可见，与头骨接触并发生撞击的，是一个球状物，诸如奶头锤、铁球、石球等，均有可能。能击穿头骨，导致脑浆迸出，所用力道极大。无论是高空坠物导致的意外事件，还是故意杀人导致的刑事案件，都属于非正常死亡的范畴，通常情况，需要警方到场，进行初查。"

嬴亮猛然一惊，下意识地打开笔记本电脑，可转念一想，他又把笔记本电脑缓缓合上，本案发生在十九年前，那时留存的都是纸质档案，数据库中不可能有。

而且专案组并不知道，凶手从哪里弄来的敛尸袋，也就是说，这名死者的死亡时间，压根无从查证。换言之，以2001年为时间节点，一本一本翻看案卷，要往前推多少年，这个时间段也无法划定。

最重要的是，那个年代，DNA技术还没有发展，就算找到相关案卷，尸体也肯定被火化了，失去比对样本，这条线索查下去的意义又在哪里？

想到这里，嬴亮终于明白了展峰的为难之处，如果放着不查，万一有情况，就等于失去了一条极为重要的线索。可要是查下去，大概率又是条死胡同。

究竟是另辟蹊径，还是选择在这一棵树上吊死？确实令人难以抉择……

第一案 解签食堂

二十八

当天下午，GS市局办公室给各分县局下发一条工作指令，要求全局档案室，寻找1991年至2001年十年内，被球状物击打致死的案（事）件卷宗。

十年期限，倒也不是展峰估算得知，而是他通过骨同位素测算而来的，不过由于骨质样本较少存在，检验结果存在一定的误差，于是，展峰将期限在结论的基础上，又放宽了两年。

虽然指令上备注了"加急"二字，可要想在短时间内寻出结果，可能性也是微乎其微。

…………

趁着市局寻找卷宗的空档，吕瀚海驾车，带着专案组几人再次来到凶手抛尸地——GS市沼泽自然保护区。

五人中，只有吕瀚海是大姑娘上花轿——头一回，在导航软件"左转""右转"的提示声中，他驾驶那辆依维柯，由主干道上了一条渣土路。

刚一接触路面，吕瀚海能明显地感觉到车辆重心瞬间下移，好不容易把稳方向盘，吕瀚海放眼望去，前方不宽的道路上，全是弯弯曲曲的车辙印迹。

"我说怎么回事呢！"吕瀚海将方向盘打正，当车子正好沿着渣土路向前行进时，他顿松一口气，续上了刚才的半句话，"原来就是泥巴路上铺了层石渣，这也太豆腐渣工程了吧！"

隗国安将脑袋探进驾驶室，他指着路边随处可见的"禁止驶入"的指示牌："你没看到，这条路压根不给行车，要不是因为办案提前报备，咱在路口就要停车步行！"

"我说呢！"吕瀚海正视前方回道，"你要不说，我还在担心，一会儿要会车时该怎么躲呢，瞧瞧这路边的水坑，咱这笨车要是陷进去，估计就要埋在这儿。"

"一天天的，净瞎担心，好好开你的车。"

"得嘞！"吕瀚海低头看了一眼导航，"还有不到1公里，我祝你们旗开得胜！"

"哟嗬！九爷最近大转性了呀！小嘴跟抹了蜜似的。"

"那是！咱是一个团队，你们早点破案，我也好早点休息不是！"

"那就托你吉言！"声音从副驾驶的方向传来。

吕瀚海有些诧异，他扭脸看向展峰，对方也朝他看了过来，短暂的四目相对后，展峰率先开口道："你刚才那句话说得没错，我们是一个团队。"

"一个团队？"

"对，一个团队！"

说着两人相视一笑。

吕瀚海转过脸去，他目视前方的眼神变得坚定，把握住方向盘的手，又紧了紧。

"一个团队，"他低声来回重复着这句话，不知为何，他突然哼起了歌，远处夕阳的余晖洒向路面，依维柯像是顶着橙色的纱帐缓缓向前行进，车厢内，充斥着吕瀚海那五音不全的唱调，"正道的光，照在了大地上，把每个黑暗的地方全部都照亮，坦荡是光，像男儿的胸膛，有无穷的力量如此的坚强……"

…………

隗国安堵了半天耳朵，终于熬到了此行的目的地。

停车位置，是一片用碎石铺设的圆形小广场，目测可停约十辆车，站在广场朝四周眺望，到处都是低矮的灌木与杂草，偶尔也有四五棵不知品种的歪脖子树高出地面，有种鹤立鸡群的感觉。

越靠近广场周边，潮湿感就越发浓重，吕瀚海抬头望天，阳光射在脸上倒也挺热辣，可低头朝附近的灌木丛瞅去时，感觉身体跟泡水一样湿答答的。就连迎面吹来的风中都夹杂着水汽，这种潮湿，使裸露在外的皮肤黏糊糊的，至少对吕瀚海来说，这是一种无比难受的感觉。

伸个懒腰的工夫，展峰已经带头穿上了雨靴，吕瀚海转脸望去，隗国安迎风而立，如同雕塑，头上的几根稀毛，不是啥时候聚了几滴水珠，原本光亮的头皮，也像是玻璃起雾一般湿漉漉的。

"喂，老鬼，想啥呢？"

"唉！"他掐腰叹气，"我在想，这茫茫大沼泽，凶手究竟把头扔到哪里去了！"

"光叹气有啥用，你倒是去找啊！展护卫他们都穿雨靴进沼泽地了，你咋

第一案 解签食堂

还跟个电线杆子似的立在这儿？"

"我也想去，可我有关节炎，进不了潮湿的地方！"

"我去！你这偷懒的理由找得好！"吕瀚海对这个理由佩服得五体投地。

"啥偷懒！我这是事实好不好？"

"得得得，我懒得跟你打嘴官司。"吕瀚海瞧着展峰几人的背影，"他们这是干啥去？"

"展队想再复勘一下案发现场，看看能不能有啥新的发现！"

"看来这起案子不好办哪！"吕瀚海抽出两支烟卷，顺手递给隗国安一支。

后者接过，在手心敲敲烟屁股："你怎么知道不好办的？你又不知道案情！"

"我去，你忘了我是干啥的？"

"你是干啥的？按你的话说，不就一个辅警兼司机，又不是正式工！"

"我呸！你个老鬼，你嘴里就没一句中听的话！"吕瀚海啐了口唾沫，"展护卫刚才都说了，我们是一个团队！呸！怎么扯到这上面去了！我，江湖人称茅山道九，地道的惊门中人，靠的就是给人看相为生，说白了，察言观色那是基本功，案子好不好办，都挂在你们脸上，尤其'肌肉亮'，最藏不住事。我看他一路上愁眉苦脸的样子，就知道你们这次遇到了大活！"

"这案子是因他和蓝嫣而起的，本来以为只是一个小案，可谁承想这么棘手！"隗国安言罢，也没了抽烟的兴致，他把烟卷往耳后根一别，意味深长地看向展峰他们身影消失的方向，"希望能有奇迹出现！"

"还奇迹出现！"吕瀚海笑了笑，"都二十一世纪了，能不能聊点阳间的东西。你要是真想找心理安慰，我免费给你算一卦。"

"就你嘴贫！"隗国安打了声哈欠，"不行，我得进车睡一会儿，万一展队他们找到了头骨，我晚上还得加班！"说完，他也不管吕瀚海嘟囔什么，转身朝车的方向走去。

可就在他刚拉开车门的刹那，一个光点突然晃入了他的眼睛，他下意识地用手去挡，发现那是吕瀚海放在驾驶舱的太阳镜折射出的光线。

他本想骂两句，突然，他又想起了什么，皱起眉头来，没过一会儿，他的眉头渐渐舒展，双目炯炯，连瞳孔都放大了许多。

"道九！"

一声高喊把吕瀚海惊得一缩脖："什么鬼？"

不管三七二十一，隗国安上去就是一个熊抱，按着吕瀚海的脑瓜子就亲了一口，后者奋力挣开："老鬼，你是不是中邪了？"

"你立大功了！哦不，你的太阳镜立大功了！"

吕瀚海一脸蒙地看着已经语无伦次的隗国安。"太阳镜？立大功？"

"来不及跟你解释了！"隗国安撸起裤管，"你在这儿等着，我去找展队他们！"

"喂，老鬼！你不是有关节炎吗？"

"刚刚好了！"隗国安的声音，朝着远处飘去。

…………

沼泽地崎岖难走，稍有不慎就会掉入泥坑，对陌生人来说，这里绝对不是可以随意踏足之地。好在第一次挖尸时，展峰让人清出了一条安全通道。一路上，有警戒带作为指引，隗国安一路小跑，总算在新月尸体被发现的第一现场，与展峰等人碰了面。

"鬼叔，你不是身体不舒服？"赢亮望着满头大汗的隗国安，诧异地问道。

"先……先别……管……管那么……多。"隗国安喘着粗气，抓抓脑门上的汗，站在那个被挖开的土坑旁，东瞅西瞧，最终把目光锁定在了距离土坑不远的一棵歪脖子树上。

他跟跄着步子走过去，树干最多只有小腿粗细，他蹲下身，两只手抱着树根，接着一点一点向上推，当他的手快要到树干顶端时，他突然松开了手。直接用手撕开了树皮，此时，两枚已经快要与树干融为一体的小铁钉，露了出来。

铁钉已经过十数年岁月的腐蚀，依旧坚挺地扎在树干之中，仿佛一直等待着，有人发现它们的存在。

"找到了，找到了！"隗国安的神情如释重负。

"鬼叔，这是什么？"

兴奋之后，隗国安这才感到体力已经透支，他双手扶着膝盖，歇了好一会儿，才道："这是凶手给我们留下的记号！"

他看向展峰，后者微微一笑，用手指了指树根的方向。他这才发现，那棵钉有铁钉的歪脖子树，已经被展峰做上了标记，他意识到了什么，尴尬一笑："抱歉，展队，是我激动了！"

第一案　解签食堂

"没有，我也只是怀疑，还没来得及证实，鬼叔正好解开了我的疑惑。"

"那就好，那就好！"隗国安何尝不知这是展峰给他的台阶。四人中三人都明白过来，只有嬴亮的脑子还没转过弯。

"你们在打什么哑谜？"嬴亮合上笔记本电脑。

"亮子，我问你，如果你是凶手，你会选择在什么时间段抛尸？"

"鬼叔，你是不是把我当大傻子耍呢？这不都讨论过了吗，我都记在案件系统里了，还用问？当然是晚上！"

"好，那我再问你，沼泽地这么多坑洼，凶手是怎么知道哪个泥坑中可以抛尸的呢？"

"他能够提前准备敛尸袋，肯定是有预谋的犯罪，当然是提前踩的点喽。"

"很好！"隗国安从屁股兜里拿出一副墨镜递给嬴亮，"你把这个戴上！"

"马上太阳都快落山了，戴这个干吗？"

"少废话，让你戴，你就戴！"

嬴亮撇撇嘴，不情不愿地把墨镜架在了鼻梁上。"我去，鬼叔，你这墨镜，太黑了！戴上跟盲人没啥区别！"

"看不见就对了！"隗国安接着问，"沼泽区晚上没有路灯，甚至连个参照物都没有，就算凶手提前踩点，他又是怎么在伸手不见五指的夜里，确定泥坑位置的？"

"对啊！"嬴亮把墨镜一摘，"这么黑，他是怎么找到的？"

"还记得每个敛尸袋中的八卦镜吗？"

"八卦镜？"

"确切地说，是八卦平面镜，这种镜子背后开有两个孔，能用胶水粘，也可以用铁钉固定！"

嬴亮终于明白过来，他用手摸了摸那棵歪脖子树上的铁钉："鬼叔，你是说，那块八卦镜在抛尸前，曾经被钉在了这棵树上？"

"没错！"隗国安道，"平面镜具反射效果，沼泽地都是低矮灌木，没遮没挡，只要站在远处，用手电筒一照，就能准确地找到泥坑的位置！"

嬴亮听言，灵光一现："也就是说，其实每个抛尸地附近高出地面的树上，都会有两颗铁钉！包括……"

隗国安眼神坚定："包括那颗人头！"

二十九

有了指向性的目标，市局联合搜查组终于再次启动。

与此同时，"卷宗档案"这条线也有了结论。这是发生在 GS 市乔水县传染病医院里的一起意外事件。

案件调查报告是这样记录的：

> 2000 年 11 月 22 日上午 09 时 30 分，乔水县公安局大林派出所接到报案，县传染病医院重区住院部楼下，发现一具尸体，头部被一颗铁质健身球砸中，被害人龙斌当场死亡。
>
> 勘查人员赶到现场，经排查，健身球系四楼病房邵茂田所有，但有证据证实，其中一颗球早在一天前丢失，因为此事，邵茂田还曾多次询问过楼层保洁员。
>
> 案发当天，邵茂田手持一颗健身球，正在一楼院中与人下棋，并不具备作案条件。
>
> 勘查人员至四楼勘查，发现四楼护栏较高，并不具备抛掷条件。
>
> 随后，勘查人员上至五楼，发现一倒地的垃圾桶，垃圾桶附近有大量猫爪印，因住院部年久失修，五楼又为顶楼，常年渗水，所以整个五楼并无人居住，平时处于上锁状态。
>
> 五楼走廊处，有一排水孔，健身球可由此滚落。
>
> 经勘查，初步断定：有人将健身球扫进了垃圾桶，并把该垃圾桶放置在了五楼走廊处，野猫在翻找垃圾桶时，导致健身球滚出，由走廊排水孔掉至楼下，砸中龙斌颅脑，导致其当场死亡。
>
> 勘查人员随后在垃圾桶上找到了保洁员季如云的指纹，据她回忆，垃圾桶内被倒了剩饭，她并不知晓垃圾桶里有健身球。出于好心，她在五楼喂了几只野猫，她见桶中有鱼骨、鸡架等剩饭，就把垃圾桶直接拿到了五楼，并将垃圾桶放倒，让野猫食用。
>
> 勘查人员复勘现场时，通过物证，证实了季如云的说法。
>
> 综上所述，这是一起意外事件，并不是案件。

第一案 解签食堂

…………

看完报告,展峰扫了一眼右下角,落款处写着:"乔水县公安局大林派出所。调查人员:张明虎 侯中杰"

"巧了,当年这起案子是张大队办的!"隗国安也注意到了这个细节。

展峰一丝不苟地阅看完毕,合上卷宗道:"本案定性没有任何问题,看来敛尸袋的问题,只有张队能给我解答了。"

…………

刑警支队会议室,张明虎端着那本卷宗,回忆了片刻:"展队,案子的内容我差不多都能记起来,你想知道什么?"

"乔水县传染病医院重病区,住的都是什么人?"

"患重度肺结核、HIV和病毒性肝炎的都有。"

"死者龙斌患的是什么病?"

"HIV!"张明虎叹气道,"那个年代医疗条件不是很好,据龙斌家人说,当他得知自己染上这种病后,就放弃了活下去的希望,死了对他来说,反而是一种解脱。"

"尸体没有解剖?"

"排除是案件,家人又执意不让,所以我们尊重了家属意愿。"

"尸体后来是怎么处理的?"

"因为龙斌患有HIV,尸体不能由家属领回,只能由医院直接联系殡仪馆预约火化时间,火化完毕,家属到殡仪馆交钱领骨灰即可。"

展峰将清洗后的敛尸袋照片递给张明虎。"当年龙斌的尸体,是不是装在这样的敛尸袋中?"

张明虎仔细瞧了瞧,缓缓摇摇头:"这个我不清楚,我只负责调查,尸体的事,都是刑事技术科与医院对接。"

经这么一提醒,展峰想起落款处的另一个名字:"你是说侯中杰?"

"对,他当年是县局技术室主任,不过他在一年前因病去世了。"

参与调查的两人,一个不记得,一个已去世,展峰踌躇了一会儿,又问:"县传染病医院那边,是否可以查到相关记录?"

张明虎苦笑:"那个医院管理甭提多混乱,医院领导接连被查,账本都不知道被销毁多少次了!根本查不到任何情况。"

"原来是这样！"就在展峰愁眉不展之际，张明虎突然话锋一转，"干咱们这行，黑白两道都要接触，白道走不通，黑道不一定没有办法。我琢磨，这件事，有个人应该知道。"

"谁？"

"经我手处理的一个嫌犯，绰号残三儿，是瘸腿帮的老大，当年因寻衅滋事，被判了十年有期徒刑，他现在在县城开了一家修车铺。"

"瘸腿帮，做什么的？"

"也不是什么大事，职业医闹。"张明虎说，"他们本来就是生活在县城边缘的一群伤残人员，一次偶然的机会，残三儿被人邀请去帮助医闹，因为他本人患有残疾，一般人不敢招惹。那次医闹后，残三儿尝到了甜头，后来，他就组织伤残人员，干起了职业医闹。不光是县里的医院对他们深恶痛绝，就连市里的医院对他们也是恨之入骨。

"那时医疗条件不好，几乎每家医院都出过医疗事故，有些时候，医院领导怕掉了乌纱帽，就选择忍气吞声，花钱买平安。

"在这种纵容之下，残三儿一伙渐渐成了气候。

"有些医院不乐意招惹麻烦，私下里还与残三儿有利益往来，比如，逢年过节，给残三儿包个红包，或者给他的手下介绍点义工的活。

"如果不是县人民医院果断站出来，指证这帮蛀虫，我们还不清楚，其中更骇人听闻的事。"

"什么事？"隗国安脱口问出。

"有些医院为了讨好残三儿，竟然把医疗废物全交给他处理，其中就有你们要查的县传染病医院。"

"处理医疗废物需要特殊的流程，尤其还是传染病医院，这胆子也太肥了！"隗国安在旁说了一句。

"那个年代管理松懈，另外，其中最主要的是，两者间有利益输送。"张明虎说，"当年，残三儿在院长的授意下，让一个小老弟注册了一家皮包公司，专门负责处理医疗废物。院长通过人际关系打通了收购渠道，其中涉及多家医院，各院长在公司都有股份，原本需要花钱处理的医疗废物，到残三儿手里，就成了可再生资源。这一出一进两头吃，说他是日进斗金，都不为过。"

"既然这么赚钱，那应该消停了才是。"

第一案　解签食堂

张明虎摇头道:"这人心不足蛇吞象,残三儿的脑回路异于常人,他一边让小弟注册公司收购医疗废物,另外,职业医闹的事还接着干。他觉得,如果不闹,就没社会地位,一旦失去威信,这生意也不会长久。用他的话来说,就是两手抓,两手都要硬。"

"那句话怎么说来着,做人啊,不能太嚣张,人在做,天在看,做时间长了,早晚有一天会被收拾!"

三十

残三儿如今经营的田电修理厂,比隗国安想象中的要大很多,远观如一个大型车间,专案组赶到时,多组升降机上一水儿地吊着奔驰宝马,身穿统一制服的小工,换机油的换机油,换空滤的换空滤,忙得是不亦乐乎。门口单设的等候区里,有几人在边品茶边侃大山。

修理厂很是空旷,就连说话都带着回声,张明虎轻车熟路,带领众人径直朝后门的经理室走去。

已经事先约好,坐在电动轮椅上的残三儿在办公室内等候多时了。

推门而入,办公室的摆设尽收眼底,一张红木办公桌、一排书架、几张沙发,再配一些绿植,这就是屋内的所有家当,隗国安扫视了一圈,目光被挂在墙上的一幅墨宝所吸引,上面用草书写着"浪子回头金不换"几个大字。

收回视线,他仔细打量面前这位事业有成的残三儿,此人年近六旬,鬓角可见些许白发,周润发似的大背头,显露出过分的黑亮,是重度染色再打蜡后才会散发的光彩,不过经这么一捯饬,整个人看起来确实精神不少。然而岁月的痕迹也并非这么好遮掩,那张方脸上的皱纹,还是出卖了他的真实年龄。或许是十年的牢狱,已让他彻底洗心革面,这张脸看起来,要比他入狱时和善许多。

"张警官,好久不见。"残三儿见众人鱼贯而入,遥控电动轮椅,从办公桌的一侧来到近前。

屋内开着暖气,残三儿穿着也比较单薄,上身是一件黑色圆领衫,下身是一条棕色运动裤,右腿的一条空裤管,被塞进了座位下方。

"好久不见。"张明虎朝众人介绍,"这几位都是公安部的领导,今天找你来，是想问你件事，你可得如实回答。"

残三儿眉头微微一皱，露出疑惑的表情，不过他很快恢复了正常。"搞这么大阵仗？张警官，你是知道的，我可是多年从良，很久没干过违法犯罪的事了。"

张明虎笑呵呵地摆手："这事与你无关，今天是请你帮忙！"

"请我帮忙？"残三儿更加疑惑，"请我帮啥忙，难不成部里的领导要修车？"

"那自然不是！"张明虎也不绕弯，按提前对好的点子，把敛尸袋的照片递了过去，"你看看这个，有没有印象？"

残三儿接过一看："这个是……敛尸袋？"

"没错！"张明虎道，"当年你接管县传染病医院时，医疗废物都是你注册的公司处理，这种敛尸袋，你都是怎么处理的？"

残三儿尴尬一笑："别人不清楚，张警官应该知道内情才是。"

"卖了？"

"这玩意儿装过尸体，谁会要啊！"

"那是怎么处理的？"

残三儿回忆片刻，认真回道："我当年注册的虽然是皮包公司，但也有一条完整的处理医疗废物的流水线。你们可能不知道，这医疗废物其实包括很多种，有盐水瓶、针管这种能卖钱的，也有不能卖钱的，比如，病人化验后的尿液、粪便、血液，还有过期的药物等等。这些不能卖钱的东西，都要用专业的垃圾焚烧炉给销毁。我印象中，公司进账项没有敛尸袋，所以十有八九，给烧了。"

"那当年负责垃圾焚烧的是谁？"

展峰的一句话，转移了残三儿的视线，他上下打量了一番面前的年轻后生，问道："张警官，这位是？"

"哦，忘记介绍。他就是我们部里的专案组组长。"

"嚯，看不出来，年轻有为啊！"

展峰客套了几句，续上了刚才的话题："希望你能帮忙回忆下，负责垃圾焚烧的到底是谁？"

"那时候我收了不少小弟，这种脏活，肯定都是给他们干，要说具体是谁，时间过去太久了，一时半会儿，我还真想不起来。"

残三儿面露苦色："俗话说得好，墙倒众人推，树倒猢狲散，自从我出事后，那帮小弟跑的跑，散的散，有不少人，我压根连面都没见过，我就算去打听，这么小的事，估计也不会有人记得！"

展峰点了点头，表示理解，毕竟残三儿的说辞也合情合理，专案组此次前来，也就是抱着死马当活马医的态度，并没指望能带来什么惊喜的结果。

然而，就在专案组离开修理厂后，司徒蓝嫣在内部群聊中@赢亮，发送了一条消息："盯住残三儿，我感觉他有所隐瞒！"

三十一

一条线索中断，另外一条线索却让专案组惊喜万分，按隗国安发现的铁钉线索，搜查组在距离6号尸体不足1公里的泥坑中，挖到了一个黑色塑料袋，袋子下方坠着一块拴着麻绳的岩石，解开袋子，里面是一颗已完全白骨化的人头。经DNA检验，与6号死者完全吻合。

按隗国安的想法，只要找到头骨，就能进行颅骨复原，一旦有了照片，便可以按图索骥，在嫌疑范围内进行排查。可理想很丰满，现实却很骨感，找到的这颗头骨，颅面骨已严重损毁，根本不具备颅骨复原的条件。搜查队紧接着又将泥坑翻了个底朝天，却未发现任何碎骨。

车舱内，众人望着那颗头骨的全息投影。隗国安百思不得其解："按理说，在当时的情况下，就算是用钝器将颅面骨砸碎，那也连着皮肉，坑中不可能一丁点骨头渣都没找到。"

展峰仔细端详那颗残缺的头骨："虽然并不起眼，但依旧能够看出颅面骨边缘有锐器刮痕。"

"展队，你的意思是说，凶手将6号分尸后，用钝器将他的脸砸碎，接着又用刀把脸给割走了！"

"据我分析，过程应该就是这个样子！"

司徒蓝嫣道："凶手接连在沼泽区抛尸六具，还能考虑到挖脸的细节，这种附加行为足可说明，他对6号死者的身份泄露非常担心。

"6号的身份有两种可能：第一种，是本地住户，非本地户籍，存在一定的流动性；第二种，便是土生土长的本地人，户籍就落在此地。

"如果是第一种，凶手不会如此谨慎，毕竟头骨下还坠着岩石，除非泥坑被人挖开，否则短时间内不会重见天日。而凶手选择多此一举，将头骨毁容，就是在担心，若干年后头骨被发现，有人会将其认出。那么，长时间以后，谁会有辨认能力？只有生活在附近的常住户。"

"我同意蓝嫣的推测！另外……"展峰补充，"从1号至5号耳道及鼻腔内的苍蝇卵数量分析，他们几人的尸体在温暖的室内存放的时间几乎相同。由此可证明，他们五人是在同一时间段被抛尸。也就是说，凶手有一辆装载能力很强的交通工具。

"而案发时，沼泽区路面未拓宽，汽车无法驶入，如此一来，凶手极有可能驾驶一辆带翻斗的三轮摩托车。无论车是哪种品牌，翻斗处于暴露在外的状态。

"在抛尸前，凶手要准备敛尸袋、压缸石、麻绳、八卦镜等物品，这些都需要时间，为了不引起注意，这辆车在此期间，必定停放在一个封闭的环境中。

"之前，我们已分析出，6号死者可能是某旅社的经营者，那么现在看来，他经营的旅社可能还带个院子！"

几人推论结束，嬴亮也将要点整理完毕："男性，六十五岁左右，本地户籍，经营一家带院子的旅社。"

展峰看着屏幕上的这行字，面露难色，这已是目前能得到的最精确的结论。如果这个结果放在当下，或许很快便能顺藤摸瓜，找到线索。可难就难在，这事过去了十九年，别的不谈，与6号死者同龄的人，还能有几个健在都要打个问号！

展峰思来想去，最终决定分三步走：

第一，从户籍下手。二十世纪九十年代，使用的均为一代身份证，按照国家规定，二代身份证从2004年起开始更换，至2008年二代身份证全面更换完成，2013年一代身份证全面停止使用。若是2013年以后，仍未换发，则一代证户籍会被强制注销。如果6号确实为本地户籍，那么他的身份信息一定在注销人员名单之中。

第二，从Y-DNA着手。男性染色体为XY，其中Y染色体若非出现基因

第一案　解签食堂

突变，在遗传过程中，并不会发生改变，因此它也被称为"家族基因"。展峰要做的，便是将6号的Y染色体，在本市的DNA库中进行比对，只要有一人比中，那么便可顺藤摸瓜，找到6号的户籍地。

第三，则是从残三儿下手。这条线索，来自司徒蓝嫣的推测。她注意到，残三儿在对话中，并未否认敛尸袋的出处，也就说他其实已经认出，敛尸袋就是来自县传染病医院。那么问题接踵而来，此事过去这么多年，残三儿自己又蹲了十年大牢，他是怎么一眼就辨认出没有任何细节特征的敛尸袋的？

如果真如他所说，焚烧的活计都交给手下去打理，那么他的第一反应，应该是不知道此事才对。虽然残三儿看起来对答如流，可司徒蓝嫣经过反复推敲，还是发现了问题，于是在她的提议下，残三儿的一举一动，均被列入了重点观察之列。

这三条线，要想在短时间内见底，需要投入大量警力，这完全不是展峰的做事风格。这也是以上线索早就可以开展，展峰却始终想要另辟蹊径的原因。直到得知6号死者被割脸毁容，他才逼不得已，启动了调查程序。

三十二

GS市，龙城酒家VIP包间，专案组四人依次落座。

"我说亮子，你这是刮的哪门子风，请我们来这么高档的酒店吃饭？"隗国安看着包间内古色古香的装修风格，咂巴着嘴，"都是红木的，乖乖，饭店老板真是大手笔啊！"

"我那点工资，哪儿够在这里消费，今天这顿不是我请！"说着，他看向了展峰。

隗国安也是一惊："走专案组经费？"

"也不是！"拐了几道弯，嬴亮终于道出实情，"我师兄韩阳在GS市出差，想请我们吃一顿，我寻思最近市局都在挖线索，我们也没啥事，就征求了一下展队的意见，展队同意后我就给师兄回了话。"

隗国安听言，比之前还要诧异，要知道，目前还在案件侦查阶段，部里明确规定，专案组成员不得在专案期间参与任何形式的宴请，就算是家宴也必须报请部里批准。自从进组这些年，他做过最越界的事，也就是跟着道九找家苍

133

蝇馆，喝两口啤酒。展峰带队出来吃饭，那绝对是开天辟地、史无前例。

展峰与他对视一眼，解释道："韩阳是嬴亮的师兄，又是莫姐的男友，算不上外人，最近大家都辛苦了，我就借韩阳的手请大家吃顿饭，当然，我已经提前与中心报备过了。"

听到已报备，嬴亮与隗国安瞬间松了口气，然而四人中，只有司徒蓝嫣用一种难以置信的眼神看了展峰一眼，后者与她短暂对视，眼神便看向他处。如此反常的举动，让司徒蓝嫣顿生疑惑。

司徒蓝嫣与展峰相处多年，深知对方的行事风格。她还从未见过特立独行的展峰与谁在一起进过餐，如此反常的举动，不得不让她猜忌，今天这顿饭，到底有何用意？

要不是一年前，她偶然间在酒店门口撞到了韩阳与另外女子的那一幕，她也不会觉得这顿饭有何异常，但从韩阳对那名女子爱恋的眼神中，她已经察觉到，韩阳这个人，并非嬴亮口中描述的那么正直。

在中心时，她也间接提醒过内勤莫思琪，可后者就像不开窍一样，无论怎么暗示，好像始终意识不到，她也只能点到为止。

可展峰，虽然她没和他说过这件事，但以他的敏锐，真的就这么容易相信韩阳？

众人小憩片刻之后，西装革履的韩阳，笑吟吟地走进了包间："实在不好意思，让大家久等了。哎哟，展队！你可真是稀客啊！"他把手包朝嬴亮怀里一丢，双手伸了过去，展峰也客气起身，两人的手握在了一起。

"我真没想到，能把你请来！"

"正好组里现在也没什么要紧事，所以嬴亮一说，我们就都来了！"展峰右手握紧，左手拍拍韩阳的肩膀，"谢谢，今天让你破费了。"

"嘻，哪儿的话，你们都是思琪的同事，尤其是展队，你还是思琪的顶头上司，以后还要承蒙你的关照，一顿饭又算得了什么。"

说话间，韩阳很自然地坐在了那个预留的主座上，冲着门口身穿唐装的服务生打了个响指："把你们家拿手的几样好菜都端上来，速度要快！"后者应声出门。

雷厉风行地安排完一切，他又起身，礼貌地与其他两人一一握手。

"鬼叔、蓝嫣，初次见面。你们好，你们好……"

第一案 解签食堂

若非"初次见面"四个字还余音绕梁,光看这热络劲,嬴亮一定会误认为,韩阳早与几人相识。

客套话说完,韩阳这才来得及看嬴亮,见后者仍在愣神,他笑呵呵地问道:"喂,亮子,想什么呢?"

"哦,没啥,没啥!"

"这次虽说是我请客,但人是你约的,开饭前要不要说两句?"

"我说?"嬴亮面露为难,他用求助的目光看向展峰,"展队,要不还是你来吧!"

后者目不斜视地盯着韩阳,问道:"怎么,韩局,这次出差只来了你一个?"

不知是不是多心,一个平常的问题,让韩阳觉得别有深意。他随口敷衍:"哦,随行的来了两个。"

"怎么不喊来一起吃?"

韩阳哈哈一笑:"我也做过警察,专案组的内部纪律我也知道些,这种场合,只怕不方便带外人来吧?"韩阳见展峰嘴角仍挂着微笑,面露好奇,"怎么,难道展队也想多认识几个朋友?"

"没有,韩局安排得很妥当,我代表专案组表示感谢。"

"哪里话,早个几年,你我都是自家人。"在对话里刻意点出自己也是警察出身,韩阳话音未落,门被重新推开,一碟碟摆盘精致的菜品传了上来。

见菜已上齐,韩阳端起面前的茶水:"办案期间,不许饮酒,那我就以茶代酒,敬在座的人民公仆!"

四人纷纷举杯,茶水饮下,饭局也就正式开启。

席间,除了隗国安的插科打诨,就是韩阳回忆往昔时发出的感慨,除此之外,几人的交谈中,并不涉及任何敏感话题。

晚上九点,这顿在司徒蓝嫣看来颇有问题的饭局终于顺利结束,作为局外人的吕瀚海,始终坐在车内,默默注视着几人分别时的场景。

寒暄之后,韩阳挥手上了路边的奔驰车,而就在车起步的同时,吕瀚海右手突然"嗡"的一声,他随即翻开手掌,在他掌心处有一枚橡皮大小的金属物,正面屏幕上,一颗针眼大小的绿点,正向前驶去。

吕瀚海微微一笑,将东西贴身装入兜内,车窗外,展峰几人已朝他走来。

三十三

GS市局在接到线索后，成立了一支多达百人的线索摸排小组，经过数天的连续奋战，6号的身份，被划定在了四人之内。

四人中有两人因户口迁移，居住在GS市的西北方，距离沼泽区较远，凶手无法在一夜之内完成抛尸，故而被排除。还有一人患有老年痴呆，在多年前就走失，家属已宣告死亡。[1] 经比对其儿女DNA，也可排除。

四去三，剩下的那位住在土坝孜村村尾，名叫仇启升的男子，被列为重点对象。然而死者到底是不是他，仍要打个问号。

据线索摸排的民警反映，仇启升年轻时曾经参过军，但在部队犯了错，被赶了回来。自打那以后，仇启升的性格就变得极其古怪，打了一辈子光棍，目前是处于上无老、下无小的状态。因为他平时与村中人往来较少，所以他是何时失踪的，怎么失踪的，也没人能提供确切的线索。因缺少比对样本，颅骨又无法复原，6号死者究竟是不是他，谁也不能打这个包票。

车舱内的电子屏上，一张被放大的电子地图被全屏展示出来。

嬴亮点击鼠标，8个带有序号的蓝点在地图上不停闪烁。

其中1号至6号，分别标注着新月、小迷糊等人的名字，7号是头骨，8号则为那只猴子大圣。

再次点击鼠标，1个红点被显示出来，那里是仇启升的户籍所在地。

第三次点击时，由红点射出8条射线与蓝点相连，而且每条线段上，均标注出了里程。

展峰以三轮摩托车的平均车速乘以GS市夜晚持续的最短时间，算出实验里程，然后去验证地图中的测算里程是否合理，经反复推演，展峰最终给出了确切结论："由仇启升的户籍地出发，可以在一夜之内完成抛尸。"

…………

---

[1] 宣告死亡是指自然人离开住所，下落不明达到法定期限，经利害关系人申请，由人民法院宣告其死亡的法律制度。依照《中华人民共和国民法通则》的规定，公民有下列情形之一的，利害关系人可以向人民法院申请宣告他死亡：（一）下落不明满四年的；（二）因意外事故下落不明，从事故发生之日起满二年的。战争期间下落不明的，下落不明的时间从战争结束之日起计算。

第一案　解签食堂

在辖区片儿警季伟的指引下，专案组几人来到了土坝孜村的腹地。

将电子地图再次放大，能够看出，整个土坝孜村的形状就像一根带刺的海参，狭长且分散，村中只有一条南北向的主干道，说是主路，其实也仅能够容下一辆轿车勉强通过。道路东西两侧，造型各异的自建房你挨着我，我挨着你，比热恋的情侣还要亲昵。户与户之间相通的小道，仅够两人并排而行。

由村口西行，用不了多久就能踏上东新街，而两者间的关系，就仿佛人体的血管与器官，东新街这条血管没了血量，土坝孜村这个器官自然也跟着开始萎缩、破败。以至于置身其中有一种进入贫民窟的错觉。

"这里的门牌号还是三十年前我参加工作时给钉的！"年过半百的季伟站在一块锈迹斑斑的铁质门牌前感叹了一句。

隗国安一路走来，看着杂乱无序的门牌号，早已疑惑满满，于是他问道："老季，莫非当年所里经费紧张，我看这些门牌，怎么有大有小，有红有绿的？"

季伟尴尬一笑，带着专案组继续向南，他边走边道："你看这房子盖得乱七八糟，乱得跟袄套子似的，别说外地人，就是当地人有时都迷路。我们当年是出于好心，给他们每家每户都安个门牌，这样也好上户口，可有那么一帮人，就是不想挂个门牌在自家门口。"

"哦？为什么？"赢亮问道。

季伟停下脚步，站直腰，歇了口气："东新街早年比较乱，又因为土坝孜村里道路崎岖，所以这里就成了藏污纳垢的天堂。

"往前数个一二十年，这条主干道上的失足妇女，跟站岗放哨似的，隔不了几步，就能见到她们打扮得花枝招展，三五成群地围在那儿。

"而村里的自建房，就是她们和客人发生交易的地方，一旦门口挂着门牌，就很容易被盯上。所以我们前脚刚钉完，过不了多久，就会被人为地拆掉。

"这些年，针对土坝孜村的各种专项行动可没少开展，每次行动过后，我们则会要求各家把拆掉的门牌再补回来，如此拆拆装装，就成了现在这种局面。"

季伟歇好了，继续往前，他指着那些新旧不一的门牌又道："很多村民把门牌拆了后，压根记不住原先的号码，重新装上去时，也都是胡乱编个号，应付检查，沿路的一些，还勉强能对上号，可越是往巷子深处走，这门牌号就越眼花缭乱，编什么的都有！"

隗国安听言，有些担忧地问道："老季，要是门牌都被拆了，您还能不能找到仇启升的住处？"

"他家的门牌号是多少来着？"

"676！"嬴亮抢着答道。

"土坝孜村一共694户，当年门牌号是沿着主干道，由北向南依次钉的，门牌这边刚钉完，户籍信息就紧跟着更新了一遍，676号，应该就在村子最南边。"季伟刚想抬脚，又补了一句，"等走到村尾，我们可以找找看。"

"老季，"隗国安与他并肩而行，"我看村子里有不少楼房，这些是以前就有的，还是……"

"这里靠近沼泽区，下层土较软，早年谁敢盖楼房？"季伟指着道路两边，"你看到的这些，都是后来修的，最高不过四层，再往上盖非塌了不可。不过……"他没走几步又说，"不过凡事有利有弊，还好这里不适合盖高楼，否则肯定有地产商盯上这里，搞个什么湿地豪宅、风景别墅的，到那时，你们要找的676号，估计早就不复存在了。"

"看来这就是天意！"隗国安跟着附和。

"可不是！这人在做天在看，不是不报时候未到……"

插科打诨中，众人来到了路的尽头。季伟停在一栋没有门牌号的自建房外，踌躇半晌，他从口袋中掏出一张纯手绘的社区地图。"越是往南，管理越混乱，好在我当年在钉门牌时，画了张简图。"季伟将图展开，一一与建筑物对应。

隗国安出于好奇，也伸头看了过去，不过当看到那密密麻麻的小方框时，他这个绘画高手，也顿时蒙了。

季伟见状尴尬一笑："这草图，估计也只有我能看得懂。"

"您这速记图，能画得如此详细，已经很不容易了！"

这人一上年纪，就喜欢听些顺耳话，被隗国安这么一捧，季伟也有些飘："那是，虽说上了年纪，但我记忆力忒好，只要对着图，应该还是能找个大差不差！"他左手端着图，右手指在那些看起来都差不多的方框间滑动，指尖只要停下，他就会抬头对着前方的建筑物琢磨片刻，这场面，像极了考古勘探，引得路过的行人纷纷侧目。

第一案　解签食堂

更有些好奇的孩童，专案组走到哪里，他们便忽闪着大眼睛跟到哪里，仿佛眼前这帮人，就是他们今天的解闷工具。

一路上，季伟软硬兼施，先是驱散，后是给糖，可都无济于事，无奈之下，只能顺了这帮小屁孩的意，由得他们一路尾行。

过了一会儿，季伟手指前方那条破败的巷子："要是我没记错的话，巷口是674号，巷子里有两户，一直走到头，就是咱们要找的地方了！"

赢亮快步走到跟前，望着那条狭窄的巷道，他有些狐疑："季警官，你确定是这条巷子？"

"不会错！"季伟收起图，很肯定地回道。

"那真是奇了怪了！这巷子应该进不去三轮摩托车才是。"隗国安也跟着困惑起来。

季伟不知道案情，自然也想不到专案组的疑虑是哪里来的："什么三轮摩托车？"

"没什么，我们先进去看看再说。"

展峰发话，其他人自然也不再说什么。季伟领路，其他人依次朝巷内走去。

转眼间，专案组几人的身影已完全消失，那群围观的孩童却忽然不走了，似乎这群小家伙，也有不为人知的顾虑。

片刻后，一个矮个子孩童问向身边的高个子孩童："喂，驴蛋哥，他们去了死人巷，我们要不要去？"

"他们去那里干什么？"被唤作驴蛋的男童撇撇嘴。

"咱们到底跟还是不跟？"另一个孩童问。

"我觉得这大白天的应该没问题吧，咱们这么多人！"又有一个孩童插话。

"不行不行！"驴蛋摇头，"咱们还是走吧，一会儿快吃午饭了，这也没什么好看的。"说罢，众孩童正要离开，可没承想，一位留着八字胡的男子，却挡住了他们的去路。

"喂，小鬼，问你件事！"

驴蛋本能地后撤一步，与男子拉开了距离。

哪儿知对方根本不给他任何逃脱的机会，上前一把拽住了驴蛋的裤腰。

"你干什么？干什么？"驴蛋左右扭转身子试图挣脱，男子也不理会，始终笑眯眯看着驴蛋作妖。

"你快放开驴蛋哥！我告诉你，巷子里可有警察！"

"警察？哪儿来的警察，我可不信！"男子朝众孩童撇嘴。

"我骗你干吗！"一男孩据理力争，"刚才那个头发花白的，是我们这里的警察伯伯，叫老季，我们这里的人都认识他！他现在就在巷子里，你可别乱来！"

"哟嗬，还挺有眼色，得，不逗你们了。"男子从兜里掏出五十元，在驴蛋面前晃了晃，"你叫驴蛋？"

刚才还跃跃欲试，准备跑去报警的孩童，视线全被那张"毛爷爷"给吸引了过去，就连驴蛋也放弃挣扎，用力点了点头，"嗯！"

"问你几个问题，只要你能答上来，这钱就归你！怎么样？"

驴蛋有些难以置信地看向男子，可见后者一脸笑意的模样，似乎不怎么有恶意，他的眼神在纸币与男子之间来回移动了数次，最终下决心使劲点了点头。"你问吧。"

"你们管这个巷子叫什么？"

"死……死……人巷！"

"为什么叫这么个名字？"

"因为里面没人住！"

"就这个？"男子把钱在他面前又晃了晃。

"还有……"驴蛋咽了口唾沫，"还有我哥告诉我，这里面死过好多人，让我们不要进去。"

男子一听汗毛都竖了起来，他双手抓住驴蛋的肩膀，小声问："你哥怎么知道里面死过人的？"

驴蛋可能是被捏得有些疼，痛苦地挣出来："我哥说他亲眼看到的！"

顾不了这么多，他从口袋中又掏出一百元："告诉我，你哥叫什么，说了这些钱都是你的！"

俗话说，重赏之下必有勇夫，驴蛋双眼射出精光，死死盯住那两张钞票。

"是三嘎哥。"驴蛋还没说话，围观的孩童早已开口。

"大名叫什么？"男子把钱举了起来。

反应过来的驴蛋突然一跃而起，一把抢过了纸币："叫陆军军，他就住在村口,人在外地打工!"

三十四

走出那条狭长的巷子,众人眼前豁然开朗,这是一片椭圆形的区域,一南一北,共有两间院落。让人感到惊喜的是,两间院子门前,都钉着门牌,巷口左手边的正是专案组要找的 676 号,与之相对的,是另外一间面积较小的 675 号。

"我就说嘛!"见找到了地方,季伟松了口气,"这两张门牌,都是最早的一批,绝对不会有错!"

嬴亮是个急性子,几步来到 676 号门前。"大门从外面锁死了,而且锁都上了一层锈,看来是好久没人来了!"说罢,他又走到对面,"这里情况也一样。"

隗国安回头望望那仅能容得下一辆电瓶车的巷子,接着又左右观察了一番,对着展峰低声道:"展队,嫌疑人抛尸时使用了大量的压缸石,这么重的东西,从外面运来的可能性不是很大,你说腌咸菜的地方,会不会就在那儿……"说着,他的眼神瞟向了右手边。

"可能性很大!只是……"展峰仔细打量着那间看起来与民宅无异的院落,好奇道,"季警官,像这样的院子,能不能用来开旅社?"

"这不巧了不是,我刚才就想说,这里是不是招待所来着!"

"哦?此话怎讲?"

季伟手指门框底端一个不起眼的小圆孔,道:"土坝孜村晚上来住店的人比较多,为了让住客找到,很多家庭旅社都会在门框上钻个洞,然后接根电线,在门外放个灯箱。"

"这么偏的地方,就算门口放灯箱,也不一定能看得见啊!"嬴亮有些不解。

"那自然不是放在门口,像这种鸟不拉屎的旅社,都是把灯箱放在巷口,这样到了晚上,只要从此经过就能瞅见。"

"这么深的巷子,这灯箱得多亮才能留意得到?"隗国安随口一问。

"一般用的都是大功率灯泡!"

"别的不说,大半夜搞这么亮,周围邻居能愿意吗?"

"那就得看店老板会不会做人了！"季伟回忆片刻，"印象中，我是没来这里出过警！"

…………

疑惑解开，展峰戴上手套，将门上那把看起来十分厚重的三环锁握在手中，只是轻轻一搓，碎片般的锈迹便就完整地掉下一块。

"锁已完全锈死，看来只能暴力拆解！"他看向赢亮，后者会意，解掉双肩包，从中掏出了一把液压钳。展峰接过，将蛇口卡住锁环，伴着"咔嚓"一声脆响，那把约2斤重的大锁被贴上标签，装进了物证袋。

时隔太久，就算去掉了锁物，用铁板焊接的大门，也并非一般人可以推开，赢亮尝试数次，锈死的门轴却仿佛粘在了一起，无论如何都无法撼动。

无奈之下，展峰只得打电话让吕瀚海到附近买桶食用油来支援。

哪承想，刚挂断没多久，巷道中便传来了相当三俗的小曲。听内容，是吕瀚海最喜欢的豫剧《小寡妇上坟》。

声音由远及近，眨眼的工夫，提溜着小桶花生油的吕瀚海便进入了众人的视线。

"你是长了双飞毛腿吧，咋来得这么快？"隗国安问。

吕瀚海将食用油交给隗国安后，回答："在车上闲着无聊，下来溜达溜达，展护卫给我打电话时，我正好在巷口。"

"原来如此！"隗国安瞧瞧有些嘚瑟的吕瀚海，"瞅你这样，是不是遇到什么开心事了？"

"也没啥，就是在巷口遇到了几个小屁孩，跟他们逗了会儿乐！"说着，赢亮将用了大半的油桶又递给了他，吕瀚海将瓶盖拧紧，"你这败家玩意儿，几瓶盖就能解决的事，你竟然倒了这么多！"

"就你贫！"隗国安捋了捋脑门上的几根稀毛，顶了一句。

"得，你们忙。我在外面马路上等着，有事call（叫）我！"说罢，吕瀚海又续上了刚才的《小寡妇上坟》，一路哼着走了出去。赢亮始终对他有戒心，明明早已除锈，他还是一直等到吕瀚海彻底消失，才将铁门用力推开。

这间从外面看并不起眼的院落，推门而入之后，里面却别有洞天。

院子为长方形结构，坐北朝南，一共三排平房，进门右手边两间，其中一间木门上，用红色油漆写着"收费间"，另一间则写着"厨房"。正对大门的北

第一案　解签食堂

红旗旅社故意杀人案现场补充示意图

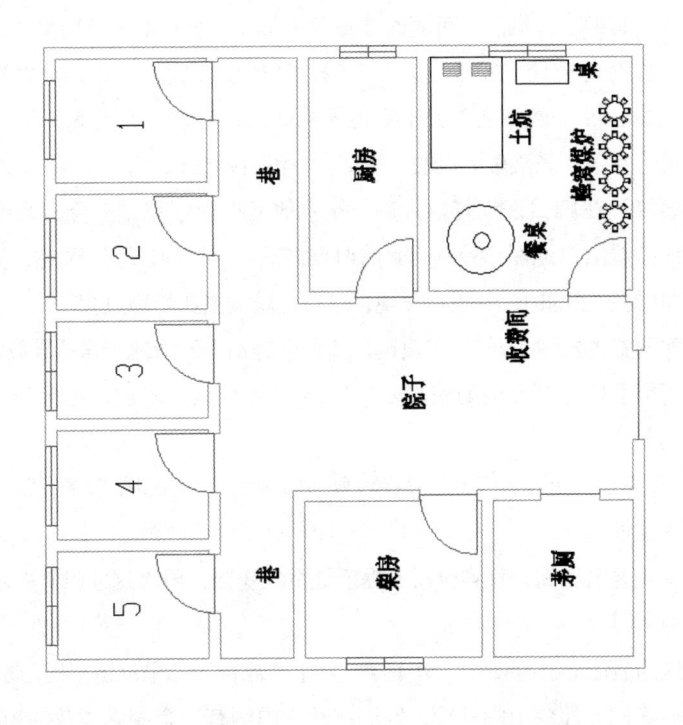

侧一排，共五间，由右到左木门上依次写着阿拉伯数字"1""2""3""4""5"，依照顺序，大门左手边也是两间，分别写着"柴房"和"茅厕"。

可能是日晒雨淋，院内的水泥地坪已出现许多龟裂，从缝隙塞满的浮灰不难看出，这里已经很久没有人烟了。

除了茅厕，其他房间都上了锁，在确定已无痕迹可查后，嬴亮用液压钳将其一一剪开。

展峰率先将那间写有"收费间"字样的木门推开。

房间里空荡荡的，最值得注意的，是进门右手边一个特制的蜂窝煤炉，炉子并排装有四个保温胆，可同时放置四个茶壶，炉身部延伸出两个用于排气的铁管。但时过境迁，铁管已完全上锈，轻触便碎成铁屑。无论怎样，有了这个，至少验证了展峰之前关于室温的推断。再看房间东北角，那里有一张土炕，炕上除了一张破破烂烂的地板革，再没有别的东西。

展峰站在门口仔细打量片刻，接着他又在院子里绕一圈，当他回到原处后，他指着门口地面几处不起眼的白点，道："是乳胶漆。"说完，他走进了房间。"其他屋子的门口并没有发现，只有这屋被重新粉刷过！"

隗国安也发现了异常："没错，墙角也有不少没清理干净的乳胶漆。"

司徒蓝嫣走到屋内的空旷处："如果这里什么都不放，摆上一张大桌应该不成问题。"

"看来是这里没错了！"嬴亮将双肩包内的3D扫描仪取下，放置在了室内正中的位置。

众人退出房间，直到仪器的提示灯由红变绿，展峰这才沿着顺序，推开了厨房的木门。

这间屋依旧被打扫得十分干净，除了土灶台，几乎没留下任何东西。

展峰掀开灶台上的盖板，发现在灶炉内侧有一个糊满黑灰的矩形进火口，据片儿警季伟介绍，这种设计在本地很是常见，这个进火口与火炕相连，只需一个鼓风机，便可将灶台燃烧后产生的热量，送入火炕。

经他这么一提醒，展峰果真在灶台一侧的墙面上发现了大量点状痕迹，痕迹周围，还浮着大量黑灰。

展峰推测，这可能是某人用灰耙将灶台内的锅灰扒出后，又在墙面上磕灰留下的痕迹。为了验证猜想，他选取一组较为清晰的痕迹测量了两点间的长度，以此得到的结果，与死者头骨上的孔洞间距相差无几。

有了这两点作为辅证，展峰当即决定退出院落，并将接下来的工作，分为四步：

第一，考虑到嫌疑人在作完案后，有可能在此继续经营，而从理论上说，不管现场打扫得再干净，也不可能抹掉所有痕迹，所以展峰决议，对675号及676号两间院落进行一次系统的勘查。

第二，快速核查675号院的户籍登记者，一旦能联系上，立即将人通知到派出所。

第三，由市局出面，调取当年针对土坝孜村开展的所有专项行动的资料，无论是办理案件、查处旅社还是日常检查，只要能与675号、676号两家沾上边，全部调出备查。

第四，以勘查地为圆心进行走访摸排，只要能说出个所以然，并提供线索者，悬赏人民币一万元。

三十五

回到市局，嬴亮就联系办公室，打印了上百份"线索征集公告"，准备至土坝孜村张贴。

吕瀚的职位是专案组最没技术含量的工种，这出苦力的活，自然派到了他的头上，可当看到打印完的成品后，吕瀚海顿时乐开了花。"没想到啊没想到，我一百五十元买的线索，才半天工夫，就涨到了一万元！"

他笑眯眯地拿着一张公告，朝展峰的营房走去。

敲门而入时，展峰正在房间内调试勘查设备。"打印完了没有？"展峰问。

"你是准备打印结束，顺手带过去？"

"没错，刚好也要去那边勘查现场，顺道交给老季，让他贴下去就成！"

"那估计还有一会儿！"吕瀚海将那张公告放在展峰面前，"怎么，你这是准备破釜沉舟了？"

"这个案子，比我想的要复杂，所以目前还没有良策。"

"万一……"吕瀚海欲言又止。

"你是想说，万一嫌疑人是土坝孜村当地人，这样大规模的调查，会不会打草惊蛇？"

"没错！"

"看来你是有好办法了？"展峰合上勘查箱，抬起头，"是刚才在巷口打听到了什么吗？"

"你怎么知道？"

"是那几个孩子告诉你的？"

吕瀚海心中一惊："这你都知道？"

"不难推测。我们下车没多久，你紧接着下车，可能是为了避嫌，你始终与我们保持着一定的距离。也就是说，在我们走进巷子前，你不可能在我们之前得到消息，而我们走进巷子后，那帮小孩并没有跟来。

"这帮孩子之所以像跟屁虫似的黏着我们，其实是因为老季是当地的片儿警，孩子们与老季相熟，想从老季身上要点糖吃。我侧面打听过，老季在当地名声不错，只要下社区，口袋里都会装些糖果。

"在这样的诱惑下，孩子们竟然没有跟上来，说明他们对那里有忌惮，当他们商量到底进不进巷子时，刚好被你撞见。而你，在他们的聊天内容中听到了关键线索。"

吕瀚海不可思议地瞪着眼睛，展峰继续道："如果只是只言片语，不会问出什么实质性的线索，以你的性格，一定是用糖衣炮弹，引诱孩子们说出了你想要的答案。你身上只带烟卷，不会带糖果，你不喜欢用微信、支付宝，所以随身带着纸币，这次你花了多少钱？"

吕瀚海一句话还没说，展峰几乎把全场景给还原了一遍，连他不喜欢网络支付，这么小的细节，都在展峰的注意中。这看似不经意的推理，落在吕瀚海耳中震撼十足，刚才还嬉皮笑脸的他，表情顿时凝固，他动也不动地站在那里，活脱脱的一副蜡像模样。

"怎么了？是在考虑要报多少钱？"展峰的一句调侃，让他瞬间回神。

"钱？什么钱？"吕瀚海顾左右而言他，"哦，对，买线索的钱。"短暂的对答，总算让他定住了心。

"我说展护卫，你是不是在我身上安了窃听器？怎么什么事都瞒不住你？"

展峰嘴角勾起，意味深长地回了一句："有些事，只要做了，必定会留下痕迹，而我的作用，就是利用这些痕迹推理出真相。"

经过刚才的失态，这次吕瀚海变得从容许多："得得得，你厉害，这条线索也就花了一百五，你回头给我报了就成。"

"公告上悬赏的一万不要了？"

"你还真以为，我九爷这辈子掉钱眼里了不成？"

"你这么转性，只怕有原因吧？"

吕瀚海一摆手，躲过展峰直视的目光："你别套我话，我想明白了自然会告诉你，今天咱俩先把案子给聊透！"

从桌面上找了一支笔，他用七扭八歪的字迹，写了一个姓名："陆军军。"

吕瀚海把纸递了过去："这帮小孩说，那个巷子叫死人巷，这个人知道里面的情况。我觉得，在你们大规模调查之前，可以先把他找来问一问。"

展峰接过来，看着吕瀚海，微笑着回了句："谢了，九爷！"

后者摸摸鼻子，转身而去。

三十六

"事情要从2002年夏天说起。"

询问室内，梳着脏辫，一身嘻哈装的陆军军在专案组的面前，回忆起了当时的情况：

"我没记错的话，那年是我小学二年级的暑假。中午时分，我一个人闲着无聊，便出来找小伙伴玩，可他们中午都要睡午觉，寻了半天，也没人搭理我，于是我就顺着村子到处溜达。当我走到村尾时，正好看到有一个人正在从三轮车上卸东西，一大包一大包的，用黄色的袋子装着。那卸货的人我认识，是红旗旅社的老板，他看上去跟我爸年纪差不多大，但我并不知道他叫什么。我见他一只手抓一包，很轻松地就拎了起来，出于好奇，我也去尝试了一下。我一拎发现，确实不重。

"就在这个时候，店老板走出巷子发现了我。他见我憋红了脸，正在拽其中一个袋子，笑眯眯地夸我是男子汉，听他这么说，虚荣心作祟的我，使出了吃奶的力气，拽起一包，就往巷子拖。

"那老板也没阻拦，任由我拽，不过还好，袋子挺厚实的，我把袋子顺利拖进院子，也没见磨破一星半点。

"我进院子时,他已把所有袋子都搬了进来,他摸了摸我的头,从屋里拿了根棒棒糖递给我,又把我给夸了一顿。"

"是不是这样的袋子?"隗国安将打印的照片递给了他。

陆军军只是一瞟,就确定道:"没错,就是这样的!"

"你知不知道这是什么袋子?"

"当年我还小,哪儿知道这是什么,可紧接着又发生了一件事,我才晓得这是装尸的袋子,也正是这件事,差点要了我的小命!"

"什么事?"

"这事就发生在当天。"陆军军说,"老板把袋子都搬进院子后,接着把袋中的东西全部掏了出来。我本以为里面装的是什么稀奇玩意儿,结果一看全都是草,看到这一幕,我顿时没了兴趣,转头就走了出去。

"那老板也没拦着我,也许是我进院时,一直拖着重物,并未闻到异味。可当我走出院子时,一股子难闻的臭味就从对面飘了过来。

"见对面门打开着,我就好奇地走了进去。

"那院子不大,进门靠右手边有一排平房,每间房门都关着。我仔细闻了闻,确定味道就是从里面传出来的,于是我一用力,把其中一间门给推开了。

"这时候我发现,屋里是一排一排的咸菜缸,还没来得及看清缸里腌的是什么,我就觉得喘不上气,接着就晕了过去。

"醒来时,我躺在红旗旅社的客房里,左手打着点滴,旁边还有一个医生在不停按我的胸口。

"当我能看清楚以后,我瞧见那旅社老板正用恶狠狠的目光瞪着我,仿佛要把我吃掉一样。

"医生走后,他告诉我,装草的袋子都是用来装死人的殓尸袋,对面那个院子不知道死了多少人,让我以后不要来这条巷子。

"我当时被吓坏了,就把这事告诉了小伙伴们,后来我们就把那里叫死人巷,打从那天起,我就再也没敢踏进巷子半步。"

隗国安道:"有几个问题要问你!"

"嗯,您说。"

"你对那个老板的长相,还有没有印象?"

"时间太长了,只有个大概。"

第一案 解签食堂

"你说你对红旗旅社老板面熟,除你之外,还有谁见过他?"

"住在附近的人好像都见过。"

"那条巷子三轮车开不进去,店老板的车平时停在哪里?"

"这个我不太清楚。"陆军军回忆片刻,"要是我没记错,那个巷口平时根本不停车。"

"哦?为什么这么说?"

"我们都是村里孩子,本就没啥可玩的,如果停辆车在那里,我一定会爬上去耍,我对此一点印象都没有,所以我可以肯定,那个巷口不停车。"

"原来是这样。"隗国安点点头,"店老板平时是不是经常去割草?"

"也不是经常,因为我家就住在巷口,被他吓了一次,我就对那个殓尸袋记忆深刻,等长大了些,我开始发现可能那个老板是在骗我。后来,我又发现那些草是从沼泽区割来腌臭菜的,其实那种菜我家也腌过,两三个月才能出缸,他家那么大个咸菜窖,估计一个多月就要去割一次。我差不多一年能见个几回,不过用殓尸袋去装野菜,这人也不好惹,死人巷的名声也喊出去了,我也懒得跟别人纠正了。"

"你们土坝孜村,有多少人腌这个东西?"

"有不少,少说有几十家。"

"都拿到东新街上卖?"

"有在街上摆摊卖的,也有人来收,具体卖到哪里,我也不是很清楚。"

问至此,隗国安拿起手机,给站在隔壁屋的展峰发了条信息:"差不多能问的都问了。"

后者很快回复:"换间屋子,让他给老板画像!"

三十七

陈年旧案之所以难破,归根结底原因就四个字——时过境迁。无论是物证,还是人的记忆,都会随时间的流逝不断变化,慢慢地被冲淡。

陆军军虽口口声声说对旅社老板的印象极为深刻,但隗国安拼上毕生所学,也只能还原眉毛以上的面目。眼看此路不通,展峰决定还是按照原计划,由派出所至村内张贴悬赏公告,这样可以网罗更多的知情人,协助隗国安完成画像。

　　与此同时，展峰带领专案组对675号、676号两个现场重新勘查，刑警支队的取证工作也随之一并展开。

　　三天后，一切终于告一段落。

　　车舱内，赢亮将本案的思维导图打在了屏幕上，之前列出的多条线索，均处在绿色待回复状态。

　　展峰扫了一眼，继而问道："675号那间咸菜窖的房东是谁？"

　　与案关联的情报汇总由赢亮负责，他道："是一名叫田良工的男子，生于1947年，离异，无子，早已过世，无从查起。"

　　展峰听完将该条线索重新标注成红色，并在导图下一级打上了"中断"二字。

　　"针对土坝孜村的统一行动，又是什么情况？"

　　赢亮戴着手套从文件袋中掏出了一张信纸，纸上密密麻麻地写着黑色字迹，可能是年代太过久远，大部分字迹已模糊不清，就连那张薄如蝉翼的信纸，也有些"吹弹可破"的味道。

　　"这是2005年5月，分局治安大队对土坝孜村的旅社进行摸排式检查时，让红旗旅社老板手写的承诺书，大致内容就是守法经营之类，这时新月他们已经被害，所以，这封承诺书显然是嫌疑人所写……"

　　赢亮边说，展峰边把目光扫向了落款的位置，当他看到姓名处那一团潦草的字迹时，眉头不禁皱了起来。赢亮见状，在一旁解释说："关于签名问题，我也问了，因为土坝孜村的大小旅社太多了，以那时的警力，别说一个治安大队，就算是一个分局全上也整不过来，加上大多数旅社老板都是文盲或者半文盲，字迹潦草的比比皆是，他们没办法一个一个更正，所以……"

　　"可以理解。"展峰打开笔记检验设备，将这张信纸平铺在外接的扫描仪上，当系统提示"取样完成"后，信纸被重新装进了文件袋。

　　"对了，辖区派出所有没有对土坝孜村的旅社进行列管？"

　　"档案我也翻了。"赢亮说，"土坝孜村外来人口多，人员流动较快，很多旅社也是今天开，明天关，像676号这样开在村尾的深巷旅社，管理起来更是难上加难。据片儿警老季反映，这种在民宅与旅社间可以自由切换的院子，最擅长打游击，只要一去检查，便把灯箱收起来说自己是民宅，不对外营业；一

第一案 解签食堂

旦派出所离开，灯箱一水儿地又拿了出来。

"土坝孜村一到夜里都是占道经营，警车压根开不进去。另外，村口还有人放哨，只要见到穿制服的，保证整个村子在五分钟之内都能收到消息，直到近几年天眼监控安装后，土坝孜村才消停不少。"

司徒蓝嫣插话道："整封承诺书字迹还算工整，唯独落款位置字迹潦草，估计当时治安大队开展的是突击检查。"

"师姐说得没错。"赢亮道，"派出所民警的面孔很多村民都熟，逼不得已，才让治安大队着便装分散到村里展开突击检查。

"嫌疑人在没有防备的状态下被查，势必会对他的情绪产生波动，我怀疑他停止经营，会不会与这件事有关。"

"可能性很大。"隗国安捏着下巴，思索道，"旅社是6号死者仇启升的，关了也就关了，可那个咸菜窖很有可能是嫌疑人的。他要是不害怕，完全没有必要把咸菜窖也给关了，虽说指望这个赚不了大钱，但靠着沼泽区，原材料不用愁，也算是一本万利的生意。"

赢亮跟着附和："难怪派出所一点关于红旗旅社的档案都没有，原来是打草惊蛇了。"

展峰将此线索标红，继续问道："残三儿最近有没有什么异常举动？"

"除了偶尔出去吃吃喝喝，剩下的时间基本都在修理厂。"赢亮随口一回。

"吃吃喝喝？具体地点有没有？"

"这个都有！"赢亮打开电脑，调出了残三儿的行动轨迹。

展峰以残三儿的问话笔录为时间节点，查看了一周之内，他去过的所有地方，相关地名，全被展峰用红圈标注了出来。

当众人都在琢磨此举何意时，他跳到了下一条线索："鬼叔，画像是什么情况？"

"哦，是这样的！"隗国安打开文件夹，从中抽出四张画像，"派出所把能说出个所以然的村民都带到了市局，经询问可以确定，店老板已经离开土坝孜村十多年了，很多人对他的记忆已经模糊，压根没人能说清他的长相。我根据众人描述，精确画像四张。都做了人脸识别。"说着，他看向赢亮。

后者会意，调出了比对结果，看着屏幕上密密麻麻的人像，赢亮解释道："鬼叔给出的四张画像被我分为四组，每组我只选取了比分较高的十人，目前嫌疑范围，就在这四十人中。不过还有个前提，嫌疑人必须是本地人，如果在全国范围内比对，又会是另外一个结果了。"

截至目前，五条线索有四条都是模糊结论，而展峰对此始终一言不发，舱内的气氛，也因此变得压抑起来。不管众人投来的焦灼目光，展峰貌似有些漫不经心地逐一浏览着那四十人的基本情况。

直到最后一张照片被翻页，他才缓缓地开口："行，这条线索先到这里，把红旗旅社还有菜窖的3D实景图调出来。"

"那……刚才的几条线索在案件系统中如何标注？是中断标红，还是……"

"橙色，待定。"

"待定？"隗国安听言，莫名地兴奋起来，他太了解展峰的性格，只要不中断，那就还有希望。司徒蓝嫣与嬴亮对视一眼，两人也因这四个字，重新燃起了希望。

按照展峰的指示，嬴亮首先调出的，是675号菜窖的3D实景图。

"此院只有三间平房，全部被改成了菜窖，因腌菜的过程中，会产生有害气体，所以这间院落并不适合起居。"说完，展峰手一挥，换上了676号红旗旅社的实景图，然而让所有人感到疑惑的是，那一间间房屋，全部被红色覆盖，唯独茅厕，被显示成了绿色。

展峰道："如大家推测的一样，治安大队的那次检查，确实让嫌疑人产生了警觉，所以他把旅社打扫得干干净净，几乎没有留下任何线索。不过有一个地方，却被他完全忽略了。"

他将茅厕的影像单独放大，道："红旗旅社使用的是旱厕，没有排水系统，厕所内用于承装粪便的是一口大缸，积满后，需定期清理。

"而茅厕与收费间门对门，室外气温变低时苍蝇极易钻入室内，躲在角落繁衍生存，这也就解释了，为何案发时室外气温那么低，我们还会在死者的耳道和鼻腔内发现苍蝇卵。

"也正是这口旱厕，让我发现了一个极为重要的证据。"

言至此，展峰手一挥，屏幕立刻变身九宫格，九张照片，将旱厕的多个不起眼的拐角，完全给展示了出来。

"粪便的四分之一是水分，其余大多是消化液、蛋白质、无机物、脂肪、食物纤维，以及肠道的脱落细胞，如果患上胃肠道疾病，粪便中还有可能含有血液。因此在粪便样本中，可检出 DNA。

"苍蝇是完全变态昆虫，它的生活史可分为卵、幼虫、蛹、成虫几个时期。它的寿命虽然只有一个月左右，但其繁殖力很强，食性也非常复杂，可以取食各种物质，如肉类食物、厨房残渣、人畜禽的分泌物和排泄物等。

"在农村旱厕中，只要达到一定温度，苍蝇就会扎堆产卵，当蝇蛆成熟后，则选择在周围较为干燥的环境中化蛹，通常它们要么拱入疏松的土层中，要么就选择爬到墙角的缝隙处，有的甚至会爬至旱厕顶端。这些蝇蛆来自粪坑，理论上说，也应该可以检出 DNA。

"我抱着试一试的心态，将旱厕中的七十八枚蛹壳全部带回检验，结果检出了混合型 DNA，其中三人是前科人员，有比中信息。"

展峰说完，三张人像照片，出现在屏幕一角，紧接着，画面一分为四，残三儿的行动轨迹、四十张嫌疑人画像、三名前科人员，以及那张承诺书分别被标注上了 1、2、3、4 的序号。再次操作，1 号图中的前锋街，2 号、3 号上的同一张人像，均被红圈给圈了出来。

"从目前的证据来看，本案距侦破还有最后一步。"展峰将那张照片放大，"找到这个人，比对他的笔迹特征。"

当完全看清那人的面相时，除展峰之外的人无不露出一副不可思议的表情。嬴亮更是脱口而出："怎么会是他？"

三十八

深夜，不罪不归大食堂。

送走了最后一拨客人，店老板罗平把还在厨房忙活的元鲲叫进了二楼包厢。

屋内刚刚才打扫过，清洁剂的芳香尚未散去。

长条的卡座上，摆着两碗小粥及一碟小菜，米粥还冒着热气，显然是刚盛出不久，那散发着令人作呕的气味的小菜，却也是店内最受当地人欢迎的调味。它与臭豆腐有异曲同工之妙，闻着臭，吃着香，而它的腌制过程，更是老板罗平秘而不宣的手艺，所以，店里店外都管它叫——臭菜。

"老罗，反正粥还热，要不，等我把后堂打理干净再上来吃吧？"

"后堂的事不着急……可对我来说,就没多少时间了。"罗平拽着元鲲的手,将他按在座位上。

元鲲大吃一惊:"这话什么意思?难不成你查出什么病了?"

罗平微微一笑,没有回答,他从怀中抽出一个文件袋,递了过去:"来,你看看。"

元鲲不知他葫芦里卖的什么药,只好听他的。他一只手将文件袋捏在掌心,另一只手拽着棉线,绕着那枚圆形纸盘反向数圈,一个塑封好的文件夹露了出来。

"包成这样,这是什么重要的东西吗?"文件夹被他抽了出来,看清里面文件的内容后,元鲲猛地抬起头,难以置信地朝罗平张大了嘴,"老罗,你脑子没烧坏吧,你要把店免费转让给我?"

"是!"罗平缓慢又坚决地点了点头。

"为什么?"

"我今天想解你的签。"罗平道,"这个,就是回报。"

"用一个店,解我一个签?"元鲲无语地把文件扔在桌上,"我看你还是病了!做什么傻事呢!"

"你就当我这是为了达成一个多年的心愿吧!"罗平环视四周,目光中流露出不舍。

"老罗,到底发生了什么事?你有话直说,别这么冷不丁的,你这话说得我心头直发慌!"

罗平伸手拍拍他的肩:"别急,你终究会知道原因的。来来来,粥都凉了,喝一口养养胃。"

"不说明白,别说喝粥了,水我都喝不下!"元鲲摇摇头。

见元鲲无动于衷,罗平又咧开嘴巴笑了:"你也是蹲过大牢的人,你说我好端端的生意不做,会是为了啥?"

元鲲瞳孔剧烈地一缩,上下打量了一下罗平,此时他已经隐约觉得,自家这位老板一贯以来的种种举动,只怕除前科之外,还有着不可告人的原因。

见他似乎心头有数,罗平缓缓道:"有些话我就是不说,你应该可以猜到,我的时候也不多了,咱俩今天吃完这顿饭,哪怕他们不来找我,我也会去找他们……"

第一案　解签食堂

"你要自首？"

"自首不自首的姑且不提，一件压在心里多年的往事马上就要被揭开，过去这么多年，做了这么多事，原来事到临头，我也不过和所有人一样，都会感到害怕。"惆怅地环顾了一下这间属于自己的店面，罗平又看向元鲲，"所以，我想听听你的故事，就当是给自己打打气。"

罗平向来为人和善，待人接物彬彬有礼，元鲲实在猜不出，这种难得的老好人会犯下什么错。不过从他怅惘的表情不难猜出，罗平犯下的，只怕绝非一般小事，否则他也不可能将店面转让，一旦事发，他就会有一去不归的打算。

有些话不说都懂，元鲲沉默片刻，从兜里掏出烟盒，给罗平打了支烟卷。

"店面的事，先放在一边。老板收留我，是有大恩的。你和那些警察不同，但凡你想知道，我就会告诉你。说吧，你想知道什么？"

罗平点燃烟卷，猛抽了一口："不成，我向来说一不二，你先把合同签了，这个店得拜托给你，我看得出来，你是个仁义之人，店给你，如果我有机会再回来的话，也还有个去处。"

"老板，你真的还能回来吗？"

元鲲的反问让罗平心中一震，他吐了口烟，在烟雾后凝视着元鲲，许久之后，他才用低沉沙哑的声音说道："我尽力……试试看吧！"

元鲲已经明显地感觉到了那种绝望，对于这种最后的嘱托，他没有拒绝的理由，于是他提笔在"乙方"的位置，一笔一画地签下了自己的名字。

"老板，你放心，我会好好经营这个店，等你回来。"元鲲说得格外真心。

"谢谢。"罗平浅浅点头。

瞅着罗平，元鲲也点燃了自己的烟卷，伴着辛辣的尼古丁在肺中旋转，他忐忑的心情也平复了不少，望着面前那碗已凉透的米粥，眼前的一切渐渐变得模糊，他的思绪，也沉入了过往的时空之中……

…………

"我家在山岗村，这是一个位于西北，极为偏僻的村子，我爹我娘都是面朝黄土背朝天的农民，家中我排行老四，上有三个哥哥，下有一个妹妹。孩子多，收成少，所以家里头经常是饥一顿饱一顿。

"村子封闭得很，村里像我们这么大的孩子，那会儿压根就没啥可玩的，基本都是三五成群，要么摔泥巴，要么瞎溜达。这孩子一多，就难免拉帮结派。村主任的外甥程齐武是我们村的孩子王，因为家里有两个臭钱，这小子经常收买人心，所以很多与我同龄的孩子，都喜欢跟在他屁股后面混点零食。说出来也不怕丢人，我也跟在他屁股后面混过，后来，是因为一个人的出现，才让我俩彻底掰了。"

"哦？是谁？"穿过烟雾，罗平的目光落在元鲲脸上。

"他大名叫啥我已经忘了，因为他爹娘是表兄妹近亲结婚，所以他生下来就憨憨傻傻，加上他胆小怕事，我们平时干脆就喊他傻小孬。

"十来岁的孩子，哪儿懂得什么轻重，尤其是齐武，他平时就常常以欺负傻小孬为乐。当然，我跟他混的那段时间，也是一样欺负傻小孬。

"我十二岁那年夏天，母亲做饭，让我去地里摘些蔬菜，我一个人提着菜篮子赶到菜地时，发现傻小孬蹲在水塘边，不知在干啥。我本想捉弄他一下，可就在我刚走到他身后时，脚底打滑，突然一跟头摔进了水塘里。

"那个水塘，是村里为了灌溉农田人工挖成的，虽从表面上看并不是很大，可里面深得很。我从小是个旱鸭子，根本不会游泳，慌乱中，我手脚不停扑腾，我喝了很多水，很快，我的腿也开始抽筋。

"我觉得，自己肯定玩完了。就在这时，耳朵边传来了傻小孬叫救命的声音，可水塘离村子还有段距离，又是大中午的，就算喊破喉咙也不会有人听见。就在我不停地喝水，朝着水底沉下去的时候，突然听到'扑通'一声。那时我闭着眼，根本不知道是谁跳了下来，就在我快要失去意识时，一条手臂从身后将我抱住，把我奋力往前拖。本来我脚下软绵绵的，压根用不上力，没过多久，我发现脚已踩进了淤泥，再后来，有人把我拖到了岸边，我呛了很多水，咳个不停。所以没空看那是谁，就没闹明白是谁救了我，直到我后来咳完了，才看见浑身湿漉漉的傻小孬正蹲在水塘边与我对视。

"我就问他，是不是他救的我，他是傻的嘛！就会使劲点头。

"我又问他在水塘边干啥，他又指指他自己做的鱼竿。

"看到这儿，我才想起来，齐武头天才说，只要傻小孬能钓上来王八，以后就可以带他玩。

"笑话，那么深的水塘哪儿来的王八，齐武说了句玩笑话，没想到傻小孬却当了真。

"傻小孬对我有救命之恩，可我一想到，自己也曾是齐武的帮凶，心中可

第一案 解签食堂

真是羞愧难当。所以,我把那根用木棍做的鱼竿给抽了出来,我告诉他,这一切都是齐武的骗局,就算是真钓上来王八,也还是没有人愿意跟他玩。

"傻小孬听我这么说,委屈得哭了出来。我当时心里头也挺难受,于是,我把他扶了起来,搂着他的肩膀告诉他,以后他就是我的兄弟,只要我在,绝对不允许任何人欺负他。"

罗平扔了烟头,端碗喝了口粥,又夹了些臭菜送入口中,叹道:"你这算不算良心发现?"

"我也不好意思这么说,就当我这是报恩得了!"元鲲说得口干舌燥,也端起碗顺了一口。

"后来呢?"

元鲲干笑:"后来啊,牛皮就吹破了,谁让齐武在村里的小弟比较多呢,我帮傻小孬出头的结果就是,我和他一起被冷落,一起挨打。"

"这就是你杀了齐武的原因?"

"当然不是!小孩子之间,能有多大事?"元鲲放下碗,"我家在村里属贫农,自然不敢跟这种富农对着干。再说了,挨点打对我来说也没啥,要不是后来他把我逼上了绝路,我也不可能杀人。"

说到关键,罗平抬起了头:"他怎么逼你的?"

"实不相瞒,入狱这些年,我也在反复思考,我到底是为什么要杀他,算了算,大概是因为四件事。"元鲲伸出一根手指,"第一件,是因为我爹。当年我爹和齐武他爹程龙胜发生争执,两人在村头就吵了起来,我亲眼看到程龙胜当着村里人的面,连扇了我爹七个耳光。可让我没想到的是,我爹竟然没有还手,直接掉头回了家。"

罗平了然,同情地道:"老爷子那是在忍辱负重,毕竟他是家里的顶梁柱,还要养活一家老小。"

"可那时我还小,哪儿能体会他的心酸,我只觉得,我这个爹是个孬种,当着这么多人的面被打,屁都不敢放一个,好死不死,那天齐武也在场。"元鲲说到激愤之处,顺手拧开摆在桌边的小酒,猛灌了几口。

大手一抹嘴角,他冷笑道:"我爹被打的事,很快就在村子里传开了,因为我处处帮着傻小孬,我和齐武的关系也已水火不容。从那天起,我和我爹,乃至我们全家,都成了同村人嘴里的笑柄。这件事,应该可以算成是我仇恨的根源。"

元鲲又闷了一口，继续道："第二件事，发生在一年后秋天的那个傍晚。我当时跟我爹乘拖拉机去县城卖粮，返回村子时，发现齐武一个人鬼鬼祟祟地从后山的方向往村子里跑。因为我俩平时早就不说话了，他到底去那里干啥，我也就没放在心上。

"可我没想到的是，第二天一早，村里就传出了傻小孬的死讯。说是有人在后山的枯井里看见了傻小孬的尸体，村主任让人把尸体拽上来以后，发现他的头磕到了井底的石头上，于是所有人都说，这个傻子肯定是不小心摔在井里，把自己给摔死了。

"别人都这么认为，可我觉得这件事，其实有三个疑点。

"第一，傻小孬胆子小，从不敢一个人去后山，更不会靠近枯井，一定是有人带着，他才敢去那里。

"第二，那口枯井上平时会压一块大石板，我们有时会把石板挪开，蹲在井边往下拉屎。可那块石板很沉，要是没有两个人，根本搬不动。

"第三，枯井很深，要拿着手电筒才能看到井底的情况，除非是尸体高度腐败，发出恶臭，否则根本不可能被人发现。

"再加上我想起来当天傍晚，齐武出现在后山，所以觉得，傻小孬的死，绝对跟他脱不了干系。"

"这些推测，你当时说了没有？"

元鲲摇摇头："没有，这些条条道道，都是我在牢里才捋明白的，那时我只是怀疑这件事与齐武有关，但你要是让我讲，我也说不出个所以然。"

"后来，这件事是怎么处置的？"罗平也拧开一瓶小酒，抿了一口。

"二十世纪八十年代，村主任就是村子里的土皇帝，只要他说不用报警，保准没一个人敢去派出所，他是齐武的大舅，当然向着齐武说话，村主任说傻小孬就是不小心自己失足掉入井里的。接着，傻小孬的爹妈用草席把尸体一裹，趁着半夜埋进了自家地头，这件事，就这么不了了之了。"

"他家里人就这么好说话？"

"不好说话又能怎么样？胳膊拧不过大腿，难不成还跟村主任对着干？"元鲲冷笑一声，"你不知道，就我们村那个村主任，仗着一个县里有头有脸的歪屁股亲戚，整天在村里耀武扬威，压根没人敢反驳他，他说是摔死的就是摔死的。再说,傻小孬上有哥,下有弟,兄弟三个就他一个傻子,他死了,他爹妈说不定还松了口气。一来可以节约粮食,二来对他家也是一种解脱,毕竟整天被人喊成傻子爹、傻子娘,也挺不好受的。这么着,在村主任的张罗下,这事就彻底压了下去。"

"你后来去找齐武了没?"

"那可没有。"

"为什么?"

元鲲的眼里浮现出一种极为复杂的情绪:"因为,傻小孬的死,对我来说,也是一种解脱。"

元鲲自嘲地笑笑:"站在他的立场上替他说话,说到底,还是为了报答救命之恩,要是没被他救过,其实我也不想跟他有任何交集。傻子是天生的,不是错,可是到哪儿都跟着个傻子,我看着也惹人嫌。"说到这里,他长长地叹了口气,"唉,这就是人性!人都是自私的……"

"这就是你没有去跟齐武找事的原因?"

"不全是,还有很大一部分是因为村主任。"

"也对。"罗平点点头,"傻小孬亲生爹娘都没说什么,你把这个马蜂窝捅开,对谁都没好处。"

"不过说一千道一万,傻小孬都是我的救命恩人,这笔账我当时虽然没找齐武算,但它深深地记在了我心里。"

"这么看,傻小孬的死,倒是根导火索。"罗平听得入神,"到底是什么原因让你杀死了齐武,还有,你把他的尸体切成两百多块,只怕还有别的仇怨吧!"

"没错,就是我哥的事。"

"你哥?"

"对。"元鲲一脸无奈,"俗话说,人善被人欺,马善被人骑,一点都不假。我哥学习很用功,成绩也很好,爹妈让我们兄弟姊妹都辍学在家,就是想能把我哥给供出来,往后我哥发达了,自然能提携提携我们。

"可让我没想到的是,当年村主任找到我爹,说是给我们家两千元,要是我哥头年考中了,就让齐武用我哥的户口去上中专。村主任还说,反正我哥成绩好,第一年考不上,来年还能考一次,到时候用齐武的户口,就权当是帮个忙。

"这种冒名顶替,要是被发现了,那能毁了我哥一辈子。我爹当然不干,村主任见我爹油盐不进,就放出狠话,要是我爹不答应,他就从县教育局找人,不管我哥考得多好,也保证没有一所学校敢录取他。

"我爹是个老实本分的农民,这话说得是真是假,他也辨不清。村主任走的那几天,我眼看着我爹的一头黑发瞬间愁成了白头翁。谈话时我在地里干活,知道这事以后,我把齐武约到了后山。"

"怎么说的?"

"起先我俩并没吵起来,我说话也是心平气和。我告诉他,要上学,自己去考,凭啥要顶我哥的户口。他却说,他县里的亲戚要退休了,如果这次考不上,以后就没希望了。

"我一听就来火,他用我哥的户口上了学,我哥以后就成了黑户,我哥以后怎么考?就他舅那说法,摆明是不可能的。可齐武这家伙,好像要吃定我们家,见我绷起脸,他也跟着耍起横。说什么大不了鱼死网破,他上不了,我哥也别想考。

"他这句话,彻底把我给惹恼了,我当时就警告他,别仗势欺人,否则我就去派出所,把他杀了傻小孬的事给揭发出来,让他去蹲劳改。

"此话一出,我就发现他有些惊慌,这下子,我更加确定,傻小孬的死肯定和他有关。于是我就添了一句,说当天傻小孬怎么死的,我全看见了。

"没想到这句话把他给点炸了,他突然伸手掐住了我的脖子。他说他不是故意的,他当天去后山刚好碰到傻小孬,他一路走,傻小孬一路跟。他突然觉得肚子不舒服,就让傻小孬帮忙和他一起掀开枯井上的石板。拉完屎后,他又让傻小孬去给他摘些树叶擦屁股,就在他起身提裤子时,突然脚没踩稳,倒了个趔趄,这时傻小孬正好在他身边,他的手下意识去拽了一下傻小孬,结果他站稳了,傻小孬却头朝下摔到井中,当场摔死了。

"说到底,也是害死了一个人,可能是这件事在他心里瞒了太久,我刚起了个头,他就一股脑地都说了出来。我当时被他掐得说不出话,直到他把实情全部说完,他发现我已经奄奄一息。

"他慌乱中松开手,好像也意识到我是在套他话。他赶忙环视周围,发现附近没人,不可能被看见,他胆子又大了起来,指着我的鼻子说傻小孬尸体已经埋了,横竖是死无对证,没人能拿他怎么样。只要在这个村子里,他当村主任的大舅就是爷,要想乖乖地在村子里讨饭吃,就要像我爹一样,乖乖地做条狗。

"他不说这句话还好,既然说了,就点着了我埋在心中多年的怨恨。

"当时,我满脑子就一个念头,把眼前这个人给杀了。反正我家里兄弟姊妹多,齐武家就他一根独苗,只要齐武一死,就没人能顶我哥的户口,也没人再敢欺负我们。

"我他妈拼了一条命,也要让村里的人都知道,干什么都行,就是别把老实人给逼急了,否则我们什么事都能做得出来。在齐武眼里,我们穷苦人家的都是狗对吧,好,那我就把他给杀了,把他的尸体剁了喂狗!

"打定这主意,我可不会给齐武反抗的机会。趁他威胁完转身的空隙,我从地上捡起一块石头,朝着他的后脑就砸了上去,直到把他的脑浆砸出来,我才停手。

"我想,他到死只怕都没想通,我会真的下得了手吧!

"当然,我也不是真的没想清楚就动手。我知道后山有一个小院,当年有个孤寡老头生活在那里。老头死后,那个院子就再没人住过。于是,我把尸体给拖进院子,回家找了一把菜刀,就开始分尸。

"我用了一晚上,把尸块切小,煮熟,然后趁着夜色,倒在了村口野狗聚集的地方,谁知有只手,没剁细就混了进去,有条狗叼着就跑……

"我觉得这事必定要发作,出了这档子事,警察一定会遍地找我,所以我连夜逃出了村子。这一跑,就是两年……"

三十九

大约是这段回忆过分沉重,元鲲叙说的时候,一直朝嘴里倒酒。

眼瞧着桌上的小酒已经喝完,罗平折回吧台,将那瓶放在酒柜顶格,平时用来充门面的"飞天茅台"取了下来。回头又把桌上的米粥、咸菜,换成了玻璃酒杯和一盘五香花生。

罗平拧开瓶盖,将两个一两的酒杯斟满,他将一杯塞进元鲲手里,自己则端起另外一杯,一口闷进嘴里。

辛辣的酒精穿过喉咙，罗平咬着牙，发出一声不知是享受还是痛苦的呻吟。

元鲲瞅见他的模样，笑了一声："老罗，不能喝……就别喝！"

"得了吧！"罗平也笑，"舌头都打战，也不知道是谁一直在一口闷。"

"说实话啊，我跟你说句老实话，"元鲲"啪啪"拍罗平的背，"你说得对，有的事情，只有说出来，这事才算真的过去了……"

说着元鲲打个酒嗝，端起杯又来一口，醉眼迷茫地望着罗平："老板，我不知道你干了什么，不过肯定不会是小事——你别怪我，酒壮怂人胆，我就瞎说啊！人在这世上走，那就是做不得亏心事的，杀人是大事，甭看我跟你说得条条道道、清清楚楚，理由再多，那也是杀人……"

元鲲说，罗平就给他倒，一杯接着一杯。元鲲这种情况，他看过太多次了，很多有前科的人都这样，别看出来的时候多硬气，真正的悔罪时刻，人人都恨不得说个一醉方休。就好像喝醉了，坦白了，是一件特别舒坦的事……

"做错了，迟早都要还的。"元鲲拍着心口跟他说，"很多时候，就是不懂法，不信法，觉得自古华山一条路，除了杀人，没有别的办法……哼，进去了被教育一趟，出来才发现，妈的，什么都不比光天化日，抬头做人好。再难，再苦，也不应该下刀子……我跟你讲，良心债，背起来才是最难的。"

元鲲满是血丝的眼珠子瞅着罗平，后者缓缓点头："是啊，良心债，是这个世道里头，最难还的债……"

快酒易醉，元鲲虽说是个一米八几的彪形大汉，但接连几口烈酒闷下肚，身体也开始不受控制。

罗平望着摇摇晃晃的元鲲，又给他斟了一杯："你刚才说的那些，怎么在投案的时候没坦白？"

"我说？"元鲲用手指着自己，自嘲道，"那时候，我什么都不懂。就觉得我们这样的穷苦小老百姓，直接一命抵一命算了。我说了，村主任多半要被撸掉，可他人脉广，欺负起我家，不还是轻轻松松的事？要是我不说，他始终有个小辫子被我拿住，一来要承我的情，二来也得忌惮我，不敢动我家里人。要知道，我可是会杀人的人，惹急眼了，什么都抖搂出来，他的亏可就吃定了。"

说着，元鲲又要去端面前的酒杯，却被罗平给按了下来。

"少喝点，伤肝。"

第一案　解签食堂

元鲲看看罗平,他大概也知道自己喝多了,便抓了把花生胡乱嚼几口:"反正,我当时的想法很简单,我也没想把村主任怎么样,只要让我跑两年,让我哥顺利考上学,我就回来投案自首。可我傻啊,现在想想,干吗留着这么个玩意儿?这人在任上作威作福,不知道背后怎么违法违规呢,我当时要说了,指不定,就把这货在县里的那个歪屁股亲戚一锅端了,还得跟我一起进去蹲大牢呢……"

"说两年就两年,你也挺讲究啊!"

罗平的问题,让元鲲的眉眼低落了下来:"我想,这就是冥冥之中自有天意,要不是遇到新月,我可能……也坚持不了这么久……"

听到"新月"二字,罗平的眼角微微抽搐,他抬手连灌三杯,缓缓地问:"新月……就是你跟那两位警察说,可能失踪了的那位?"

"什么失踪,新月、老闷儿、小迷糊、大圣……都死了!他们都死了!"怨愤中的元鲲,又把酒杯紧紧地握在手里,"老板,我怨啊——我杀了人,蹲了二十年大牢我不怨,可他们死了,我眼里能恨出血!他们都是好人,到底是什么人会杀这样的好人?我就是死,也要在这辈子等到真相!"

说完,他又猛地灌了一杯!

这一次,罗平没有阻止他,而是陪了一杯:"我觉得,用不了多久,你就能等到真相!"

元鲲已经醉了,他并没有注意到,罗平脸上复杂无比,甚至有些微微扭曲的神情。

"什么用不了多久,前前后后……已经一个多月了,警察就找过我两次,进展怎么样,问了也不说,电话打了几十次,总让我再等等。新月他们被害了十九年,十九年了——我用手机查过,超过二十年,那个杀人凶手,说不定就要逍遥法外了,"元鲲说到这里,突然掐住罗平的胳膊,瞪眼问道,"老罗,你真觉得我还能等到吗?还能吗?"

听到这个问题,罗平的神情反而松弛下来,他淡淡地笑了起来:"还说你在号子里头学习了,我看你学了个屁!"

"老罗你……你这人咋说话的?"元鲲放开手。

"超过二十年不追究,那是超过二十年没被警方发现,这案子不是已经被发现了吗?那群警察是公安部的!这个级别的人来办案,不到水落石出,不会

163

算完。你放心，天网恢恢疏而不漏，再说，那个凶手跑了这么多年，应该也跑累了。"

"你就会胡说，"元鲲哈哈一笑，"凶手想什么，你怎么知道？"

说完他朝桌上一趴，眼皮缓缓沉了下去。

在他身边，罗平轻叹道："这事，我还真知道……"说完之后，他起身脱下身上的外套，轻轻地搭在开始打鼾的元鲲肩上。

然后罗平拿着转交合同，离开包间，来到自己屋里，锁上了门。一扇薄薄的门，让他终于卸下了所有的伪装和防备。他靠着门好一会儿，才来到桌边坐下，把合同放在桌子的右上角。

他苦笑着翻阅合同，摇了摇头。把店转给元鲲这个决定，对他来说，下得并不容易，毕竟这是他半生的心血，也是他慰藉心灵的港湾，容纳前科人员，让他们解签，何尝不是一次次在观察、模拟着自己未来可能要做的事情？

每个店员解签之后，他都能感觉到他们的那种轻松、自在。在这十几年里，他为了能够安心，不断地读书，不断地写作，他开始明白，人只有在面对自己真实的样子之后，才可能真正地改变自己，走上不一样的人生道路。

那些店员无不如此，每个解签的店员，在店里都待不了多久。他们在解签之后，看清了自己，都会找到自己将来的路，然后离开这个落脚之处。

这一回，终于轮到自己了吗？

罗平眯着眼，想起残三儿前几天来找他的事。那时候他就知道，距离东窗事发，只怕是已经不远了。多年前，他落魄时，给残三儿当了一段时间的马仔，后来残三儿身陷囹圄，出狱后是他帮了一把，残三儿才有了后来的修理厂。要不是这层关系，残三儿也不会冒着危险告诉他，公安部的专案组已从敛尸袋上找到了线索。

当时残三儿是怎么说的？对了，他说："老罗，咱俩交情好了这么些年，我发现这些年，你心里头一直沉着事，表面上看不出，但你活得不轻巧。虽然不知道是啥事，你还是好好想想，争取宽大处理。"

可他还是肏，准备了这么些日子，才总算做了决定。也不知道还来不来得及。

毕竟他一直披着慈善的外衣，他甚至有时也会幻想，如果那天的事不曾发生，现在的他，会是什么样子？

第一案　解签食堂

事情过去十九年，欠下的良心债已经缠绕了自己十九年，他很清楚，自己已经永远回不去了。这些事情长年累月地纠缠在心里，他能够感觉到，在做任何事，和任何人打交道的时候，那些无辜的身影都在不远处悄然窥探，让他心中时时刻刻都浮现出恐惧。

比起被限制的自由，精神的桎梏，有时会让人更加崩溃。在善与恶的天平中左右徘徊了足足十九年，表面上看起来，他已完全洗心革面，站在了善的一方，而只有他自己清楚，他永远没有摆脱心中的恶念。

每每到了夜深人静时，他总会打开日历，每过一天，他就会勾掉一个数字，直到一年过完，一本日历被他全部勾满。

这样的日历，他一共攒了十九本，他知道，只要凑满二十本，他就可以重新变回自由人。

可是，现实却跟他开了一个极大的玩笑，十九年的救赎，到终了，仍没有换来一次改过自新的机会。他不得不重新审视那句俗语："人在做，天在看，不是不报，时候未到。"

再说，哪怕真的跑掉了，哪怕真的过了二十年，哪怕不用蹲大牢，难道就真的跑掉了？他心里清楚，那些后悔和恐怖，随时随地都萦绕在他的身躯里，已经根深蒂固、合而为一了……

短暂的沉默后，罗平点了支烟卷，伴着袅袅青烟，他自言自语起来：

"也罢，以这种方式结束，其实也挺好。"罗平长叹一声，打开电脑，在公众号后台建了一篇新的文章。

他已经打定主意，就在今天，要将那段毒蛇般的记忆，重新揭开……

电脑上，一行行文字随着键盘敲击声呈现，一段纠缠愤怒、怨恨、无奈和血腥的往事，也逐渐随之现形……

…………

"我叫罗平，我爹是个老实本分的农民，只可惜他命不好，年纪轻轻就查出绝症，我刚生下不久，他就一命呜呼。

"从小到大，就是我跟我娘相依为命。无奈的是，我打小也是个病秧子，我娘一个人实在养不起我，于是就只能改嫁。

"她找的头一个男人脾气不好，隔三岔五对我们娘俩就是一顿暴打，我娘跟他没过几年，就又离了，改嫁给了一个老实人，干着卖咸菜的买卖，没想到，他和我那死去的爹一样，也是个短命鬼。

"十六岁那年春天，外面下着小雨，窖里的最后几缸臭菜眼看要见底，他就打算去沼泽地割菜。我娘劝他，等雨停了再去，他不肯，说什么春雨冒芽的野菜最嫩，他要多割点晚上炒给我娘吃，他还说家里三张嘴要吃饭，没法子闲着。

"他很老实本分，只是从早到晚，我俩也说不上几句话，毕竟，这也不是亲生的爹。那天早上，他本是独自一人出门，我娘担心他一人应付不来，非把我从被窝中拽出来，让我跟着搭把手。我有些不乐意，就远远地跟在他身后，小孩子就这点心思，不打算出什么力。

"那天不知怎的，天空瞅着灰蒙蒙的，雨点很细，落在头发上，很快就成了一层水雾，人走不了几步，视野就会变得模糊起来。

"沼泽地有很多'吃人'的泥坑，但我养父向来可以轻松辨别，于是他走在前面带路，我小心翼翼地跟在他身后。每经过一处危险的泥坑，养父都会用草打成结做上记号，每做一个记号，他还会让我记下，说是返程时，就按他画的路线回家。我当时迷迷糊糊的，就没怎么注意他在说什么。

"在沼泽地走了快一小时，我们总算来到野菜长势最喜人的地方，养父让我坐在一旁休息，他提起镰刀开始忙活，直到附近所有的野菜都装进了他那个特制的大麻袋中。

"那是一个把十个普通麻袋拆掉，重新缝起的巨型口袋。养父说，要是装满，大概有100斤。我那时并不清楚，是什么毅力能让一位瘦小佝偻的身躯背起比他还要大上一圈的麻袋，直到后来他掉进泥坑里，我才明白，一切都源自一个字：'穷。'"

罗平停下片刻，才重新开始敲打键盘："那天返程时，天上的雨水突然大了起来，蓑衣的帽檐挂着成串的水珠。

"我回家心切，着急走出沼泽，就头也没回，只顾着往前。我心想，临来时，路是养父带的，就算是回去，他也应该认识路，可让我没想到的是，我在沼泽区的碎石路上等了他快一小时，却始终不见他的身影。

"那时我已有了不祥的预感，当我鼓足勇气跑回沼泽地时，我看见泥水已没过了养父的肩膀，而那包野菜被他抛在了路边，我想要救他，他却说，已经来不及了。他还说，我娘是个好人，他走了，以后我就是家里唯一的男人，这

第一案 解签食堂

个家就托付给我了。他让我把野菜背回家,回头再让人把他的尸体打捞上来就成。

"说这话时,他的语气平静得就像聊家常,我眼睁睁看着他陷入泥潭。我和他没有血缘关系,那时候,我甚至觉得我就是一个看客,这一切仿佛与我无关。可一个大活人在我面前就这么没了,缓过劲,我突然又感到无比的恐惧。

"不好形容当时是个什么感觉,我只是呆呆站在那里,直到泥潭被大雨溅起水花,我才猛然间惊醒,就像从梦里回到现实一样。

"我害怕极了,拼命往家跑,不管我娘怎么问,我始终不敢说话,直到同村人路过发现了养父的麻袋……泥潭没人敢下,只能一锹一锹地挖开,村里人足足挖了四天,才找到养父的尸体。

"唉,人啊,一穷,连命都可以不要。他当天如果踩着麻袋,说不定还有爬上来的可能。没想到,他在生死关头,却把野菜丢在了路边。我后来一直想,一袋野菜和一条人命,到底孰轻孰重,他难道分不清?直到后来我自己吃不上饭时,我才彻底明白,穷可以改变一个人的思维,哪怕是在生死关头,他下意识想的,也是如何省下最后一分钱。

"养父走了,我和他不亲,但他至少给我们娘俩留了一个能遮风挡雨的家。在土坝孜村人生地不熟,我又不会别的一技之长,只能守着咸菜窖勉强度日。

"有句话说得没毛病,人善被人欺,马善被人骑。养父走后没两年,东新街换了新的管事人,加上外来人口蜂拥而至,他们要把街上的摊位重新规划。不是土坝孜村户口的,就不给摊位。

"养父是土生土长的本地人,但我们娘俩并不是。他要是在,哪怕残废了,我们还有个名分,可他一走,我们就彻底成了外地人。没有摊位,我们就失去了唯一的经济来源,我去找管事人好声商量,可无论我怎么低声下气,他们就是不准。那年我刚满十八岁,正年轻气盛,见软的不行,我也懒得再委曲求全,就照常出我的摊,只要有人敢闹,我就来硬的,反正光脚不怕穿鞋的。

"而且他们口口声声说,不给外地人摊位,其实都是借口,原因我多少也清楚,东新街已有了一家卖臭菜的摊位,他们家做得比较大,与我家相隔不远,两家有矛盾,我知道这一定是他们家捣的鬼。毕竟同行才是赤裸裸的冤家。

"我素来不是能吃亏的主,好说好讲或许还成,跟我玩阴的,我绝对会奉陪到底。

"在我摊牌后的三天,果真有人来闹事,在争执中,我掏出提前准备好的水果刀,朝着对方就是一顿猛扎,直到把对方给扎服,我才停了手。

"那天我大脑一片空白,不后悔也不害怕,反而感到一种快感,就好像总算出了一口气。不过愉悦之后,我很快便尝到了恶果。

"因涉嫌故意伤害罪,我被判处了七年有期徒刑。在诉讼过程中,被害人还提起了附带民诉,为了能得到对方谅解,减轻处罚,我娘同意了对方提出的赔偿要求。

"那时我在看守所,并不知道我娘是从哪里弄的钱,直到后来,我减刑出狱,我才知道我娘又改嫁了,这次是一个旅社老板,名叫仇启升。

"仇启升这人脾气很怪,在村里口碑也不好。早年他当过兵,本有大好前程,因为调戏妇女,被部队撵了回来,从军人到流氓,从天上掉到地下,这种落差,让他性格变得很恶劣,只要有人在背后议论,他总感觉是在说他,到了后来,他和村里的人关系也都越来越僵。

"我娘选择跟他过,因为他是我们家最大的债主,为了把我捞出来,我娘把养父的房产和咸菜窖都给卖了,小产权房没人敢收,问来问去,只有仇启升愿意拿这个钱,但前提是我娘必须跟他过。在那个情况下,我娘没什么选择。

"可忍辱负重多年,她好不容易把我给盼出来,仇启升却倒打一耙,说我养父留下的房子和咸菜窖压根值不了多少钱,那些钱算他借给我们的,而且还要计上利息。现在我回来了,必须出去赚钱把这账给还上,否则都别想好过。

"我娘私下里跟我说,仇启升说得不对,完全是因为养父的咸菜窖就在旅社对面,仇启升想将咸菜窖改成旅社,才决心买下来的。

"可当他准备着手改造时,发现房屋地基因为常年被盐水腐蚀,已经无法改造,要是重新扩建,花费太高。因为这个,仇启升觉得自己被骗了,每天骂骂咧咧,要等我出狱后,让我还钱把他的亏空清掉。

"蹲了这些年劳改,我明白一个道理,有些事,不是你够狠就能解决的,低人一等就是低人一等,想在世上人模狗样地活着,就要懂这个社会的游戏规则,要相信法律。

第一案　解签食堂

"我娘不懂法,给仇启升打了欠条,不管去哪儿都是我们悖理。而且仇启升知道我和我娘感情深,为了防我一跑了之,打那以后他就扣了我们的证件,从不让我娘出院子大门。我没办法,只能拼命赚钱还账。

"我捅人这事,在这里闹得沸沸扬扬,所以家门口,根本找不到能糊口的活计,几经辗转,我才在一个医药废物回收公司找到了一份焚烧垃圾的活。

"当年仇启升把什么都给我们娘俩算得明明白白:住房,算房费;吃饭,算伙食费。我们和他的关系,变成了纯粹的借贷关系。

"这么一来,焚烧垃圾每月的薪水仅够我们娘俩的日常开销,离还清账目还有不小的距离。我只能把养父的咸菜窖重新打理一遍,并把所有房间都摆上了咸菜缸。就这样,我白天上班,傍晚去割菜,用卖咸菜的钱去还仇启升的账,日子过得还算安稳。

"我最落魄的时候,我十分感激一个人,他就是当年公司的老板,一位绰号残三儿的残疾人。他开的那个医疗废物回收公司,主要解决他们帮众还有家属的就业问题,要不是托关系,没有被聘用的可能。

"我是通过一个狱友找到的残三儿,当得知我的情况后,他说他敬我是条汉子,于是便破格聘用了我。我指望这份工作糊口,一直十分珍惜。别人嫌脏的活,我不在意;别人嫌累的活,我抢着干。

"那个时候比较奇怪,出来混的都以进号子为荣,管蹲劳改叫'镀金',蹲的年限越长,越受人尊重。像我这种因为赡养老母当街捅人的,在他们眼里是真爷们儿的表现。再加上我肯吃亏,是个实在人,所以在公司受到了不少人的尊敬。这种感觉,只有在我们这些犯过事的人中,才能体会。相比被普通人戴有色眼镜看待,我一直更喜欢跟他们在一起。

"公司具体管事的,是残三儿的拜把兄弟,我喊他炮哥,炮哥每隔一段时间,会把公司的情况汇报到残三儿那里,包括公司的经营情况,还有员工完成的任务量,以此为依据,判定每人每月该发多少奖金。

"炮哥没因为我是外人对我另眼相看,相反,得知我要替母还债时,他还大为感动,不光在奖金上对我多加照顾,另外还告诉我,只要公司能帮上忙的,让我尽管开口。

"到了月底野菜收割时,公司还会把运货的三轮摩托车借我,有了它,我一次可以割很多菜,着实解决了一个大难题。作为回报,我也会把腌好的臭菜带到公司食堂。臭菜这玩意儿就跟臭豆腐似的，吃习惯了，每天早晚还都少不了这一口，而且我在养父腌制的基础上进行了改良，公司同事吃习惯后，还都认我这一口。"

罗平写到这儿，突然笑了起来："不过有件事，我没敢告诉他们，平时焚烧垃圾时，我会把一些质量看起来比较好的敛尸袋留下来，然后洗干净，去装野菜。

"这个东西因为看起来晦气，就算是丢在沼泽里，也没人敢捡，这样我就可以一路割，一路丢，等割完收工，我再拿根麻绳，把沿途的这些敛尸袋给串起来，一路拖回去。这样，我一次割的菜，就够腌满半个菜窖。

"不过这么做比较费袋子，所以我每次见到敛尸袋都会留下来，搞得大家都在怀疑，我是不是又整了个殡葬一条龙的副业。

"唉……可惜呀，我没放在心上的东西，竟然也被专案组的警察们查出了线索，不得不佩服现在警察的办案能力。

"我本想做个好人，可谁知道，姓仇的不给我机会。我不管怎么拼死拼活地赚钱，始终还不上他的利滚利。

"如果只是单纯因为钱，我不会对他痛下杀手。可他不该以债务为要挟，在我上工期间，强迫我娘和他发生关系，若不是我偶然间回去撞见，我还被蒙在鼓里。

"我娘性格内向，是个老实本分的妇道人家，我知道姓仇的绝不止干过这一次，我娘忍气吞声，还不就是因为欠下的那些债？

"一边要我还钱，一边又强迫我娘，我哪怕就是一条狗，也不可能让他这么欺负。

"更让我心寒的还有那帮住客，眼瞧着我娘被欺负，竟然没有一个人敢站出来放个屁，哪怕你当面不作声，私下里跟我讲一句也好。可他们只是当了看客，甚至还有人在一旁叫好，说姓仇的老当益壮。

"我娘觉得如此不堪的一幕被我撞见，也丢尽了脸面。从那天以后，她整天郁郁寡欢，只要我回来，她就会说一些'不想再拖累我'的丧气话。我以为她只是说说而已，起先我还会劝两句，可到了后来，我也就耳不听心不烦。我一心想着，把姓仇的账给平了，搬出这糟心的地方，和我娘过日子。

"可我怎么也没料到，最后我娘查出冠心病，怕花钱医治拖累我，就自己

第一案　解签食堂

走了。

"娘没了，我在这个世上唯一的亲人没了，我在牢里，唯一能让我坚持下去的，就是这亲情，可是……它没了。

"办完丧事后，我心里空落落的。我娘头七刚过，姓仇的就找上我，说我要是敢不还钱，一跑了之，他就找人把我娘的坟给刨了。

"我娘在时他拿我娘要挟我，我娘都走了，他还说这种话。把我娘的坟刨了？行！我他妈先送他去见阎王爷！

"从那天起，我就起了杀心！我准备好了一切，就在等待一个合适的机会。

"这一天盼来盼去，终究还是让我给盼到了……"

写到这里，罗平又停了片刻，续了支烟，在烟雾缭绕中慢慢继续写下去……

"那段时间，东新街开庙会，院里住的都是跑江湖的艺人，不到深夜庙会收摊，院里基本看不到一个人影。

"当晚我拿着灰耙，趁仇启升独自饮酒之际，一耙子砸在了他的脑袋上，仇启升应声倒地，紧接着我又补了几耙，把他打得脑浆迸出。

"见他断了气，我把姓仇的塞进了提前准备好的敛尸袋，原本的计划是把尸体先放在我的屋内，等第二天借到三轮车，再趁着我采野菜的空当，把尸体丢进泥坑。

"可计划赶不上变化，仇启升死了也不让我省心，他平时住在收费间，地上的水泥地坪早已风化，到处坑洼不平。把尸体移开我才发现，从他头上流下的血迹，弄得满地都是，再加上屋里烧着煤炉，气温很高，不到半炷香的工夫，那一大片血迹，就糊在了地上。

"我抬头看一眼挂钟，距庙会结束不到一小时，平时这个点，仇启升已经开始起火烧炕，灶台上有一口大锅，在烧炕的同时，他还会按照住客的要求，给他们煮一锅粥当夜宵。而吃饭的地方就在他那间收费间里。这顿饭是交了钱的，要是不做，住客肯定会问仇启升要个说法，当然，这些倒是也在我的计划之中。

"这些江湖艺人虽说一年半载才来一次，可他们对我一点都不陌生，尤其是那帮耍猴的，当年我娘被姓仇的欺负时，他们就在场，夸仇启升功夫好的，是另外一位卖货的货郎。

"他们一直认为，我和仇启升是一家人，所以要是没有那摊血，我随便找

171

个理由,说仇启升去哪儿了,这件事兴许就能给搪塞过去。可说不定是仇启升有怨气吧!反正那摊血就像油漆一样,硬生生地粘在了那里。

"原定的计划,因为这摊血被彻底打乱了,已经杀了一个人,我这时候无比暴躁。于是我把两块烧完的煤球碾碎,铺在血迹上。我跟自己说,要是那帮艺人没有发现,就饶他们一命,如果他们有所察觉,那我就一不做二不休,把他们都做掉。

"我是前科人员,出狱后又杀人,只要被抓,肯定会'打头',我忍辱负重这么久,不可能去给姓仇的陪葬。所以,关键时刻,我必须做出选择。

"晚上十点,那帮住客准时返回,洗脸的洗脸,洗脚的洗脚,我把熬好的粥端进了收费间,他们也陆陆续续跟了进来。

"瞧见忙活的是我,他们便问姓仇的去了哪里,我三言两语就给搪塞了过去,接着他们又问,为啥屋子中间要铺那么一大摊炉渣灰,我只好含含糊糊地敷衍了一句,说之前熬了一锅粥翻了,我怕踩得哪里都是,就给铺了层炉渣灰,等干透了再扫。

"那两个卖货的一屁股坐在桌子上喝起小酒,倒是那个耍猴的老头,一直用怀疑的眼神瞅我,他看得我很不舒服,但他倒也没说什么,转身坐在餐桌旁。

"可让我没想到的是,外面天气太冷,和耍猴老头随行的那一男一女,把猴子也给牵进了屋。

"那猴子也不知怎的,一进门就躁动不安,地上铺的炉渣灰被它踢得到处都是,那女的慌乱之际,拿着门口的扫帚便开始清扫,我铺好的炉渣很快被她扫成了一堆。

"屋外一片漆黑,他们以为我在厨房炒臭菜,可实际上,我一直站在窗外,注视着屋内的一举一动。

"那女的显然看到了地上的异样,用惊恐的眼神瞟了一眼耍猴老头,老头摇摇头,大概是让她别表现出来。

"瞧见这一幕,我打定主意,今天晚上必须一不做二不休。

"我站在门口,把事先准备好的鼠药拌在了臭菜中,等他们一个个全部中招,我又用灰耙,挨个补刀,直到五人全部没了呼吸。

"我怔怔地看着满屋的尸体,一夜之间,杀了六人,我突然不知所措起来,

第一案 解签食堂

但冷静下来之后，我细细一品，发现事情可能没想象的那么糟糕。

"仇启升打了半辈子光棍。其他五人都是跑江湖的，也都是没家没业。那年代没手机、电话，住旅社也不用登记身份证，他们出门，和家人联系的可能性几乎为零。而且他们都是外地人，就算是挨家挨户问，也没人能说清楚他们的身份。想至此，我突然有些不怕了。只要把他们的尸体处理掉，那么就不会有人能找得到我。

"我先是关掉了旅社的灯箱，紧接着把大门一锁，连夜跑到公司，把那辆我经常借来驮菜的三轮摩托车给骑了回来。

"在准备干掉仇启升之前，我已在沼泽里选了好几个适合抛尸的泥坑，其中两个，已被我用八卦镜做上记号，只要夜里站在岔路口，用手电筒一照，我就能寻到地方。

"而做记号用的八卦镜就是从货郎那里买的，既然他人已死，那我便如法炮制，先带着八卦镜去做记号，等选好泥坑，再看看光线情况。如果天已大亮，那就再等一夜；相反，如果天仍是擦黑儿，那就一鼓作气。

"好在这里冬天的夜比较长，也省得我夜长梦多，我把五个跑江湖的抛进泥坑后，四周依旧伸手不见五指。

"这时，我总算可以腾出空来处理仇启升了。和其他五人不同，他是本地人，虽说名声不好，但认识他的人也不少。我不敢保证，把尸体丢进泥坑会不会有人发现，毕竟沼泽地里每天都有不少人去割野菜，要是不将他毁容，只要认出他，必定会找到我。所以，我按照原先的计划，用菜刀将他的头砍下来，又用石块把他的脸砸得稀碎。

"他的尸体，被我沉入了沼泽坑，头却被我丢进了另外一个坑中……我是故意这么做的，我觉得，像仇启升这种贪得无厌的人，就该死无全尸！"

罗平写到这里，不由自主地发出冷笑声："就连老天爷好像都在帮我，我收拾完一切，又割了几袋野菜，天才蒙蒙亮。当时摆在我面前的有两条路，一条，就此远走高飞；另外一条，坐享其成。

"我琢磨来琢磨去，觉得就这样走了，未免有些太亏。首先，仇启升那几年为了看住我娘，他自己也基本是大门不出、二门不迈，需要什么，都是我去跑腿。附近村民，不知情的，都以为我是老板，所以我留下来继续经营，没人会怀疑。

"其次，我腌咸菜的手艺，得到了附近很多饭店的认可，我不用去摆摊卖菜，只要把腌好的咸菜定时送到饭店就成，虽说这活计累是累了些，但每月有个小千把块进账。赶上野菜旺季，还可以更高，平均下来，哪月都超过我当时的工资。

"不过说到工资，我还小庆幸了一把。因为决心要继续经营旅社和咸菜窖，所以我只能辞掉工作。因为我用公司的三轮摩托车抛过锚，再加上我确实也需要一辆交通工具割菜、送货。于是我就跟公司商议，把那辆三轮摩托给买了下来。考虑到我多年在公司任劳任怨，炮哥没多问，也就答应了我的要求。

"为了防止警方以车找人，三轮摩托车买来之后，我没有过户。另外，我还把车从里到外重新翻新了一遍，只有每次用车时，我才骑回村子，剩下的时间，我都把它停在东新街停车场。

"好在我脱身早，我刚离职还不到一年，残三儿连同公司，就被警方一窝给端了。我听说能挨上边够处理的，一个没跑，全都进了号子。

"庆幸之余，我也开始整日提心吊胆起来，直到后来土坝孜村严打，警察三天两头清查，搅得压根没生意，我也心灰意冷起来。

"常言道，树挪死，人挪活。与其蹲在没有生意的无证旅社里担惊受怕，还不如出去闯一闯。而且那个时候，我手里也有了不少启动资金。

"打定主意后，我把能卖的家当全部变卖，手握几万元，辗转多地，干了无数样生意，直到年近半百，想着家乡还有老娘的坟，这才想回家创业，开了这家饭店，算是落叶归根了吧！"

写到这里，罗平再一次用不舍的目光打量着屋内的每个物件："只可惜……该还的终究还是要还……"

他沉默着，结束了这篇文章，存档成草稿，又取消掉电脑密码。然后他回到元鲲在的房间，把酒和杯子拿到自己屋里。

他将瓶中剩下的白酒倒入杯中，双手端起，朝着地上洒去："几位被牵连的冤魂，我罗某人在此给你们赔不是了！"说着，他双膝跪地，朝着元鲲那边的方向，重重地磕了下去……

窗外不知何时，闪起了红蓝交替的光，罗平缓缓起身，朝外望去："来得还真是快啊……"

他整整衣襟，下了楼，一把掀开了卷闸门。

第一案 解签食堂

手持枪械身穿制服的特警刚要围上去，便被展峰伸手拦住。

"残三儿来找过你，我想，你应该知道是什么事了！"

罗平仔细打量着这位面目刚毅的年轻后生："你就是公安部那个最年轻的专案组组长，展峰？"

"你知道我的名字？"

"来我这里做活的，全都是前科人员，之前有一个员工，他的号友就是被你们处理的，后来被执行了死刑。这些年你们破了不少大案，普通老百姓对你们知之甚少，你们的大名却在服刑人员中如雷贯耳。他们都在说，如果谁谁谁要落到你们手里，还是趁早投案得好。"罗平坦然一笑，"没想到，我就是那个'谁谁谁'。"

"店员说，元鲲被你留下来了，他人在哪儿？"

"喝了点酒，在楼上睡觉。他把自己的事都告诉我了。"罗平说着，从口袋中掏出一个巴掌大的物体，递给展峰。

"这个是？"

"录音设备。"

"录的什么？"

"这位警官想知道的事情。"罗平看向司徒蓝嫣，"至于我的供述，都在楼上的电脑里，电脑没有密码，内容在我微信公众号的后台，要不要发出去，就交给这位女警官了……"

"你是说，你解了元鲲的签？"

"没错。"罗平微微一笑，"只是，价格有点高。"

展峰伸手去接，可罗平又猛然将录音器攥在了手心中。

"什么意思？"展峰皱眉。

"两个请求。"罗平语气平静，"第一个，残三儿是来找过我，但他并没有通风报信，他只是问我，是不是犯了什么事，如果真有，最好去自首，不要等着你们警方找上门，把主动变为被动。能不能看在一个残疾人好不容易浪子回头，干到今天这种地步的份儿上，放他一马？"

看着罗平的灼灼目光，展峰沉默片刻："通风报信，必须造成严重后果，才会被处置，他被不被处理，其实取决于你逃不逃脱，从目前你的态度来看，我没有抓他的理由。"

"谢谢!"

"第二个请求?"

"我把这家店转给了元鲲,但他不知道凶手是我,不过作为报案人,他迟早会知道真相。我希望到那时候,你们能劝他把这家店经营下去,一来,就权当是弥补对他的亏欠;二来,这家店做出了名气,可以帮助不少前科人员渡过难关。我蹲过大牢,我清楚,但凡能有一口吃的,谁也不想再回到牢里。我是真的不希望,有人再走我的老路。"说完,他展开手掌,将那枚录音器交了出来。

展峰这次没有犹豫,让司徒蓝嫣将录音器接了过来。

"你的话,我一定帮你带到。"展峰说,"不过我相信在这件事上,元鲲比你体会得更加深刻。"

罗平的目光在专案组成员脸上逐一扫过,接着朝众人深深鞠下一躬:"抱歉,我给各位添麻烦了。"

四十

深秋的康安家园,看起来无比破败与荒凉。因为没有遮挡,枯黄的落叶在空中打着转,一会儿到这里,一会儿又随着风飘向远方。

展峰端着那杯刚冲好的卡布奇诺坐在落地窗前,院子里,那辆许久未开的吉姆尼已落满浮灰。在他愣神之际,窗帘之后的高天宇发出一声讪笑。

"问你个问题。"

展峰回过神来,望向高天宇:"什么问题?"

"你们当警察的,是不是觉得,只要违反法律就是错的?"

"不然呢?"

"你今天心情不好?"

"你想说什么?"

"从你复述的案情来看,罗平与程元鲲一样,都是被逼无奈选择去犯罪的,有位哲学家不也说过,'当你走投无路时,你还有最后一条路走,那就是犯罪'。你对此怎么看?"

展峰放下咖啡杯,瞥了他一眼:"我怎么觉得,你和网上的那些'杠精'一模一样,你的高智商呢?不足以让你分辨什么可为,什么不可为?"

第一案　解签食堂

高天宇听言，笑着摇了摇头："生活在围城里的人，思想确实会被禁锢。中国五千年传承，历朝历代法令无数，可不管律法怎样，人与人之间的情始终不会改变，爱就是爱，恨就是恨，同情就是同情，而你看待任何问题，永远把制度、规则摆在第一位，站在暴力机器的一面。而我，与你不同，我更在乎的是做人的本性，谁是弱者，我就站在谁的一面。"

展峰把目光从窗外收回，与他对视。

高天宇微笑着追问："怎么？难道我说错了吗？"

展峰淡淡地道："看得出，你的历史学得不错，可五千年传承，教会我们的是担当，是责任，它可没有教你如何逃避，如何毁掉证据。

"没有法制，就不可能存在广泛的公平和安全。他们和你一样，虽然都有自己的苦衷才选择去犯罪，但你们都不值得同情。因为你们作完案后第一个念头，不是像个爷们儿一样站出来，承担自己的罪责。无一例外，你们都试图抹去痕迹，试图隐匿自己的罪行。在我看来，我们警察的作用，就是抽丝剥茧，找到你们的犯罪证据，让你们一个个接受应有的惩罚，背起违反法律、危害社会安全的责任。程元鲲的案子里，关于那个村主任的事，我们已经告知当地，他对程元鲲家做的事，一样要付出代价。至于罗平，量刑的时候，一样会考虑到他和他母亲当时的遭遇，只是他还是杀了五个无辜的人，这份罪责太重而已。我做这些，为的就是一个水落石出，而不是让你在这儿喝着我的咖啡，还跟我说些不着边际的大道理！"

高天宇看着手里的咖啡杯，他没想到展峰难得展露口才，竟然有乱拳打死老师傅的气势。

他正想调侃两句，展峰放在桌面上的手机却突然振动起来。指纹解锁后，展峰看到了吕瀚海发来的一条短信，他扫了一眼，接着从沙发上拿起夹克搭在肩上，临行前，他对高天宇铿锵有力地说道："我坚信，不管你们这些犯罪分子的手段多高明，真相永远不可能被隐藏，真相，终究有被彻底揭开的那一天！"

厚重的铁门被重新锁死，展峰拧着了那辆许久未动的吉姆尼，沿着崎岖的土路向西行驶了整整6公里，他才终于驶出了康安家园。

西入口的正对面有架年久失修的立交桥，桥洞里阴暗潮湿，是出了名的"夜炮"圣地。不过最近罗湖市也已进入霜降，气温虽比不上GS市那般寒冷，但在路上稍做停留，也能感受到一股刺骨的凉意。

桥洞里，吕瀚海在肆意的寒风中缩成一团，直到展峰的电话再次打过来，他才从下面跑出来，裹紧外套，猴子一般蹿进了车中。

四下无人，展峰干脆将车倒入桥洞熄了火。

"说吧，找我有什么急事？"

"找你的人不是我！"吕瀚海犹豫片刻，掏出手机，调出了一段时长为五分钟的影音片段，画面上是一位年迈的老者，从背景看，这段视频是在卫生间里拍的。

吕瀚海抓起展峰的手，将手机塞进他的手中。

他没有点击播放，而是看向坐在副驾驶的吕瀚海，后者仿佛有些心虚，把头偏向窗外。

"开弓没有回头箭，我再问你一遍，真的想好了吗？"

车内静得出奇，吕瀚海没做任何回应。

沉默片刻，展峰知道对方已经默认，便拿起手机，点开了屏幕中间那个"倒三角"。

画面中的老者神情忸怩，他不自然地伸出右手朝屏幕挥了挥，接着轻咳了两声，强装镇定地道："你好，展队，我是吕瀚海的养父，吕良白……"

第二案

夺 命 毒 琴

打开房门，梅姐的尸体已高度腐败。法医通过尸检，确定了她是死于并发症。这和她常年吸食毒品有直接的关系。

一

要是往回捯自己这一辈子，宋呆子是怎么也没想到，就自家这副模样，也会有时来运转的一天。

宋家祖上三代贫农，家徒四壁，一贫如洗。想当年，家里头穷到什么程度呢？兄弟姊妹拢共五人，到了冬天，全家上下就一条没露屁股的棉裤，谁出远门，谁才能有幸拿来穿。

"衣不遮体，食不果腹"这八个字，是对宋呆子小时候记忆最精确的描述。

偏远农村的人，没有什么优生优育的想法，只管生，不管养，是普遍存在的情况。娃只要养到差不多成年，就得自谋出路，宋呆子的几个兄弟姐妹也不例外。宋呆子在家排行老小，他娘生他时难产，他在肚子里闷了一天才被稳婆给掏出来。

命虽说是保住了，可是因为生产时大脑缺氧，宋呆子从小就是一副愣愣的样子。他爹没啥文化，看他憨傻，就给他起了个"呆子"的小名，说是起个赖名，娃能无病无灾。他从小就被人"呆子""呆子"地叫，以至于上户口时办证人员问他爹，娃叫啥，他爹脱口而出来了句"宋呆子"。笔起笔落，就这样，这个诨名稀里糊涂地跟了他一辈子。

宋呆子爹娘自知小儿子脑子不灵光，要是一个人外出，保不齐就饿死在了半路上。俗话说得好，屁股再臭，也不能挖掉吧！再怎么憨，那也是身上掉下来的肉，舐犊情深，爹娘最后还是把他留在了身边。等老两口撒手人寰，宋呆子理所当然地继承了家中那间宅院和糊口的几亩水田。

常年守在这山脚下的偏僻村落，结婚生子成了宋呆子最闹心的一件事，而

第二案　夺命毒琴

且他被人"呆子""呆子"地叫了一辈子，名声本就不好，想找个正常人家，可能性几乎为零。可是人也大了，一个人过得孤苦，几经介绍，他这才娶了个半身不遂名叫秀凤的女子，算是心头有了寄托。夫妻俩谁也不嫌弃谁，感情也不错，刚第二年，老婆就产下一子，起名宋龙。

可能是负负得正，儿子宋龙打小生得古灵精怪，用同村人的话说，就是尽拣着优点长。儿子的出生，给夫妻二人的生活带来了欢乐和希望，同时也让宋呆子压力倍增。

有了儿子，宋呆子就像是开了窍，也知道发愁了。毕竟就靠着那几亩水田，如何给儿子一个未来？难不成等长大之后，还像他一样，守在这个破败的山村里头，穷困潦倒一生？

也许是常年殷切的期望感动了上苍，宋呆子怎么也没想到，他都年近半百，还能有时来运转的机会。当然，这个机会可不是他一人独享，而是普照了整个山洼村。

那天，村主任敲锣打鼓挨家挨户通知，有开发商选中了这片地，要开发成住宅小区。这一下，全村人都感觉是天上掉下了馅饼，直到那画着红圈的"拆"字印满了全村的屋舍，大家才敢乐呵——原来这不是做梦！

按照丈量面积，宋呆子能分到一间 130 平方米的拆迁还原房以及五十一万的补偿款。宋呆子全家的年收入都不过万，对他来说这可是雪中送炭，一下子解决了他儿子的婚房和娶妻两大难题。

签下合同，他感觉自己总算是可以挺直腰杆，长舒一口气了。这会儿他心里头自然是对开发商——"帝铂集团"感恩戴德。

当然，心存感激的并非宋呆子一人，可以说，这家开发商已然成了全村的救世主，带着这份感恩之情，村子主体拆迁工作进行得那叫一个顺利。

依工程进度，过完 2020 年春节，建筑垃圾全部运出村子，项目就可以奠基开工。然而，谁也没有想到，一场突如其来的疫情让项目完全停滞，而这么大的工程，必然是牵一发而动全身，任何环节停滞，都会造成项目开工遥遥无期。

虽说从 5 月开始，各行各业已从"疫情寒冬"逐渐复苏，然而"山洼村"项目，似乎从年关开始，就始终处在"冷冻"状态，不知何时才能重新启动。

刚开始拆迁那会儿，为了照顾宋呆子一家，村主任给他寻了个工地看门人的差事，虽说工资不高，每月也就一千五，但能给全村老小发挥点余热，宋呆子也是乐在其中。

承包商东胜公司，给他在工地主干道旁建了两间彩板房，一家三口挤在房中，也算其乐融融。

儿子宋龙，今年刚二十冒头，技校毕业后，在县城找了个汽修的差事，因为吃苦肯干，颇得老板重用。有了还原房和拆迁款的加持，以后找个漂亮媳妇，应该不是难事。

成年的宋龙也知晓，这个项目对他来说意味着后半生的幸福，所以他也格外上心。

…………

晚上八点，刚吃完晚饭，宋龙就坐在监控机前开始回放。

拆迁工地看似一片废区，其实里面也能捡到不少宝，比如钢筋、家电、木板之类，这些都能卖些小钱。当然，偌大的公司，自然不会在乎被偷走的这点蝇头小利，他们更担心的还是安全问题。

拆得半半拉拉的工地，到处都是断壁残垣，这万一哪堵墙倒了，砸死或砸伤了人，赔钱倒是小事，就怕传出去毁了名声。

为以防万一，东胜公司在工地上装了十六枚监控摄像头，其中几枚还故意做了伪装，目的在于监工。至于隐形摄像头安装在哪里，只有少数经手人会晓得，就是要在人为制造的无形压力下，工人们才能断了偷懒的念头，保证工程进度。

宋呆子斗大的字不识一个，上了年纪双眼也开始昏花，所以他就把浏览监控的活派给了儿子。

在网吧泡了十来年，这点事对宋龙来说简直是张飞吃豆芽——小菜一碟。按老爹要求，他每晚睡前，都会按八倍速度把一天的监控重新回放。如果发现什么不对劲，就交由老爹上报处理。不过，工地上也没啥大事，顶多附近村民闲着无事来捡捡破砖烂瓦，回去修个猪圈、盖个狗窝啥的。

宋呆子是土生土长的本地人，方圆十里之内，就没有他叫不上名字的人，只要瞥上一眼，他就知道谁住在哪里、家里几口人、田里几亩地……偶尔来个一两次，他也就睁只眼闭只眼，可要是贪得无厌过了头，那他指定会亲自上门说道说道。

第二案　夺命毒琴

这种情况，在拆迁之初，几乎每天上演，然而疫情的爆发，像是给工地上喷了一剂加强型杀虫剂，那些喜欢贪便宜的"苍蝇"，也都不见踪迹。

工地上除了宋呆子一家，压根就没一个人，所以很多画面，不管快放多少倍，几乎都是处在静止状态，稍有风吹草动，宋龙都能敏锐地捕捉到。

可今天，就在刚点开回放还不到一支烟的工夫，他突然看到左下角的13号窗口闪过了一道黑影。

负责安装监控的技术员在离开时跟他交代过，1号、4号、13号、16号四枚摄像头分别隐藏在工地的四个角，一般人很难发现。它们是挂在树上的高空球机，从四个对角拍摄，可以把整个工地尽收眼底。

13号设在工地西南，朝东北角拍摄。宋龙发现，那个黑影正好由南向北从监控的边缘溜过，他连忙点击暂停，放慢了播放的速度，十分钟后，他在位于工地西北角的1号监控内，再次看到了这人的身影。值得庆幸的是，那黑影仅由此路过，并没有拐进工地，身上除了背着一个圆筒状的物体，也不见他拿走什么。

只是工地西南角靠着瓦当山的山阴（山的北面），那里放眼望去，到处都是坟包，而且道路崎岖难行，就算清明祭祖，大家情愿从山南沿陆地绕行，也不会由此经过。这人去那儿做什么呢？

纳闷归纳闷，大路朝天，各走一边，人家没进工地，那宋龙就没有多管闲事的理由。

然而让他没想到的是，隔了一天，他又在监控中瞧见了这个黑影，觉得这人不大对头，宋龙喊来了父亲——宋呆子。

四段被剪下的视频逐一点击了播放，直到最后一段的进度条走到尾，宋龙才用胳膊肘戳戳在一旁戴着老花镜的父亲。

"爹，这个人你认识吗？"

宋呆子缓缓摇摇头："从来没见过！"

"爹，你咋那么确定？视频连脸都没拍到，而且还这么模糊。"

"说不好。"宋呆子眯起眼，"感觉走路姿势不熟悉。"

"那就不是附近的人喽？"

"肯定不是！"宋呆子坚定地摇了摇头后，指着屏幕上那个黑影，"监控能不能放大？"

"能是能。只是正常看都已经够模糊了，放大了，岂不是更看不清？"

"我不是说脸！"宋呆子扶着老花镜，用手指了指那人的下半身。

"裤子？"

"嗯！"

"你瞅人裤子干啥？"宋龙一脸奇怪。

"让你咋整就咋整，哪儿那么多废话！"

"得得得，您老消消气，我这就弄！"宋龙重新点开播放器工具按钮，找到了放大快捷键，在父亲的"指指点点"下，他将黑影的下半身放大数倍。经这么一操作，原本就不清晰的像素，呈现出更加模糊的黄点。

"大清早，穿着运动衣，裤子角和膝盖上还粘着那么多松针，莫非……"

见父亲自言自语，宋龙有些耐不住性子："爹，莫非什么？"

"你还记得吗？你小时候，隔壁你王叔曾在山中捡过一个瓷碗？"

"记得，听说是个古董，还卖了钱。"

"可不是！"宋呆子双目微眯，"这些年你都在城里上学，并不清楚，人家都传，咱这村子后面的瓦当山里有宝贝，还有不少人曾上山去寻呢！"

"那寻到宝贝没？"

"你是不是傻？"宋呆子撇嘴，"谁家挖到宝贝会往外说？不都自己揣起来。"

"说的也是！"

宋呆子指屏幕："你瞧见那人背的东西没？"

"瞧见了啊，看起来跟钓鱼竿似的。"

"嘿嘿，那可不是鱼竿。"宋呆子拿起身边的丝光布，边擦老花镜边回忆，"十年前，两个中年人进村问路，正好让我撞见，他们说是搞地质勘探的，想让我带路，进山采集点土样。我收了他们五十元，抄小路把他们带进了山。

"他们每个人身上都背了个塑料圆筒，跟监控上那人背的一模一样。打开圆桶，里面装的是几节钢管，只要把接口处用螺丝给拧紧，就能拼接成一个完整的工具。"

"什么工具？"

"洛阳铲！"

"啥？他们是来盗墓的？"宋龙大惊。

"我起先也不清楚，只是见他们用那工具，不停在地上戳来戳去，每戳一

第二案　夺命毒琴

次，还会拨出点土样在鼻子前闻一闻。他们在山里转了很久，遇到几个村民，他们还让我去打招呼，说他们是我亲戚，来山里转一转。"

"爹，这哪儿是问路，这分明是让你去打掩护。"

"可不是！"时隔那么久，宋呆子依旧感到气愤，"我跟着他们兜兜转转，在山里跑了个遍，没承想到头来，警察还找上了我。"

"啥？警察？"

"嗯！"宋呆子说，"把他们送走没两天，就有警察到村里挨家挨户地打听，寻找这两人的下落。就为了五十元，我跟人说他们是我亲戚，结果警察信以为真，把我抓到派出所审了一整天。从民警嘴里我才知道，他们是盗墓贼，而且早就被警察给盯上了。"

宋呆子冲儿子拍了拍胸脯："你爹是什么人，你又不是不清楚，我哪儿会做违法的事，跟警察磨了半天嘴皮子，他们才肯放我回来。自从那次吃了亏，我对这种背着圆筒的陌生人，是特别注意。"

宋呆子义愤填膺，宋龙却满心期待："爹，你说这家伙连来了两天，会不会是发现好东西了？"

宋呆子只顾得生气，却没想到这一茬，经儿子这么一提醒，他一拍大腿："对啊，如果没发现啥，干啥要接连来两次？"

"那咱要不要上山瞅瞅去？"

"现在？"宋呆子瞅了一眼门外，"天都快黑透了！"

宋龙想着那片乱葬岗，也不免胆怯："那不行就明天起早？"

"不成！"宋呆子似乎又想起了什么，把桌子上的强光手电死死攥住，"娘的，当年如果我上山早一步，那个瓷碗应该是我的！"

"爹说得对！"宋龙也把强光手电装进兜里，"咱瓦当山的宝贝，绝不能便宜其他人！"

二

父子俩一拍即合，壮着胆子，来到了发现黑衣人的那条小路。

打着强光手电，宋龙把整条路照得通亮："爹，我记得这里以前不是村西头的大粪池吗，啥时候整了这么一条石子路？"

"这我不清楚，估计是东胜公司给垫的。"宋呆子说话间，一脚踩了上去，只见他一跃而起，使劲跺了两脚，"这边靠着乱葬岗，平时我也不怎么来，不过这路修得相当牢实，跑个电瓶车啥的不成问题！"

见父亲往前走，宋龙有了个猜想："爹，你说这是不是故意留出的地界？"

宋呆子用强光手电仔细地观察着路面，他不过大脑地问道："地界？那是个啥东西？"

"电视新闻里不经常播吗？某某工地在施工时挖出谁谁谁的棺材。咱们村西头、南头都连着瓦当山，山上到处是坟包，这要是挖过界也是个麻烦事。"

"你这么说还真有点道理。"宋呆子走到路中段停下了脚，他用手电筒朝附近照照，心不在焉地接话道，"我儿子说是地界，那八成就是地界。"

宋龙知道自己父亲是个直脑筋，同时间最多只能干一样事，见父亲心猿意马的样子，他很快猜出父亲指定心中有事。"爹，你到底在干啥呢？"

宋呆子把手电筒对准了灌木丛："瞧见没？"

"啥？"宋龙把脸凑近了些。

"树枝上冒白浆！他是从这里走的，把树杈子弄断了，才有这个。"

宋龙有些不解地指着前面不远处的丁字路口："我记得，再往前几十米就有个缓坡，可比从这里上山容易多了，那人干啥从这么陡的地方走？"

"万一是藏好东西呢？"

"真的吗？"宋龙双目放光，和父亲对视一眼。

"是不是，上去瞧瞧不就晓得了？"

"得嘞！"宋龙一个箭步跨了上去，他左手拽着一根树枝，接着伸出右臂，"爹，来，我拉你！"

宋呆子后撤两步，伴着"嘿哈"一声助跑，爷俩牵手攀上了陡坡。

有了沿途树木可以拉拽，上山的过程还算顺利，翻过最陡的几处土坡，脚下的地变得平坦起来，可当宋呆子看清眼前的景象后，表情随之变得凝固起来："怎么会是这样？"

"哪样？"

"这儿到处长满了树，而且树和树之间的间隔就屁大一点，根本挖不了坟，难怪这里连一个坟包都看不见！"

宋龙一听，瞬间乐了："爹，你咋就只能想到眼前，现在不能挖坟，不代

第二案　夺命毒琴

表古代不能下葬啊！"

"对啊！"宋呆子一拍脑门，"我怎么没想起这茬事来，指不定这些树就是古人下葬后种的呢！"

"就是，就是！"

顾虑被消，宋呆子趴跪在地上，小心翼翼地翻开落叶仔细查找："我记得，用洛阳铲铲出土后，他们会先闻一闻，然后再回填。他们之所以选择清晨上山，就是因为早上露水多，地面受潮，相对软和。不过就算回填，也能闻到一股子泥土的气味，有的还有一股子恶臭。"

宋龙从父亲那里听到了窍门，也跟着有样学样地趴在了地上，他的体形要比父亲壮硕很多，相同进度下，他要比父亲的消耗更大，没挪两步，他就开始气喘吁吁，接着一屁股坐在了地上。

他倚着树干，瞧着父亲的身影一点一点向前挪，问道："爹，这么大的林子，咱要找到什么时候？"

"这我哪儿知道？先找找看呗！不过……"

"不过啥？"

"我感觉这个人是个高手！"

"这咋说？"

"我寻了半天也没看出破绽。我怀疑，他把土回填了，还把缝隙都给抹上了，而且这里到处都是落叶，想闻出味来，那当然相当困难了。"

宋龙起身朝父亲那边走去："我看这附近也没啥被挖的痕迹，要不咱回去吧，我明天还要起早上班呢！"

宋呆子把手电照向了儿子："要不你先回去，我再找找？"

"那行吧，你可别搞太迟了，晚上山里凉！"

就在他转身正要朝山下走去时，宋呆子突然冒了一句："你身后啥东西？怎么还发光呢？"

"发光？在哪儿？"宋龙下意识往后摸了摸，发现衣角有一块地方没了皮子原有的滑腻感，仿佛被滴上了糖浆，摸起来十分涩手。

"难不成是沾上了什么东西？"宋龙把拉链一解，将上衣脱了下来。

"穿回去，别冻着了！脏了让你娘洗一下就是！"

"我就这身外出行头，先看看沾了啥再说！"宋龙拿起手电，朝衣角照了照，就在灯光接触的瞬间，那不规则的图案，竟发出了淡淡荧光，而只要把手电移开，就看不出任何问题。

"难不成……是无色荧光剂？"宋龙将衣服拿起，放在鼻尖闻了闻，"嘿！还真是，味道一模一样！"

"你说啥剂？"见儿子举动怪异，宋呆子走了过来。

"我那汽修店也给汽车做改装，有不少人喜欢在轮毂上涂这种无色荧光剂。这种荧光剂，白天看不出任何异常，可如果到了晚上，用灯光一照，就能发出荧光，看起来很酷炫。"

"酷不酷咱先不说，这玩意儿好洗不？"

"这是油性的，反正用水是洗不掉！"

"那麻烦了。"宋呆子话锋一转，"你小子下次修车的时候，能不能注意点，这年头，衣服可贵得很呢！"

"我修车都穿工装，咋可能穿这身？"

"那你身上这玩意儿是从哪儿来的？"

"我这不也纳闷呢吗？"宋龙端着手电筒，下意识地朝自己刚才盘坐的树下照了照。突然，他发现树根处，也冒出了一点荧光。

"爹，在那儿！我刚才坐的地方！"宋龙疾步走到跟前，拨开落叶，发现接近地面的树根处，竟有一大片荧光。

"难不成是用这个做了记号？"宋呆子将树下的所有落叶清理干净，接着鼻贴地面，像只土拨鼠似的，使劲了嗅了嗅，"咦——有股子臭味。"

循着味道，他爬到树根西侧不到半米的地方。"应该就在这儿！"

宋龙也蹲下身子，仔细瞅了瞅："这里泥土的颜色，好像跟旁边的是有所不同！"

"能在这里做记号，说明下面一定有什么东西。"

"爹，要不，咱挖出来看看？"

"行，来都来了！"宋呆子吩咐儿子，"去把家伙都拿来，看看今晚能挖到啥好东西！"

"得嘞！"宋龙兴奋得手舞足蹈，前后不到二十分钟，他就扛着一个麻袋折返回来。

接过儿子递来的尖头锹，宋呆子使出吃奶的劲，一锹铲了下去，宋龙也不

第二案 夺命毒琴

闲着,父亲铲的土,被他用平头锹快速甩到一边。

宋呆子干了几十年体力活,挖坑自然不在话下,没多久他就觉得锹头似乎撞到了什么硬物,为了防止"宝贝"被铲坏,他慌忙将铁锹抽出丢在地上,接着用双手开扒泥土。

宋龙蹲在父亲身后,父亲每抱出的一捧土,他都会仔细查验,生怕里面夹着"宝贝"。

宋呆子忙活半天,土坑中突然露出一块白色硬物。"我就说有东西!"他兴奋地抄起铁锹,把土坑又扩大了些。宋龙听言,把手中的泥土往地上一摔,几步来到坑前,"爹,发现什么好东西了?"

话音未落,他就看见老爹双眼发直,盯着土坑说不出话来……

"这……这这……"

"我×!"宋龙朝土坑里头一看,被吓得爆粗口,"怎么是具白骨!"

三

专案中心,秘密会议室内,周局和展峰相视而坐。电子大屏上,正放着一段视频,从航拍画面中可以看见,一大片树林被警戒带团团围住,数名身穿防护服的法医,正三五成群地忙碌着。

将画面切到近前,展峰发现,那些被法医围成的圈内都有一个土坑,而坑中暴露的森森白骨,让人不寒而栗。

周局点下暂停键。"今早,部里接到上报:前天晚上,有人在 DF 市瓦当山上挖出了一具白骨。报警后,辖区刑警队了解了大致情况,报案人宋龙称,他和父亲宋呆子均为帝铂半山家园小区在建工地的看门人,他们于当日在监控中发现一形迹可疑的黑衣男子,宋呆子怀疑此人为盗墓人员,随即上山查探,接着,两人在树林中发现了黑衣人用无色荧光剂留下的标记。顺着这个标记,两人在树下挖出了一具男性白骨。

"当地市局接案之后,技术部门按照父子俩提供的线索,在树林中扩大搜查范围,紧接着又挖出了另外六具男性白骨。"

"死了七个人?"算出这个数目,连展峰都有点讶异。

周局点点头:"目前就是这样!"

"有没有扩大勘查范围？"展峰盯着屏幕，沉默片刻，"我是说，会不会不止七具？"

"可能性有，但目前现场还没细致勘查，不好判断！"周局话锋一转，"不过，这桩案子的埋尸方式有些特别。"

"林木间距小，不能横着挖坑，所以只能竖着埋尸，对吗？"

周局微微一愣："没错，确实是这样！"

"侦办条件怎么样？"

"暂时还不清楚，不过从汇报上来的情况看，不容乐观！"

"您想让专案组接手？"

"没错！"周局起身，在屋内踱了两步，而后说道，"帝铂半山家园这个项目的承建方是东胜公司。而且据内部消息透露，帝铂集团和当地政府，签订了互惠协议。政府以较低的价格，把山洼村的地皮卖出去，而作为交换，由帝铂集团出资，对瓦当山进行重新改造，将其开发成一项供当地老百姓游玩的惠民工程。

"之前受疫情影响，项目处在停工状态，就在上个月，当地政府联系帝铂集团，准备重启该项目。而这七具尸体，恰巧在这个节骨眼上被挖出，你觉得，其中会不会有什么猫腻？"

展峰一对剑眉拧在一起："就目前看，我认为这个案子，有三处值得注意的地方。"

"哦？哪三处？"

"首先，埋尸的地方一定经过精挑细选。树林间距较小不能下棺，所以普通老百姓不会选择将先人葬在那里，那么尸体埋在这个地方，就不容易被发现。

"其次，尸体已完全白骨化，埋尸至少已超过一年，过去了这么久，黑衣人还能准确找到地方，说明他对此事知情。

"最后，黑衣人在埋尸处做标记，下一步必然是要起尸。选址时精挑细选，现在又要挖走，显然，黑衣人知道这个地方即将暴露。您刚才说，瓦当山项目开发，还是内部消息，并未对外公布，那么他又是如何知晓的？"

"帝铂集团……东胜公司……"周局嘴中反复念叨，思忖片刻之后，他猛地抬头看向展峰，"鱼线甩了这么久，也是时候紧两下了！你说呢？展护卫？"

第二案　夺命毒琴

展峰嘴角勾起，露出自信的微笑："我觉得，未尝不可！"

"那好，我现在就通知莫思琪，这个案子，由你们914全权接手！"

"收到！"

"另外，S专案组那边进展如何？"

"一切都在按计划进行。"

"友邦佳和医院那边怎么样了？"

"院长及主治医生都已接触上，什么时候开始行动，还在等待时机！"

"能不能钓出大鱼，这一步很关键，千万不能有任何闪失！"

"明白！"

四

深夜，专案中心西南角的犯罪心理研究室，仍然亮着暖黄色的光。

司徒蓝嫣头戴耳机，双目炯炯，正聚精会神地凝视着面前那台笔记本电脑。屏幕上，锯齿状的纹线，随着进度条的前移，每一秒都在来回震荡。

听到关键之处，她还会点击暂停，调出文档，以红、黑两种字体，敲出原音和注解。嬴亮守在一旁，硕大的身子瘫软在靠椅上，要不是司徒蓝嫣反复敲打键盘发出噼里啪啦的声响，他估计早就梦见周公下棋，大战三百回合了。

司徒蓝嫣全神贯注，完全没注意嬴亮昏昏欲睡，当她在末尾敲下最后一段注解后，又滚动鼠标，从头到尾检查了一番，才道："程元鲲的犯罪动机，是多种因素交合而成的，在犯罪心理层面，具备很高的研究价值。"

"嗯？什么因素？"嬴亮从半睡半醒中回过神，双手抓着扶手，顺势将身体往上一撑，端坐起来，这时他感觉精神了许多，紧接着又追问一句，"师姐，你分析出来什么没？"

"从犯罪心理上分析，程元鲲的犯罪历程，可以分为几个阶段。

"首先，自我认知导致的对外仇恨。因意外落水，被傻小孬救起，从而对其心存感激，这种心理转化为他和傻小孬之间的自我认同。然而傻小孬的死，并没有直接导致他的复仇行为，说明这种认同其实是一种被动状态。

"程元鲲和被害人程齐武曾是玩伴，并都以欺负傻小孬为乐，从某种意义上说，在毫无商榷的前提下能够达成共识，他们彼此间才是真正的认同关系。

"在良性心理作用下，少年的程元鲲不会丢失道德底线去对恩人进行欺压。但遗憾的是，他的恩人傻小孬属于弱势群体，他对傻小孬的同情，会误使其他人产生晕轮效应。"

"晕轮效应？"

"没错。"司徒蓝嫣解释，"它是由美国心理学家 H. 凯利、S.E. 阿希等人提出的，是指在人际知觉中所形成的以点概面或以偏概全的主观印象，是一种个人主观推断的泛化。它具有三个方面的特征，遮掩性、表面性、弥散性。

"遮掩性是说，事物的个别特征无法反映事物本质，但很多人习惯以个别推及一般、由部分推及整体。如随意抓住某个或好或坏的特征，就断言某人或是完美无缺，或是一无是处。这一点在青年男女恋爱观中，表现得尤为突出，互有好感时可以做到最大限度的包容，要是印象欠佳则会忽视对方具备的优点，无论如何做、怎么做，都会存在这样或那样的指责。

"表面性，则是说对某人的了解还不深入，尚处于感知阶段，易被表面性、局部性所影响，从而对某人的认识仅专注于某些外在特征上。经研究，人的个性品质或外貌特征其实并无内在联系，可我们很容易把它们联系在一起，以外在形式掩盖内部实质。比如某人只要仪表堂堂，那么很容易被看成正人君子，而实际两者间并无直接关联。

"弥散性，是指对一个人的整体态度，会连带影响跟这个人有关的事物。成语中的爱屋及乌就是晕轮效应弥散性的体现。"

"遮掩性、表面性、弥散性……"嬴亮笑眯眯地注视着师姐，嘴中念念有词。

那花痴的笑容，并未影响到司徒蓝嫣的分析，她继续道："晕轮效应会加速误解的发生，从而导致程元鲲在心理发育的过程中，产生极端的对立情绪。

"被害人程齐武是村里的孩子王，有一群固定的孩童和他玩耍，程元鲲所针对的并不是程齐武一人，而是对整个群体的仇视。这种心理一旦形成，容易致使程元鲲钻入一个怪圈。而可怕的是，他居住在相对封闭的村落，能够引起仇恨心理的群体，每天都在他身边进行反复刺激，导致仇恨的种子像滚雪球一

第二案　夺命毒琴

样越滚越大。父亲被人当众掌掴,更是加固了这种极端心理的形成。

"这个时候,程元鲲已经把自己推向了另外一个对立面,而傻小孬在他心中的位置也由负担转变成了慰藉。可以说,傻小孬最终成了平衡他极端情绪的砝码。

"可能连他自己都不清楚,傻小孬的死,虽然对他来说是一种精神束缚的解脱,但也是仇恨砝码失控的催化剂。

"此时,他的哥哥又被要求放弃上学,出面逼迫的是一村之长,村主任代表的是整个村的权力群体,这种更高一层的压迫,直接导致个人和特定群体之间的冲突发展为个人和社会群体之间的矛盾。

"他将程齐武杀害后切块分尸,抛在村中喂狗,表面看是泄愤,其实是源于他对整个村子的不满。傻小孬被欺负,无人关心;自己父亲被当众掌掴,无人劝说;自己哥哥被逼迫,也无人发声。对这种'事不关己高高挂起'的社会心态的痛恨和复仇欲,才是导致惨案发生的内在原因。"

"明知不对,少说为佳;明哲保身,但求无过。好像现在很多人,都抱着这种心态,明知不对,但为了不给自己带来麻烦,也一声不吭,这就导致社会不良现象无法得到遏制。"

嬴亮的一句话,道尽现实的尴尬。司徒蓝嫣也明白,社会性问题,绝非一朝一夕可以改变,两人无语地对视了片刻,嬴亮突然说了一句:"师姐,你好像有黑眼圈了!"

除了研究犯罪心理,司徒蓝嫣压根就不太在意自己的外表,她抬头看一眼挂钟,随口答道:"快凌晨三点了,展队通知上午十点出差,还有七小时,我睡一觉应该会恢复些。"

"那你用用这个!"嬴亮从怀中掏出一个系着蝴蝶结的礼物盒递了过去。

"这个是?"

"眼霜!祛黑眼圈效果特好。"

"你……为什么会有这个?你们男人,不太用这个吧!"

嬴亮听言,脑中突然闪过隗国安叮嘱的画面。那是专案组从 GS 市返回当天,他刚想去健身,就被隗国安一把拉住。

"你干啥去?"

"健身啊?"

"你小子是不是傻，没看你师姐忙着呢吗？"老鬼满脸的恨铁不成钢。

"我知道，她告诉我了，这两天她准备把上个案子那个程元鲲的心理侧写报告写出来。"

"那你还不去陪着？"

"可我也不懂啊，陪着岂不是干扰她？"

"她戴着耳机听录音，你能干扰个屁！"

"呃……说得好像也对！那我现在就去！"

"回来！"隗国安更气急败坏了。

"又怎么了？"

"以你师姐的性格，最近几天她肯定熬夜，你回头去买个眼霜，瞅准机会送给她。这叫赢在细节。"

"眼霜？这能成？"

"你小子信我的，我虽然过了搞对象的年纪，但这技术还是懂不少的。"

"那买什么牌子？"

"我也没送过，你就照着最贵的买！"

"…………"

"嗯？怎么不说话了？"

司徒蓝嫣的一句反问，将嬴亮的思绪又拉了回来："喀喀，因为知道师姐最近会熬夜，所以……所以……我就顺手买了一个，听柜员小姐说，这个很好用。"

司徒蓝嫣拆开包装："迪奥新款。最近的圣地广场专卖店，距离中心40公里，你怎么顺道，能顺去那个地方？"

嬴亮顿时语塞："这个……那个……"支吾了半天，也没说出个所以然。尴尬中，手机发出声音：支付宝到账，一千二百七十元！

他顿时错愕："师姐，你这是……"

"东西我收了，可石头和嬴叔那边还需要钱，所以……"

"不，那不一样！这是我自己的钱，我……"

"对我来说都一样！"司徒蓝嫣露出一抹微笑，将包装盒重新盖好，转身朝门外走去。

"我不是那意思，我是说价格！"

第二案　夺命毒琴

"你打包时，价签没撕掉。"

"那是原价，我买的时候，商场促销，满一千减五百，我自己还配了双皮鞋！"嬴亮一脸真诚地说道。

五

"我×，你小子真绝了！我看你就是活该打一辈子光棍！"外勤车上，坐在后排的隗国安，手指嬴亮那双擦得锃光瓦亮的皮鞋，恼火道，"哪儿有你这么实诚的？点到为止，点到为止，你到底懂不懂？"

"不懂！"嬴亮无助地搓着手，头摇得像个拨浪鼓。

"人家收了你的东西，就是领了你的情，之所以把钱退给你，是考虑到其他原因，这是两码事。事情发展到这里就可以了，你就不要再节外生枝了呀！"

"话虽这么说，可我怎么能赚师姐的钱？"

"谁让你赚了？你就不能再找个合适的机会，再送个礼物，把差价给补回来？"

"我去！对啊，我怎么没想到！"嬴亮大叫一声！

"你就是个木头疙瘩，你能想到个屁！"隗国安哭笑不得，"这下倒好，你一句话闹得，成了你师姐给你买了双皮鞋，你反倒欠你师姐一个人情。"

嬴亮听言，朝前排悄悄地瞅了一眼，发现师姐正好和展峰讨论着什么，压根就没留意到后排的情况，确定"安全"之后，他又把身子缩了回去，冲着隗国安低声问道："可是鬼叔，我觉得，凡事都有两面性。"

"哟嚯，你这榆木脑袋，还开始玩哲学了，怎么个两面性，你说说看。"

"你看，如果我昨晚选择不说，我心里过意不去，以我的性格，早晚会憋出病来。而我说了，反倒坦然了，至于这双皮鞋的事，我可以事后再弥补。反正欠人情的是我，主动权在我这儿！我再回报呗！这也有个由头……"

"这！不！一！样！"

"怎么就不一样了？"

"一个是甜甜的爱，一个是被迫接受，这能一样？"

"喀喀喀！"嬴亮差点笑出眼泪，"鬼叔，你从哪个地摊上买的爱情小说？还甜甜的爱……"

"你小子还敢嘲笑我！"隗国安甩了甩头上的稀毛，"你也不算算你都追你师姐多久了，到现在还是光棍一个，是谁给你的自信在这儿笑我？我好歹有老婆吧！你婶可是跟我自由恋爱的！"

"对！对！对！"嬴亮双手合十，"我的错，我的错，鬼叔，求原谅！"

"得！得！得！打你的光棍去吧，我是帮不了你了！"

"别啊鬼叔……看在咱俩曾出生入死的分儿上，我的终身大事，你可得帮我操操心！"

…………

历时五小时，在两人插科打诨中，外勤车于下午三点，拐进了DF市市公安局大院。

和刑警支队一把手关阳文办理了案件交接手续后，众人又驱车两小时，赶到案发现场——武南区山洼村帝铂半山家园小区，在建工地。

通过航拍仪反馈回的画面，俯瞰整个瓦当山，形状犹如波浪形的瓦片，而整个山洼村，恰好被瓦当山环抱其中。对比卫星地图，两年前这里还屋舍林立，如今已完全被拆成了一片废墟。

画面中，布满残垣的土地，看起来像一块倒了的奶油蛋糕，蛋糕底座，也就是工地的正北方，建有两间彩板房，那里就是报案人宋呆子父子的居住地。整个工地呈开放式，四通八达，从各个地方都可以到达埋尸现场。

在大致了解了现场外围情况后，展峰看向了工地西北入口处那辆印有"沙子、水泥"字样的五菱宏光。

"关支，自己人？"展峰问。

"是，按市局领导的要求，需对现场进行二十四小时看守。现在那个做标记的黑衣人还不知道是谁，所以还不能打草惊蛇。"

"真是辛苦各位了！"

"这都没啥，我们只不过是出点体力，其实真正辛苦的还是你们！唉……"关阳文叹了口气，"其实说起来，我们的工作存在严重疏忽！"

"哦？这又从何说起？"

"报案人报警时，并没有提及还有黑衣人之事，派出所到达工地后，为了防止现场被破坏，在工地外围圈起了警戒带，并闪烁警灯以示警示。然后，刑警队、技术队，也都开着警车赶了过来。

第二案　夺命毒琴

"我们按照正常的办案流程,先对附近情况进行了解,接着又取了报案人的鞋印、指纹、DNA样本用于排除现场干扰。可就在给报案人做笔录时,他突然提到了黑衣人做标记这一茬。听罢,我们顿时傻了眼,因为那时整个调查工作已经进行了一天一夜,这么大的阵仗,黑衣人恐怕早就被惊动了,所以……我们真的很抱歉!"

"话不能这么说!"隗国安出面打圆场,"正所谓不知者无罪,就算他被惊动,只要我们能在现场提到物证,他一样跑不掉!"

安慰之言,并没有让关阳文脸上的愁云有所消散,作为刑警支队的一把手,他当然是第一个知道详细案情的人,要是案件容易侦破,他也不会这么快把案情汇报至公安部请求支援,能让一个见惯了大案的支队长都感到束手无策,此案的复杂程度可想而知。

沉默半晌,他还是回了四个字:"但愿如此!"

气氛低沉,展峰却已经一字不落地看完了宋龙的口供:"关支,发现黑衣人的监控设在哪里?"

关阳文手指西侧的彩板房:"在那里,报案人宋龙也被我们从汽修厂通知了回来。"

"行!那就先不着急去现场,瞧一眼监控再说。"

…………

彩板房面积约四十平方米,坐北朝南,那扇毫无重力感的泡沫门,就是一道摆设,球形暗锁,也基本不具备任何防盗功能。这是一间小偷不用费心,也能长驱直入的房舍。

进门靠西北墙角摆着一张双人床,各式衣物在床上杂乱堆放;床尾处的矮柜上,放着一台约三十寸的液晶屏,外接鼠标、键盘,屏幕被分为十六小格,每块方格中,都在显示一幅画面。

其中左上、右上、左下、右下的四块方格外被红线标注,其画面呈现的范围,也比其他方格显得要细小得多。

"这是高空球机?"隗国安的手指在四个红格上逐一点过。

"对!"坐在一旁身穿汽修工服装的宋龙回道。

"黑衣人的影像是哪个监控头拍摄的?"

宋龙用手点了左上的1号,以及左下的13号。"就是这两个!"

"怎么拷贝监控内容？"

"可以远程下载。"

"远程下载？"隗国安绕着柜子转了一圈，抓着头问道，"监控的存储设备呢？"

"我也不清楚……"宋龙摇头。

"这监控是谁装的？"

"承包商，东胜公司！"

"能保存多久？"

"据说，是七天吧！"

…………

商务车中，车窗紧闭，专案组全体都在，而司机吕瀚海反而蹲坐在车外。这种时候，他是需要避嫌的，免得案情泄露出去。

"展队。"隗国安道，"听了关支队的案情介绍，我觉得找到这个黑衣人是关键！"

"没错！"众人纷纷点头。

"我刚才查探过，工地安装的只是信号接收设备，真正的存储设备并不在这里！"隗国安打开手机，点开了云台监控，进一步解释，"这个是我安装在我画室的网络监控，我可以通过手机查看、回放以及下载视频影像，而监控录像的源文件，其实是存储在内存卡中。工地的监控设备原理与之类似。要是通过远程下载，视频会被自动压缩，所以要想对监控进行分析，必须找到存储设备上的源文件。"

"也就是说，咱们现在要抓紧和东胜公司联系？"

隗国安看一眼发问的嬴亮，转而又把目光投到展峰身上："刚才报案人也说了，工地监控最多只能保存七天，而黑衣人从第一次出现，到现在已经过去了六天，这件事不能再拖，现场勘查可以往后放一放，为了确保监控不被覆盖，今天工作的目标，就是拿到视频源文件。"

"确实要紧。"展峰表示认可后说，"鬼叔，你是觉得，监控录像有可能消失？"

隗国安翻开笔记本，手指着一串数字："这是我从报案人那里要到的技术员号码，目前处于关机状态。号码用的是移动新号段，以我猜测，这应该是公司统一办理的号码，人一离职，就被注销。亮子。"

第二案　夺命毒琴

"鬼叔，你说！"

"查查机主在用的新号码，用最快的速度和他联系，问出监控主机到底在哪里！"

"这个简单！"

"另外展队，咱们可不可以再动用一下私人关系？"

"找谁？"

"这是帝铂集团的项目，东胜公司是承建方，两个公司合作这么久，指定有千丝万缕的联系，上回请咱吃饭的韩阳，既是集团高管，又是亮子师兄，能不能让他出面协调一下。"

"我们调监控正常走法律手续，让我师兄协调干啥？"

想起路上那番关于爱情的争论，隗国安就气不打一处来地指着窗外："现在是下午六点，眼看太阳就要落山，早过了下班的点，再过六小时，如果调不到原视频，系统就会自动覆盖。还有，今天是周五，卡在这么个节骨眼上，你觉得按照正常途径，咱还能拿到视频吗？"

"好像也对！"嬴亮挠挠脑袋。

"我刚才就在琢磨，目前最保险的办法，就是由韩阳出面，联系东胜总公司，让他们从后台把监控录像给备份好，我们带着法律手续过去拷贝！"

"我觉得这个方法可行！"隗国安还没来得及征求意见，展峰就给出了肯定的回复。

嬴亮有些难以置信，毕竟像展峰这种死脑筋的人突然开窍，不亚于铁树开花，于是他追问一句："展队，你真的同意动用私人关系？"

"案情紧急，只能特事特办！"展峰瞥他一眼，"你没问题吧！"

"那我先查技术员的新号，还是联系我师兄？"

"有近道，干吗绕弯路，直接联系韩阳吧！"

"行！"嬴亮掏出手机，熟练地拨出一串号码。

在"嗯""啊""嗯""啊"的交谈后，嬴亮很快挂断。

"韩阳怎么说？"

"师兄向来和咱们警方配合良好，他说没问题！"

"那就好，那就好！"隗国安拍拍胸口，那颗忐忑的心终于放了下来。

"师兄还问，视频是调好了给咱们发过来，还是我们自己去取？"

"存储设备在哪儿?"

"就在省城的分公司。距咱们这儿不到 300 公里!"

隗国安听言,打开窗户,伸出脑袋:"喂,秋名山车神!"

吕瀚海像只老鹅似的昂起脖子:"干啥?"

"过来说!过来说!"隗国安冲他勾勾手。

吕瀚海啐掉口中的草棒,捡起地上的布鞋,在花池子沿上用力地摔了摔,接着把布鞋往脚上一套,起身走了过去。

距车窗不到半米的位置,他突然停下脚:"到底啥事?"

"你站那么远干啥子?"

"你有口臭,你自己不晓得?"

"得得得,现在不是贫嘴的时候,300 公里,到省城需要多久?"

"不限速,走高速最多两个小时!"

得到答案的隗国安,把车窗一关,重新坐了回去,也不管吕瀚海一脸蒙地在外面指天骂地。"时间还比较充裕,我觉得还是亲自跑一趟比较好,要想对视频进行分析,必须弄清楚设备型号及工作原理。条件允许的话,我可能还要做一个远程实验!"

"行,那我陪鬼叔跑一趟,蓝嫣和嬴亮暂且留下!"展峰说。

六

晚上八点,一辆闪烁着警灯的奥迪 A4,停进了中都华府的地下车库。

据导航显示,这里是省城最大的商业中心,各种世界五百强企业在此扎堆,从 3D 实景图上俯瞰,一幢幢摩天大厦鳞次栉比,颇有点未来城市的感觉。然而,万花丛中一点绿,在林立高楼的簇拥下,一座带院子的四层小楼独自美丽。

要不是吕瀚海在电话中反复确认,他压根不相信就这么个不起眼的民间宅院,竟有一个超级大气的名字——中都华府。隗国安却反驳说,这就好比北京南锣鼓巷的四合院,绝对是物以稀为贵。

事先有过知会,两人到来时,身穿唐装的接待,已站在电梯前等候,展峰通过胸牌看见她名叫武丽。一番客套,三人进了电梯,隗国安注意到,指示灯

第二案 夺命毒琴

共五枚，分别为 -1、1、2、3 及字母 B，武丽手持一金一红两张电梯卡，待电梯门关严，她将金卡靠近感应区，标注字母 B 的指示灯就亮起了黄色的光。

"做生意的好像都不怎么喜欢 4。"隗国安没话找话。

"好像是……我也不是太清楚。"武丽一开口，隗国安就知她是个"老接待"了，不该说的不说，不该问的不问，哪怕是众所周知的事，也是回答得含含糊糊。单从这个细节不难看出，东胜的公司章程相当严谨，只是……一个公司，为什么连接待的嘴巴都这么严实？

伴着"叮"的一声脆响，还在揣摩的隗国安走出电梯，跟着武丽来到了前厅，这里的布局有些像宾馆前台，只是装修风格更加古色古香，抬头是一个木质牌匾，"东胜集团"四个苍劲有力的鎏金刻字，跃然于上。

牌匾下方设有一张红木雕刻的弧形木桌，另外两位和武丽同样打扮的年轻女子，正端坐木桌前，冲众人微微勾起嘴角。那一颦一笑颇有点大家闺秀的味道。

在武丽的引领下，两人在前台递交了法律文书并登记了个人信息。烦琐的手续告一段落，她又将二人领到了一扇贴有防窥膜的玻璃门禁前。这道门禁设于走廊前端，左手边的公共墙面上，装有一个 ipad 大小的平板显示器，武丽将右手放置在屏幕中间，一道蓝光缓缓滑过，门禁这才自动打开。

朦胧的灰色玻璃从眼前撤开，脚踩地毯的隗国安顿时随之换了一种心境，在这条望不到尽头的走廊里，亮着淡黄色的光，墙面特意做了镂空设计，一尊尊形态各异的佛像雕刻，仿佛量身定做般镶入墙体，空气中弥漫着一股淡淡的清香。置身其中，会让人产生一种"洗尽铅华始见金，褪去浮华归本真"的意境。

因为时间宽裕，隗国安倒也不急，背着手慢悠悠地跟在武丽身后，饶有兴致地欣赏着那些神态各异的造像。

"这个是弥勒佛。"没走两步，他又道，"那个是卢舍那大佛，传说这尊佛像，是仿照武则天的容貌雕琢的！"

隗国安边走边点评，在前面带路的武丽，时不时还礼貌性地插上两句话，介绍佛像渊源。足以见得，这里的佛像绝非一般装饰，而是有着特殊的意义。

沿着走廊来到尽头，武丽在项目经理的房门前止步，她没有着急推门，而是略带歉意地解释了一番："今天我们公司法人徐总不在，他委托项目经理庞总负责接待！"

"咱就来调个监控，谁接待都无所谓。"隗国安看了一眼展峰，"不行你去跟这个庞总唠唠，我直接去调监控呢？"

"我没问题！"展峰看向武丽，"可以吗？"

"您稍等，我去请示一下庞总！"武丽说完，将木门推开一个小缝，那缝隙刚好可以容纳下身材纤细的她进入。

前后不到半分钟，她又从门缝中挤出来："庞总说可以，展警官请进屋稍做休息，我带隗警官去机房。"

言罢，两人的身影，很快消失在走廊的拐角。展峰抬起左手，不经意揪了揪自己的耳垂，很快又放下了手。

就在他刚准备叩门之际，那扇双开木门突然被拽开，立于门缝间的，是一名戴着口罩的男子。展峰一时间很难看清他的面目，不过对方下巴上那枚无法完全被口罩包裹的刀疤，还是吸引了展峰的注意。两人只是短暂地对视了一眼，展峰就很自然地转移视线，朝屋内看去。

这是一间坐北朝南，以中式装修为主基调的办公室，面积有百余平方米，一排形似古董架的书柜占满了整个西墙，书柜的东侧，是一张雕刻精美的木质办公桌。沙发、茶几均摆在东墙，除此之外，房间内没有其他多余摆设，所以放眼望去极为空旷。

如果非要找出这里和普通老板办公室有什么区别，就只能把目光放在这里的家具布局之上。这里看起来犹如中式水墨画，寥寥几笔，毫无浓墨重彩可言，但就是给人一种简约而不简单的感觉。

归其缘由，可以用两个词总结——精致、考究。仿似大牌服装，没有浮华的点缀，但能给人带来不一样的质感，显然是名家手笔。

靠在办公椅上的中年男子，并未料到门会被突然打开。

他神情一凛，用近乎责怪的口吻对着口罩男高声道："怎么干事这么冒失，出门前不会先拉开缝看看有没有人？"

一番训斥后，他起身笑容可掬地走到展峰面前，上下打量了一番，展峰察觉他看自己的目光极为熟稔，带着些长辈看晚辈的意味。

"我以为你们要办完公事才会到我这里。"

"来这里，也算是公事。"

"哦？展队好像话里有话吧？"

第二案　夺命毒琴

展峰和他对视几秒，平静地回道："庞总不要误会，我是说，来您这儿对接，也算是公事！"

"展队，你说话不要大喘气好不好！"庞虎将他领进屋，安排在茶座前坐下，"你可是警察，闹得我还以为犯什么事了呢？"

看着庞虎熟练的沏茶动作，展峰慢悠悠地问了句："庞总，说来我们好像是第一次见面，您怎么就知道我姓展？"

庞虎手一顿，不过刹那间又恢复了平静，他毫不躲闪地直视展峰："你还真是贵人多忘事，刚才你和隗警官不是在前台做了登记？"

展峰从他手中接过茶水，放在鼻尖嗅了嗅："上等的普洱，好茶！"

"哦？"庞虎用欣赏的眼光打量着展峰，"像你这么大年纪的，懂茶的好像不多！"

"过奖！"展峰将紫砂茶碗放下，"有个问题，劳烦庞总解答一下？"

"哦？什么问题？"

"您为什么叫我展队，却叫我同事隗警官？"

庞虎端起茶碗的手，再次停在了半空。他那双注视展峰的眼，陡然间露出一道凛冽的寒光，然而只是一瞬，笑意就将之掩去。他举杯一饮而尽后，不拘小节地用袖口擦了把水渍，大笑道："我要说是我猜的，你信不信？"

"为什么不信，毕竟庞总这么大的产业，总要和我们这行打交道，慧眼如炬，也没什么好奇怪的。"展峰也端起茶碗痛饮。

"哈哈哈！"庞虎笑声爽利，"我就喜欢和聪明人打交道，展队，我很欣赏你的性格！说实话，我可是很想交你这个朋友！"

"我也是！"展峰话锋一转，"不过初次见面，刚闲聊两句，就以朋友相称，似乎有些不合适吧！"

"情侣之间，尚有一见钟情，意气相投，见一面就成好友，不足为奇！"

"庞总说得很有道理！既然是朋友，您不会不知道，朋友之间讲究的是坦诚相待，跟我做朋友，庞总可得做好准备。"

"有意思，有意思。"庞虎又给展峰斟了一杯，"要是我说可以呢？你今天想问我些什么？"

展峰端起茶碗回敬："今日公务在身，我相信日后有的是机会，如果庞总是真心想交个朋友，以后有的是机会推心置腹。只是希望到时候，庞总还记得今天说过的话。多谢您的普洱，告辞！"

展峰离开时，发现刀疤仍在门外看守，他并未停留，而是大步离开。

"老大，展峰这小子和您单独见面，到底几个意思？"

"具体不清楚，不过他对我应该有所注意，大概是觉得我瞒着他什么事。"

待敦实的房门被刀疤重新关上，庞虎慢悠悠地从怀中掏出一把木质烟斗叼在嘴中，他惬意地跷起二郎腿，望着门的方向，悠悠自语："这小子跟小时候简直判若两人，等到他哪天知道了实情，真不知道是谢我多，还是恨我多。"他挠了挠头顶，浅浅一笑，"唉！希望没有那一天吧！"

言罢，他冲刀疤使了个眼色，后者会意，走到书柜前，将一个不起眼的摆件左右各拧了两圈。

伴着一阵齿轮声，一位身穿西装的男子从暗室中走了出来。

"虎哥，第一次正面接触，你对展峰感觉如何？"

"是个干大事的人！小小破绽，都能被他抓住重点。"他起身走到男子跟前，用手拍了拍他的肩膀，语重心长地道，"韩阳啊，我觉得你似乎低估了这小子的实力，我看，你最好少跟这小子过不去。"

"在警校，他的科考成绩，可远不如我，虎哥这是何出此言呢？"

"哈哈哈！"庞虎笑得嘴都咧到耳根了，"成绩？在这儿还拿成绩说事？"

"警务缉查能力，的确要看成绩，怎么？"

"没什么，只是……"庞虎突然变脸，冷冷地道，"抛开成绩不谈，我对展峰的了解远比你深，所以，就我看来，你的某方面实力，可能不如他！"

韩阳眯起眼："说不定，是虎哥你有些偏颇了！"

"有句话怎么说来着，江湖不是打打杀杀，而是人情世故。你的优点是做事干脆、利落，但你的问题在于，遇到事情，你比展峰要急切得多。人啊！要是着急，做事就难免没有那么周密。说起冷静克制，还有能等这一点，展峰可是要比你胜上一筹。"

"哦？是这样吗？"韩阳点点头，"仔细想想，好像虎哥说得确实有些道理。只是有时候，没有那么多时间……也有句话说'天下武功，唯快不破'，想得多，可能会错失机会。"

"不扯别的了。"庞虎摆摆手，"刚才的对话，你也听到了，作为曾经的警校高才生，你怎么看？"

第二案　夺命毒琴

"他在怀疑你对他进行了调查，你也在故意试探他是不是掌握了你的一些事。不过……"

"不过什么？"

韩阳踱步绕过庞虎，来到茶桌前自斟一杯："不过你们俩其实想的不是一件事！"

"哦？此话怎讲？"

"以我对展峰的了解，只要有一点线索，他就能跟蚂蟥似的死叮不放！如果你被他抓到小辫子，他不会像今天这样过来，而是暗中收集线索，务求不会打草惊蛇，一击必杀。所以，听他刚才的口吻，他对你的怀疑，应该是和工地的案子有关，他觉得你对工地的事提前了解，而且对警方有所忌惮，可能不太想和他配合。"

"工地的案子？刚发生的那个？"庞虎皱眉。

"没错！"韩阳抬起茶碗，一口饮尽。

"那个案子跟我有什么关系？他们不就是来拿个监控吗？"

"怎么没关系？"韩阳放下茶碗，分析道，"受疫情影响，工地停工那么久，现在刚传出要开工，就发现了七具白骨，哪儿有这么巧的事？"

"巧吗？"庞虎道，"这事我可是真不知道啊！"

"话虽如此，虎哥你又怎么证明你的清白？那个做标记的黑衣人到底是谁？他是受谁指使？"韩阳一双鹰目直逼庞虎，"如果我是展峰，我也会怀疑此事和你有关！"

"韩阳！注意你说话的分寸！"刀疤在一旁嚷嚷，气血上涌，让他脸上的疤变得通红。

韩阳没有理会："我既然是帝铂集团的高层，就算是得罪人，有些话我也必须说在前头，项目是我们集团拿下的，如果此事和虎哥你有关，那就最好把它处理干净，不要给老头子带来烦恼。"

庞虎并不动怒，只是点点头："这事你放心，我说没有，就铁定没有。你说得也很有道理，警方追查这件事，我会和他们好好配合，毕竟关系到集团的项目嘛……"

"那就好，虎哥自有定夺，不过……"韩阳轻笑一声，"至于我怎么对待展峰，那是我和他之间的事，我们这些小辈的事情，就不劳烦虎哥操心了。"

说罢，韩阳转身就要离去。

"韩阳！"庞虎在身后叫住他，"年轻人有性格是好事，但我也奉劝你一句，就算你看展峰这小子不顺眼，也最好别动他。否则……或许你会惹上大麻烦。"

"哦？是吗？"韩阳不以为然地挑眉，"行，虎哥的话，我听见了。"

韩阳嘴角一勾，也不管庞虎做何反应，大步走出门外。庞虎站在落地窗前，直到韩阳的那辆奔驰轿车挤入车流，他才长叹一口气道："听见了，可不表示能听进去！希望老头子没选错了人……"

…………

与此同时，几百公里外，那间幽深的房间里突然响起一声提示音。黑暗中，一个身影突然蠕动起来，很快，一道亮光让屋内重新恢复了生机。

敲击键盘的声响，此起彼伏，没过多久，屏幕上突然出现了一个淡蓝色的方框，室内仅仅安静了几分钟，敲击键盘的嘈杂声又响了起来。

那些用奇怪符号组成的代码，被他不停输入方框之中，不知过了多久，随着重重的一声回车，命令开始执行。

屏幕在蓝屏和黑屏之间不停切换，直到电脑重新安静下来，画面最终定格在了一串字符上。

那黑影只扫了一眼，就抬手关掉了电源，他，再次融入黑暗。

"游戏终于要开始了吗？有意思，有意思！"

他的声音中，竟然充满了快意和期待！

七

将视频源文件拷贝、分析，再做比对实验，就算是马不停蹄，隗国安也足足用了两天才算告一段落。在此期间，市局组成的联合调查组，并未找到关于黑衣人的消息，至此，所有残存的希望都已破灭，打草惊蛇已是不争的事实。

展峰觉得既然狐狸已跑，那就只能放弃幻想，从现场寻找线索。为方便检验和勘查，他命吕瀚海将外勤车开进工地，并调用推土机，清出了一块平整的空地临时搭起帐篷，用于白骨尸体的检验。展峰的调度在外人看来，颇有点要

第二案　夺命毒琴

死磕到底的意思。

临时用帐篷搭起的调度室内。

嬴亮按照隗国安的要求操作电脑，很快，一张航拍取样后的3D实景地图被显示在了屏幕上。其中绿蓝两色，分别代表西侧的瓦当山及东侧的在建工地，两者之间，夹着一条黄色的线条，它就是报案人宋龙父子上山的那条小路。

工地的四个方位，分别用字母A、B、C、D标注，从地图上看，A、B代表西北和西南，D、C则代表东北和东南。另外还有一个字母E，代表报案人的登山口。

"在建工地安装有多个监控，但其监控的范围全部对内。"隗国安拖动鼠标点击A、B两点，此时屏幕上出现了两个以字母为起点的紫色扇形，其中99.9%的区域，均覆盖在工地内部，只有边缘处少许部分和黄色小路相交。

隗国安道："工地共安装十六枚监控，只有西北和西南的高空球机可以看到黑衣人的身影。图上显示的，是我经过实地测量后确定的监控拍摄范围。"他指着那条小路，"我打电话询问了东胜公司负责施工的经办人，他们说这条路之前没有，是新修的一条地界，用于确定具体的施工范围。将来在项目正式启动时，还要以此为基点，修一道围墙，防止山体滑坡。

"这条地界在施工图纸上有具体的标注，全长2968米，呈弧形，如果以北端为起点，越靠近北端越直，越靠近南端越弯。E点位于2136米处，正好是一个弧形弯角的顶点，比对施工前的卫星地图，曾有村民在此修建了多个粪池，用于沤制肥料，因此，这附近的植被生长得都相当茂盛，从这里登山更为容易。技术室的民警，在沿途的树枝上提取到了手套及衣服纤维，由此可以判断，黑衣人确实是从E点途经的。"

隗国安点击鼠标，在E点上标注了一个醒目的五角星，接着他又拖动鼠标，将E点和监控B点相连，松开鼠标时，线段被显示成了灰色。"经测量，这段距离，有463米，为监控盲区。"说着，他继续按住鼠标左键沿着小路向北拖动，当线段上的数值显示为112米时，他松开手指，这次线段被显示成了红色："西南B点监控在这一段距离上捕捉到了黑衣人的身影。"

一段截取好的视频被插入进来，画面中，一斜背黑色筒状物的男子，正快步向北走去，视频虽经过处理，但依旧十分模糊。更让人绝望的是，此人几乎

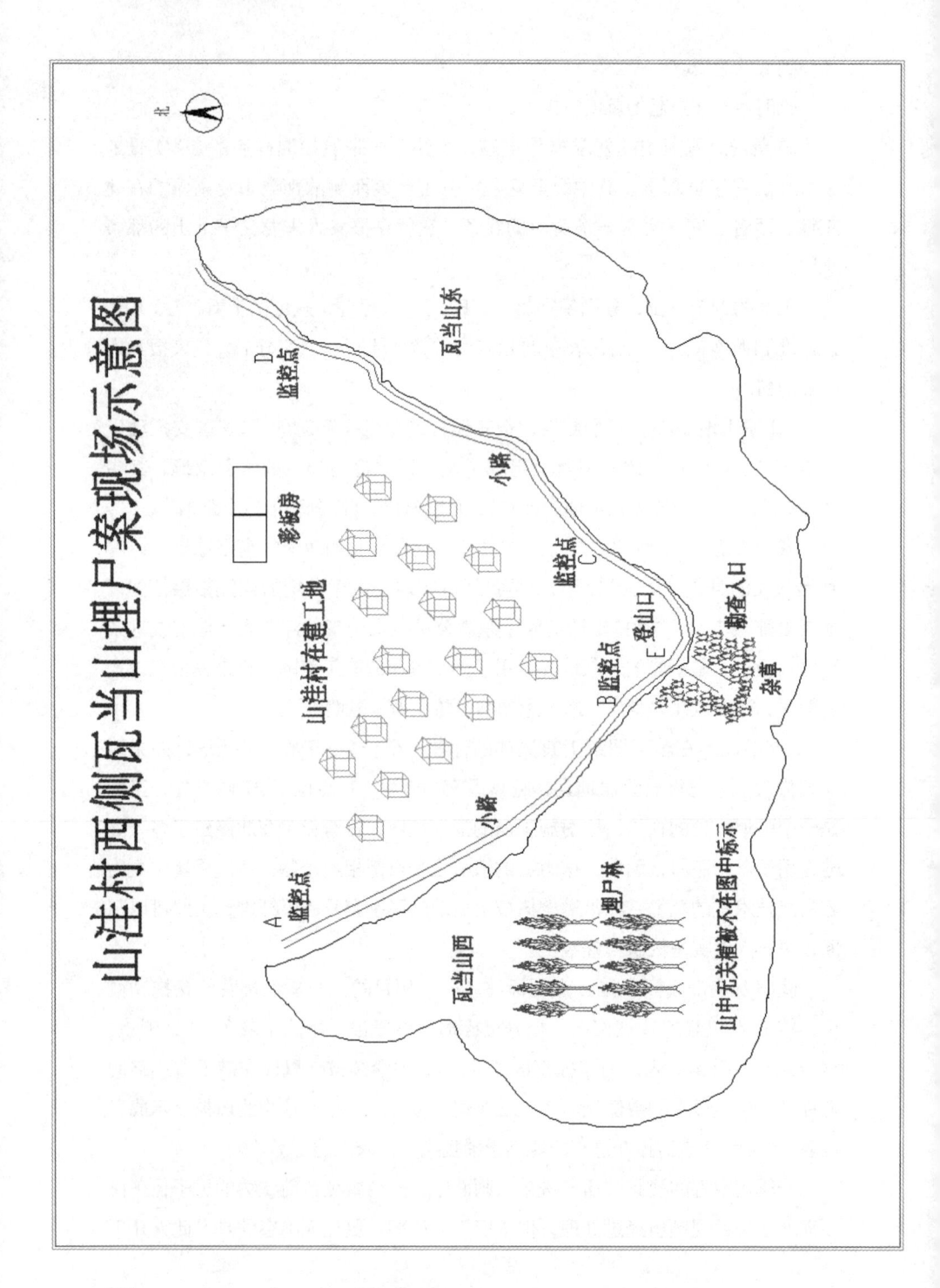

山连村西侧瓦当山埋尸案现场示意图

第二案 夺命毒琴

武装到了牙齿，黑衣、黑裤、黑鞋、黑色棒球帽，脸上还挂着一个黑色口罩。除了能看清他是个人，就连最基本的性别都无法分辨。

"球机挂得高，我把源文件多次处理，效果依旧不佳。"隗国安解释一番，接着把鼠标拖到了 A 点监控处，这次他反向操作，由北向南拉线，当线段上的数值显示为 88 米时，他松开了鼠标右键。

"这是西北 A 点监控捕捉到的黑衣人画面。从监控上可以看出，他此时低着头，弓腰向前行走，而且前后两天都这样。我怀疑他应该发现了 A 点的高空球机。"

嬴亮在另一台电脑上调出了无人机拍摄的高空画面，他指着树杈上的"鸟窝"："要不是报案人宋龙说，我都不知道这是监控，都伪装成这样了，而且树还这么高，黑衣人是怎么发现的，他难不成带着望远镜？"

"盖子没揭，一切皆有可能！"展峰凝视屏幕，说了一句。

司徒蓝嫣补充道："从视频上能看出，黑衣人低头，用手挡住脸部，如果只有一组视频这样，或许可以理解成巧合，但前后两天如此，那足以证明，他是在故意遮挡。不过，我不认为他有那么高的警觉性。"

"哦？从哪里看出来的？"隗国安问。

司徒蓝嫣让嬴亮将两天内的四段视频调出，在屏幕上同时播放："黑衣人从 E 点出来时，行走步态比较稳健，能够看出，此时他并没有任何遮掩动作，当其一直向前，快要走到北面路口时，他才下意识出现伪装行为。与其说他是有意而为之，倒不如说这是一种未知危险的自我保护心理。要知道，报案人一家就住在北面，他这么做，极有可能防范的是人，而非监控。"

"有道理！"

司徒蓝嫣问："鬼叔，视频有没有延展？现场的监控条件虽然不怎么好，但不代表外围监控也是这样。"

"这项工作市局早就做了，不过因为瓦当山尚未规划，附近的村子也都比较落后，和城区相比，这里的基础设施较为薄弱。可以这么说，以案发现场为圆点，存在 3 公里以上的监控盲区，根本没有办法对黑衣人进行视频追踪。"

"那就奇了怪了！"司徒蓝嫣秀眉一紧，"四段视频记录的都是黑衣人离开时的影像，也就是说，他来时，并不是走这条路，而延展的视频也没发现他的身影，说明来的路没有监控，而离开的路存在一定的风险，那么他为何不原路返回，却冒险走这段路呢？"

"对呀？为什么呢？"嬴亮也纳了闷。

"可能是这个原因！"展峰手指黑衣人的裤角，众人也都顺着他的指尖瞧了过去。

"这里粘的是什么？"嬴亮快速推动鼠标滚轮，将图片局部放大，"细长细长的，看得不是很清楚。"

"是松针！"展峰解释，"松树是喜阳植物，以山的阳面生长居多，这是前提。咱们再看天气，目前正值秋季，空气较为干燥，清晨室外气温在10摄氏度以下。从视频上可以看出，黑衣人所穿的是一套较为厚实的运动服。我注意到，他在行走的过程中，关节弯曲处出现褶皱，说明衣服面料较为柔软。市局技术室在沿途植被上提取到了纤维物证，经检验成分为天然棉纺。由此可以判断，黑衣人穿的是一套纯棉运动服。这种使用棉花为原料，经纺织工艺生产出的面料，具有吸湿、保暖、耐热、耐碱等特点。不过纯棉布料因棉纤维较长，要是长时间交替行走，会产生剧烈摩擦，导致电荷重新分布形成静电，摩擦的频率越大，静电产生的电场也就越强。当一个带有静电的物体靠近一个不带静电的物体时，因为静电感应，不带静电物体内部电荷会发生变化，从而表现出静电吸附现象。

"黑衣人裤脚粘了大量松针，说明他曾在山的阳面长时间行走，也就是说，他的来去路线，是从南面上山，接着下至埋尸林，最后从工地小路离开。山的阳面，常年有人行走，所以容易攀登，选择这条路线，最为省力。"

"黑衣人考虑的不是规避风险，而是最为省力？"司徒蓝嫣捏着下巴，仔细揣摩着其中的深意。

"师姐，难道说，里面有道道？"

司徒蓝嫣道："动机决定行为，而风险的高低又决定了行为方式。黑衣人能想到把自己捂那么严实，说明其具有一定的反侦查能力，如果埋尸林的七具尸体和他有直接关系，那他有几条命都不够赔的。在性命攸关的前提下，大部分人都会谨小慎微，仅仅为了节省体力，他放纵危险发生，这恰恰说明，在他的心理预估中，他觉得就算被发现也没什么大碍。所以我推测，林中七人的死可能和黑衣人无关。"

隗国安问："也就是说，他只是受人委派，前来做好标记，把尸体全部找

第二案 夺命毒琴

到，回去后再做下一步打算？"

"我觉得，很有可能！"

"那就奇了怪了！"隗国安挠挠头，"这可是七条人命，谁会傻到把这么私密的事告诉其他人，这不就等于把自己的把柄暴露了？"

展峰的目光缓缓移向嬴亮："如果对方来头足够大，黑衣人不敢张扬呢？"

嬴亮听出这声音是冲着自己而来的，他循声望去，刚好和展峰对视，他疑惑了片刻，可转念一想，突然明白了展峰的意思，他错愕地问道："展队，你是不是在怀疑，这案子和帝铂集团有关？"

"只是觉得，这事相当凑巧！"展峰并没否认，"部里通过关系，打听到了还没对外公布的项目细节，原本山洼村改建和瓦当山惠民工程是捆绑作业，但因为疫情影响，整个项目全部停工，东胜公司因疫情导致资金周转出现问题，于是向政府提出先开发山洼村，等房子建好，回笼一些资金，再开启瓦当山项目。

"然而当地政府担心，一旦房子售出，他们就失去了最重要的砝码，所以始终没有同意要求。这也是疫情5月份就完全结束，项目始终没有启动的真正原因。

"帝铂集团考虑到，再僵持下去也不是办法，如果当地政府失去了谈判的耐心，有可能会导致一些不利的连锁反应，于是双方代表在月初开了一个座谈会，会上约定，瓦当山及山洼村项目，将在本月底准时开建，届时还要举行奠基仪式。今天是20号，距离月底仅十天，黑衣人在这个节骨眼上出现，是不是太过巧合？"

"确实有点！"隗国安跟着推敲起来，"我问过东胜公司的项目经理，整个拆迁过程一直持续到年初，而疫情暴发恰好也是在年关，这期间没有挖尸，是因为全国封锁，行动不便。而疫情过去之后，瓦当山项目是不是开工还两说，在此事落定之前，也不用这么着急，可这边刚敲定，那边黑衣人就出现，确实太过巧合。"

"我有个疑问。"嬴亮道，"项目是帝铂集团和东胜公司共同建造，尤其是东胜公司，作为具体的参和方，市政府的座谈会，他们难道不派代表到场？"

"那肯定会派！"隗国安接话道。

"如果是这样，我倒觉得有多种可能，两个公司其中一方知情，或者两方都知情，再或者……"嬴亮本想再补一句"双方都不知情"，毕竟进组这么多年，他已见惯了太多的幺蛾子，思忖之后，他也找不出支撑这个结论的理由，所以最终还是没说出口。

"哟嗬，你小子什么时候变得这么严谨了？"隗国安笑嘻嘻道，"这两天我都在和东胜公司的负责人联系，不管是调取监控，还是询问项目情况，人家都很配合，我倒觉得，他们知情的可能性不大。"

"我们有正规的法律手续，这种浮在面上的证据，他们如果遮遮掩掩反而暴露了自己。相比之下，我倒是觉得东胜公司的可能性较大。"

"哦？怎么说？"

"刚才师姐推断，黑衣人返程时选择危险系数较大的路，是因为他并不担心被发现后会承担相应的后果，那么他这种坦然，是不是因为他提前知道了情况？"

嬴亮手指屏幕："伪装监控头，不靠近观察，基本分辨不出。如果他捂脸经过A点，并不是出自本能的自我保护，而是有人告诉他，这里有监控，让他注意。这种可能性，会不会也存在？"

司徒蓝嫣思忖片刻，点头道："确实存在！"

得到师姐的肯定，嬴亮继续道："监控是东胜劳务所装，他们清楚只有高空球机可以拍到这条地界，而球机因覆盖面广，视频较为模糊，就算被我们调取，也不可能看到黑衣人的长相，所以黑衣人选择这条省力的下坡路，在他们看来，其实并没有多大的危险性。

"他们的最终目的是移走尸骨，如果从山的阳面走，极有可能会遇到上山的行人，现在自媒体这么发达，假如被行人拍到照片发至网上，很容易暴露行踪；而如果走山的阴面，相对就安全得多，毕竟那里只有宋龙父子，他们又是受东胜公司雇用的。

"另外，你想过没有，黑衣人两次前来，只是做了标记，并未开挖尸体，这是为什么？"

"为啥？"

嬴亮回答隗国安："这是因为，不管是偷偷挖，还是公开挖，七具尸体，都是不小的工程。宋龙一家就在工地上生活，就算在夜间起尸，对方肯定也做好了被发现的准备。要怎么做到万无一失？最简单的方法，就是找个借口，把

第二案 夺命毒琴

宋龙一家暂时调离，比如，送出去免费旅游一趟或者参加什么活动，这些方法全都可以。而这种借口，只有东胜公司最适合提出。可巧就巧在，黑衣人刚做好标记，就被宋龙父子俩发现，紧接着他们又报了警，导致计划被全盘打乱。

"当然，帝铂集团也可能会指使东胜公司做这件事，但换位思考，帝铂家大业大，会不会把这么致命的把柄，告诉一个合作的小公司？"

隗国安起先还有些调侃的心思，毕竟他知道，嬴亮和韩阳关系并不一般，他想以此来刺激嬴亮，报路上被嬴亮嘲笑之仇，可他越听，就越觉得嬴亮的话有理有据，并不是为了袒护韩阳而找的借口。当然，他也了解嬴亮的秉性，就算至亲之人犯了法，嬴亮也敢大义灭亲，更何况师兄弟。听到这里，他十分信服地点头道："亮子说得很有道理。"

说完隗国安又看向展峰，心想，展峰是队长，他的想法可比自己这个老家伙要紧。

后者会意，也跟着点点头："亮子的说法，确实也能说得通。当然也有例外，或许和两个公司都无关呢？还要看最终调查结果。"说完，他问隗国安："鬼叔，比对实验得出什么结论？"

隗国安调出视频："A 点监控，黑衣人有伪装行为，不具备实验条件。因此，我截取了 B 点拍摄的内容，作为视频实验的参照组。

"首先，我选取了黑衣人的四肢及头部，作为模点，通过视频软件，制作出了他自然状态下的行走模型。接着，我又让亮子沿着其轨迹行走了一遍。通过比对两者的动态模型，我发现，相比左脚，黑衣人右脚迈出的步子较短，说明右脚有负重，且重量不轻。而黑衣人身上背负的黑色筒状物比鱼竿筒还要小一些，因此，我有理由怀疑，他斜背的东西，大概率是金属物，以亮子的体型，只有负重超过 40 斤，才会出现此特征，我由此推断，黑衣人的负重应在 20 斤以上。

"其次，亮子的身高是一米八二，实验时的穿鞋身高在一米八五，据路边的参照物，计算出黑衣人的穿鞋身高在一米七五左右。"

隗国安言罢，展峰双眼凝视那段监控视频，并未发声，熟悉他性格的人都知晓，他此时必然发现了某个关键问题，因此，众人都非常有耐心地在等待他接下来的推论。

果不其然，当视频被反复播放三遍后，他终于开了口："B 点监控的覆盖范围共计 112 米，黑衣人在负重的情况下，共行走了 142 步，平均每步约 79 厘米。这个步长，比高个成年男性[1]平均步长还要略长。再加上黑衣人处在负重状态下，足以说明，他有较为充沛的精力，从而可以推断，黑衣人为青壮年男性。"

八

专案会还在继续，帐篷外，吕瀚海早就急得抓耳挠腮，山洼村地理位置偏僻，手机信号时断时续，一集四十分钟的电视剧，愣是播了两小时还在缓存。他本以为宋龙家会安装无线网，可希望还是被现实打败。他只能端着手机，到处溜达找信号，直到他来到专案组的帐篷前，信号标才勉强达到两格。

电视剧刚缓存完毕，专案组恰好鱼贯而出，嬴亮见他鬼鬼祟祟地蹲在帐篷前，先是一愣，而后瞬间变脸："道九，你不老实在车里待着，跑到这里干什么？"

吕瀚海却没有理会嬴亮，直接对展峰举起了手机："我要说，我在缓存电视剧，你信不信？"

"正要找你呢！"展峰微微勾起嘴角，并未把嬴亮的话放在心上，"有个活你干不干？一千元！"

吕瀚海收起手机："这鸟不拉屎的地方，要人没人，要信号没信号，只要不让我闲着，不给钱我也愿意干！"

"那行。"展峰看向嬴亮，"回头给道九找一套现场勘查服，一会儿我们一起勘查现场！"

"什么？"

惊讶的不只是嬴亮，就连吕瀚海也叫出了声。

"我啥也不会，让我去勘查什么现场？"

"让你去自然有去的道理。"展峰一抬手，以一种不允许拒绝的口吻说道，"下午两点光线最好的时候，我们上山。"

…………

专案中心的定制勘查服，看起来有些类似疫情时医生所穿的防护服。不同的是，勘查服更加贴身，且有季节区分，这样尽可能保证了勘查时四肢的灵活

---

[1] 高个成年男性为 180 厘米以上。

第二案　夺命毒琴

性。不过既然是定制，那就免不了量体裁衣，吕瀚海前后比画了半天，也没找到适合他的型号，展峰的太修身，嬴亮的太长，唯独老鬼的型号还凑合可以穿上，不过因为衣服太肥，枯瘦的他就跟被套在气球里一样。

标注为 E 的上山口是一个倾斜六十度左右的土坡，土质呈颗粒状，较为松软，踩踏极易打滑，要是想顺利爬上去，必须拽住旁边的植物。

拿出平板，展峰调出市局技术室勘查现场时的原始照片，逐一比对。"他们在这棵树的树枝上提取到了黑白两种纤维，黑色的刚才已经分析过，来自黑衣人的衣物。而白色为合成纤维，推测对方可能还戴着一副手套，下山时他收了起来。注意，这里不要碰到！"

说完，展峰将平板夹在腋下，拽着左边的树枝，攀上了土坡，有他带路，后面的人有样学样地跟了上去。

从 E 点，爬高约 150 米，就来到了那个埋尸林。

这是一片相对平坦的林地，占地至少一亩以上，数不清的树木笔直地向上生长，抬头望去，高的树木有十数米。在此之前，坑中的尸骨已被市局法医全部挖出，现场只留下放有物证牌的七个土坑。

"九爷对这片林地怎么看？"

吕瀚海拍拍身边的树干，在展峰的授意下，他又撕开一片树皮放在眼前仔细瞧了瞧："嘻！这就是最常见的楝树，这种树看起来比较高大，其实木质很软，不能盖房，也不能做家具，只能当柴火烧。

"楝树生命力很顽强，一般都是见缝插针式地生长，像这么一大片楝树林，恐怕是有人种的！"

"嗯，没错。"展峰又道，"市局技术员提取了这里的土壤样本，经过分析发现土壤淋溶层的酸性较大。"

"啥层？"吕瀚海掏掏耳朵，"我连学都没上过，你别给我整那些'高大上'的，说些我能听懂的。"

"你听不听懂无所谓，关键是我们要懂！"隗国安在一旁笑呵呵地拐了他一下。

吕瀚海不是傻帽，和老鬼厮混了这么久，对方一个眼神，他就知道什么意思，老鬼话里话外无外乎在告诉他"没事别盆"，有台阶下的吕瀚海赶紧回了句："得得得，反正我是个打酱油的，过程对我来说不重要，你们只要告诉我结果就成。"

见吕瀚海老老实实地站在那里不言语，展峰从地上抓了把黑乎乎的土，在手心中捻碎："一到秋天，树林中就会有大量的落叶。这些落叶覆盖在土壤表层，经过较为缓慢的分解，会形成一层落叶残渣，学术上管它叫死地被物层。这层物质会在微生物的作用下形成各种酸性产物，酸性物质会把表层土壤中的矿物分解，使其释放出盐基和金属元素，一遇到阴雨天，分解后的产物会溶于水中，顺着水流向土壤深层流动。

"土壤从上到下，一般分为五层，表面的叫有机落叶层，厚约 10 厘米，再往下，就是淋溶层，一般厚度可达到 25 厘米。能使淋溶层的 pH 值发生变化，说明这些树木已经在此生长了很长时间。"[1]

"大概有多久？"吕瀚海在一旁问道。

"这些树看起来并不是很粗，因为当初种得太密，阻碍了根系汲取养分，不过从土壤的酸碱度分析，这片树林至少有上百年的历史！"

"这么久？"隗国安惊呼。

"没错！"展峰确信地点了点头，"我也搞不清，前人费这么大劲开垦这片林地的目的，所以，想听听九爷的见解。"

展峰这么一说，几人齐刷刷地把目光聚集到了"气球人"吕瀚海身上，后者听言，弯起手掌至于眉前，以一副猴子望月的姿势朝四周瞅了瞅。"展护卫，听你这么一说，我才发现，这里还是片风水地。"

"哦？怎么说？"

"其中的门道，我先不解释，你容我爬到树干上再确定一下。"说着，他看向嬴亮，"肌肉亮，能不能劳烦下去取个云梯？"

吕瀚海进组这么久，在几起案子的侦破上都起到了至关重要的作用，一听里面有门道，嬴亮也没心思去介意外号不外号的事，爽快地问道："要多高的？"

"至少要跟树差不多高！"

"行，你等着！"

见嬴亮的背影已远去，隗国安凑过来问："喂，九爷，你就别卖关子了，

---

[1] 此理论源自本人撰写的小说《尸案调查科》。

第二案　夺命毒琴

这里面到底有啥门道？"

"瞧你心急那样！"吕瀚海撇撇嘴。

"这闲着也没事，你就说说呗。"

"得得得，那我就不卖关子了！"吕瀚海道，"古人有句俗语，叫先种树后修墓。比方说，有人生前看中了一块墓地，为了防止被人抢去，会事先把地给盘下来，像这种在半山腰上的地，最常见的做法就是先把地给平了，然后再种上树，等需要用地时再把树给砍了，这样砍下的木材，一来可以修坟，二来还可以烧成草木灰垫在墓室底层，用于防潮。在此期间，为了防有不长眼的前来挖地修坟，所以树和树之间的间距留得相对较窄。另外，为了证明是有主之地，前人会在树长到一定高度时在树上标注记号，通常都是刻上姓氏。"

"如今这片林子还在，是不是说明，这下边还没来得及修墓？"隗国安问。

"能在半山坡上平出这么一大块地，此人肯定非富即贵，再说了，这里的风水只能说还凑合，并不是绝世好地，弃了不用也属正常。"

正说着，嬴亮已背着折叠梯火速攀了上来，他大气也没喘一下，将梯子拆开。"放在哪里？"

吕瀚海抬头瞧瞧，接着手指林中一棵较为粗壮的楝树，道："一般都是在四周和中间的林木上刻字。外圈林木有被砍的可能，中间一片基本都会保存完好。"

嬴亮也不管这么多，把梯子抽出靠在了树干上，紧接着，他双手扶住梯子两边："能上去了！"

吕瀚海使劲捏捏腿，将勘查服中钻入的空气放出。"老鬼，你能不能减减肥？也不怕老了'三高'。"

"你就别贫了。"隗国安也走了过来，扶着梯子另一侧，"赶紧的吧，一会儿太阳可就要落山了！"

吕瀚海撸起袖子，好让手上的乳胶手套更加贴合，而后他踩上云梯，左右扭了两下身子，确定梯子确实稳固，他才缓缓地向上攀去。

隗国安昂着头，瞅着吕瀚海的屁股一点一点地在视野中缩成巴掌大小，他数着云梯的节数，判断吕瀚海在10米左右的位置停了下来。

"发现什么了？"他昂脸问道。

"跟我猜的一样,上面刻了个'宋'字!这块地,是给一个姓宋的人留的!"

"这就对上了!"隗国安听言,朝众人道,"我之前和亮子在做比对试验时,和报案人的父亲宋呆子闲聊了几句,他说他们宋姓早年是名门望族,往前数多少多少年,他们的祖辈在此当官。之前,在这瓦当山上,还有一座修建气派的宋氏祠堂,后来在破四旧时给拆了,这么看来,宋呆子所言不虚。"

见吕瀚海还站在上面没动静,隗国安又抬头催促:"道九,你干啥呢?难不成在上面欣赏风景呢?这下面可快撑不住了!"

谁知依旧没有回应,隗国安继续喊:"道九,你干啥呢?发什么愣啊?"

"别打岔,我听得见!"吕瀚海扭了扭身子,算是回应。

"他在上面干吗?"嬴亮也有些疑惑。

隗国安摇摇头:"这家伙,一肚子鬼主意,八成是有什么发现,等他下来再说。"

两人相视一眼,扶稳梯子,而展峰从吕瀚海登上云梯那一刻,就始终没有闲着。他手持平板,调出现场原始照片,接着在几个坑前反复比较。

要不是展峰忙碌的身影吸引了吕瀚海的注意力,他可能还没这个发现,独自一人站在半空中瞧了近二十分钟,在心有定数之后,他双手扶梯,快步了退了下来。

感觉手上传来的力道越来越重,隗国安终于又看见了吕瀚海的屁股,他赶忙问道:"九爷,有啥子发现?"

"别着急啊!"吕瀚海看向展峰,"展护卫,你能不能把挖坑之前的照片给我瞅瞅?"

"可以,稍等!"展峰回答得相当干脆,很快从相册中选出几十张照片,又按照拍摄时间,归类到一个文件夹中,"全都在这儿了!"

吕瀚海接过平板,点开文件夹,一张一张地滑过,遇到重点照片,他还会反复放大,所有人都不知道他葫芦里卖的什么药,直到最后一张照片滑过,他猛然抬头看向隗国安:"你昨天跟我说了一句,说什么黑衣人是来做标记的?"

隗国安略显尴尬地看向众人:"我只是随口一秃噜,没想到竟然被他听了去!"

"老鬼也没拿我当外人!"吕瀚海给隗国安打了圆场。

第二案　夺命毒琴

"对对对！怎么说，道九也是辅警编制，不能算是外人！"

眼看话题又要扯远，展峰抬手阻止隗国安，问吕瀚海："看出什么来了？"

"这人可能是个土夫子，有非常强的攀爬能力，而且他带着一把洛阳铲！"

吕瀚海此言一出，几人齐刷刷看向隗国安。

"别看我，这个我可没说！"

吕瀚海连忙为他解围，手指头顶："我要不是上去一趟，我也看不出来。"

"你是怎么看出来的？"隗国安惊讶道。

"难道你们不觉得奇怪，为啥黑衣人做标记的树旁，都能挖出来尸体？"

"当然觉得奇怪，难道你知道原因？"这次开口的是嬴亮。

"你们要是种过树，就晓得了！"

"你是说，烧根？"展峰挑眉。

吕瀚海朝展峰竖起大拇指："不愧是专案组组长，一点就透。"

见众人依旧不解，展峰道："绿色植物生长中最需要三种元素，分别是：氮、磷、钾。而动物或人的尸体中，含有大量的氮和磷，包含了植物所需的两种元素。可尸体腐败是一个放热的过程，如果离根茎较远，则不会有多大影响，但像现场这种种植稠密的情况，势必会造成严重的烧根，影响植物的生长。

"成年尸体完全埋入土中，如果是距地表30厘米至60厘米的浅埋，最短需要半年才可以完全白骨化；如果是90厘米至120厘米的深埋，完全白骨化则需三年左右。要是有衣物包裹，时间会更长。

"现场发现的尸体，埋葬深度均在1米左右，且都穿有衣物，另外，尸骨外侧还发现了大量的透明胶带，说明在埋尸时，尸体外还有一层包裹物，我们之所以在起尸时没有发现，可能是因为微生物的分解作用。

"所以不管从哪个方面看，整个腐败过程，只要经历三年以上，势必会给植物根系造成极大的损害。"

他说完，又看向吕瀚海："我起先也考虑到了这个因素，但是观察尸体附近的树干时，我并未发现什么异常，不知九爷看出什么猫腻？"

"你要不是在那几棵树间来回转悠，我也不会注意到'树中树'！"

"树中树？"隗国安问，"那又是什么？"

"我刚才说过，楝树木质很软，长时间烧根营养跟不上，树干就容易坏死。坏得比较彻底的会形成树洞，导致树成空心；坏得不是那么厉害的，树心会变成黑乎乎的，摸上去就像泡沫一样柔软，当这种黑乎乎的东西形成后，只要有树种落在上面，稍微有些水分滋润，种子就能再次生根发芽，形成'树中树'现象。这种情况，你从树下根本发现不了，只有爬到树顶，才能看见。"

吕瀚海指着地上的七个坑洞："我刚才发现，埋尸点附近的树顶上，都有'树中树'的现象，发现这个，就可以确定大致的埋尸方位。

"确定了这个以后，再利用洛阳铲取出土样，接着放在手心里闻，只要有腐臭味，就能确定地下有没有埋过尸了。"

说着，他从相册里找到了几张清理完落叶后的土层照片，拉伸放大，接着他指着地上不起眼的椭圆形凹陷解释道："这家伙用的是螺旋式洛阳铲，这种铲经过特殊处理，能够组装，方便携带，铲头部位犹如鲨鱼嘴，内部则被雕刻成了螺纹状，可以按照深度进行拼接，拼接完成后，在尾部加一根横向的把手，接着把铲头插入地面，转动把手，就可以取土了。我在挖出的土中发现了螺旋状土柱，所以基本可以确定黑衣人使用的就是这种工具。

"这可比最初的洛阳铲要省力许多，一个人就能完成取土，而且取出的土，经螺纹挤压不易散，可呈完整的柱状，要是有所发现，还可以将土再原封不动塞回去，这样就可以做到神不知、鬼不觉。

"不过在塞土的过程中，很容易造成受力不均，这是因为底层土壤较软，上层土壤较硬，在塞土的过程中软土受到挤压，会在地下形成一小段中空，导致塞入的土柱比挖出时要短。就算他塞完土，把地面清理得毫无痕迹，那也无济于事。因为洛阳铲在旋转挖土时，会将周围的土层压实，导致坑壁光滑，这时只要有水分渗入，土柱受重力影响，就会下沉填满空隙，进而在地表形成凹陷。凹陷程度，取决于土壤的韧性。要是软土，就明显些，换了硬土，可能就很难发现。好在这里是软土，才让我发现了这种细节。"

"我去，这真是隔行如隔山，听君一席话，胜读十年书啊！"隗国安在一旁奉承，就连一向和吕瀚海不对付的嬴亮，都不禁流露出佩服的神情。

"不过……"吕瀚海突然的转折，让气氛瞬间又紧张起来。

隗国安问："不过什么？"

吕瀚海手持平板，将其中两张图放大："靠近树林外围，标注为1号和2

第二案 夺命毒琴

号的两个坑洞,凹陷要明显一些,另外五个坑位,不放大到极限,根本看不出来,我琢磨,这七处标记,他是不是分两天做的?"

"我的天,你这都能看出来!九爷厉害!"隗国安激动地冲他同时竖起两根拇指。

"怎么?"吕瀚海惊喜,"猜……猜对了?"

"对得不能再对了!"

吕瀚海如释重负,露出轻松的表情。"如果这么说,那我刚才的推断就有谱了!"

"刚才的推断?"展峰道,"你是说,黑衣人是个土夫子这事?"

"没错!"

隗国安问:"土夫子是个什么职业?"

"鬼叔,一听你就没看过盗墓小说。"嬴亮解释道,"小说里有介绍,说白了,就是盗墓贼。"

"非也,非也!"吕瀚海摆摆手,"他们不是一般的盗墓贼,这个我回头再解释。"

他双手一背,昂首挺胸,用颇为自信的口吻道:"为什么说他是土夫子?其实有三点理由!

"第一,他手里有螺旋洛阳铲,这种工具需要定制,一般盗墓者很难弄到,也不屑于用。因为没什么技术含量的盗墓贼从不单独行动,基本三五成群,各有各的分工,有的性子急的,瞅准了,不管三七二十一直接上炸药。而螺旋洛阳铲,多是给一些有技术含量的高手使用,他们往往喜欢单独行动,不喜欢成群结队。

"第二,他选择在清晨踩点,这个时间段可不是胡乱选择的,他是综合判断了天气湿度后,推测出的时间。因为他只有一个人,那么势必要考虑挖土的难易度。如果选在正午,地面水分蒸发,土层松散,打起土来会十分费劲;要是选在夜间,光线不足,很难观察附近情况,所以选在露水充沛的清晨,最为合适。

"第三,我刚才看了,这么大片林子,只有埋尸点附近的楝树出现了'树中树'的情况,这说明,他做标记前,一定是最先想到以此来判断。在古代,大型墓葬都是埋于深山,很多墓葬为了防潮,都会在土层里添加石灰,这会导致严重的烧根现象，所以'树中树'不仅存在于楝树，其他树种也会有类似情况发生。以树辨坟，是高级土夫子才会的一种本领，而且很少外传，他能活学活用，证明他非但是个土夫子，还有可能存在家族传承。要想请动这种人，没有一定的实力是肯定不行的。"

一到有求于人时，隗国安就总是笑嘻嘻的，他马上黏了过去："那怎么联系上这种土夫子，九爷你清不清楚？"

"老鬼，你能不能别用你那副鬼样对着我？又不是啥绝世美人。"

隗国安胳膊肘一拐，忸怩的动作，完全效仿害羞的小娘们："平时跟我置气也就算了，破案的关键时刻，你要大度点！是不是，九爷？"

"一边去！"吕瀚海倒抽凉气，一甩手，看向展峰，"展护卫，不是我不说，像这种高级土夫子，一般都不显山不露水，要是打不通关键渠道，想找到他们可是困难事！再说了，他们这种高手，不喜欢和外界接触，习惯独来独往，这一人有一人的性格，我确实不知道怎么联系！"

"我理解……"展峰默默来到集中摆放了许多物证卡的土坑前，"市局在中心及外围现场，都未发现黑衣人留下的鞋印，这人极有可能穿了一双无鞋底花纹的鞋子，心思缜密到这种程度，说明黑衣人有极高的反侦查能力，能说动这种人参与犯罪，势必要下足够多的砝码。"

展峰起身，走到树林腹地几棵粗壮的楝树前，他从勘查箱中取出一个放大镜，边观察树皮边说道："鞋底花纹的作用是增加摩擦力，使走路更加平稳。露水四季皆有，只是秋天特别多。这是因为，秋天昼夜温度相差较大，白天气温高，土壤迅速吸热，到了夜里，地面热量又会急速散失，当温度降低时，空气含水汽的能力减小，大气低层的水汽会冷凝成液态的水滴附着在植被上。露水在清晨时分含量最高，待到中午太阳升起时，才会被慢慢蒸发。"说话间，他已经挪动了四次位置，就在他刚要观察第五棵楝树时，他突然收起了放大镜，对赢亮说，"就是这里！用3D扫描仪取数据。"

"有发现？"隗国安好奇道。

"我刚说了，清晨湿度大，树皮表面也会凝结露水，如果穿着无花纹的鞋子，勉强步行是可以的，但要攀上这种没任何枝丫的楝树，几乎不可能。所以，黑衣人要想爬至顶端，观察'树中树'，只有两种方法，第一，赤脚攀登；第二，换双鞋子。前者会在树皮上留下脱落细胞，而后者……"展峰手指树皮，

第二案　夺命毒琴

"会留下鞋印。"

"鞋印？"隗国安走近了些，他揉了揉眼眶，看着那些犹如雀斑似的麻点，"这是什么鞋子留下的？"

"是金属钉鞋！"回答的是嬴亮。

"乖乖，你还会看鞋印？"隗国安有些惊讶。

"没吃过猪肉，还没见过猪跑？展队把鞋印系统的权限给了我，我多少也要会一些，要不然怎么操作？"

说话间，嬴亮已把一个完整的鞋印扫描进了电脑，隗国安也不知他是如何操作的，屏幕上那排列有序的麻点被他全选，接着标红，做完这一步后，他单手敲击了一下回车，那连接着3D扫描仪的笔记本电脑，就开始发出"嗡嗡"的轰鸣声。屏幕被一分为二，左边是那张麻点图，右边则不停地切换着各种鞋印，不过每隔十几秒，屏幕都会稍稍停顿，而在这瞬间，会有一张鞋印图片被选出，挪至一个指定的文件夹中。

"亮子，你这是干啥呢？"

"匹配鞋印。"嬴亮盯着那只跑了不到四分之一的进度条，"金属钉鞋作为特殊鞋类，比对起来要费事些。首先要根据鞋钉的数量，判断鞋子种类，然后才可以做特征比对。我刚才选了一枚较为完整的钉鞋印，建立了一张图点模块。现在系统正在自动比对钉鞋种类。"

"钉鞋种类？"隗国安挠了挠光明顶，"这可就触及我的知识盲区了！"

"瞧，系统界面上不写着呢吗？"嬴亮手指屏幕顶端一行小字。

隗国安眯起眼睛，小声默读道："足球钉鞋、田径钉鞋、高尔夫钉鞋、钓鱼钉鞋……"他一口气读了不下十种，觉得口干舌燥，失去了耐心，"这几种都有啥区别？"他指着前四个问。

勘查半晌，这下总算轮到嬴亮露脸的机会，为了能在师姐面前表现表现，他双手抱胸解释道："这里面的门道可大了去了。你比方说足球钉鞋和田径钉鞋，它们是为了在运动中，给穿着者提供足够的抓地力，但是又不能阻碍发力，所以鞋钉只会设计在前脚掌。

"而高夫球钉鞋，是为了击球者站得更稳，这样可以使出全力，所以会在全脚掌都装上鞋钉，但也并不是鞋钉越多越好，还好考虑草坪的柔软度及穿着者自身的重量。

"钓鱼钉鞋也是，垂钓者在拉杆时，身体往往向后斜，多使用脚后跟发力，尤其是海钓时，发力会更加明显，所以这种鞋的鞋钉，会集中在后跟处。

"还有……"

嬴亮刚想接着往下说，电脑发出了"叮"的一声，显示比对完成。他双击打开文件夹，数十张形状各异的鞋印照片以大图标的方式，被展示了出来。他接着调出饼状统计图，上面用五种颜色标注了每种鞋印的占比，其中红色部分占比高达95%，在红色阴影面中，写着一行小字：冰面钓鱼钉鞋。

紧接着，嬴亮把系统中相应的鞋印图片调出，而隗国安发现，不管哪种品牌，这种鞋底都钉满了金属鞋钉。"我去，这一双鞋不得个三五斤重？"

"确实不轻！"嬴亮合上电脑，"要不怎么能保证在冰面上不打滑！"

"不过也好！这玩意儿只有少数人去买，说不定能由此找到突破。"

"估计够呛！"嬴亮摇摇头，"这双鞋子的鞋钉排列比较松散，可以看出是双旧鞋，而且这玩意儿不在特殊时刻，也不需要穿，万一他买了好几年了，到哪儿查去？"

"唉！"隗国安长叹一口气，"那倒也是……"

九

"我打了这么多年的仗，就不能享受享受？接着奏乐，接着舞……"此话说完，劲爆的DJ舞曲声越来越大，音乐一完，又重复起刚才那句，反反复复。

…………

埋尸林方圆1公里内，都被警戒带牢牢圈起，林子里头静得只能偶尔听到几声鸟鸣，这么嘈杂的手机铃声，仿佛定位器一般，让众人的目光齐刷刷朝吕瀚海瞅去。

手机揣在他的上衣口袋中，外面套着勘查服，他一时也不知该如何是好，瞅着勘查还在进行，他只能尴尬一笑，等着那边自动挂断。

然而他没有想到的是，对方似乎抱着不接通不成的决心，直到第四遍铃声响起，他只得求救似的看向展峰。

而后者像是入定一般，瞅着吕瀚海的方向，似在思索着什么。

"展护卫想什么呢？这电话打个没完……"吕瀚海皱着眉头走到近前，"接

第二案　夺命毒琴

下来还需不需要我？不需要的话，我就把老鬼这一身给脱了？"

展峰回过神，扫了一眼吕瀚海的上衣口袋，用平静的口吻回道："行，那你就先忙你的去吧，有事再叫你！"

吕瀚海看起来神态自若，可内心早就六神无主了，毕竟平时他的电话半个月都不响一下，今天这么密集地打来，指定是有重要的事情发生，他朝众人一抱拳，接着捂着胸口快速退出了埋尸林。

离开众人的视野，吕瀚海再也掩饰不了内心的紧张，他几乎是连滚带爬地从半山腰滑下，当走到路口那个挂有"重点区域禁止入内"的标牌前时，那身一次性的防护服，早就被划出了许多口子。

他慌里慌张地拿出手机，屏幕上友邦佳和医院已连续呼入了八次。

果然，该来的还是来了……

…………

中都华府，庞虎办公室。

一阵急促的敲门声，让刚端起茶碗的庞虎不情愿地停下了手中的动作。

"谁呀？"他不耐烦地问。

"我，刀疤。"声音顺着门缝传了进来。

庞虎依旧坐在茶盘前，他注意到办公室的木门微微晃动了几下，他清楚，以刀疤内敛的性格，要不是发生重大之事，不至于着急敲门，他放下茶碗，决定一会儿再继续风雅之事。"什么事？进来说吧。"

话音刚落，木门就被缓缓推开一道缝，刀疤战战兢兢地从缝中挤了进来，可能是因为心情急切，他额上满是雾状的汗珠，走进屋内的他却没着急开口，而是看向了书架的方向。

庞虎微微一笑，似乎很欣赏他的谨小慎微："这里只有我一个人，有什么事说吧。"

刀疤快步走近，低声道："医院传来消息，吕良白被推进了抢救室！"

庞虎神情一肃："什么时候的事？"

"早上护士查房，发现吕良白的心跳极不规律，就叫了主治医师前来问诊，接着他就被推进了抢救室，到现在还没有出来。"

"吕瀚海知不知道？"

"本想拖一拖看看抢救的结果，可是……"刀疤欲言又止。

"可是什么？"

"可是医院那边自作主张，给吕瀚海打了电话，所以他已经知道了……"

"于是你就想来问问我，下一步该怎么办？"

"……"刀疤沉默了几秒，最终还是点了点头。

庞虎负手走到窗前，有些惆怅地看向远方："其实吕良白这个人，还是挺讲江湖道义的，当年要不是他喝大了，也不可能把那件事给说出去，我只是想给他个教训，也没打算置他于死地，没想到下手太重，导致他终身瘫痪，落得这个下场。"

对于当年之事，刀疤也多少了解一些，然而有些事并不是你知道就适合说出来，吕良白就是个活生生的例子，刀疤可不想重蹈他的覆辙，所以他只是恭敬地站在那里，没有接话。

庞虎沉默片刻，转过身来："吕良白这次还有没有机会抢救过来？"

"吕瀚海作为病人家属，这次医生喊他过去就是要签病危通知书，听医生那意思，就算抢救过来，可能所剩时间也不多了……"

"唉……"庞虎唏嘘道，"再好的东西闲置时间长了也能废掉，何况是个人，他躺了这么多年，就算没毛病，估计也躺出毛病来了。"

"虎哥，我有件事不知当讲不当讲！"

"说吧。"

"我们现在之所以能牵制吕瀚海，就是因为他养父吕良白还在医院，万一吕良白一命呜呼，接下来的事，或许就不那么好掌握了。"

"哦？怎么说？"

"我负责监视吕瀚海这段时间，感觉他本性并不怎么恶，还是个极念旧情之人，否则，他完全可以甩掉吕良白这个累赘，毕竟他们没有一点血缘关系，但是他并没有这么做，反倒精心伺候了几十年，我现在担心一件事……"

"你是说贼帮祠堂那件事？"

"没错！"刀疤道，"那天，展峰救过他一命，我能感觉到，这件事对他触动不小，我担心他会反水……"

"吕良白瘫痪在床这些年，我始终关注他们的一举一动，说吕瀚海是我看着长大的，也不足为过。他和吕良白最大的不同是，他是个聪明人，在走投无路时，会选择放弃所谓的底线。要不是看中他这个性格，我也不会动恻隐之

第二案 夺命毒琴

心,可怜他们爷俩,选他来当这个卧底。他再不乐意,江湖人也有江湖人的讲究,他不能不记我这份情。"

"虎哥,你就那么有把握?"

"你倒是反过来想,这事告诉展峰,对他有什么好处?以他之前的所作所为,就算反水也不可能逃脱法律的制裁。继续跟我们合作,赚得盆满钵满;和展峰合作,搞得牢底坐穿。如果是你,你会怎么选?"

"这个……"

"有句话说得好。"他目光一聚,看向刀疤,"世上没有绝对的忠诚,只是背叛的筹码不够。"

后者愣了愣神,有些尴尬地道:"虎哥说得对……说得对……"

见他的模样,庞虎的语气也软了下来:"放心,我对你是信任的,行了,事情我知道了!你去忙你的吧。"

"那吕瀚海那边……"

"只要不过分,他想怎么办,就怎么办吧!"

外勤车上,七具尸骨的信息被导进了全息投影分析系统。

专案组四人围着系统站成一圈,展峰手一挥,埋尸林的俯拍画面被显示了出来。七枚标注有序号的红点,在立体图像中若隐若现。

隗国安注意到了一个细节,他打开平板,瞧着报案人宋龙挖开的那个坑位:"这不是最先发现的那具白骨吗?怎么被标注成了4号?"

"现在的序号并不是按照最初的勘查顺序,而是依据大致的死亡时间标注。"展峰挥动手势,之前的七枚红点,瞬间变成了两种颜色,其中1、2、3、4被显示成了蓝色,5、6、7则变成了绿色。

"通过检验人骨内的放射性同位素[1]得出,前四人是在同一年被害,死亡时间,距今约十八年,后三人也死在同一年,距今差不多十七年。"

"这么长时间了?"

---

[1] 具体原理详见《特殊罪案调查组1》第二案《灵魂祭祀》。

"我分段提取了多处骨骼样本，反复检验，得出的结果大致相同，不会有误。"

也许是距离上起案子间隔较短，隗国安还没缓过劲来，他有些疲惫地盯着面前的光点，视野也逐渐虚化，他似乎联想到了很不好的场面，他努力地摇了摇头，好让自己保持清醒。"两年之内，杀了七人，到底什么仇什么怨？"他很是痛心地发了一句牢骚。

"也许……不是七人！"

展峰一句话，让隗国安诧异万分："难道还有人被害？"

"并非如此！"展峰按动遥控器，将七具尸骨并排呈现出来。因为是电脑的自动排列，这一幕看来极为诡异，不过适应之后，众人很快发现了其中的不同。

未等其他人发表意见，展峰先介绍起来："我们先看第一具。"说着，他将其他尸骨缩小，单独把 1 号放大。

"男性，短发，身高一米七一，计算耻骨联合得出，被害时年纪约四十五岁，上身着蓝色短袖 T 恤，下身黑色短裤、灰色内衣，无鞋袜。全身未佩戴首饰及贵重物品，也无任何随身物品。头骨、膝盖有钝器伤，其中致命伤在后脑，击打工具为奶头锤。

"在起尸时，市局技术员在坑中发现了大量的胶带，在胶带的内侧面，黏附有纸屑，另外，坑中也有少量未被完全分解的纸片，经检验可以判断出，承装尸体的，是一个 A 型瓦楞纸箱子。"

"A 型？"隗国安看向赢亮，"难道瓦楞纸箱还分型号？"

后者会意，打开电脑开始检索："确实有分类……"他单击数次鼠标，说道，"瓦楞纸板是由挂面纸和波形的瓦楞纸黏合而成的板状物，一般分为单瓦楞纸板和双瓦楞纸板两类，按照瓦楞的尺寸大小分为：A、B、C、E 四种类型。其中楞高在 4.5 毫米至 5 毫米之间的，为 A 型，它也是最厚的一种，具有极好的抗压强度，多用于大件物体的包装。另外，根据包装物的重量，还可以增加瓦楞纸板的数量，其中三四层最为常见，如果定制，还可以加到五六层。"

"因为纸板被分解得较为彻底，暂时不好判断是几层。不过要能撑起一具成年尸体的重量，一层肯定不行。"展峰接过话茬，"凶手将尸体装入纸箱后，

第二案　夺命毒琴

又在外层裹了数圈黄色胶带，根据胶带的折痕，可以推算出，纸箱长140厘米，宽40厘米，高32厘米。"说着，展峰将提前做好的纸箱模型展示给众人。

嬴亮将尺寸输入数据库，匹配了半天，也没找到这种规格的纸箱到底是用来承装什么大件东西的，隗国安也存在同样疑问："这玩意儿装冰箱彩电，底面有些窄了，装其他的，又显得有些高了，难不成，凶手为了抛尸，还专门定制了纸箱？"

"定制的可能性较大，但应该不会是专门为了抛尸。"展峰手一挥，六个造型几乎一模一样的胶带圈被显示了出来，"1号至6号的土坑中，均发现了这种被十字缠绕的胶带，也就是说，他们被害后，尸体全被封在纸箱中，而纸箱的规格也几乎一模一样，这是其一。

"其二，将前六具尸体放在一起能够明显地看出，尸骨有粗有细，他们的体型完全不一样，从胶带的用量能判断出，骨骼越粗缠绕的圈数就越多，这也间接证明，嫌疑人准备的箱子，并非完全按照死者的体型准备。

"其三，成年男性的肩膀平均宽度在37厘米左右，而计算出的纸箱外径为40厘米，如果去掉内径、衣物所占的空间，前六人的肩膀宽度，要么接近平均值，要么低于平均值，才可以被塞入箱中，这么推断，六人的身材中等偏瘦，这一点，从衣服的尺码也可以看出。"

见展峰没有继续说下去，司徒蓝嫣此时开了口："纸箱长1.4米，而七人的身高均在一米六五以上，要是出现尸僵，再把尸体装入纸箱几乎不可能。所以嫌疑人是这边将人杀害，那边就要把尸体装入纸箱封存。也就是说，他可以预见犯罪结果的发生，并为作案准备工具，这显然是一起精心设计的系列杀人案。"

司徒蓝嫣踱了两步，继续道："《犯罪心理学》中称，故意杀人之所以能变为系列案，是因为同一犯罪主体在一定时间内，使用相同或相似的方法，杀害他人，从而实现自己的犯罪目的。

"而成为系列的关键，取决于第一次作案是否成功。当嫌疑人追求的个人欲望得到满足，且并没有发生损害自身利益的情况时，在他的内心，就会产生一种逾越障碍的侥幸心理，这种心理会随着时间逐渐膨胀，直到转化为新的犯罪动机，促使他寻找下一个目标。

"在此过程中，会出现多种情况，常见的有对上一次犯罪的总结，从而作案方式更加隐蔽，或者犯罪动机得到提升，暴力手段进一步加强。"司徒蓝嫣走到仪器前，将前六具尸骨调出，"展队刚才漏了一点没有说明。"

她把众人的注意力引向损伤处："1号尸骨，仅膝盖和颅骨有钝器伤，2号尸骨，膝盖、关节、颅骨均有钝器伤。而到了后面，却出现了十根指骨被截断的情况，这是很明显的暴力升级，所以展队给出的尸骨排列顺序，并不仅仅是死亡时间那么简单。"

"没错！既然蓝嫣提到了这一点，那么你们再看看这个。"展峰操作系统，调出了六块长方形胶带，"它们都是在死者的颅骨附近被发现的，胶带上粘有大量的胡须，经DNA检验，和对应死者吻合。说明，他们在生前，嘴部曾粘有胶带，之所以会存在大量胡须，是因为胶带被人反复撕开过。"

"暴力逐步升级，胶带反复撕开。"司徒蓝嫣秀眉一皱，"他在逼供？"

"恐怕是！"

"要是这种情况，那么凶手针对的，一定是特殊群体。"司徒蓝嫣猛地抬头看向展峰，"他们是什么群体，你应该已经有数了吧！"

"1号至6号的头发样本中，均检出了二乙酰吗啡成分。"

"海洛因成瘾者？"司徒蓝嫣眉头紧皱。

"从样本中成分含量分析，六人无一例外，都是长期吸食毒品的重度成瘾者。"

隗国安顿时打起了精神："像这种老吸毒鬼子，不可能没被处理过，说不定就有前科。"

"按理说应该是这样，可是……"展峰调出一长截图，上面清楚地记载了DNA比对的结果。那行醒目的红色字体，让隗国安的眉头紧紧地挤在了一起，"这怎么可能，竟然没有比中信息？"

嬴亮也觉得奇怪，他思忖片刻，提出了一个至关重要的问题："展队，能否判断，他们吸食毒品的成分是否相同？"

展峰向他投去赞许的目光："每个人因体质不同，对毒品的吸收也会有所不同，初尝者很难判断是否吸食的是同一种毒品，但像这种体型大致相同且长期吸食毒品的瘾君子，他们的代谢率会处在一个相对稳定的状态，这么一来，头发样本中二乙酰吗啡含量的多少，就很能说明情况。我给出的结论是，这六

第二案　夺命毒琴

人是通过同一渠道获取的毒品。"

"那就难怪了。"嬴亮说,"要是凶手作案时,他们的购毒渠道还没被打掉,那么就有可能出现这种情形。"

"哎,不对呀!"隗国安突然想起一件事,"展队,你一直在说1号至6号,那7号是个什么情况?有特别?"

"7号!"展峰将最后那具尸体在众人眼前一点点放大,"7号有些特殊,我甚至认为,此人或许跟前六名被害人毫无关联。"

十一 ▶

虽已入秋,可地理位置靠南的罗湖市一到中午,依旧是闷热难耐。紫上云间咖啡与书的二层上有一间秘密隔断,它隐藏在酒柜之后,是一个不到六平方米的狭长空间,墙那一边连着卧室的衣柜,巧妙的夹层设计,很难让人发觉,在屋内还有这么一个隐蔽之所。

从咖啡屋行至二层的楼梯,有一道厚重的防盗门,此门常年处于锁死状态,也正因为这道门的保护,那个不到六平方米的空间,才能长时间处于"光天化日"之下。

坐在客厅的沙发上,望向那堵以柜为门的软包墙,悬挂在墙上的六块屏幕,拼接成一个巨大的弧形,那极具科技感的画面和客厅内清新简约的装修,显得非常不搭。

隔断内,一位萝莉装扮的女子,正端坐在电脑前,目不斜视地盯着右下角的一块屏幕。

画面中,是间长满杂草的四合院,萝莉心神不宁地按动着键盘上的方向键,屏幕上显示的内容,也随着箭头的调整,逐渐发生变化。

她先是把镜头对准了院子中那扇用于进出的铁皮大门,望着大门上斑驳的锈迹及氧化的漆面,她呆呆地愣了片刻,接着她又调整镜头,看了一眼荒草丛生的院落……

不知什么时候,客厅中传来一阵轻轻的脚步声,声音越来越近,但萝莉并没回头,因为这脚步声她再熟悉不过,那是和她同住一个屋檐下,被她唤作老板的唐紫倩。

"怎么？又想家人了？"唐紫倩怜惜地抚了抚她的长发。

萝莉从电脑边拿起那张已经泛黄的照片，照片上，一家三口笑眯眯地看向镜头，中间的女孩不过七八岁的年纪，扎着两根小辫子，身上的碎花裙子，显然是经过精心洗涤的，时隔多年，那红色的花瓣，看起来依旧艳丽无比。坐在女孩左手边的父亲，穿着一套中山装，眼眶上架着一副金丝眼镜，很是斯文，看起来有点儒雅书生的味道。女孩右手边的母亲烫着一头当年很流行的大波浪，身上的浅绿色连衣裙配着她迷人的笑容，给人一种春天般的感觉。如此温馨的画面，被相机镜头永远定格下来，只是……对女孩来说，这早已物是人非，当初有多幸福，现在就有多痛苦，她抬手擦了擦有些泛红的眼眶，哽咽道："这么多年了，一点音讯也没有，倩倩姐，你说他们会不会已经不在了？"

"不会的，不会的……"唐紫倩拥抱着面前比自己小不了几岁的女孩，用不知说了多少遍的那三个字反复回应。

女孩泪眼婆娑地看着唐紫倩："我当年真不应该独自一人去国外找我爸，要不是在偷渡船上遇见了你，我可能早就被人卖到天涯海角去了。"

女孩的一句话，似乎勾起了唐紫倩痛苦的回忆，她瞬间红了眼眶，默然片刻，她轻声道："过去的事就让它过去吧，好在我们现在都还活着，只要活着，就还有希望。"

"可我找了他们那么多年，一点音讯都没有，一点都没有……"女孩指着屏幕，"现在，我只能盼着他们有一天能再回来，回到那个曾经温馨的家，可是……"女孩的眼泪止不住地滚落，声音也越来越激动，"这就是我曾经最想念的地方，门上的锈迹越来越厚，院子里的草越长越高，我知道他们不可能回来了，与其这么折磨我，还不如直接告诉我他们已经死了，这样也好让我断了念想，就像你一样，虽然心痛一段时间，但那块伤疤终究会愈合。或许有一天我想通了，可以鼓足勇气，开始新的生活，我真的不想再这样下去，我不想每天闭上眼睛，都在想象他们的样子，我真的好痛苦，好痛苦……"

女孩扑在唐紫倩的怀中失声痛哭，宣泄心中的苦楚，她环抱得越来越紧，唐紫倩能明显感到女孩的身体不住地颤抖。唐紫倩的眼前，突然闪过了多年前的那个画面——

画面中，一个少女双手紧握一把带血的尖刀，面前的血泊里，一个中年男

第二案 夺命毒琴

子正在痛苦地挣扎，他的眼神中充满错愕和不甘，他匍匐在血泊中，用双手吃力地撑起自己的身体，试图靠近在墙角缩成一团的少女，男人仅仅向前挪动了一掌距离，他胸前那个刀口突然又喷出一股殷红，那血液带着温度和刺鼻的腥味，伴着这最后的喷涌，男人那痛苦的表情最终定格，他的身躯重重地摔了下来。地面上，那两枚被拉长的血掌印，也缓缓地融入了新的血泊里。

少女的身躯在极度的惊恐中不停颤抖，她把自己蜷起来，不敢看前方。她很想要大声喊叫，可她的嗓子如同被人紧紧扼住了一般，她更想逃离，可她的双腿又像是灌了铅一样沉重。那间堆满杂物的破旧屋子，那个即将解开裤带的中年男子，那张惨白狰狞的脸，还有那把刀、那片血泊……

那炼狱般的场景，真的会像女孩说的那样，被藏在心里彻底封存？

不，不会，永远不会！

持刀的少女常常会问自己，要是再来一次，她还会选择拿起刀吗？

那个来自心底的答案，只有一个字："会！"

十二

经过短暂休整，专案会继续进行。

隗国安的疑问，成了下半场的开端。展峰将前六具尸体从影像中删除，那个在上半场被踢出在外的 7 号尸骨，在这场专案会中，成了分析的重中之重。

"男性，短发，身高一米六八，计算耻骨联合，得出被害时年龄在四十岁上下，上身穿黑色西装、土黄色针织衫，内衬一套藏青色秋衣，下身是一条深蓝色西装裤，脚穿黑色皮鞋、酒红色尼龙袜。"展峰说完，7号尸骨的相关衣物被单独呈现了出来。

"我们依次来分析。"展峰轻点了一下死者的头部，由此延伸出了一条引线，在末端标注有一行小字，从内容中可以看出，是相关的检验结论。

"我提取了7号的头发、眉毛、胡须及阴毛样本，均未检出二乙酰吗啡成分，他没有碰过毒品。"随着展峰解释完毕，此条引线及内容瞬间消失不见。而接下来的第二条引线，则完全按照由上到下的顺序，标注到死者的头部。

"颅骨有一个三角形的印记，为尖锐物体击打所致，不足以致死。

"牙颈表面出现玫瑰齿特征，由此可见，7号死于机械性窒息。

"上衣为红 D 牌西装，通过查询水洗标上的货号及产地，得出该西装为 2001 年秋季出厂，年份和死者被害时间基本吻合，因为时间太过久远，已无法追查销售情况。

"皮鞋后跟处，有明显的磨损痕迹，尼龙袜的脚跟处，也出现了圆形的破洞。推测嫌疑人可能先是用尖锐的器物击打死者后脑，在其失去反抗能力的瞬间，从背后，用软物勒住了他的脖子，出于本能，死者在蹬地挣扎中，将皮鞋及袜子磨破。"

"也就是说，嫌疑人在行凶时，是站在死者的后方，要是凶手的身高矮于死者，那么他击打的部位，会相对偏低，而实际上，7 号死者头骨上的钝器伤，比较靠前，说明凶手的身高应该要高于死者，且有一定的落差。"

"我们再看死者的鞋袜。"说着，展峰将目标放大，原本肉眼难辨的线条状痕迹，瞬间变得清晰："皮鞋后跟磨损极为严重，说明它和地面有过一段很长时间的反复接触，当鞋子在挣扎中脱落后，那双尼龙袜也因摩擦发生破损。而尼龙材质，最显著的特点就是抗拉、耐磨。由此可见，死者在被勒住的过程中，抵抗了较长的时间。"

"嫌疑人身高比他高，又事先击打了他的头部，在他已快要失去反抗能力的情况下，还能让他挣扎这么长的时间……"

隗国安把所有信息在脑子里过了一遍，正琢磨着是否将想到的答案说出时，在一旁的司徒蓝嫣却不紧不慢地开了口："偷袭、勒颈，两种犯罪行为，才使得犯罪结果发生，这也表现出，他内心的极度不自信。身高的优势，并没有让他低估犯罪的难度，这么看来，嫌疑人可能在体能上和被害人存在悬殊。"

"他应该是个瘦高个子！"等她说完，隗国安也给出了自己的结论。

站在一旁的嬴亮手摸下巴，皱着眉："5 号、6 号、7 号三人死于同一年，埋在了同一片林子里，抛尸点的距离又十分接近，可凶手的杀人手法截然不同，这是什么情况？难道是凑巧？"

"我觉得巧合的可能性不大！"司徒蓝嫣说，"首先，抛尸地在半山腰，十分隐蔽，空手攀登都有些困难，何况还要扛一具尸体，要不是确定那里可以抛尸，一般人不会想到去那个地方。其次，埋尸处树木稠密，间距较小，根本无法平放尸体，所以凶手采用的是站立挖坑埋尸，这种方法，要是没有人故意传授，估计很难想到。

第二案　夺命毒琴

"所以我怀疑，有两种可能。"

"第一种，是一个人针对不同群体，采用了不同的杀人方式。"

"第二种，两个人分别作案，但相互间传授了埋尸方法。"

"我觉得后一种的可能性较大。"展峰的一句话，吸引了司徒蓝嫣。

"何以见得？"她问。

"因为从七具尸骨上分析，作案能力存在高低之分。"展峰手一挥，一条沾满污垢的床单被显示了出来，虽然这条床单的卖相瞧起来着实不咋地，但上面的五个大字，还是让众人眼前一亮。

"阳东机床厂？"隗国安读出了声。

"没错！"展峰解释说，"这是一条由纯棉花纺织的床单。而棉纤维是由受精胚珠的表皮细胞经伸长、加厚而成的种子纤维。这种纤维，色谱齐全，对染料具有良好的亲和力，易染色。按染色方式可以分为原色棉布、染色棉布、印花棉布、色织棉布。这条床单，属于第三种——印花棉布。

"这种棉布，经长时间洗涤，表面会出现掉色的情况，但因为棉纤维内存在植物细胞结构，经过显色剂的特殊处理，仍可以将纤维中的染料缓慢浸出，从而将床单上的字迹显现。"

"我去！这样也行？"隗国安露出了一副不可思议的表情。

展峰只是轻轻地点了点头，接着又道："这条床单是嫌疑人用来包裹7号尸骨所用，我之所以想到要去处理床单，是因为我早先用肉眼，依稀看到了印痕。

"前六具尸骨，嫌疑人使用的是纸箱、胶带这些无任何指向性的工具。而到了第七具，他为什么不用纸箱，而是选择了一条可能会被看出破绽的床单？"

"会不会是这样……"嬴亮思索片刻给出了一个解释，"1号至6号，穿着多为T恤、薄款衬衫，明显是在春夏季被害；而7号上身穿的是西服、手工针织衫，这是深秋或初冬的穿着。在炎热天气，衣着单薄，容易将尸体塞入纸箱，而一旦降温，这种方法就不见得可行，所以改用了床单。"

"好像也能说得通。"隗国安咂巴着嘴，觉得有些道理。

"但有件事说不过去。"展峰的目光落在了死者那泛着红褐色的牙齿上，"人是一种极为复杂的社会生物，暴力倾向其实是人类被压抑的一种社会特质。换言之，只要是个人，其实都有暴虐的一面，只是受社会条件的约束，无法展现而已……"

当其他人都在揣摩这两句话的深意时,司徒蓝嫣却恍然大悟:"展队你是说暴力叠加效应?对啊,我怎么没想到!"

"啥玩意儿?"负责整理会议记录的嬴亮,停下了手中的动作,"师姐你说啥效应?"

司徒蓝嫣捋了捋思绪,找了一个比较恰当的切入点:"奥地利心理学家西格蒙得·弗洛伊德曾说过,性和攻击是人类的两大基本动力。性,是为了和异性建立联系,繁衍后代扩大生存种群。攻击,是为了个人不受侵害,促使自己获得更大的利益。在自然界中,那些站在食物链顶端的动物,都具备较强的攻击力。

"而现代人在社会条件(如法律、道德等)的约束下,暴力的一面往往处于被压抑的状态,要是这种原始欲望被释放,它就会给人带来一种莫名的精神兴奋。

"有研究团队曾用磁振造影对脑部的构造进行观察,他们发现,对某种事物成瘾者(如药物成瘾、恋物癖、异食癖等),一旦成瘾条件得以满足,他们大脑中的相关区域活动会有明显的增强。长期使用暴力者,也会有同样的反应。

"我们在媒体上经常可以看到某某人长期被家暴的新闻,这仅是个人极端暴力最常见的一种体现。其实不管是从心理学的理论研究,还是生物学的实际测试上看,暴力行为都具有一定的成瘾性。"说完理论,她又让嬴亮调出了前六具尸骨,"胶带封嘴,威逼伤逐渐加重,从尸骨上可见,嫌疑人在整个连环杀人过程中,暴力行为逐渐升级。虽然动机是促使行为发生的原动力,但行为发生以后,也会使动机发生量或质的改变。比如一些抢劫案件,嫌疑人在初期可能只是为了侵财,如果到了后期,也有逐步发展成抢劫强奸或抢劫杀人的可能。

"本案凶手用同样的方法连杀六人,当犯罪动机一次又一次加强时,它会促使暴力行为一次又一次叠加,从某种程度上来说,他已经形成了暴力成瘾的人格缺陷,在这种前提下,第七具尸体的致死方式(勒死)就显得和之前的格格不入,所以我也赞同展队的观点,杀死7号的,只怕是另有其人。"

第二案　夺命毒琴

十三

专案会告一段落，七颗头骨被直接摘下，送进了现场临时搭建的军用帐篷内，为了协助隗国安，市局抽调十几名壮小伙，组成颅骨复原突击小队，他们每天从清早开始和泥，直到泥土黏度达到要求，才能为隗国安所用，据面部轮廓的修饰程度不同，隗国安所要求的泥土细腻度及黏度也有差异。所以整个和泥过程，短则一两小时，长则半日也是有的。

不过就算这么着，整个颅骨泥塑的复原工作，还是整整持续了四天。修整好的头像被嬴亮录进 3D 扫描仪，在截取相应面部特征后，最关键的面部识别工作，才正式拉开序幕。

因为复原后的人脸和实际长相存在一定差异，所以通过系统比对出的照片，只会是一个模糊的结论，而这个结论中，往往存在数十张长相接近的人像照片，要是死者的长相具有一定的地域代表性，那么比对出的结果甚至会有数百张之多。

所以说，比对出结论只是第一步，怎么进行甄别，还得隗国安这位刑事相貌学专家亮出自己的压箱底绝活。

然而遗憾的是，因为尸骨埋藏时间过长，面部软骨腐化殆尽，再加上微生物侵蚀，很多颅骨细节特征根本无法确定，而人像比对往往差之毫厘谬以千里，加上我国人口基数庞大，只要在某个细节特征上稍稍有所偏差，那么比对的结论说不定就和实际情况八竿子打不着了。

对几百张照片进行逐一甄别后，隗国安只能根据龅牙及颧骨这些极为明显的特征，确定了 5 号死者的长相和一名叫孔林羽的本地男子基本接近。但这究竟是巧合还是真相，仍需做进一步调查甄别。

当嬴亮接到这条线索后，第一时间在高级情报系统中进行了检索，然而出乎他所料，这个孔林羽竟然是一名潜逃十余年的网上逃犯，至今没有抓获信息。

　　孔林羽，男，1970 年 1 月 12 日生，DF 市山边区陈塘乡孔集镇人，无犯罪前科。简要案情：2003 年 4 月至 6 月间，我局辖区发生多起持刀拦路抢劫案，经过受害人辨认，孔林羽有重大作案嫌疑，故将此人列为网上逃犯进行追逃。追逃日期：2003年10月22日，办案民警：倪磊、吕海波。

展峰放下那张A4纸，目光移到隗国安身上，因为打印出的是一代身份证黑白照片，以他的眼力，只能看出复原照片和孔林羽有些相像，但到底能不能确定，他也没有任何把握：“鬼叔，你觉得5号死者，是不是这个孔林羽？”

隗国安也明白，这条孤证线索的重要性，不过涉及他的领域，他通常都很自信，于是他肯定地回答：“死者有明显龅牙特征，且颧骨较高，可以精确测量间距，这两个特征都和孔林羽完全吻合。另外，他的逃跑日期是在2003年，这个时间也和之前骨同位素算出的死亡时间大致相同，有了这两点，基本跑不了。要是办案民警再能提供一些生活照什么的作为参考，定下他的身份，应该问题不大。”

…………

DF市山口分局刑警大队会议室。

已身为大队教导员的倪磊带着当年的抢劫卷宗和专案组几人碰了面。

倪磊五十有余，黑发中密集地掺杂着大量白丝，眼角的皱纹及脸颊上的大块褐斑，给人一种病态的感觉，见到众人，他习惯性掏出烟卷，客套和寒暄归纳在一起也没超过三句话。也许是带着些许困意，他猛吸一口烟卷，好让自己保持清醒，可他的身体显然还没适应那辛辣的尼古丁气味，咯痰般的咳嗽声持续了十数次，会议室内才重新恢复了平静。

"抱歉，昨天搞了一夜案件，抽烟抽得有些多了。"他平淡无奇地解释了一句，仿佛对这种点灯熬油似的生活，早就习以为常。

几十年的刑警生涯，让他养成了雷厉风行的习惯，他朝旁边的年轻民警瞅了一眼，对方揉了揉布满血丝的双眼，点点头。

倪磊很快将卷宗翻到了调查报告那一页，与此同时，在年轻民警的操作下，会议室的大屏上也同步出现了关于本案的所有信息。这种不经意间的默契，绝非一次两次的磨合可以达到，可见倪磊的队伍配合度之高，而倪磊本人，也是极富经验。

年轻民警单击鼠标，一张树形图随之出现在了大屏正中。第一排仅有一张黑白户籍照，这人对专案组来说并不陌生，他正是隗国安从数百张可疑照片中筛选出的孔林羽。由这张照片引出了六条引线，每条线的末端都对应着一张照

第二案 夺命毒琴

片，依次排开，作为第二排。

教导员倪磊对着调查报告介绍道："2003年4月至6月，在我局辖区发生了多起持刀拦路抢劫的恶性案件，第一起是发生在4月12日，被害人为一年轻女子……"

倪磊刚说到这儿，年轻民警就把第二排第一张照片给单独呈现了出来。

"她叫刘红，是下夜班回家时，被嫌疑人持刀堵在了巷子内，案发地距离她家门口不到200米，因离家较近，所以她奋力喊出了声，结果被嫌疑人朝肩膀上砍了一刀，随身的斜挎包被抢走，包内装有现金百余元，以及少量化妆品。据刘红回忆，对方拿着一把半臂长的砍刀，通过描述，可以判定是一把小号的狗腿刀，技术员通过现场血迹的抛甩方向，确定了嫌疑人的逃离路线，我们在距案发现场1公里以外的主干道，调取到了嫌疑人的影像资料，不过因为他戴着口罩、帽子，无法看清面目，以当时的条件，并不能核实其身份。

"被害人刘红是普通工人，穿着朴素，看起来不像有钱人。我们当时分析，嫌疑人侵财迹象明显，且无特定目标，说明他急需用钱。也就是说，他再次作案的可能性很大。

"果不其然，没过多久，我们又陆续接到了四起报案，通过被害人的描述，基本可以确定为同一人所为。不过，在当时的办案条件下，这种短暂性的接触犯罪，很难在现场找到定案证据。于是我们局调集了上百人，组成联合搜捕小组，以五处案发点为中心向外扩散，调取所有监控录像，用于分析。

"另外，嫌疑人在作案的过程中，暴力行为逐步升级，首案被害人刘红仅被砍了一刀，而到了第五名被害人，嫌疑人已疯狂到连砍四刀，直到被害人失去反抗能力，才实施抢劫。我们担心，照此情况发展下去，嫌疑人会动杀人的念头，所以在调查的过程中，故意造出声势，好让嫌疑人有所收敛，为办案争取时间。

"事实证明，当时的决断很正确，在我们调查的过程中，确实没有再发案。"

"哎，不对啊。"正在记录的嬴亮，把头从电脑屏幕的后方探了出来，他满脸疑惑，"倪教，这拢共发案五起，可刚才大屏上显示的是六名受害人，难不成嫌疑人后来又顶风作案了？"

"那倒没有。"倪磊给年轻民警使了个眼色，后者会意，把第六张照片给调了出来，"他叫霍元宝，他的情况比较特殊。"

嬴亮追问："哦？怎么个特殊法？"

"前五起案子发生后，我们加大了侦查力度，后来通过分析海量视频，我们圈定了嫌疑人的活动轨迹。"

年轻民警将第二张标注有"案发位置"的地图打在了大屏上，教导员倪磊注视着中间的五个红点，介绍道："五起案子的案发现场均集中在我们局辖区的陈塘乡孔集镇附近，作案对象有男有女、有老有少，只要落单，就有可能成为嫌疑人抢劫的目标。而且嫌疑人选择的作案地也很随意，有巷子，也有主干道。我们分析，他之所以敢这么干，很显然，是因为他对这个地方相当熟悉。换句话说，他有可能就居住在案发现场附近。

"于是我们不再局限于作案地和作案时间，我们把嫌疑人来去路线附近的所有监控，都调了个遍，前后延展至少有一个月。

"虽然我们当时并不知道嫌疑人的长相，但通过反复浏览监控，他的身高体态、走路时的姿势还是有一定的规律可循的，尤其是他每走十几步，就会弯腰咳嗽两下，被害人也称，在抢劫的过程中，嫌疑人曾剧烈咳嗽。

"他的身形不算矮小，而他在面对比自己瘦弱的被害人时依旧使用砍刀，这是不自信的表现，说明他可能患有某种严重疾病，而且这种疾病，极有可能和肺有关。

"有了这个猜想，我们把附近医院符合年龄、身高条件，且患有肺气肿、肺结核、尘肺病、肺癌等严重疾病的患者名单全部梳理了一遍。陈塘乡在我们这里属于城乡接合部，只有一家二级乙等公立医院，因此，梳理出的可疑名单仅有十三人。

"将这十三人逐一排查之后，我们发现，只有一名叫孔林羽的男子下落不明。据反映，他曾是医院的医生，后因债台高筑，工资被债主清算，他自己也被逼着辞了职。我们把孔林羽的照片拿给被害人辨认，其中一人很肯定地说，孔林羽就是嫌疑人，因为他的太阳穴上有一个肉疙瘩，受害人被抢时，注意到了这个特征。

"案件有了转机，我开始在监控中搜索孔林羽的身影，这不看不知道，监控组分析完才发现，孔林羽几乎在每个案发地附近都曾出现过。

"有被害人直接指认，有现场监控佐证，我们直接申请了搜查证，前往孔林羽的住处开展工作。令人兴奋的是，孔林羽在抢劫得手后，并未把赃物丢

第二案 夺命毒琴

弃，而是全部藏匿在了家中，除了前五名受害者的挎包、钱夹子，我们还找到了一个装得鼓鼓囊囊的男士手抓包。包内除了票据、身份证，并没有发现财物。

"我们当即意识到，这个名叫霍元宝的外地男子，可能是第六名受害者，然而让我们想不通的是，这个人并未报案。我担心他遭遇不测，就主动联系了他的家人，让我们纳闷的是，他的父母及妻子，对他的情况只字不提，甚至拒绝配合我们的工作。我出差至他家中询问情况，他的家人只有四个字给我们——无可奉告。

"对于这种反常的情况，我们很是费解，不过考虑到他是被害人，也没有办法硬来，于是只能留了个电话号码，让他家人考虑清楚后，再联系我们。不过，至今我们也没等到电话。"

倪磊边说，青年干警边在屏幕上播放着PPT（演示文稿），这种图文并进的方式，可以让专案组更加直观地了解案件侦办的全过程，此时屏幕中央出现的是那个黑色手抓包的照片，随着干警不停地点击鼠标，由它又射出多条红色引线，每条引线末端，都有一张与之对应的照片，有收据、发票、汇款凭证等一大堆金融票据，可就在对方快速点击，准备把这一页翻过去时，隗国安却突然喊了声："等下！"

青年干警本能地停下手中动作，疑惑地看向隗国安："有什么问题吗？"

隗国安指着中间那张皱巴巴的字条："麻烦你，把这张照片放大，尤其是右下角的部位。"

干警按照他的指示，把落款处几乎没有墨迹的红章放大，直到圆形红章充斥整个屏幕，众人才勉强看清"阳东"两个字。

隗国安只是用余光扫了一眼，就看向坐在他对面的倪磊。"倪教，这么多年，你们有没有查过霍元宝的生活轨迹？"

"那肯定是查了。"倪磊挠了挠头皮，有些苦恼地回道，"不光是他，姓孔的（孔林羽）我们也是时常就去让情报部门帮忙查询，可奇怪的是，这两个人如同凭空消失了一般，一点轨迹都没有。

"孔林羽是在逃犯，躲起来很正常，可霍元宝作为受害人也躲起来就有些说不过去了。孔林羽的定案证据已非常扎实，就等他落网即可，无须再深入，可霍元宝及其家人的反常表现，又让我们起了疑心。于是我们专门抽调了一组人，对霍元宝的情况展开调查。"

倪磊说着，也看向了大屏："隗警官注意到的这张字条，是阳东机床厂的住宿单，我们也是根据这张单据，找到的突破口。"

当听到"阳东机床厂"时，专案组几人无不精神一振，其中隗国安的表情最值得玩味，从他的神态中不难看出，这一切，仿佛都在他的意料之中。

PPT 翻到下一页，屏幕上是一张室内照片，标题部位用黑色加粗字体写着"**阳东招待所 121 房间概貌照片**"。

倪磊对着照片继续介绍："阳东机床厂就在陈塘乡孔集镇的西南角，距离案发中心区域不到 2 公里，如果扩大来看，也在孔林羽的作案范围内。我们根据这张住宿单，找到了阳东机床厂，按照他们提供的线索，霍元宝曾是他们的销售商，厂里欠了他一笔提成款未结，大概有几万元。这笔钱在现在看，算不了什么，但是在当年，着实是笔巨款。因为机床厂资金回笼困难，无法结算，霍元宝就撂下狠话，要在这儿住到年底，直到拿到这笔钱才肯罢休。那个年代，没有电商渠道，广告效应也很局限，因为销售商掌握着供货途径，一旦失信，会给厂子带来很大的负面影响，所以厂子也不敢硬来，就给他开了一张住宿单，让他先安顿下来，并承诺，只要有回款，就通知他过来领钱。

"因机床属于大件货物，往往购货商都是上门看货，为了方便，阳东机床厂就租了一片民宅用于招待，所以别看这住宿单上写着招待所，其实并不是我们想象中的那种集中式旅社，而是极为分散的各式自建房，有的是四合院，有的是小平房，还有筒子楼之类。霍元宝住的，是那种建在巷子里的单间。"说着，倪磊看向大屏，"正如各位所见的这样，整间屋子仅十五平方米，只有一张单人床及少量家具。站在门口，就能尽收眼底。在确定屋内无人后，我联系技术科对室内进行了勘查……"

大屏上继续播放着各种照片，倪磊继续说："各位看到的就是当时勘查现场时拍摄的照片。这间屋的房门装的是最老式的转舌锁，用卡片一戳就能打开，基本不具备防盗功能。

"进入房间后，我们发现屋内比较凌乱，有明显的搏斗痕迹。另外，技术员还在屋内提取到了血迹、砖头等物证，就算是外行人，也能看出这里是个案发现场。

"因为我们是顺着孔林羽的这条线摸到了霍元宝的情况，于是我们就很自

第二案 夺命毒琴

然地怀疑，这里会不会就是孔林羽抢劫霍元宝的第一现场。为了证实这个念头，我们还尝试着调取了附近的监控，没想到的是，我们还找到了霍元宝的影像资料，但很可惜，附近监控头安装得极为松散，存在大片盲区，我们并未找到孔林羽尾行霍元宝的影像资料，甚至霍元宝后来是怎么失踪的，也不得而知。

"见调查始终没有任何进展，我们只好将孔林羽挂网追逃，并电话告知霍元宝的家人，说霍元宝已失踪，为了防止其遭遇不测，我让他们至当地派出所提取血样，用于比对，他们在电话中答应了，但后来到底也没去。大致的经过就是这些……"

倪磊说完，揉了揉太阳穴，露出疲惫之态，这是长期疲惫攒下的结果，就仿佛民间说的"回光返照"，那股劲过了以后，他整个人就像泄了气的皮球，精神头被瞬间打回低谷。

展峰从他手中接过卷宗，一页一页翻看，他的动作很慢，似乎故意给倪磊留出更多的休整时间，因为本案的特殊性，专案组并未向倪磊透露更多的案件细节。作为抢劫案的办案单位，他们只知道公安部的专案组要了解案情，至于为什么了解，目的是什么，他们一无所知。但是警察作为纪律部队，令行禁止是基本准则，展峰并不担心办案单位会有所保留。

见倪磊慢慢恢复了些精神头，他合上卷宗，问道："孔林羽是否有吸毒史，你们调查过没有？"

"为了钱能这么穷凶极恶，我们第一反应，就是孔林羽可能有吸毒史，于是我们第一时间联系了禁毒大队，但他们并不掌握孔林羽的情况，不过后来禁毒大队经过排查，倒是给了我们一条没啥用的线索。"

"没啥用？"隗国安眉头一皱："那是什么线索？"

"孔林羽，是梅姐的亲妹夫！"

"梅姐是谁？"

十四 ▬

"梅姐，是我们当地的一个毒贩。"分局禁毒大队会议室内，大队长张力安指着桌面上的数十本卷宗，"这些贩毒案子都和她有关。"

"她人现在在哪儿？"展峰问。

"死了很多年了。"

"能不能说说她的具体情况？"

"说起来，这话就长了。"年逾五旬的张大队嘬了口隗国安递来的烟卷，"梅姐在春天出生，所以她母亲就给她起了邵春梅的大名，她还有个在冬天出生的妹妹叫邵冬梅。两人相差四岁，原先就在我们当地的光淮商场当营业员。她们姐妹俩染上毒瘾，和商场销售科一个叫秦永利的人脱不了干系。据梅姐自己交代，她刚到商场，秦永利就对她穷追不舍，想建立男女关系。梅姐家境并不是很好，但她长相标致，不乏追求者。虽说秦永利是她的顶头上司，梅姐也丝毫没有对他动心。秦永利见软磨硬泡不起作用，倒也消停了一段时间。梅姐误认为秦永利对她死了这条心，于是两人就回到了正常的同事关系，对他的戒心也放下不少。

"在二十世纪八九十年代，商场可不像现在这样泛滥，当年方圆几十里，也就光淮商场这独一家。我们本地老百姓，只有逢年过节才舍得去光淮商场买件新衣。而且那时的商场做的多是单位、企业的生意，为了采购、出单，推杯换盏、迎来送往是必不可少的。而在饭局上为了有里有面，选漂亮的营业员陪酒那是再正常不过的事。

"不过，我说的陪酒，可不是三陪，就是正常的吃吃喝喝，而且按照商场的规定，营业员出去陪客户，还有额外的补助，所以这种两全其美之事，通常很少有人拒绝。梅姐因长相标致、酒量不错，自然而然地被当成重点培养对象。

"秦永利作为销售科的一把手，利用职务之便就带梅姐出门应酬，于情于理都说不出什么。而这种特殊的工作关系，让秦永利不费吹灰之力就掌握了主动权。

"秦永利很早就有吸毒史，只是他这个人做事比较谨慎，从不在本地购毒，所以他的情况我们当时并不掌握。

"直到后来我们将他抓获，他才供述，他本想和梅姐建立正常的恋爱关系，只可惜梅姐不给他这个机会，他只能瞅准机会，在烟卷内投毒，通过毒瘾来控制梅姐，任他摆布。

"不得不说，这种下三烂的手段确实收到了实效，梅姐染上毒瘾之后，为了源源不断地获取毒品，最终选择和秦永利厮混在了一起。"

张力安说着，从卷宗内抽出两张一寸彩照，摆在专案组面前，其中一张是

第二案　夺命毒琴

名年轻女子。虽然照片已老旧泛黄，但仍看得出女子脸庞极为俊俏，小小的波浪卷，透着港姐的气质，在没有美颜滤镜的年代，能有如此相貌，着实令人惊艳。再看另外一张男子照片，汉奸头、三角眼，隆起的巨大喉结上是一张消瘦到带有病态的脸颊，不了解他的人，一定会觉得他患上了严重的甲亢。

"左边的是邵春梅，右边的就是秦永利。"张力安继续道，"要是不知道内情，一定会有人认为，梅姐要么是瞎了眼，要么就是有所图。

"不过当初秦永利在穷追不舍时，商场的营业员都有目共睹，要是女方真有所图，两人应该早就在一起了才是。究竟为何在半年后，梅姐从了秦永利，整个商场都想不明白，但有一个人除外。

"他叫郭浩，绰号耗子，是秦永利的手下兼毒友，也在销售科工作，他俩是在外地出差去迪厅唱歌时，一起染上的毒瘾。郭浩经常外出送货，有不少购毒渠道，两人吸食的毒品，都是经他手购得。

"利用毒品将邵春梅搞到手，就是郭浩给秦永利出的主意。见这招好使，郭浩也动了歪心思，把目标对准了梅姐的亲妹妹，邵冬梅。

"冬梅长相要比梅姐稍逊一些，不过都是来自一个娘胎，逊也逊不到哪里去。有秦永利的庇护，郭浩很快让冬梅染上了毒瘾。不过就算是这样，郭浩也没能如愿。

"因为冬梅和她姐的情况不一样，她有一个青梅竹马的男友——孔林羽。当时孔林羽已医专毕业，并在镇上的医院上班，两人已私订终身，只要孔林羽转为正式医生，就领证结婚。所以，就算郭浩掌握着购毒渠道，冬梅也不可能屈服。

"因为吸毒并不是件光彩的事，秦永利也和郭浩事先交代过，千万不能让姐妹俩彼此知晓内情。所以梅姐起先也不知道妹妹和自己一样，染了毒瘾。

"可是纸包不住火，郭浩下了血本，没搞到人就失去了耐心，一次在吸食毒品之后，因为亢奋，他就找到冬梅，准备强行和她发生关系，把生米煮成熟饭。冬梅在惊慌失措中，就向姐姐求救。

"郭浩在商场是出了名的狗腿子，整天围着秦永利转，出了这档子事，梅姐就算脑子再不灵光，也能明白这件事的前因后果。不过事已至此，后悔也没用，为了彻底和秦永利划清界限，梅姐带着自己的妹妹从商场离职了。

"据梅姐自己说，她当时是下定决心要彻底戒毒，然而她还是高估了自己的能力。毒品成瘾后，单靠心智信念根本无法戒除。

"从那以后，她们姐妹俩曾因吸毒，被我们禁毒大队多次打击，始作俑者秦永利和郭浩，也是强戒所的常客。

"没了工作，梅姐为了自己和妹妹有毒吸，只能靠出卖肉体来换取毒品，直到她妹妹因吸食过量死在毒棚里，她才幡然醒悟，成了我们的线人。

"我们根据她提供的线索，抓到了不少毒贩。那段时间，她给我们的感觉，就仿佛抱着一种要和毒贩死磕到底的念头。直到她因病死在家中，我们才知道，这一切远没有我们想象中的那么简单。"

张力安叹息一声，坦言道："那个年代办案手段有限，无论什么案件都要依靠线报，所以梅姐在当时，对我们来说尤为重要。为了保证梅姐的人身安全，我还专门给她租了一间小屋，通往小屋的唯一巷口安装有监控，只要稍有风吹草动，我们这边就能第一时间掌握情况。

"当手下通知我，梅姐已三天没出安全屋时，我突然有了不祥的预感。等我们赶到她住处时，离老远就闻到了一股恶臭。

"打开房门，梅姐的尸体已高度腐败。法医通过尸检，确定了她是死于并发症。这和她常年吸食毒品有直接的关系。

"梅姐的死，对我们整个大队来说，都是相当沉痛的一件事，虽说她曾是个以贩养吸的毒贩，但浪女回头门槛烂[1]，至少在她余生的那段日子里，确实给我们提供了不少有价值的线索，从某种程度上来说，我已经把她当成了战友。

"当时我们全大队商议妥当，集体凑钱送梅姐最后一程。然而让我们大跌眼镜的是，技术员勘查现场时，在梅姐的床板下找到了一部小灵通手机。

"我们在手机短信里，发现了十多条未来得及删除的毒品交易信息，再看消息时间，都是近期发送的。我们这才意识到，梅姐可能在给我们提供消息的同时，还在兜售小包子[2]。于是我们顺着短信及通话记录深挖核查，果真让我们抓到了不少瘾君子。

"通过审讯这群人，我们才知晓，梅姐虽然举报了大多数上家，但她依旧有所保留，为了自己能抽上两口，她背地里还在少量兜售小包子，因为量较

---

[1] 意思是说，来求亲之人，把门槛都踩烂了。
[2] 1克每包的小剂量毒品，称之为小包子。5克为中包，10克以上为大包。

第二案 夺命毒琴

少，且只针对熟人，所以这情况我们并不掌握。

"梅姐很聪明，只做信得过的人的生意，她通常是先收钱，搞来货以后，放在随机地点，让瘾君子自己去拿，这期间短则三两天，长则一周半月也有可能。

"她知道，只要她还是我们禁毒大队的线人，这灯下黑的活，她就能接着干。她玩得最出彩的一手就是，一边点炮（举报），一边去进货（购买毒品）。

"她清楚，我们禁毒大队也就那么七八个人，一旦有线索，就需要全队上。只要我们这边抓到毒贩，她那边就开始联系自己的上家进货，然后再出售给她的下家，赚取差价。

"吸毒这种违法活动，在没有报案人的情况下，隐蔽性极强，而且自从妹妹死了以后，梅姐也不想把生意做大，只要赚的钱够她自己吸食，她就得过且过。所以她兜售的圈子并不大，且都是熟人。我们难以察觉，倒也不奇怪。"

树林埋尸案进展至此，始终有一个疑点困扰着展峰——为什么1号至6号死者都有长期的吸毒史，但始终未被处理过？要是只涉及一个人，兴许还能说得过去，但一下牵扯六个人，在办案实践中，是几乎不可能出现的情况。

这是因为毒品具有很强的成瘾性，所以它需要稳定的供应链，而毒品供应的每个环节，都存在较高的风险，一旦某个渠道被打开，那么吸毒者就会像苍蝇一样蜂拥而至，而每只苍蝇其实都是一颗定时炸弹，只要有一只苍蝇被公安局抓获，那么这条供应链，就可能会被一举端掉。而其他的苍蝇，也有被一网打尽的可能。

在我国如此大力度打击毒品犯罪的前提下，几乎没有哪条链可以长期存在。况且，多数瘾君子为了保证不断货，绝不会靠一条链活着。这就更增加了被打击的风险。

这么看来，树林埋尸案的六名受害人之所以没被发现，显然是存在特殊的情况。而经检验他们的头发样本可以判断，六人吸食的毒品成分基本相同，也就是说，他们是从同一个渠道拿的货，并且这个渠道还要能保证能长时间稳定供货。

在了解梅姐的事之前，展峰始终在思考，这究竟是什么样的一种渠道？他甚至都考虑到了，会不会在禁毒大队内部存在保护伞的情况。直到张力安把调查过程全盘托出，他这才清楚，梅姐的灯下黑，刚好符合他的猜想。

更巧的是，5号死者孔林羽就是梅姐的亲妹夫，有梅姐这个便利条件，他没必要还从其他地方拿毒，所以，从概率上说，孔林羽的毒品很可能是从梅姐那里购得。由此类推，另外五人绝对也是这种情况。所以搞清楚梅姐暗藏的这条供应链，就有可能查清另外五人的身份。

所有情况在展峰脑中迅速回转一圈，他开口问："张队，梅姐的妹夫孔林羽是否吸毒？"

"这个问题，多年前倪磊队长也问过我。"张力安稍加回忆，"我和倪磊是师兄弟，他当时在电话里告诉我，我们局辖区发生了多起恶性持刀抢劫案，他怀疑嫌疑人是吸毒者，让我们大队帮忙协查。这么大的系列案，我们当然不敢掉以轻心，可经过一番细致查证，我们确实没处罚过名叫孔林羽的吸毒者。

"不过孔林羽这个名字，听起来有些耳熟，但怎么都想不起来，直到梅姐死后，我们梳理那部小灵通的通讯录时，发现了备注为"林羽"的号码，经过查询机主，核实号码正是倪磊要找的孔林羽。

"后来通过深入调查，我们才知道，孔林羽是邵冬梅的老公，也就是梅姐的妹夫。因为我们发现这条线索时，他人已经失踪，所以他究竟有没有吸毒，我们至今也不得而知。"

一个问题结束，展峰又起了另外一个话题："小灵通的通话记录，你们都逐一核查到人了？"

"大部分都查到了真实身份，但依旧有近三分之一无法核实。"

"为什么？"

"如果是用小灵通或手机直接呼入，那查起来不难，可其中还有一部分人使用的是公用电话，有的是某某小卖部、某某网吧，还有的是 IC 公话，以当时的条件，根本无从查起。"

"那……"展峰故意拖长音，好让已燃起烟卷的张力安重新集中注意力。

张力安在禁毒战线上扎根数十年，只需一个细微的动作就能猜出，接下来的问题可能才是专案组关注的重点。他两指猛掐烟头，那猩红的火星被他徒手掐灭，而从他指尖泛黄的老茧不难看出，他已不止一次这么干过，做事不留痕迹，这应该是禁毒工作与其他警种最显著的区别。

"展队，还有什么要问？"他下意识地把熄灭后的烟卷藏在掌心，率先开了口。

前一秒还在盯着他的手掌愣神，后一秒展峰就续上了刚才的问题："呼入号码的物理地址核查了没有？"

张力安一听是这个问题，顿时放松："这点你们大可放心，我们大队人虽然少，但干活都是一等一的好手，我们绝对不会放过任何一个细节，只要能查的线索，那都是一查到底，绝不姑息。"

"梅姐从办小灵通之日起的所有通话记录，我们全部拉了出来，涉及具体号码逐一查人，是公用电话的，全部查清具体位置，并且我们还把位置都标注在了地图上，资料就封存在档案室，如果有需要，我现在就派人去取。"

展峰也舒展了眉头："行，那就劳烦张队请人跑一趟。"

十五

在刑警和禁毒两个大队兜转了一圈，专案组将全部资料尽数收纳进了案件管理系统。

接下来他们要做的，就是将这些杂乱无章的材料逐一整理，从中分析出有用的线索，将其接入埋尸案树形图，从而找到新的突破口。

通过人像复原，隗国安核出了5号死者孔林羽的身份，令所有人感到惊讶的是，那个裹着床单被抛尸的7号死者，似乎和名为霍元宝的被抢男子存在千丝万缕的联系。

"住在阳东机床厂招待所""突然失踪杳无音信""多年没有任何生活轨迹"，这么多的巧合堆集在一起，只会有一种情况，7号就是失踪的霍元宝。

不过，推测归推测，办案依旧要讲究证据，在开始着手接下来的调查前，必须百分之百确定两人的身份，其中最简单的方法，就是DNA比对。

两人虽父母都已早亡，但好在还有兄弟姐妹在世，无论是兄弟身上的Y染色体[1]还是姐妹体内的线粒体DNA[2]，都可用作鉴定的依据。

---

[1] Y染色体是决定生物个体性别的性染色体的一种。男性的一对性染色体是一条X染色体和一条较小的Y染色体。在雄性是异质型的性决定的生物中，雄性所具有的而雌性所没有的那条性染色体叫Y染色体。Y染色体传男不传女的特性，在Y染色体上留下了基因的族谱，Y-DNA分析现在已应用于家族历史的研究、家族世系的遗传与进化和认祖归宗的基因鉴定。

[2] 线粒体DNA是线粒体中的遗传物质，人身体所有细胞（除红细胞外）内都有线粒体，但只有女性的线粒体基因能随其卵子遗传给后代。男人线粒体只伴随此男人生活一生，然后终结，不能遗传给后代。通过线粒体DNA，可以弄清各民族、各地人的母系血缘关系。

这项工作看似只需采集个血样即可，可在实际操作中，寻人却是件极为耗费精力的事，在和市局简单对接后，检验工作由市局DNA中心全权负责。

说来，这常搞大案的刑警支队，反应那是相当迅速，他们只用了不到一天的时间，就联系到了孔林羽及霍元宝的直系血亲。为了稳妥起见，市局按每人至少两名亲属的配额提取样本，除此之外，还有专门的调查小组，对二人的社会背景进行无死角的调查。

隗国安算了笔账，要是顺利，按照往返两天，调查一天，样本检验、信息汇总一天来算，这项看似简单的核查工作，也最少要四天才能见底。

这对高强度工作多日的专案组来说，也算是有了一丝喘息的机会，展峰给组员放假三日。他自己却像个永远停不下来的齿轮一样，这边刚宣布休假，那边就自己一人钻进了外勤车。

将舱门锁死，密码箱中那台打有"S"符号的笔记本电脑被他启动起来。此时闪烁的加密邮件中，藏有一个压缩包。输入密码解压后，里面夹杂的是数十张红绿相间的热力图，每张图都记录着高天宇一天的活动轨迹。

打从上次康安家园发生"入室事件"后，展峰对此便格外在意。从表面上看，这是因办理"贼帮案"时 [1]，自己身陷囹圄，高天宇紧急拨出一通网络电话所致，然而细想，却也并不是那么简单。

为何这么说？

因为将那台加密的笔记本电脑交给高天宇时，展峰就已明确说明了，电脑在监控之中。作为门萨的高级会员，高天宇又主攻计算机专业，只要他想，可以不费吹灰之力，联系到电脑的监控部门。然而，在紧急情况下，他并没有这么做，他竟然舍近求远，直接联系了反扒大队的冯磊，这是为什么？要知道，查出公安干警的私人号码，可比直接联系监控单位要难得多。

和高天宇同住一个屋檐下，展峰无比清楚他的个性，他从来不打无准备之仗，他每做一个动作，每说一句话，都有他的目的。只是他的大脑异于常人，大部分时候，展峰也无法完全捉摸到他的思维轨迹。

…………

以"入室事件"为节点，展峰将最近一段时间捕捉到的热力图和之前的放

---

[1]《特殊罪案调查组2》第二案。

第二案 夺命毒琴

在一起比较，从图片上看，高天宇每天的行动轨迹几乎一模一样，看不出任何破绽，他甚至可以把吃喝拉撒的时间精确到分，自律程度简直能和设定好程序的机器人媲美。

然而，展峰习惯从细微之处寻找痕迹，所以他还是察觉到了一个常人难以觉察的细节。他发现，最近几天，高天宇关闭电脑后，身体上的红色区域面积和之前相比略大。在热力图中，红色代表高温，而体温由新陈代谢产生。长时间看，代谢的快慢受自身身体条件影响，而短期内代谢旺盛，只有一种可能，就是他的情绪正处于某种亢奋状态。从生物学角度来说，就是某件事刺激了他的下丘脑引起兴奋，促使脑垂体分泌促激素，从而产生神经冲动，加快体内代谢，从而使肢体局部体温短暂升高。

究竟什么事会让高天宇这么亢奋？

又为何在"入室事件"后，高天宇才开始有这种表现？

如果"贼帮案"的那通电话是高天宇故意为之，目的就是引狼入室，来试探展峰是否在房中还安装了秘拍设备。这种以毒攻毒的方法看似疯狂，但展峰相信，高天宇这种外表安静、内在早就疯狂的罪犯，是绝对干得出来的。否则，极度危险的连环爆炸嫌疑人，就不可能像如今这样，和公安部专案组组长同住一个屋檐下。

想清楚之后，展峰有了一个肯定的结论：高天宇铁定有了重大发现，只是在短时间内，他还没有对自己说出来的打算。

十六

深夜十点，拎着两包成人尿不湿，展峰推开了康安家园的房门。

途中两人在耳蜗电话中有过沟通，此行仅为给高天宇增加补给，类似于这样的中途折回，也不是首次，所以高天宇也并没察觉到任何异常。

见展峰已落座于对面，高天宇如同老友般笑着问道："难道案件又遇到瓶颈了？"

"暂时不算。"展峰跷起二郎腿，瞥了一眼卧室的方向，见有微微亮光在屋内闪烁，他问，"电脑还开着？"

今天高天宇的心情似乎很不错，他没有遮掩，爽利地回道："我认为，你有必要再仔细调查一下那个叫'紫上云间咖啡与书'的咖啡屋。"

"还纠结那个地方呢？"展峰有些疲惫地捏了捏太阳穴，露出一副不耐烦的表情，"自从上次你说那里有古怪，我让人联系了辖区派出所，以登记流动人口为名，对整栋楼进行了彻彻底底的检查，还全程用执法记录仪录像，整段视频也给你看过了不是吗？确实没发现任何异常。"

"你相信派出所，可我也相信我的判断绝对不会有错，之前那个攻击我电脑的信号位置，就落在那附近。"

"你也说是附近，附近的范围可大可小，虽说我对黑客技术并不精通，但笨方法我还是会的。我查过，那间咖啡屋只有一条网线，还是房东于十几年前至电信公司开通的，有线网和无线网连接的所有设备，我也排查了一遍，没有任何可疑发现。"展峰拧开矿泉水灌了一大口，接着道，"俗话说，巧妇难为无米之炊，再厉害的黑客，也不可能离开互联网。就目前而言，只有两种可能，第一，咖啡屋没有问题；第二，对方的能力远在你之上。"

听到这个结论，高天宇扶扶镜框，透过泛着蓝光的镜片，展峰察觉他眼底泛起凶光。

他仔细地审视着展峰。良久之后，那张表面看起来俊美儒雅的脸上，突然挤出一抹怪异的笑容，那笑容传达出的不是"放松"，更不是"愉悦"，倒是让展峰想起了《蝙蝠侠》里的小丑，就算是再悲伤、再痛苦、再无奈，也只能用"笑容"去回应这个世界。

很显然，展峰的话让他感到挑衅，然而他并不想，也不能去追究——展峰对他来说太重要了，他此时不得不隐藏自己的真实感受。

在小丑被长期虐待的童年中，他只能用"笑容"去迎合养母的暴力，从而取悦于她，减轻自己的痛苦。久而久之，这种笑就成了一种病态。而这种病态的心理表现，从展峰第一天见到高天宇时，就已经有所察觉。

"也许你说得对！"被质疑显然让高天宇感到痛苦，他并不想纠结于此，"老规矩，说说案子！"他换了个话题。

"具体案子还没有眉目，跟你说说倒也无妨。"接下来的半小时，展峰选择性地把案情复述了一遍。

高天宇并未打断他，而是如同亲历者一般时而皱眉、时而肃穆，直到听完梅姐的故事，他才反问了一句："你觉得，引诱姐妹俩吸毒的秦永利和郭浩该

第二案　夺命毒琴

不该死？"

"一切悲剧皆因他们而起，从情感层面上说，我当然觉得他们该死！"

"但依照法律的规定，他们只需要付出极小的代价。你作为执法者，觉得这样公平吗？"

见展峰沉默不语，高天宇兴味盎然的笑容再次浮现。展峰读懂了，那是一种得意，或说是一种笃信自己掌握了对方的自以为是。处于这种状态下的高天宇，很有可能就会露出马脚，这是对他观察许久后，展峰找到的破绽。

接下来，他会说得更多，也会暴露得更多……

高天宇把脸凑到展峰面前，一字一句地缓缓说道："你不说话，是不是因为你也没有答案？我的展大队！"

"……"

"或者说……你的内心深处，其实也赞同我的观点？"

展峰和他对视，微微皱起眉头，却始终一言不发。

突然，高天宇收起咄咄逼人的气势，重新靠在沙发上："反正闲着也是闲着，和你说个故事，不知展队有没有心情听一听？"

"别人的故事我可能没有兴趣，但要是从你嘴里冒出来的，我倒是可以洗耳恭听。"

"呵呵。"高天宇笑道，"看来我在展队长心中，还是有一席之地的。"

"随你怎么想。"

"唉！"高天宇长叹一声，"那好吧，我们给主人公起个什么名字呢？不如就叫他'小宇'如何？"

展峰很清楚高天宇这么高的智商，想抓住他的把柄，绝对是极为困难的事。他心中有数，接下来的故事恐怕就是高天宇自己的事，但就算有录音设备，高天宇接下来所说的一切，也不能作为任何证据使用，因为他说的，只是一个关于"小宇"的故事，并不能精准地落在他的身上。

于是，在故事还未开始时，展峰便将身上的手机掏出，当着高天宇的面按动了关机键。

"你大可不必这样，其实就算录下来也无妨。"高天宇嘴上这么说，但他表现出的那一丝放松，还是没逃过展峰的眼睛。

以退为进是对的，接下来，高天宇或许会告诉他更多。

验证了自己的想法，展峰再退一步："你我之间的对话，不会有第三个人知道。"

"我真是越来越喜欢你了！"高天宇端坐，"那好，闲言碎语不多说，今天我就好好跟你说说小宇的故事。"

高天宇的拇指在四指上逐一轻点："说来也巧，这小宇算起来跟我年龄相仿。他家祖传做花炮的手艺，父亲在当地开了一家小型的花炮作坊，虽然是自家小厂，但每年的收入还算可观。小宇也很争气，学习一直很刻苦，从小学至初中，在班级里始终名列前茅。谁承想，这看似其乐融融的生活，却被一件事彻底撕毁了。

"其实小宇也不清楚是什么缘故，得罪了学校里的牛三，后来悲剧发生后，他才从父亲口中得知，这些恩怨竟是从父辈而起。

"牛三的家里开了间批发部，卖的烟花爆竹都是从小宇家拿货，他父亲牛正元因常年刮光头，得了个光蛋的绰号，也是十里八乡有名的难缠主，每次从小宇家拿货，他都是先卖货后给钱。

"要是光蛋好好经商，靠着批发部混个小康不成问题，可谁知这家伙天生好赌，经常拆了东墙补西墙，他欠了不少货款，其中最大的一笔，就是小宇家的花炮。这时间一长，越积越多，眼看还不上，光蛋就打起了歪主意，找人恐吓小宇父亲，让他知难而退，企图拖些时间，把活账给拖成死账。这欺负到头上的事，小宇父亲自然不答应，两人因此有了矛盾。在一次争执中，光蛋捅了小宇父亲一刀，蹲了四年劳改。

"俗话说，有其父必有其子，什么树结什么果子，牛三因从小缺乏管教，很小就出来混，仗着自己父亲有社会背景，他很快就拉拢一帮人，自己当起了大哥。

"小宇在小学时和牛三并不在一所学校就读，可躲得了初一，躲不过十五，因两人同龄，县城就一所中学，俩冤家的孩子终有碰面的那天。

"步入中学第一周，牛三就带着一帮人找到了小宇，警告他要在学校老实些，否则就要吃苦头。小宇不清楚其中缘由，自然十分抗拒，而这种态度，恰好触碰到了牛三的逆鳞。

"牛三本就占据优势，他很喜欢那种恃强凌弱的感觉，只要小宇稍有不从，就会被拉到操场上一顿拳打脚踢。牛三打人从不打脸，所以只要小宇不说，家

第二案 夺命毒琴

里人根本看不出端倪。"

展峰当然能够听出，这里的"小宇"其实就是高天宇，但整个述说的过程中，展峰却感觉不到高天宇有丝毫情感波动，这让展峰突然产生了一种真在听"别人"故事的错觉。

然而他清楚，高天宇能做到这样，完全是因为他的意志力强悍，能够自如操控情绪。短暂的思绪后，展峰很快集中了注意力，高天宇的话音又在他的耳旁逐渐清晰。

"这样的日子一直持续到初二上半学期。上过学的都知道，初二是整个初中的关键，如果成绩拉下来，后期再想追上去就难了。小宇想考市重点高中，一来，这是父亲对他的期望，二来，他也想彻底摆脱牛三这帮人。不过，这个想法很快被牛三看穿，他三天两头就去找小宇的麻烦。

"常言道，狗急了还跳墙呢，何况是个人。终于有一天，小宇的怒火再也压制不住，他从家里拿了一把菜刀，想和牛三来个了结，无奈寡不敌众，小宇很快就被牛三一帮人给控制住。牛三这次栽了跟头，一想着菜刀贴着他的脑门飞过，牛三就心有余悸，但很快，这种惊恐就转化成了愤怒。他口中嚷着'敢要老子的命，老子让你断子绝孙'，然后，他一脚踢到了小宇的裆部，而且越踢越用力，直到小宇疼得昏死过去。

"那时的医疗条件，和现在不可同日而语，下体伤势太严重，几乎没有修复的可能。"高天宇说到这儿，不知为何竟开怀大笑，"说来小宇还真是生不逢时，要是生在古代，就能直接送进宫里当太监了，好歹还是个公务员，哈哈哈……"他笑得很放肆，似乎这是个全天下最好笑的笑话，然而展峰面无表情地注视着他，直到屋内重新恢复平静。

"哎，真是个很好笑的笑话。眼泪都给我笑出来了。"他用手快速地擦拭了一把眼眶，转而正襟危坐道，"抱歉，我有些失态了。"

"我不介意。"展峰的声音柔和了一些，高天宇从中察觉到一种不卑不亢的体贴。面对仇敌，展峰仍不会幸灾乐祸，而是保持了一种人与人之间最质朴的同情心，这让高天宇不由得心中苦笑起来。

如果，如果展峰和他之间没有那些过去，或许他们有机会成为朋友……

只是可惜，这个世界上，从来都不存在如果。

高天宇轻叹了一声，收回思绪："事情发生以后，小宇父亲报了警，然而可恨的是，牛三一伙没一个年满十六岁，属未成年人，就算他们毁了小宇的下半生，法律也不能拿他们怎样。事情处理到最后，牛三只是被勒令退学。而小宇的下体受伤严重，无法控制尿液流出，每天只能靠尿不湿吸收随时可能漏出的尿液。

"为了掩盖那种臭味，小宇唯一的选择，就是往身上喷洒香水，对不知情的人来说，这种怪异的行为，很容易被人误解为娘娘腔。

"渐渐地，很多人开始和小宇保持距离，这让他失落、孤独。他觉得自己被所有人当成变态一般看待，那种自卑在他的内心逐渐被放大，让他产生了一种他那个年纪本不该有的厌世情绪。你可能会认为，这时的小宇已经很凄惨了吧，但这个世道，往往就是祸不单行。

"小宇是家中独子，被人踢成残废，失去了生育能力，这让小宇父亲深受打击，他整日精神恍惚，只有靠酒精的麻痹才可以睡去。

"花炮行业危险度极高，从业者饮酒是个大忌，因为整个花炮制作的全过程，必须保证精神高度集中，否则很容易造成事故。

"那天小宇正在上课，只听'嘭'的一声，教室窗外飘起了一朵蘑菇云，小宇一看，正好是他家的方向。他心中顿时有了一种不祥的预感，果然，还没到放学时间，他就被村干部接回了家——为了认尸。那一天，小宇的爸爸、妈妈、爷爷、奶奶、姥姥、姥爷，六口人无一幸免，全被炸死，最惨的是，这家人连个全尸都没有。

"这种打击，成年人都未必能受得了，何况是个未成年的孩子，但不接受又能怎样？人死又不能复生，除非他死了，否则只能默默承受下去。

"至亲下葬后，小宇始终在思考一个问题，要不是牛三，自己会不会落得现在这个下场？为什么这个世界上，作恶的人可以活得潇洒，不需要付出任何代价，而善良的人备受磨难，全家死去。这就是这个世界的公平吗？人和人之间相互遵守的道德及法律底线，只能约束大多数老实人，而那漏网的小部分人，却可以钻尽空子，一面违法，一面不负责任，这对那些老实本分的受害者来说，什么时候才能昭雪冤屈？法律管不了的货色，究竟谁去管？难道就这样放任自流？难道让他们继续自由自在，四处去祸害更多人？

"不，肯定不行。

"小宇是个聪明孩子，比大多数人都要聪明，可他的想法很简单，只要一

第二案　夺命毒琴

个人做了错事，就要付出代价，牛三是这样，牛三的同伙也是这样。在日夜思考中，小宇有了一个疯狂的计划。他租来市面上所有的犯罪电影，推演其中的杀人手法，并从中找出漏洞。有趣的是，往往这些电影中，犯罪的人都会付出应有的代价，现实却这么骨感，想到牛三仍然逍遥在外，他对牛三一行人的恨意就愈发强烈，他每天都想烹之心肝，食之皮肉。那时的小宇，只有一个念头，一定要用最极端的方法，惩罚牛三这帮漏网之鱼。"

右手捏起面前的红酒杯，高天宇在半空中优雅地转了转杯子，杯中的白水因受离心力的作用在杯壁上很有节奏地打着圈。他停下手，将那杯水放置于鼻尖嗅了嗅，似乎没有喝下去的意思。

他看向展峰，目光中带着一种奇异的期待："不知你有没有发现，放久了的水，闻起来会有一种淡淡的血腥味，很奇特，不是吗？"

展峰淡淡地说道："你极度渴望什么，大脑就会偏向什么，甚至虚拟出感受，就像想到梅子，嘴里就会分泌唾液！确切来说，这是一种大脑的自我欺骗！"

高天宇呵呵一笑："真是个不解风情的家伙，你遇到喜欢的女人，也会这么煞风景吗？"他放下水杯，悠然道："很多人并不清楚，小宇从小就是个高智商的天才，在研究所有犯罪手法后，他最终想到了一个不会在现场留下任何证据的杀人手法——远程爆炸！"

"哦？怎么做？"展峰故意表现出轻微的好奇。

"这个……"高天宇玩味一笑，"我也不是很清楚，或许有一天，你们抓到小宇后，可以亲自问问他。"

"能用引燃式爆炸装置作案，自己还不在凶案现场操作，确实不是一般人可以办到的……"

展峰认真的表情在高天宇看来无异于在夸饰自己，他并不掩饰愉悦之情，微笑道："确切地说，就是想得到，一般人也很难办到，这需要长期的训练，如果没有极深的仇恨，一般人很少有这个定力。就拿小宇来说，他也是苦练了数年之后，才掌握了这个技能。

"第一起案子，小宇的目标并不是牛三团伙的成员，他选中的是他大学附近一个经常欺行霸市的地痞流氓。摸清了对方的生活轨迹后，他将提前做好的爆炸装置安放在对方摩托车的油箱下方，当目标驶出了人群后，小宇在远处点燃了爆炸装置。

"一声巨响,那人连人带车被炸得面目全非,案子做得很成功,对于这种无接触犯罪,警察也无从下手,而且小宇和对方没有任何矛盾,根本无从查起。

"有了第一起案子做铺垫,小宇开始了他周密的报复计划。只是,他本以为,只要牛三被炸死,他的复仇计划就能圆满地落下帷幕,可事实并非如此。

"这种事是有快感的,尤其是理由充分的时候。再说了,牛三死后,小宇还有一个心愿未了,这关于懵懂的爱情。

"女主叫杏子,是小宇的同桌,要不是因为牛三迫使小宇休学半年,两人后来一定能发展成恋人关系。可缘分这个东西,不是你想怎样就怎样,该来的挡都挡不住,不该来的,强求也不会有结果。

"两人做不成恋人,但平时私下里还有些联系。更巧的是,杏子还和小宇考上了同一所大学。要是小宇主动一些,两人还是有在一起的可能,可小宇知道,自己这辈子都是个废人,当然不想再耽误杏子。

"大二时,杏子和同班的大林谈起了恋爱,很快就同居在了一起。这样的事情不可避免,可小宇心里还是说不出的难过。不能和心爱的人在一起,这种憾恨,始终缠绕在他的心中。只是这个时候,他只会埋怨自己为什么这么倒霉,对于杏子的选择,他心中只有祝福。

"大学毕业后,三人同时留在了同一座城市工作,因为住得不远,小宇和杏子始终保持着偶尔的联系。

"大概是上班后的第二年,小宇刚解决完牛三的事情,就接到了杏子的电话,希望他能帮个忙,带她去趟医院。当小宇问起她男朋友大林在哪里时,杏子只是敷衍地说了一句在外地出差。

"小宇从小就很敏锐,他一眼就看出这里面铁定有猫腻,在私人诊所中稀里糊涂地签完字后,他才知道,杏子做的,是人流。

"为了搞清内情,把杏子安顿回家后,小宇在杏子的卧室床板下偷偷装了一个窃听器。三天后大林从外地归来,窃听器里传来了杏子被殴打、号叫、哀求的声音。那天夜里,大林不顾杏子身体尚未恢复,强行和她发生了关系。

"小宇没想到会发生这种事情,接连听了半个月之后,他下定决心,把大林列为下一个下手目标。

第二案　夺命毒琴

"这次的作案地,选在了大林午休的职工宿舍里,确定房间里没有其他人后,小宇开始了计划。当时爆炸装置是贴在床头,按估算,大林肯定会死,并不会影响到其他人,可没想到引火时发生了意外,大林中午热饭时忘了关煤气,爆炸导致一对母女惨遭牵连,母亲当场毙命,女孩双腿被炸断。"

"现场,小宇看到了?"展峰突然插了一句。

高天宇沉默良久,才缓缓道:"是的,听说有人无辜受害,小宇就赶往那边,现场的情况,惨不忍睹!"

"小宇后悔了吗?"

"很后悔。"

"为什么?"

"因为他自认为在行侠仗义,却害了无辜的人。"

"后来呢,后来又发生了什么?"

"后来小宇打听到,之前无辜的母亲独自一人拉扯女孩。女孩出院后,因为没人抚养,就被送到了福利院。也是从那次以后,小宇意识到,这种手法很难精准,容易伤及无辜,他决定从此收手不干。从那天起,小宇的所有时间都花在了做义工上,他想用这种方法,来偿还自己无意中犯下的罪孽。

"后来在福利院,小宇终于用义工的身份,认识了女孩,为了让女孩能站起来,他倾尽所有,为女孩定制了一整套可以用到老的进口假肢。至于后来,故事有些狗血。或许是他刻意的照顾,被女孩误解为对她有好感,也或许是他已经太久没有和一个人如此亲密,总而言之,他竟然和女孩发展成了恋人关系。"

高天宇自嘲地笑了笑:"他一闭上眼睛,就会想,如果有一天,女孩知道她的男友是杀她母亲、造成她残疾的元凶,事情会变得如何不可收拾……"

"所以两人的感情陷入得越深,小宇就越感到恐慌?"

"是的!"高天宇点点头,"而且这期间又发生了一件大事。因为情感有了依托,小宇还想碰碰运气,看看能否治好自己的病,于是他努力寻求名医,功夫不负有心人,还真让他找到了一位泌尿系统的专家。从专家那里得知,他的精囊保存完好,只要植入假体,是完全有可能再进行生育的。

"得知这个消息后,小宇很兴奋,他觉得只要保守住之前的秘密,他就有可能和女孩最终走到一起。可是……"

说到这里,高天宇突然抬头注视着展峰,没有继续说下去。因为这位警察,此时看向他的目光,已然变得无比森冷。

"怎么不说了?"

"有些累了。"高天宇捏了捏鼻梁,摆出一副疲惫架势,"今天就到这里吧。"

"故事哪儿有说一半的道理!"展峰目光如刀,"你不想说,那我来替你说吧!"

高天宇并不言语,只是安静地望着他,眼中带着微微的歉意。

"他想要赎罪,他想要爱情,但是警察不会放过他这种双手染血的人。这个时候,公安部不惜一切代价成立专案组,挨个放血,祭祀冤魂。

"得知消息后,小宇怕了,他担心总有一天逃不过此劫,所以找了个替罪羊,一位患癌的帮扶对象。小宇帮他解决了他最后的心愿,给他父亲买了块墓地,让他父亲风光大葬,所以他甘愿为小宇一死。

"设计好了全盘计划,他故意放出线索,引专案组上钩,在专案组进入现场时,他的替身引爆了炸弹,进入现场的所有专案组成员无一幸免。要不是我当日临时有事没去现场,我也成了他炸弹下的冤魂。

"小宇想抹掉过去,想过正常人的生活,想把一切都当成没发生过,和爱人长相厮守。他有没有问过那些被害者的想法,不对,那些被害者已经没办法想。当然,或许小宇觉得他们都该死,所以倒也可以不在乎。但那些苦追凶手,死在他手里的警察呢?他们和那对母女一样,同样的无辜,不是吗?

"'嫌疑人身患癌症,引办案民警上钩,同归于尽。'时至今日,我也不得不说,这是一个几乎完美的计划,但小宇并没有想到,螳螂捕蝉黄雀在后,他算计别人的同时,还有人在算计他。也就在爆炸案发生后不久,小宇在家中遭遇枪击逃过一劫,他的女友也被人监视了起来,而他是个重感情的人,为了搞清楚这帮人到底是谁,所以逼不得已,被迫和他的死敌合作。虽然这是一步险棋,但最危险的地方往往是最安全的地方,他这么做,不但可以保全自己,还能借我们的手,保证他女友的安危。这很精明,一般人绝对不敢这么做,可,小宇并不是一般人!"

说到这里,展峰目光如刀地看向高天宇,握紧双拳:"高天宇,这是不是你的想法?"

"啪啪啪!"高天宇使劲地拍着巴掌,"很精彩的故事,你不去写小说简直屈才!"

第二案 夺命毒琴

看着他戏谑的模样,展峰双手抓住他的衣领,硬生生地将他提了起来,愤怒地道:"口口声声说惩恶扬善,那我问你,被你炸死的那些警察有什么错?你是不是真以为我找不到证据治你?"

高天宇端详着展峰,许久之后,他抬起手,费劲地拍拍展峰的脸,笑着说道:"你知道吗?我的自信,源头其实是你,展峰,你跟我是同类,在你体内,正汹涌着复仇的愤怒,我能从你的眼睛里看出来。每次见面,你都恨不得下一秒就杀死我,这就是你的心愿。"说着,他指了指自己的腹部,"我作案的关键证据就在我的肚子里,只要你现在把我杀了,把我的器官一个一个地剖开,你向来擅长做这种事,凭你的智商,绝对能找到答案。

"不过……"他迅速转折,"我既然敢告诉你这么多,就做好了所有准备,你别想麻醉我,悄悄地做这件事,却不伤我性命。"

"……"展峰不发一言地死死盯住他。

"来呀,马上杀死我,杀死我就能得到答案,一定可以为你的同僚报仇!证据就在我身体里,我言出必行,你是知道的。"高天宇舔着干裂的嘴唇,"反正除了你,现在也没人知道我的存在。你是干什么的?你最清楚,把我杀死后,你有一百种方法将现场打扫得干干净净!'无痕迹杀人'这种只存在于推理小说里的玩意儿,你做起来,绝对易如反掌。来呀,动手啊!"

"你是不是真以为我不敢!"展峰双目布满血丝。

"既然敢,那就做吧!"高天宇轻巧撩拨的语气,挑动着展峰的神经。

"那我就成全你!"一声怒吼,展峰拽住衣领的手一松,掐住了他的脖子。

高天宇那张惨白的脸,因缺氧瞬间涨得通红,脖颈的血管随之暴起,求生的本能,让他试图去抓展峰的手腕,可他明显低估了展峰的握力。

高天宇感觉自己的视野和意识逐渐模糊,他已经真切地感受到了死亡的威胁,潜意识中,他放弃了抵抗,可能觉察到展峰这次真的要置他于死地。他竟在此时感到一阵释然,面带微笑地注视着那张和他近在咫尺的脸。他努力眨了眨眼,试图看清他幻想了很多次,以凶手身份出现的展峰。

如果他真的死了……但这对高天宇来说也已经够了,最起码他证明了,在这间屋子里,展峰有着绝对的控制权,包括结果掉他的生命。这正是高天宇最想要的结果,试想,在此种赤裸裸的挑衅下,展峰依旧畏首畏尾,那么他所表现出的克制必然受到了外界因素的干扰,而这个外界因素会是什么呢?

261

除了公安部，他想不出另外一种可能。虽说高天宇始终未找出这间屋子内的机关，但他仍能隐约感到一种潜在的窥探。这种感觉可能真实存在，也可能是他的错觉。无论如何，在着手接下来的计划之前，他必须进行排除，而他想出的排除方法，就是用自己的生命来求证。

只要展峰敢对他下杀手，那么就足可证明，这间屋子是未受监控，绝对安全的存在。当然，能想出这么疯狂的手段，那么他也有破解的办法。就在他即将完全失去意识的那一瞬，那把他贴身携带，被磨成薄片的螺丝刀直直朝展峰的喉管刺了过去。

他的动作并不迅速，给展峰留了足够的反应时间，出于本能反应，展峰慌忙松开双手，往后退了一大步，隔出了安全距离。

"喀喀喀……"高天宇的剧烈咳嗽声充斥整间屋子，展峰这时才感到自己的脖颈有些火辣辣的灼烧感，他下意识地用手摸了摸脖颈，一股殷红黏稠的液体正缓缓流出，好在只是皮外伤，并无大碍。他从桌面上抽出两张纸巾，压住伤口。

"还要再来一次吗？"看着还在喘着粗气的高天宇，展峰冷冷问道。

"喀喀喀……"高天宇上气不接下气，仍然笑容满面，"我……我还……真……真小瞧了你！"

"哼！"展峰将沾满血渍的纸巾丢进垃圾桶，"记住！下次最好不要跟我开这种玩笑，否则我很难保证不杀你！"说罢，也不管高天宇做何反应，他径直走进卫生间，反锁了门。

对着镜子，展峰发现自己的额头已渗出一层细密的汗珠，他的双手也在不停地颤抖，刚才那一幕，仍让他心有余悸。和高天宇同在一个屋檐下这么久，他太了解高天宇的性格及做事方式，像高天宇这种思维极其缜密的高智商人群，是不可能被表象所迷惑的。

眼见不一定为实，唯有亲自试探，才算是真正清楚内情。要是高天宇真一心求死，他就不会寄人篱下，苟活在这间自建房里。所以，今天的"真情告白"和"出言不逊"必然另有目的，然而万变不离其宗，不管用何种极端方法，无外乎两种结果：要么鱼死网破，要么继续合作。

当高天宇一遍遍挑衅时，展峰就已经猜到了他的目的。就在展峰的双手掐在他脖子上时，两人以命为筹码的赌局也就正式开启。展峰在赌高天宇不想

第二案 夺命毒琴

死,而高天宇在赌展峰不敢杀,在短短的一分多钟内,展峰既要证明自己的杀念,还要时刻控制手上的力度,保证高天宇的生命安全,这对一般人而言,几乎不可能办到。其实高天宇并不知晓,就在他认输的前一秒,展峰已经准备收手,只是千钧一发之际,高天宇最终败下阵来,这显然强化了高天宇想要得到的那种认知。

展峰从未感到这么紧张过,那快要撞穿胸膛的心脏,让他感到一阵窒息。他无法否认,就在刚才,他的确也清晰地感受到了自己心中那强烈的杀欲。

打开水龙头,伴着哗哗的流水声,他一次又一次地做着深呼吸,当耳蜗对讲机里传来"高天宇生命体征完全恢复"的信号后,他才将脖颈上的伤口清理干净,从药箱中取出创可贴粘了上去。

再次走入客厅,高天宇已整理好衣装,面带微笑地朝展峰看着,仿佛刚才的一切都没有发生过。

展峰径直走向门口,拿起挂在衣架上的夹克穿在身上,直到他锁门离开,高天宇再没有多说一句话。

这场生死较量,让高天宇感到前所未有的松弛,他乐悠悠地起身返回卧室,那台加密的笔记本电脑始终没有熄屏,高天宇坐在电脑前,冲着绿豆大小的镜头挥了挥手。

"过程你都看见了,这间屋子绝对安全,咱们的计划,终于可以开始了。"

高天宇敲下的这行文字,转换为破碎的密码,钻入了不断落下的绿色字母洪流中,传送到了镜头那边,那位不知名的人手里……

十七

展峰返回的第二天,市局刑警支队就传来了消息,通过比对亲属的DNA样本,确定了5号死者的真实身份就是孔林羽,而7号正是霍元宝无疑。有了检验报告,就等于建房打下了地基,那么接下来的调查取证工作,也就有了准确的方向。

办理抢劫案时,在孔林羽家里发现了霍元宝的手包,两者又无任何关联,那么5号抢劫7号应该是既定事实。顺着这个思路,专案组一行人,率先来到了孔林羽的住处。

这是一间挤在胡同内的小平房,在仅容得下两人并排而行的巷子里,住户只有寥寥几家,从各家门上厚厚的浮灰上,压根看不出任何生活迹象。

刑警大队教导员倪磊撕掉早已褪色的封条解释说:"这条巷子,拢共就四家,早前住的都是上岁数的老年人,事情过去这些年,估计人都不在了。"

"锁已锈死,只能暴力开启了!"倪磊将液压钳的蛇口对准锁梁,只是稍稍捏捏两下,小拇指粗细的三环锁就被轻易剪开。

推门而入,是一块巴掌大姑且可以算作院落的空地,目所能及之处堆砌着杂物,尤其那些破旧的木质家具上布满各种菌菇,一切的一切都预示着,这里已很久无人涉足。

推开二道门,是一室一厅的套房,主门朝北,进门看起来像是客厅,之所以说"像是",是因为这里除了不能卖的破旧木椅,看不到任何值钱的东西。

木椅正对的墙面上挂着一张彩色合影,左边身穿中山装、留着寸头显得格外精神的小伙就是孔林羽,而他右边和梅姐容貌相近、一身连衣裙打扮的女士就是邵冬梅。照片落款位置显示,照片拍摄于1994年,算来距今已过去了二十六年之久。

倪磊把众人引进卧室,他指着床尾那个已经没有门板的柜子道:"被抢的所有赃物都是在这里被找到的,包括霍元宝的手包。"

身穿高领毛衣的展峰手持光源对着柜内查看一番,起身问了句:"除此之外,还有没有其他发现?"

倪磊双手一摊:"您也看到了,屋子里就这么点东西,稍微值点钱的,估计都被这家伙给卖掉了。我们也怕搜查不仔细,遗漏案件关键,所以当时几乎把整个屋子都翻了个遍,也就只找到那些!"

"不对,应该还有一样东西。"

"什么东西?"

展峰从口袋中掏出一个小号塑料物证袋,袋内装着一把仅有拇指盖大小的黄色金属钥匙。"这是我在检验孔林羽尸骨时发现的,他把钥匙用红绳穿起来挂在了脖子上,虽然从外表看,很像是某种装饰品,但在比对显微镜下,可以清晰地看出,钥匙牙上有线条状摩擦痕迹,也就是说,这把钥匙曾被多次使用过。"

"这个好办!"嬴亮打了个响指,"室内拢共就这么大点地方,用金属探测

第二案　夺命毒琴

仪一点一点地扫，也费不了多少时间。"

"这法子好！"隗国安甩了甩脑门上的稀毛，"不管容器是啥材质，最起码锁是金属的。"

"行，就按照你的想法办！"

得到了展峰的应许，嬴亮转头跑出巷子。

…………

商务车内，心神不宁的吕瀚海正端坐在驾驶室内愣神，以至于嬴亮拍了半天车窗，他才回过神来。

"想什么呢？"嬴亮没好气地冲了他一句。

"没，没什么！"吕瀚海摇下半片车窗。

"赶紧把后备厢给我打开，我取点东西！"

"哦，好！"吕瀚海低头扒拉半天，凭着感觉扣住驾驶座下方的一个按钮，往上一提。

"我让你开后备厢，不是让你拉油箱盖！"嬴亮的抱怨声由远及近，逐渐清晰，"道九你搞什么，是不是没睡醒？"

"抱歉，抱歉，车况不熟，车况不熟！"

吕瀚海又是一阵手忙脚乱。

"按钮不就在那里！"

"哪儿？哪里？"

嬴亮不耐烦地拉开车门："得得得，我自己来吧！"他伸手按下一枚按钮，"这上面不是画着'车子撅屁股'的图案，你这老司机今天是不是有心事？老心不在焉的！"

"可能是饿了！"吕瀚海打着哈哈。

"这不刚吃完饭？"嬴亮除了他师姐，很少会在其他人身上瞎琢磨，见后备厢已打开，他快步走了过去。

吕瀚海回头瞧瞧，发现嬴亮正在一堆金属箱中不停地翻找，这些东西只要是出外勤，展峰都会吩咐带上，至于箱子里装的到底是什么，展峰不说，吕瀚海也从没问过。

"找到了！"嬴亮随口咕哝了一句，接着"嘭"的一声关上了后备厢。

望着对方的背影再次消失在巷子内，吕瀚海长叹一声，接着又打开了手机，相册内是一张清早从医院发来的照片，值班护士也打来电话，告知他养父吕良白从昨晚开始就已昏睡不醒，各项生命体征都存在异常，护士让他时刻保持电话畅通，要是出现意外……

吕瀚海将手机息屏，很是疲惫地揉了揉太阳穴。

"难道，就这样结束了吗？"

他在心里不停地问自己。

十八

不得不说，嬴亮的方法果然奏效，当探测仪掠过床头的位置时，报警器突然闪起了红光，并发出了警报声。

"藏在墙里！"嬴亮找准位置，把那张"娃娃抱鲤鱼"的年画撕掉后，一块带有裂缝的长方形墙皮显露了出来。

隗国安弯起手指敲敲，那墙皮随之发出"咚咚咚"的空响。"是木质的！"

"难怪当初我们没找到，原来在墙上挖了洞！这家伙可真够狡猾的！"

"从这么细小的裂纹看，这里原本应该是完整贴合，后来木头受潮发生形变，这才出现了裂缝，要是放在十多年前也是很难被发现的。"展峰的说辞，算给了倪磊一个台阶。

案件进展至此，倪磊也从展峰那儿得知了一些案情，他丧气地道："现在人都没了，找到找不到都已经晚了，还是先打开来看看是什么再说。"

"说得对！"隗国安撸起袖子，从嬴亮手中接过一根捏弯的铁丝，沿着缝隙戳了进去。确定钩上硬物后，他缓缓用力，将铁丝向外拉出。

随着嵌入的那块墙皮被拉出，众人发现那其实是一个木制抽屉，里面放置的一个铜制方盒才是要"保护"的重点。

展峰将物证袋中的钥匙取出，型号刚好和方盒上的铜锁完美匹配。

轻轻一扭，铜锁被打开，盒内的物品也被逐一取出。不大的空间里，只放了四样物品：影集、结婚证、日记本、戒指盒。

从物品上洞悉人心，这是司徒蓝嫣最为擅长的事，所以展峰退居幕后，把物品的分析工作交由她来处理。

司徒蓝嫣先是翻开了那本只有新华字典大小的影集，按照时间顺序，里面

第二案　夺命毒琴

收藏着孔林羽和邵冬梅从相识、相知到相恋的点点滴滴。

放下相册，她又拿起结婚证，从日期栏上的碳素钢笔字上可以推算出，两人结婚时，邵冬梅已染上毒瘾。打开戒指盒，里面是两枚婚戒，经展峰辨认，确定材质为千足金。

最后那本日记本，让司徒蓝嫣足足翻阅了一小时。

"……"

"这个代价确实过于惨痛了！"她将本子重新合上，感叹了一句。

作为师姐的头号跟班，嬴亮很快追问了句："怎么说？"

"日记是孔林羽写的，他很早就知道了邵冬梅吸毒，但后来还是毅然决然地和她走到了一起。孔林羽在日记中承认自己也吸食了毒品，但他的目的是染上毒瘾后戒掉，给邵冬梅做个标杆，可他万万没有想到，毒品这个东西，要比他想象中可怕得多。他后来非但没有戒掉，反而越陷越深。最终邵冬梅因吸毒而死，孔林羽就开始自暴自弃，过起了以贩养吸的日子。"

"以贩养吸？"倪磊嗅到问题所在，"他是谁的下线？"

"邵冬梅的姐姐邵春梅，也就是禁毒大队的线人——梅姐！"

倪磊拿起那个镶有红色绒布的戒指盒，仔细端详了好一会儿："这屋里能卖的都卖了，他情愿去抢劫也不愿把婚戒当了，可想而知他对邵冬梅的用情有多深。"

"要不是情到深处，他也不会以身试毒。"司徒蓝嫣惋惜道，"邵冬梅可以说是孔林羽全部的情感寄托，妻子的死对他来说，无异于晴天霹雳。当人在经历情感重创后，会产生极端、消极的情绪。甚至有小部分内心脆弱者，他们的人格会因此分裂或永远停留在那个阶段，从而表现出疯傻等不可逆转的心理疾病。

"结合日记，我认为，在妻子逝去的很长一段时间内，孔林羽的精神徘徊在正常人和非正常人之间，当心理压力集中在一个阶段爆发时，他只能依靠更多的毒品来麻痹自己。这才是他疯狂抢劫的真正动机。"

"唉！"隗国安一阵唏嘘，"一位救死扶伤的医生，竟然被毒品迫害到这个田地，真是造了孽了！"

"无论什么原因，这家伙都不值得可怜！"嬴亮愤愤不平道，"他接连持刀抢劫，有几人还被砍成重伤，如果他值得同情，又怎对得起那些无辜的受害者？"

"对，还是亮子说得在理！"隗国安立马换了副表情，也义愤填膺起来，"不管什么理由，都不能成为犯罪的借口！"

司徒蓝嫣没有心思看这爷俩在此口诛笔伐，转而问倪磊："倪教，除了核实的抢劫案，在当年，还有没有类似的案子发生？"

"查出孔林羽的嫌疑后，我们在全市范围内张贴了悬赏通告，一方面是查询人的下落，另一方面是征集还没掌握的犯罪线索，通告贴了好几个月，除了霍元宝这一个受害人联络不到，基本没发现孔林羽还做过其他案子。"

"抢劫案集中在4月至6月，说明在这段时间，孔林羽正处在精神崩溃的峰值期，而阳东机床厂附近的监控显示，霍元宝10月份还在视频中出现过，这中间横跨四个多月，从犯罪行为学角度分析，毒品深度成瘾的孔林羽不可能有这么大的耐力。所以霍元宝被抢是事实，但时间要提前到4月至6月之间！"

专案组成员之前对此已有过分析，所以并没有表现得太过吃惊，然而刚知晓案情的倪磊大惊失色："司徒警官，照你这么说，杀害霍元宝的另有其人？"

"没错！大概率是这样！不过……"司徒蓝嫣转而又道，"不过这是我的推测，要是想证明，其实也不难。"

"哦？怎么个证明法？"

"昨天，我已从市局调查组了解到，霍元宝在家乡欠了很多钱，每天都有债主上门逼债，所以只能东躲西藏，他当年来阳东机床厂是为了讨要提成款。要是我猜得没错，他的手包很早就被孔林羽抢走，那他这四个月必然需要生活费。在此地举目无亲，作为老赖，亲朋好友早已对他疏远，所以他只能向至亲之人求救。"

嬴亮左手端着超薄笔记本，右手不停敲打着键盘，进入案件数据库后，市局调查组反馈上的所有信息，全部详列在内。

他点开那枚标注有霍元宝的红色按钮，几条树形思维导图很快显示了出来。"他父母早亡，有一弟一妹，因债务关系，一直没有搬走。因被追债，他在儿子满月后不久，就抛下老婆孩子离家而去，不过据了解，他和他妻子是离家不离人，私下里还保持着联络。"

第二案　夺命毒琴

隗国安接过话头:"这么分析,霍元宝如果缺钱,只能管他老婆要?"

"大概率是这样!"

十九

从孔林羽家中离开后,市局调查组很快和霍元宝的妻子取得了联系,通过电话询问证实一切和司徒蓝嫣的猜想吻合。

霍元宝曾向妻子求助,要求打款,并且还在电话中说,如果这次要不来钱,就让她带着孩子改嫁。虽然具体时间她已说不清,但那次通话之后,霍元宝就如同人间蒸发一般,再也没和她有过任何联络。

她本以为,他消失是不想牵连家人,以至于后来警察找到她,她都对此屡屡矢口否认,直到得知霍元宝的死讯,她才怅然若失地承认了他的失踪。然而,或许时间可以冲淡一切,对于霍元宝的死,这个女人未从话语中表现出任何悲伤情绪,她只是沉默片刻,极为冷静地回了句"知道了!"就挂断了电话。

....

车舱内,从埋尸林内挖出的七具尸体,被分成了两个部分,孔林羽所在的1至6号是蓝色的part1(第一部分),7号霍元宝则是红色的part2(第二部分)。

展峰站在大屏幕前注视良久,转身对众人缓缓道:"我查阅了目前掌握的所有资料,前六名吸毒者应该都是从梅姐那里拿货,因渠道较为隐蔽,所以他们不曾被查处。梅姐当年作为警方的线人,并不方便出头,那么5号死者孔林羽作为她的亲属,就是最值得信赖的接头人。"

说完,屏幕上的part1的六人,瞬间改变位置关系,组成了一张毒品供求关系的三角树形图。在塔尖位置的是梅姐,下一层级则为孔林羽,第三级为五张带有问号的黑白图。

"从屏幕上不难看出,前六名死者,存在供求关系。也就是说,他们几人其实在一个固定的生活圈。"

"有些奇怪!"司徒蓝嫣最先反应过来。

"奇怪?怎么个奇怪法?"嬴亮不解。

269

"确实有蹊跷！"隗国安也说，"镇上的吸毒者，不止他们几个，为啥被害的偏偏是他们？"

司徒蓝嫣补充道："这六人身上有明显的威逼伤，嫌疑人显然是想从他们身上问出一些情况，那他究竟想知道什么呢？"

"你们觉得，孔林羽疯狂作案的真相是什么？"展峰的一句反问，让众人更加迷惑。

"为什么这么问？师姐不是已经推测，他情绪存在波动？"

"不是那么简单！"展峰点击连接屏幕的鼠标，画面上的六名死者重新被列为一排，只是序号看起来有些别扭，分别是"1、2、3、4、6、5"。

"骨同位素测算死亡时间，只能精确到年，我得出的结果是：前四人于2002年被害，后两人以及7号霍元宝都是死于2003年，这一点没有异议。

"因结论无法精确到月份，所以我只能通过他们的衣着，大致区分被害季节。

"比如说霍元宝，他穿着较为厚实，所以被排在了7号。而5号孔林羽和6号因都穿着较为单薄，所以我并没有细分，只是大致标注了一个序号。

"但目前看来，这个顺序极有可能搞错了，我觉得，5号孔林羽，可能是六人中最后一个被害者。他和6号的顺序，要颠倒过来。"

嬴亮停止记录，抬头问道："只是一个顺序，这又有什么影响？"

展峰解释："孔林羽是以贩养吸，而另外五名死者，恰好是他的下线，换位思考，如果我是孔林羽，自己的下线一个个失踪，会给我带来什么影响？"

"收入和情绪！"司徒蓝嫣接过话茬，"贩毒不像其他买卖，可以公开。它存在一定的隐蔽性，下线被害，就等于削弱了供求关系，那么孔林羽就无法从中获取差额利润，这是其一。其二，吸毒者的社交圈说复杂也复杂，说简单也简单。而孔林羽几人显然属于后者。圈子里的人接连失踪，孔林羽不可能不打听。直到整个圈子就只剩下他一人，他必定会处在一个极度恐慌的状态，而毒瘾发作又迫使他需要钱财，再加上妻子死亡的心理创伤，最终导致了他不计后果实施抢劫。这么看，也只有孔林羽最后一个被害，一切才说得通。"展峰接着将5号尸骨单独展示在大屏幕上。

"哎，不对啊！"隗国安挠了挠光明顶，"为何骨架看起来这么完整？展队你修复过了？"

第二案 夺命毒琴

"没错!"展峰调出了现场的原始照片,"发现5号尸骨时,他的整个左手掌被放在了裤子口袋中,如果不仔细看,很容易被误认为是嫌疑人所造成的威逼伤。然而,事实并非如此……"说着,展峰将那只掌骨逐渐放大,这时众人才发现,在骨骼表面,存在大量坑洼。

"这是?"

展峰回道:"是犬齿痕!我不光在5号尸骨上发现了这种痕迹,其他尸骨上也存在,只是分布较少,不具备比对条件而已。"

嬴亮从系统中将这张图片抓取到自己的电脑上,只见他不断反复地扩大、缩小,这么操作数遍,除了能看出密密麻麻的坑洼,根本是一点头绪都没有。

展峰再次点击鼠标,那些坑洼上被星罗棋布地标注上了数字,不得不说,这张图对患有密集恐惧症的人来说,绝对是噩梦。

"犬的齿系大致可以分为两个部分,恒牙和乳牙,成年犬的牙齿和人一样,具有稳定性,因此,我们就可以通过犬齿痕来判断犬的种类。这主要从三个方面着手。

"其一,犬的齿痕分布。通常,犬大牙,也就是学术上所说的犬齿,它呈细长弯曲状,非常尖锐,常用于搏斗和撕裂食物。犬的大门牙,呈现凿子状,用于咬断食物。臼齿齿尖高且尖锐,酷似剪刀,在进食时可以撕烂肌肉组织,并嚼碎骨头。不同犬种因为食性不同,牙齿的分布也存在差异。

"其二,要考虑牙齿的摩擦特征。齿学摩擦是生物摩擦学的一个分支,主要分为人类和动物两大类。主要研究牙齿在进食时的摩擦规律,从而服务于人类的口齿检验,以及研究生物的进化分支,判断种属。

"其三,还要分析牙齿的力学特征。例如,有的动物可以咬断骨骼,甚至铁皮。而人类的牙齿不具备这种功能。这就是齿学中的力学差异。

"如果在现场提取到了足够量的齿痕,通过以上三点的研究分析,就基本可以判断动物种属。经过分析,可以判断出,这是一只成年的狼犬。"

"嫌疑人身边养了一条狼狗?"

"没错!"展峰看向发问的嬴亮,"它可以轻易咬断死者的手掌,说明这只犬体型较大,有惊人的咬合力,不过狼狗作为家犬被普遍饲养,并不具备特指性。另外,被撕咬的地方,并未出现黑色骨洇血点,说明他是死后被撕咬。"

展峰目光移向众人："我现在的疑惑，主要集中在，孔林羽作为六人中最后一名死者，为什么他身上除了犬类的撕咬痕，并没有发现一处威逼伤。这好像并不符合犯罪人暴力升级的行为特点！"

"能压制住暴力欲望，必须是积极的情感！"司徒蓝嫣捏着下巴思忖片刻，继而又说，"心理学中，把积极情感归纳为很多类，常见的有欲念、信任、爱情、幸福、放松、快乐、浪漫、希望等。其中的任何一种，都可以抵消嫌疑人的暴虐情绪。但不管怎么说，孔林羽和嫌疑人之间，一定存在积极的情感关联，选择他作为最后一个下手目标，也可能与此有关。"

"熟人作案？"隗国安很快反应过来。

"而且还不是一般的熟悉。"司徒蓝嫣目光如炬，"至少他对孔林羽的毒品社交圈了如指掌。"

分析的这条结论具有很强的指向性，要是案子发生在昨天，那么依次就可以展开侦查。然而遗憾的是，所有物证及人证，都已在时间的长河中被彻底掩埋。

讨论完 part1 的所有资料，嬴亮不得不在孔林羽的这条树状图末端标上红色圆点，以示线索暂时中断。

稍做休整后，专案会直接转入 part2 的分析中。

二十

和 part1 的毫无抓手相比，霍元宝的死，至少误打误撞保留了一个原始现场。

车舱内，众人戴上 VR 眼镜，直接进入了虚拟勘查系统。

站在"桌面位置"，展峰操控手柄，打开了名为"阳东机床厂招待所 121 房间霍元宝租住处"的文件。

短暂的黑屏后，众人眼前出现了构建出的虚拟现场。

这是一户临巷的单间，东西走向，房门朝南。门是老式的板门[1]，成年人稍

---

[1] 用三合板中间加锯末模压后做成的门，是最简易的工程门，遇水极易腐朽断裂。

第二案　夺命毒琴

微用力，一脚就可以踹开。俗话说"好马配好鞍，破驴披草苫"，既然门都这么廉价，那锁也不会好到哪里去。

在刑警队时，众人早已看到了照片，现场这把用卡片就能戳开的锁，别说防盗，能保证不从门缝漏风，就已经烧高香了。

展峰将锁舌的位置放大："从当年拍摄的重点部位照片看，并未在门锁上发现明显的撬别痕迹。"

"也就是说，嫌疑人要么是尾行入室，要么就是霍元宝没有关门？"隗国安很快给出了两种猜测。

"可能性都有！咱们接着往后看。"展峰将入口位置缩小，众人直接进入了房间。

透过虚拟现场标注的长、宽、高数据来看，室内面积仅十五平方米，高度也仅有 2 米不到。进门靠右手边是一张桌子，上面摆放着热得快、暖瓶、洗脸盆等生活用品，与之相对的是一张木质单人床，上面未见床单。脏兮兮的棉质铺被上，可以看见少量黑褐色的抛甩血点，结合霍元宝的头部钝器伤可以判断，这是遭钝器多次击打后，留下的血痕。

包裹 7 号尸体的床单上也存在相应血痕，展峰将铺开后的床单照片按照比例，又重新铺在了虚拟现场的这张单人床上。这么操作后，众人很明显地看出，血点集中出现在西侧床尾的位置，且血迹的方向朝北。

本案中，抛甩血的产生，是凶手抬起凶器，血滴受离心力的影响，沿着凶器轨迹的切边飞离、下落后产生的痕迹。通过血痕的方向，可以判断出作案时凶手和被害人的位置关系。

重建现场可知，霍元宝当时站在床尾面向北方，有人站在他身后，用钝器多次击打，直到他失去反抗能力后，再用软物勒颈将其杀害。

展峰站在床尾南侧 20 厘米的位置："杀人的中心现场，应该就在这里。"他看向脚下那块粘有黑色油污的红砖，在砖头的尖角位置，也黏附有黑褐色的血痕，"看来凶手就是用它击打霍元宝的头部。嫌疑人没有把它带离现场，说明不具备特指性，初步怀疑，这块砖头是他沿途随手捡来的。"

展峰手一挥，从砖头上延伸出三条线段，以砖体为起点的一号线段上写有：黏土红砖，长 240 毫米，宽 115 毫米，高 53 毫米。以黏附的黑色油污为起点的二号线段写有：动物油脂，成分为猪油。以砖头中间部位一小块黑色油

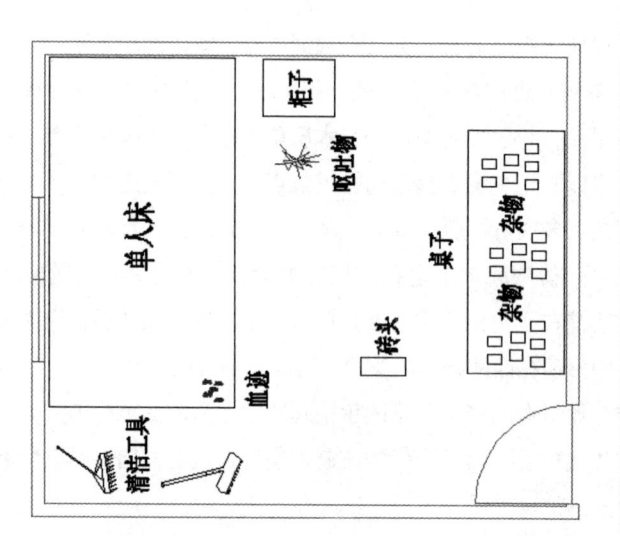

霍元宝被故意杀害案现场示意图

北

单人床
柜子
呕吐物
凳子
砖头
杂物 杂物
血迹
清洁工具

巷子

第二案　夺命毒琴

污为起点的三号线段上有一张图片，下方备注：指节纹[1]。

"有物证！"嬴亮倍感欣喜。

"除非找到嫌疑人，否则不具备比对特征！"展峰的一句话，把嬴亮刚燃起的小火苗给浇了个透心凉。

不过只要进入案件分析，展峰会本能忽略外界的一切干扰，他手一挥，砖头物证消失，站在原地，他回头看向直线距离不足2米的房门。"能被多次击打，且没有剧烈反抗，显然霍元宝之前并没有料到会有人偷袭！也就是说，直接尾行入室的可能性不大！"说完，他又看向地面，在屋内靠近床头的位置，有一大摊已晾干的呕吐物，另外，在床尾的褥子上，也发现了少量黑色油污，成分依旧是动物油脂。

他第二次挥手，从呕吐物上，延伸出密密麻麻数十条线段，不过好在标注的都是常见名词，虽然多，但看起来一目了然。

从上到下分别是：食用酒精（包括乙醇酸、酯、醇、醛等微量有机化合物）、牛肉、猪肉、羊肉、牛板筋、鸡皮、鸡爪、青椒、金针菇、豆角、韭菜；孜然粉、胡椒粉、辣椒粉、肉桂粉、咖喱粉、花椒粉、茴香粒。

待众人的视线从呕吐物上移开，展峰这才解释道："很明显，霍元宝当晚吃的是烧烤，且饮用了大量白酒。回到住处后，他没有脱鞋，直接躺在了床上，因为不胜酒力，他很快把当晚吃的食物全部吐了出来。

"这时缓过劲来的他，起身走到床尾准备拿扫帚清扫，因为呕吐物味道太大，他打开了房门，而就在他转过身去，准备弯腰捡起放在床尾的灰簸箕时，嫌疑人瞅准机会，拎着砖头跑了进来，他先是将霍元宝砸晕，接着关上房门，将其勒死。"

司徒蓝嫣环视一周："屋内没有任何贵重物品。霍元宝的手包也在四个月前就被孔林羽给抢了，所以他身上应该不会有大量财物。另外，从他死前的衣着看，都是地摊货，怎么也不可能和有钱人扯上关系。种种迹象表明，仇杀的可能性较大！"

---

[1] 指节纹，又称"指节乳突花纹"。是指手指头以下的第二、第三节上的乳突花纹。除极个别指节上出现不典型的箕形线外，均由直线、波浪线、弧形纹组成。指节纹的形成和指纹一样，是由基因决定的，在婴儿出生前就已经形成。指节纹的形成还和后天生活环境和习惯有关，但是每个个体的生活环境和方式差异较大，形成的指节纹差异也很大，因此，指节纹可以作为一种生物特征用于身份识别。

"他一个来要账的外地人，在本地举目无亲，谁会对他下手？"

面对隗国安的疑问，嬴亮给出了一个假设："会不会他要账把人给要急了，机床厂的人下的手？"

"我之前也有过此方面的怀疑。"司徒蓝嫣说，"可能性有，仔细推敲却站不住脚。刑警队那边核查过阳东机床厂的账目，发现霍元宝每周都会去厂里支取一点维持生计的生活费，并且财务科告诉他，只要到了年底，就能结清欠款。通过联系厂子上家也证实，他们在年底会把货款转至机床厂账面上。也就是说，整个资金流水相对来说比较通畅，各个环节也没有发生过什么过激的矛盾。

"据知情人透露，霍元宝之所以赖在本地不走，是因为他在外面的资金缺口太多，就算要来钱也是杯水车薪，在这里，人生地不熟，不会有人上门催账，所以他想在这里过几天清净日子。而从机床厂的角度来看，他们不想霍元宝一直赖在这里，毕竟，招待所也是要房租的。退一万步说，就算此事真和厂子有关，他们也不会傻到用印有机床厂的床单包裹尸体。从心理学上说，越在意什么，就会越避讳什么，嫌疑人的裹尸行为，恰巧说明他和机床厂可能毫无瓜葛。"

"嗯，师姐言之有理！"嬴亮听完，见展峰也没有反驳，他就在案件系统中将这一假设删除了。

"对霍元宝来说，矛盾点不是存在于厂内，那就一定是在厂外。"隗国安说着，从虚拟现场的门口快步向前，最多也就是眨眼的工夫，他就走到了伏击位置。

"我看过外围现场照片，招待所紧邻一条东西向的胡同，没有路灯，一到晚上黑咕隆咚，啥也看不见。而且这条巷子极窄，只容得下两个成年人侧身通行，就算霍元宝喝得酩酊大醉，身后如果跟着一个人，他也会发现。所以我觉得，嫌疑人应该和霍元宝之间保持了一定的距离。而当霍元宝赶回招待所时，第一件事肯定是关上房门，这个时候，嫌疑人赶到，埋伏在周围准备动手。如果我是凶手，我一定会等霍元宝睡熟，然后进入室内，将其杀害。然而巧合的是，霍元宝此时竟然主动打开了房门，这就给作案减小了难度，因此凶手果断出手，在刹那间要了霍元宝的命！"

"还有几个疑点！"展峰认可的同时，又补充道，"问题一：霍元宝是外地

第二案 夺命毒琴

人,当晚又处于醉酒状态,要是发生矛盾,嫌疑人为何执意要跟到他的住处,再将其杀害?问题二:作案时为何不直接使用锐器?而是先用砖头击打,再用软物勒颈?问题三:作案工具留在现场,他却把尸体扛走,又不辞辛苦将尸体埋到七八公里外的山上,这又是为什么?"

隗国安习惯性地挠挠头皮:"这么一说,好像还真有点问题。"

司徒蓝嫣则顺着展峰的思路,不紧不慢地道:"霍元宝在本地没有社会关系,就算在巷子里把他给杀了,当地警方也不一定能从他的社会关系找到突破口。嫌疑人既然顾忌这个,那说明他和霍元宝的矛盾一定有人知晓,他担心警察会因此找到他,所以他必须将尸体处理掉。

"从杀人的整个过程看,他事先有过详细的谋划,之所以不用锐器,是怕在现场留下大量血迹,引起怀疑。把尸体扛走掩埋,也是为了毁尸灭迹。另外,他把砖头丢在现场,可能是因为作案后,他的精神处于高度紧张的状态,而此时他所能看见的,就只有床单上溅有血迹,为了避重就轻,他选择将那块随处可见的砖头丢在现场,也在情理之中。毕竟霍元宝生前也有一百三四十斤,靠单手很难将其背起。"

司徒蓝嫣和展峰对视几秒,见对方并未提出异议,她继续道:"纵观整个过程,其实并没有什么问题,而此事的关键所在,就是凶手选择的埋尸地点及埋尸方式,竟然和前六名吸毒者的处理手法完全一致。而part1的案件最先发生,也就是说,part1的凶手和part2的凶手有过交流,在交流中,前者教授了后者犯罪方法。换而言之,找到了杀害霍元宝的真凶,就很有可能连带破了孔林羽他们几人的案子。"

"没错。"展峰对这个结论相当认可,"这就是我们接下来的侦查方向。"

"或许还可以更进一步!"隗国安举手打断,"你们想过没有,霍元宝被杀后,他的尸体被凶手带离了现场。胡同那么窄,除了摩托、自行车,没有什么交通工具能挤进去。要是他当真带着运尸工具,干吗还把砖头丢在现场?所以我觉得,他大概率是徒步。

"试想,就算是在夜里,扛着具尸体跑七八公里,根本不现实,那么唯一的可能性就是,凶手就住在附近,他把尸体扛回住处,先倒一手,然后再选准时机上山埋尸。"

"鬼叔的猜测说得通。"展峰继而又补充道,"如果嫌疑人对霍元宝的情况不了解，也不敢追到家里作案，万一在作案时，有其他人闯入，反而得不偿失。"

"那么，他俩究竟是在哪里发生的矛盾呢？"

"长山街！"面对赢亮的疑问，展峰直接给出了答案。

"长山街？"

赢亮飞快地敲击键盘，在电子地图上找到了这个地方，在标注好方位后，又将截取后的动态图打到了投影上："蓝点所在的位置是长山街，红点是霍元宝的住处，两者间直线距离约 1.2 公里，有多条岔路可以选。长山街是当地比较有名的美食一条街，因附近到处建有工厂，且很多工人都是三班倒，所以那里始终不乏人气。时至今日，长山街仍然是附近居民觅食的最佳场所。"

"亮子。"隗国安发问，"知不知道这条街上有多少家烧烤店？"

赢亮打开团购 APP，以关键字搜索，逐一排查后回道："长山街总长近 3 公里，打着老字号的烧烤店共有十三家，我把他们在 APP 公布的固定号码梳理了一遍，通过固号的注册时间排查，符合条件的共有四家。"说完，他把店面的门头招牌并排打在了公屏上。

就在大家琢磨着下一步该如何排除时，展峰点击操控杆上的按钮，直接将前三张招牌删除，留下最后一张"马季烧烤屋"。

见众人疑问，展峰解释道："从霍元宝呕吐物中分离出的烧烤料研磨得很细腻，显然这些东西是通过机器打磨而成，并不是手工。换言之，不用人工，或许是因为徒手已无法满足烧烤店的供给，说明店家在十多年前就有极大的人流量。这种以本地人为主要顾客的店面，只要口味不换，早年生意好，现在生意也不会差到哪里去。这一点从 APP 订单上就能直观地看出区别。"

赢亮听言，直接对比了几家店的销售记录："确实如展队所言，其他三家加一起的月销量，也赶不上马季烧烤屋。"

展峰又道："烧烤这种烹饪方式，食材家家都一样，口味的区别就在于烧烤料。这条线索，我早在几天前就通报给了当地市局，在辖区派出所的协助下，他们挨家挨户把每家店的烧烤料样本都提了回来，经检验，有三家店使用的烧烤料成分一模一样。经排查才得知，另外两家是马季烧烤屋的加盟店，他

第二案　夺命毒琴

们的料子，全由马季烧烤屋提供。"

"不过就算确定了店面好像也无济于事，毕竟案子过去那么久，难不成老板还能回忆起当时的细节？"

"至少可以确定一件事！"

"哦？什么？"赢亮问。

"你把当年刑警大队调取的，编号为200310052133的视频片段给找出来。"

赢亮按照展峰的要求，在案件资料库中很快找到了对应的监控，当看到视频名后还带有一个"（修）"时，他立刻明白，这是一段近期刚处理过的视频片段。

用专用解码器双击播放，画面中，出现了霍元宝的黑白影像，只见他踉踉跄跄朝前步行，又转过身来，他愤怒地用手指向后方，好像在破口大骂着什么，接着一个围着围裙的中年男子走上来，拍了拍霍元宝的肩膀，将他劝离，而后监控中又捕捉到了围裙男返回的影像资料。在此过程，整个画面中，没有第三个人出现过。

因为是最老式的录像设备，拍摄出的影像就像是卓别林的默片，图像极不清晰，也没有声音，要不是霍元宝的衣着和尸体一模一样，专案组成员也很难认出那个发火的就是死者。

被剪辑的视频，前后不到一分钟，播完后展峰说道："画面很模糊，基本看不清人脸，而且当年刑警队并不掌握霍元宝的衣着情况，所以这段视频，并没有引起注意。"

说着，他将电子地图放大，用电子笔在马季烧烤屋的旁边画了一个红圈："这个监控就挂在距离烧烤店不足2米的烟酒店内。霍元宝和人发生争执，能及时赶来劝架的，就只有马季烧烤屋的人。"

他接着让赢亮重新播放一遍录像，当画面中出现霍元宝转身大骂的动作时，他快速地点击了暂停键："仔细看，霍元宝所在的位置，是在烟酒店门前，并不是在烧烤屋，而此时来劝架的是烧烤屋的人，说明矛盾源头就发生在烧烤屋内。"

司徒蓝嫣眼前一亮："霍元宝形单影只，且操外地口音，他这么飞扬跋扈，对方连脸都不敢露，这足以说明，和他发生争执的那人身份处在劣势地位。"

"有道理!"隗国安也茅塞顿开,"要是普通食客,大不了干一架,谁还能没个脾气。可瞅着画面中,就霍元宝一个人在骂,还这么嚣张。我琢磨着,被骂的那个人,会不会是店里的服务员?"

"有这个可能!"嬴亮拍案而起,"接下来我们只要把马季烧烤屋2003年前后雇用的所有男性店员都摸排一遍,要是有谁居住在阳东机床厂招待所附近,那么就可以锁定他的嫌疑了!"

"这项工作在提取烧烤料样本时就一并做了!"展峰摇摇头,"马季烧烤屋的服务人员这些年都没变过,她们都是老板马季的亲属,没有一名男性,而且都上了年纪,不具备作案的能力。"

"不是服务员那可能性就多了!"隗国安听言,也跟着泄了气,"像什么拾荒的、要饭的、推销的这些都有可能。"

"可不是吗!"嬴亮也跟着附和。

司徒蓝嫣却没放弃:"监控拍摄于10月5日晚,刑警大队是在10月12日找到了霍元宝的住处,经一番调查无果后,才将嫌疑人孔林羽挂网追逃。也就是说,从5日至12日,嫌疑人有七天的准备时间。凶手作案前有详细的预谋,矛盾产生的当晚他并没有作案。我觉得,应该把当年调取的视频扩大播放范围,说不定就能找到凶手的影像资料!"

"是个法子,这事交给我去办!"隗国安主动将活给揽了下来。

二十一

上午八点,市公安局大门西侧的信访接待中心内,早已人满为患,上百名群众端坐在大厅中,说是要讨个说法。

经询问得知,他们都是山洼村的拆迁村民,很多人都在等着还原房,承建方迟迟不动工,他们去询问,被告知后山发现了尸体,警察正在办案,究竟什么时候开工,要看警方的办案速度。

此事细算,牵扯到四方面关系:专案组、承建方、市公安局及拆迁户。其中前两方是核心,于是在征求过展峰的意见后,市局联系上了承建方:东胜公司的副总庞虎。双方约定两小时后在刑警支队会议室碰面。

上午十一点,一辆黑色行政版路虎揽胜准时驶入市局大院,在核清身份

第二案 夺命毒琴

后,肩扛一杠一星的青年民警将庞虎引上了电梯。

穿过玻璃门禁,走廊尽头那间小型会议室内,展峰已等候多时。随着脚步声由远及近,他下意识地抬头朝门口望去。

模糊的人影逐渐变得清晰,一身运动装的庞虎笑盈盈地走了进来:"哎呀,真是不好意思,刚得到消息,我就赶过来了,给你们添麻烦了!"他伸出右手,和展峰握了握,接着主动找了个离展峰最近的座位坐了下来。

"市里的相关领导已在电话中把具体情况告诉我了,路上我问清楚了缘由,原因出在我们公司,是我们的接待解释得太过敷衍,这才给你们带来这么大的麻烦,抱歉,抱歉!"

虽说东胜这公司名称起得有点包工头的味道,而实际上,它可是一家年收入以千万元为单位的大公司,旗下的子公司数十家,从业人数也是以千为计量。作为公司的二把手,庞虎把姿态放得这么低,展峰也确实不好说什么。

话音落下之后,会议室内安静得有些尴尬,不过很快,颇为热情的庞虎开了话头:"门口的村民,我已让公司的人给劝走了!"

"那他们还会不会再来呢?"展峰问出了关键。

"唉,怎么说呢?"庞虎有些为难,"我也不敢打包票,只能尽量劝他们少来闹腾!"他又一转话锋:"不过说实话,山洼村的工地确实停了很长时间,我们上家帝铂集团和当地政府一直在催进度,很多老百姓都在数日子过,就想搬进还原房。这不,市里的协调会刚开过,就出了这事,我们公司夹在中间也不好过。打心里说,我是希望案子能早点水落石出!"

"话都说到了这个份儿上,那我也就开诚布公地聊一聊吧!"

"这样最好,有什么问题大家都摆在桌面上,只要我们公司能帮上忙的,你们尽管开口!"

"那好!"展峰看向庞虎,后者也将视线迎了上去,两人短暂四目相接,展峰问,"你们这次,是不是在建房的同时,准备把瓦当山惠民工程一并也给做了。"

"没错,这也是当初和政府达成的约定!"

"此事有多少人知道?"

"这又不是什么秘密,帝铂集团在拿地之初,政府还主动宣传过,附近的村民无人不知、无人不晓。"

"从拿地至今,过去了多久?"

"是要确切日期吗?如果是,我联系公司员工,让他们查查标书!"

"不用,估个大概就行!"

"我想想!"庞虎习惯性地从兜里摸了支烟卷点上。

展峰主动将烟灰缸推至他面前,然后说:"这烟味道很特别!"

庞虎将那支烟卷从嘴巴中抽了出来,展峰发现,上面没有任何品牌标识:"这是我自己卷的,里面除了烟丝,还混有茶叶,这样抽起来既能提神又有茶叶的清香。展队,你要不要来一支?"

"如果可以,那就恭敬不如从命!"

庞虎大大方方地扣开金属烟盒:"我平时闲着没事就会卷几支,抽多少,你自己拿!"

展峰捏起了一支,抬眼看向庞虎,后者乐呵呵地道:"够不够?不够多拿点,抽完我自己回去卷!"

"我烟瘾不大,也就抽着玩!"展峰拿起一支放在鼻尖,仔细嗅了嗅,"这是什么茶叶,这么香?"

"一种常见的贡茶而已。"

见庞虎有敷衍之色,展峰很自然地提到了上个问题:"瓦当山项目距今大概有几年了?"

"从拿地到拆迁,大概有三年了吧!"

"有句话,我不知当讲不当讲!"

看着展峰的表情严肃,庞虎点点头:"你说就是!"

"既然项目三年前就已经传出去,为什么那时候没人来挖尸,偏偏赶在这个节骨眼上?"

"确实!这事我也觉得挺奇怪!"

"其实仔细一想,也很好理解。"展峰道,"我就直言不讳了,因为前几年瓦当山的惠民工程,只是嘴上说说,并没有付诸行动,而这次是箭在弦上不得不发。"

"你的意思,那个挖尸人,知道内部情况?"

"除此之外,我想不出其他理由!"

庞虎很认真地思索片刻,展峰可以看出,他那种认真绝对不是装装样子。

第二案　夺命毒琴

将烟卷熄灭，庞虎的两道浓眉挤在了一起："真正施工前，需要做大量烦琐的准备工作，在形成一个完整的、定性的结论前，谁都不敢保证项目是否可以顺利进行，瓦当山惠民工程也就是前几天才定下来的，知情者只有帝铂集团项目部及我们公司的几位高层，虽然具体施工计划还在商榷，但如你所说，这次基本是板上钉钉，必须开工。这么看来，问题还是出在两家公司的高层身上。"

庞虎手指在桌面上很有节奏地敲了两下，又道："不过帝铂集团的可能性不大，因为他们财大气粗，根本看不上这个小项目，换句话说，他们不会花太多的心思在这个项目上，最多就是打个电话，问下进度。二者选其一，那么这个问题显然就出在我们公司！"

展峰没有料到庞虎会这么坦诚，庞虎反倒落落大方道："展队，你是不是怀疑，这桩案子和我们公司有关系？另外，你今天特意和我会面，应该也有这方面的考虑吧？"

"没错，我是有怀疑！"展峰也未隐瞒，"不管是帝铂集团也好，当地政府也罢，他们都是项目的参与者，而项目做和不做，什么时候做，该怎么做，其实有主要决定权的还是你们东胜公司。我就是觉得，挖尸人的时间点卡得太准了，如果说他不知内情，我绝对不信！"

"如果站在警方办案的角度，我也不信！"

"从庞总的反应看，您好像对此不知情？"

庞虎一笑："我是公司的二把手，但并不负责具体业务，要搞清楚状况，我还要回去问一问公司的业务高层！"

"既然如此，我有一个请求……"

"规矩我懂！"庞虎举手打断，"有情况，我一定第一时间通知你！"

"行！"展峰掏出手机，"您号码多少，我打给您！"

庞虎一愣，这个看似再正常不过的社交行为，似乎让他有些不知所措，不过这情绪只是稍纵即逝，他很快恢复了原有的神态。"手机我落车里了！"

他打开手包，从中翻出一张名片递了过去："还好我带了这个！"

展峰双手接过，客气道："那我就等您的好消息了！"

"咱们现在是一根绳上的蚂蚱，你们破不了案，我们没法开工赚钱！你放心，我一定当个事办！只是……"

"只是什么？"

"我还需要一个大概解决事的期限，好和拆迁户交代，否则我还真不敢保证，下次还能劝动他们！"

展峰倒也理解："这样！"他伸出一根手指。

"难不成要一年？"庞虎虎眸圆瞪。

"不至于，"展峰摇了摇头，"最多一个月！"

二十二

"一个月？他这么有把握？"MISS酒吧的秘密包间内，韩阳摇晃着手中的红酒杯，眉头紧锁，露出疑惑的表情。

整日和庞虎形影不离的刀疤恭敬地站在一旁，回道："虎哥和展峰在会议室交谈时，我就站在门口，听得清清楚楚。"

"有点意思！"韩阳满饮一口后，将酒杯放在面前的大理石茶几上，"听说隗国安被虎哥陷害那次，展峰就给过他一个月破案的承诺，这次又是一个月，他展峰办案，就这么有把握？"

"难道这小子有啥咱们不知道的事？"刀疤很没有营养地接了句。

韩阳摇了摇头，也不知道是嫌弃刀疤这话说了跟没说一样，还是别的原因。"我在职时，也参与过不少大案，限期破案都是二十世纪七八十年代的警匪剧爆出的名词，真正懂业务的领导，从来不会要求什么限期破案，尤其是针对悬案，更不会有这么一说。毕竟有些痕迹物证会随着时间消失，关键线索一旦中断，别说一个月，就是一年、两年，甚至十年、八年，捋不出头绪都再正常不过。你说，他展峰到底有什么能耐，敢打这个包票？"

"可能就是随口一说呢？"刀疤对这些可没啥兴趣。

"要是换成别人，信口敷衍一番或许还有可能，可展峰是谁？公安部顶尖级别的专案组组长，他代表的可不是他个人，况且他做事极其严谨，按理说，不会妄下结论。"

"那他就是真有把握了？"

"我承认展峰的破案能力异于常人，甚至连我都自愧不如，但你要说，他敢在悬案上打包票，我觉得可能性也不大。"

第二案 夺命毒琴

"我怎么越听越糊涂了?"刀疤满脸费解。

"这小子这么做,只怕存了给咱们下套的心思。"

"其实也不难懂。"韩阳的双目从眼缝中射出一道精芒,他瞥向刀疤,突然说了一句,"我说,下一次再带来虎哥的消息,我一定会相信你说的是真的。"

对这个问题,刀疤显然没有心理准备,他顿时面露惶恐。

"别紧张!"韩阳掏出烟卷递过去,淡淡地道,"人和人之间交谈,大部分时候,大家听的根本不是字面上的意思。就像刚才我这句话,你会怎么理解?"

刀疤这才意识到韩阳这句话是在举例子,皱巴巴的脸逐渐舒展开:"说实话,我觉着韩局这么强调,倒好像是对我信任不足啊!"

"这就对了,这就是所谓的言下之意,刚才这句话表面上说我会信任你,其实意思是在警告你,你背着我做的事,我未必不知道,不过,我会再给你一次机会,下一次,我要听到真话。"

刀疤心头"咯噔"一声,一时之间竟不知韩阳这是不是故意借机提醒自己。

但看韩阳面色正常,他又在心中安抚起自己:"这位就算察觉了什么,既然没有明说,看来也不至于对老子下什么黑手,毕竟虎哥和那位关系铁,总不好撕破脸。"

他正寻思,韩阳又道:"你瞧,对普通人来说尚且如此,更别说思维缜密的展峰了。"他淡淡地露出自信的微笑,"展峰之所以能把悬案办到极致,正是因为他不会放过任何一个细节,一旦养成这种习惯,他会自然而然地把它带进一言一行里,就在刚才,他可是算计了我们一把!"

他在屋内缓缓踱步,仔细推敲道:"一个月的破案期限,表面上看,是对自我的加压,可实际上……"他沉吟片刻,狡黠一笑,"这个期限可并不单单针对他本人!"

刀疤哪里有他心思灵活,闷头闷脑地问:"他这话也是有言下之意的啰?"

"他针对的是当事人!"

"当事人?"

"拿隗国安被诬陷这件事来说,你觉得展峰当真就这么深明大义,会对自己的手下毫无保留地信任?"

"这个……"刀疤觉得自己脑壳子根本跟不上这俩人精,可明显韩阳谈兴正浓,在等着他的答案,他也不想得罪这位,只得绞尽脑汁地给出答案,"人心隔肚皮,毕竟举报信就真真地那里,隗国安也确实对资金流水说不清,要是换成是我,就算是之前再信任的人,也会有所怀疑!"

"没错!"韩阳得到了满意的答案,这才继续,"你都这样,何况展峰这种一丝不苟的人。他给不确定事物确定的答案,说明这件事,一定经他仔细推敲过。我看,他所谓的信任也好,时限也罢,很有可能都是在攻心!"

见刀疤一脸不解,韩阳解释道:"这种笃定看起来可能是舒缓了他人的压力,但如果运用得好,同样也是一种施加压力的行为。就像刚才我说,下次不管你说什么,我都会相信你。你想一想,下次你再见到我,还敢说假话吗?"

"唑——"刀疤带入一想,还真发现假设韩阳那句话发生在二人对话时,他下次见面时,只怕不敢对这位有半句虚言——不管是韩阳对他过去交代的庞虎的情况有所质疑也好,还是韩阳在表态下一次要根据他的态度决定是不是继续相信他也好,他都不敢铤而走险,下一次,一定会选择尽量说真话。

看见刀疤的脸黑一阵白一阵,韩阳对他的想法心中有数,笑道:"展峰对隗国安说信任他,也是这个意思。这暗示了隗国安过去的一举一动都在他的掌握中,如果隗国安是骗他的,那么就得想清楚,这位痕迹检验牛人马上会把他查个底朝天,那他的禁闭生活,就会过得一天比一天焦灼,在完全不知道展峰调查进展的情况下,可能熬不了多久就会自己崩溃,主动交代了。而隗国安对此问心无愧的话,展峰的话对他来说,就是撑下去的最大动力,这是一石二鸟之计。"

"不得了,"刀疤觉听韩阳这么一说,只觉得背后发凉,"这小子平时不吭不哈,我还以为他就会查案子,谁知心机这么深……"

"是你太小看他了,公安部专案组的人……可都不好对付!我师弟嬴亮那样的,才是另类,我一直都搞不清楚,为何要把资质平平的他招进专案组,仔细琢磨,人是展峰选的,他必定是有什么考量。"

"糟了!"刀疤突然一拍大腿。

"怎么?"韩阳问道。

刀疤龇牙咧嘴地道:"虎哥之前不是让我煽动村民,围堵市公安局大楼嘛!这可不是明智之举,要是展峰心思这么深了,我估计他已经在展峰面前露了马

第二案 夺命毒琴

脚，他自己还不知道呢！不行，我得和他说去……"

"得了吧！他早就被盯上了，要不是这样，你当展峰那一个月是随便开的口？我看他这时间限制，就是冲着虎哥下的套！"韩阳脸上有些兴奋，"你别提点，虎哥这么做，必然也有他的缘由。"

"不是！虎哥咋也有自己的心思？"刀疤一愣，"这不就是因为警方一直不破案，工地无法开工嘛！集团肯定是要催的，就算虎哥不开声，咱们公司还是会先行一步，让村民们起起哄，给警方增加下压力。"

"呵呵！"韩阳皮笑肉不笑地道，"你也不想想，这个项目和康安家园比起来，那可是小巫见大巫，集团那么大的工程都能耽搁得起，山洼村又算得了什么？"

"好像也是……"刀疤越寻思，越没了主意。

最后还是韩阳开口宽慰："得了，别想了。虎哥最近这几年做的事，别说我，你们这些跟着他的人，又有几个看得明白的？你去说，指不定费力不讨好。虎哥那脾性你也不是没见识过，反正希望他想明白，要是弄出事来，牵扯的可不止他一个人。"

刀疤听言，屡屡欲言又止，他想让韩阳想想辙，可庞虎哪里会乐意让韩阳掺和自己的事？最后他也只能一声长叹，决定按韩阳建议的，保持沉默。

二十三

从保存至今的海量视频不难看出，当年办案的民警，对此案是极为重视的，不过，有些事情就是那么悬疑，在掌握确切线索前，就算把整条街的监控全部备份，也还是令人无从下手。更令人遗憾的是，隗国安从市局视频侦查支队抽调了十余人，前后翻看数遍，也并没有找到有人尾行霍元宝的踪迹。

加上当年的条件限制，多数地方存在监控盲区，尤其是霍元宝暂住地附近，有将近2公里的路程无法追踪，这就给案件带来了无数种可能性，让人不知怎么下手。

经过数日视频分析，隗国安发现，这项工作就像是绕了一个圈，费了牛鼻子劲，到头来还是回到了起点，压根就没一点收获。

原本还信誓旦旦的嬴亮，这下也彻底没了主见，毕竟霍元宝这条线，看似比 part1 的六名死者更有抓手得多。他本来想，既然霍元宝和人发生争执后，马季烧烤屋的人能第一时间出来劝架，那么从理论上讲，两者之间或许相互熟悉，只要能在海量视频中找到那个尾行者，再让烧烤屋的人稍加回忆，这条线索就可能会浮出水面。

而确定了尾行者的身份，再对比砖头上的指节纹，那么霍元宝被害一案，就能迎刃而解。这个问题解决，那么孔林羽等六人被害案，也就看到了曙光。

所以，这条视频线索，在嬴亮眼里可是制胜的关键，但是结果再一次印证了那句话——"希望越大，失望也就越大。"

虽不甘心，但嬴亮此时也只能在案件系统中将该线索标红。这也意味着，霍元宝被害案的所有脉络全部中断。

…………

车舱内鸦雀无声，不光嬴亮没有想到，就连对图像极其敏感的老鬼也没料到，十多个 GB 的视频中，经他多日甄别，凶手竟没有留下一丝线索。

看着案件系统树形图末端代表查结的红点，众人一时也拿不清下一步该怎么进行。

展峰始终盯着大屏沉默不语，司徒蓝嫣缓缓上前，和他并肩而立："一个被外地人骂不还口的人，做事竟会这么谨慎，展队，你怎么看？"

展峰侧目，刚才还紧绷的表情此刻突然放松许多："依你看呢？"

司徒蓝嫣望向隗国安："鬼叔截取的视频，我从头看了一遍，虽然没有发现尾行者，但至少从画面中他的行走姿势可以看出，霍元宝每晚都会去美食街买醉，这种状态持续了半月有余。霍元宝每次回家的路线基本固定，所以凶手如果想摸清他的轨迹，并不困难。"

"没错。"隗国安也点头道，"虽说附近岔道很多，但他每次出现都在固定的监控探头范围内，如蓝嫣所言，他习惯走主干道。"

得到肯定后，司徒蓝嫣继续道："我认为，对方能够完美躲避监控，必须具备几个条件：第一，他对监控安装的位置，势必十分熟悉；第二，他能离老远就认出霍元宝的身份；第三，他知晓霍元宝的住处。"

"而要满足第一点，显然需要经常在美食街活动，这是必然前提。而第二点也不难达成，从调取的视频中我还注意到一个细节，因为案发时是秋冬季

第二案　夺命毒琴

节，霍元宝几乎没有换过装，换言之，就算记不住他的脸，也可以通过服饰对其身份进行辨别。只要前两点满足，要搞清楚霍元宝的住处，并不困难。把这几点综合起来分析，很容易看出，尾行者很可能是在美食街长期讨生活的中下阶层。

"带着这个判断，我跳出案件，专门选取了主干道上的监控进行浏览，经过多日的对比，我发现过往人群也就那么几类，分别是经营者、服务员、食客、送货员、卖菜的小贩、卖艺者以及流浪汉。

"能完美躲过整条街的监控，那么这个人必定经常游荡于这条美食街，且具备尾行跟踪的条件。那么固定摊位的老板、服务员就可以排除在外，餐饮业是非常忙碌辛苦的行当，他们不可能有空随时盯住霍元宝，更没心情去注意回避监控。

"而视频显示，霍元宝是在夜晚和人发生的矛盾，那个时间，基本都是吃夜酒的食客，看不到小贩。我排来排去，只剩下两种人嫌疑最大：卖艺者及流浪汉。

"到了这个时候，再经过仔细推敲，其实还可以进一步往下分析。

"流浪汉作为社会最底层人员，穿梭于各个摊点，无外乎就是为了捡点剩饭或饮料瓶，他们身体肮脏，气味难闻，为了不发生冲突，通常和食客都保持一定的距离，只有趁食客离开后服务员收拾的空隙，才来到桌子旁，捡走自己需要的东西。这种情况，其实很难和食客发生直接冲突，退一万步说，就算发生了，也顶多随口骂上两句，不会引起长时间的冲突，毕竟在外人看来，欺负流浪汉也不是什么光彩的事情……"

嬴亮旁听一阵，心中重新燃起了希望，没等司徒蓝嫣说完，他激动地道："师姐，照你这么推断，只剩下最后一类人了！"

隗国安点头附和："我也觉得蓝嫣说得在理。在分析视频的过程中，确实看到了几个背着乐器的卖艺者。卖唱本就是给食客助兴，在这个过程中，如果食客提出无理要求，很容易引发矛盾，我在派出所值班时，可没少出过这样的警。"

"理论上能说得通。"司徒蓝嫣面露愁容，"可我数了一下，在美食街上一共能看见七个人背着乐器在摊点来回穿梭，而监控质量太差，一到夜里，画面就模糊得不成样子，没一个能看清楚脸面的人。就算凶手在他们其中，我们也无法着手做下一步调查。"

司徒蓝嫣话音刚落，展峰就开了口："嬴亮，你把这七人给截出来！"

后者用截屏软件将七人的影像裁出，标注序号，并排打在了大屏上。

不得不说，这些画面放大后，除了能勉强看出性别、衣着款式及所持乐器，面部特征简直像沾了水的国画，啥啥都看不清楚。

其中1号至3号为男性，左手推着一个大号音箱，右手握着麦克风，从音箱的大小及推车的规格看，这三人应该师出同门。

4号至6号背的都是款式各异的吉他，能够看出，他们三人各自为战，没有明显属性特征。其中4号为女性，另外两人身影差不多，只是在发量上有所区别，5号留着犹如拳皇草薙京的发型，而6号看起来就要正常得多。

他们几人中数7号装备最全，他腰背自制架子鼓，脖子上挂了个铁架，上面拴有口琴、小喇叭，腋下则夹着一把小号的吉他，就连裤腰上都绑着各种管状物，不难由此看出，7号应该是位音乐全才。

展峰的目光在七人之间来回游走，数分钟后，他缓缓开口道："霍元宝的牙齿样本在酒精的浸泡下，出现了玫瑰齿特征，这是我们判断他死于机械性窒息的重要依据。"

他随之点击操控器按钮，屏幕上出现了放大后的牙髓腔照片。"玫瑰齿的形成是因为长时间缺氧，致使头部静脉压增加，导致毛细血管充血破裂。中学物理都学过，物体所受的压力和受力面积之比叫作压强。当压力一定时，作用面积越小，作用效果越明显。也就是说，在勒人的过程中，保证绳索不断的前提下，绳子越细，阻断血管的效果越明显。这样会使得头面部血压急剧增加，毛细血管瞬间充血破裂，从而形成颜色较深、浸染面积较大的玫瑰齿特征。反之，绳索越粗，血压上升越缓慢，整个致死过程的时间也就越长。结合霍元宝牙齿上不明显的玫瑰齿特征分析，现场应该属于第二种情况。"

嬴亮眼睛一亮："吉他上的背带，刚好可以用来勒人！"

"没错。"展峰赞许地看了一眼嬴亮，接着他又把七个艺人影像截图调出，"1号至3号明显为一个团队，如果发生矛盾，应该会相互帮助。4号为女性，7号负重太多，不适合跟踪他人。要是我们的推理都正确，那么我们要找的人，不是5号就是6号。"

众人大大松了口气，隗国安摸着的脑门乐呵地道："这下好了，接下来只要能核查清楚他们两人的身份，再比对指节纹，这案子，应该就能续上了。"

第二案　夺命毒琴

二十四

话虽如此，可赢亮怎么也没想到，到嘴的鸭子又一次飞了。核查两人身份这事，本来他那叫一个信心满满，可现实给他重重来了一拳。

美食街经过十几年的变迁，店老板换了一茬又一茬，虽说仍保留着十好几家老字号，可物是人非，里面的从业者也都是走了一拨又一拨，加上近些年城管的严查，就算到了夜里，也不允许临街摆摊，视频中的卖唱艺人，早就消失得无影无踪，片儿警拿着那两张照片，寻访了所有可能的知情人，得到的结果都是"不认识""不了解""不清楚"。

不过虽说线索全无，但在调查过程中，赢亮还是得到了一些类似八卦的反馈，比如说，当年为啥这条美食街有那么多卖唱的？不仅是因为这里的食客多，卖唱能赚到钱，更重要的，还要从地方政策说起。

当年，政府为了招商引资，给出不少税收福利，用来吸引外来投资者。政策虽好，但客观地理条件不能给实业带来多大利润，所以前来投资的实体经营者寥寥无几。

不过，凡事都有两面性，这政策对文化产业却有很大的促进，所以别看这里经济条件不咋地，但有很多影视、传媒、广告等公司在此扎堆注册，其中音乐制作公司就占据了一定比例。所以，一到夜晚，美食街的过往食客中，就夹杂着不少音乐制作人。那些卖唱的艺人，有不少是想以此走个捷径，希望被某音乐公司看中，接着一飞冲天。

据说如今当红的实力唱将齐康，最开始就在这条街上卖唱，还有传得更离谱的说，他的成名曲《冷秋》，当年也就一元一首。

　　落叶凋零 / 是刻骨铭心的冷秋 / 爱痛彻心扉 / 终敌不过一句分手 / 不是你不够温柔 / 是太晚懂你的愁 / 风卷的落叶 / 不能回枝头 /

　　放开你的手 / 不让你空候 / 流浪的我 / 前方无路可走 / 那句坚守 / 再不能说出口 / 黑夜它已经 / 紧锁住了我的喉 /

　　风停了 / 叶落了 / 你的爱 / 没有了 / 我是具行尸走肉 / 一无所有以后 / 才明白 / 人生是一场冷秋 /

宿命在凋零／时光已漂流／

瑟瑟的我／走在凄凄的秋／

不堪的过往／不停地泪流／

…………

一首十分凄美的情歌《冷秋》播完，带着无奈，嬴亮把调查结论敲进了案件系统。不过，有着丰富侦查经验的展峰，自始至终都没打算把宝押在那两张照片上。嬴亮带领走访组刚踏入美食街时，他同时组织了市局法医，重新对part1的六具尸骨进行检验。当嬴亮告知走访无果后，他也只是在群里轻描淡写地回了两个字："收到。"

两天后的下午，专案会再次召开。

展峰把尸骨重新做了排序，之前被标注成5号的孔林羽，现在则被换成了6号，也就是说，从时间上，孔林羽是最后一名遇害者。

大屏上，六具尸骨按照序号依次排列，展峰使用操控杆选中哪具尸骨，那么这具尸骨的全息投影就会被单独呈现出来，当然，被显示出的影像中不只于此，还包括了衣物、附着物、检验结论等。

"有一个问题，不知道大家有没有想过？"展峰调整好仪器，用了一句问话作为开场白。

"什么问题？"隗国安挠挠头。

"六个人失踪了这么久，为什么没有相关报案记录？"

负责整理案件材料的嬴亮率先说道："这群人都是海洛因重度成瘾者，这种人在家人面前犹如过街老鼠，家人巴不得他们早点消失，再加上那个年代法律意识淡薄，家人不愿意报案，也属正常情况。"

"没错！"隗国安也道，"海洛因吸到最后，无一不是家破人亡，从家人的角度，往往不希望自己的家人被绳之以法，但也不想整日被纠缠，所以一般都是抱着眼不见心不烦的态度，除非是至亲，否则一般很少有人会关心一个吸毒鬼子的死活。"

"那外人呢？"展峰又问。

"外人？"

展峰道："虽然还不能确定凶手是谁，但至少从霍元宝、孔林羽、梅姐几个关键人上可以推测出,嫌疑人和受害方,必定都生活在当地。

"市局也很早就把鬼叔给出的画像在全市主要路口张贴,另外,禁毒大队还联系了当地的吸毒者对画像进行辨认,但至今没有任何反馈。要是被害者只有一个人,还有可能,但整整六人都没人提供线索,就有些说不过去了吧。"

"他们有自己的拿货渠道,和其他吸毒者不认识,也很正常。"隗国安排除了一种可能,又道,"长期生活于此,画像又和本地人员库没有高分重合,说明他们有可能都是外地人。"

"这很正常。"嬴亮道,"我在走访时听片儿警说,早年美食街附近到处都是避税的皮包公司,有一段时间当地外来人口激增,由此还引发了不小的社会矛盾。"

"那问题又来了!"司徒蓝嫣秀眉一紧,"孔林羽曾经是镇医院的一名医生,他到底是怎么会和几名外地人混到一个圈子里的呢?除非,他们之间有利益往来。"

嬴亮疑惑地问:"所以要想搞清楚他们的身份,还要从孔林羽这边再接着调查?"

隗国安挠了挠头皮,叹气道:"理是这么个理,可时过境迁,哪儿还有深挖的余地啊?"

见众人愁容满面,展峰却不紧不慢,在尸体上用红圈标注出了几个关键部位。

他指着其中一具尸骨右手的四根断指道:"切面极为整齐,显微镜下可以见骨荫特征,为生前伤。骨切面呈正圆形,断口底端无任何骨裂特征,说明手指在斩断的过程中,受到了一个垂直方向的力。此力并不是蛮力,但能够轻易切断手指,非人为可以达到。"

"是机器?"

"没错!"展峰调出了一段影像,画面中,记录的是书籍图册的切割过程,只见矩形的切割机器刀起刀落,厚达数十厘米的纸张就被轻易斩断。

隗国安看直了眼:"难道,凶手用的也是这种工具?"

"大概率是这样!而且我有证据支持这个推断。"他手一挥,屏幕上出现了几枚带有锈渍的金属物,物体有的呈凹状,有的则已经发生严重的弯曲形变。

嬴亮瞧了一眼,觉得眼熟:"这……难道是订书钉?"

"确切说是厚层书钉，比普通的大一些，金属硬度也稍强，可以用于装订200页以内的书。这六枚钉子，都是后来筛选土坑泥土样本时得到的。"展峰又调出几张指骨照片，放大后能明显地看到，指头前端的骨骼上有针孔状的穿刺伤，甚至有几处孔洞还带有深褐色铁锈。

嬴亮倒吸一口冷气："嫌疑人把订书钉钉到了被害人手指上？"

展峰点点头："从尸骨的微观特征上看，是这样！"

"十指连心，钉到了骨头里，想想都起鸡皮疙瘩，这是多大的仇怨！"隗国安摇头不解。

"当然，只有这两样，还不足以让我下结论。"展峰在屏幕上调出了还原好的纸箱照片，"之前已判断，1号至6号死者，都被装在了纸箱中。通过外围捆绑的胶带，我们还原出了纸箱的规格。六人使用的都是同种规格，说明这种纸箱肯定是定制品。但它原本用来装什么，我们难以判断。直到发现指骨切面的特征及厚层订书钉后，我才做出大胆的猜测，它会不会是用来承装出版物的？假如真像我猜测的那样，那么为了出货方便，这个纸箱所装下的图书，应该正好是个整数。于是，我以200页纸为厚度，32开为大小，这么一算，纸箱的体积刚好可以装下300本这样规格的图书。"

伴着展峰的话音，大屏上那装书入箱的模拟动画也停止了播放。"有了以上三点，足可证明，这并不是巧合。凶手的杀人地点，是在一个图书印刷的车间内！"

"有几个方面可以拓展！"司徒蓝嫣反应迅速地分析起来。

"第一，能有这么大型的切割设备，还定制那么大的纸箱，说明这是一个规模不小的图书加工厂。由此判断，该厂工人也不会少。嫌疑人能在杀人的过程中，存在威逼行为，那么至少证明，作案时整个工厂就只有他一人。所以夜间作案的可能性较大。

"第二，凶手绑架、威逼、杀人、打包、上山、挖坑、掩埋、返回、清理现场，这都需要大量时间，还必须在一夜之内完成，要是工厂距离瓦当山较远，很难完成整个过程。

"第三，夜晚工厂的人全部离开，唯独凶手一人留在工厂中，那他的身份要么是工厂老板，要么就是看厂的工人。之前展队在死者掌骨上发现了犬牙印，说明凶手身边有一条散养的狼犬，这种搭配，显然更符合后者。

第二案　夺命毒琴

"第四，抛尸需要交通工具，如果是一辆封闭式运载车，则没有必要非要用纸箱打包，随便用床单一裹也是可以的。所以他的运输工具大概率是一种半封闭的状态，那时电动车尚未普及，考虑到纸箱规格，三轮摩托的可能性较大。

"第五，凶手作完案，抛尸一定是在后半夜，三轮摩托噪声较大，在威逼的过程中，被害人也会出现喊叫、求饶的情况，可凶手放纵这个结果发生，那么这家工厂一定地处偏僻。"

说完以上观点，司徒蓝嫣瞥了一眼大屏上的纸箱："因为我的恩师经常出版教材，所以正规的图书加工厂，我也去过很多次，多少了解一些他们的出货流程，在我的印象中，好像没有哪家工厂，会使用这种大容量的纸箱。"

"不是正规渠道的话，那会不会是印刷盗版图书的地下作坊？"在噼里啪啦的敲击键盘声中，传来了赢亮的询问。

司徒蓝嫣点头："不排除这种可能。"

隗国安顺势建议道："打击图书盗版，是治安部门管辖的范围，既然分析到这儿了，不妨到那里问问情况？"

"赞同鬼叔的提议！"展峰一句话，专案组成员即刻转移战场！

二十五

分局治安大队会议室内。

盯着屏幕上那个构建出的 3D 纸箱，大队长岳建忠有些出神。见他半晌没有说话，隗国安试探地问了句："岳大队，您是不是想起了什么？"

岳建忠突然回过劲来，他使劲揉了下眼眶，又看看屏幕，这才道："按照打击盗版图书的办案流程，都是文化部门先行查处，数量达到立案标准后，再移交至我们治安大队进行办理，说起来，其实文化部门才是第一接案单位，而且他们在查案的过程中要拆开包装，对每本图书的真伪进行鉴别，所以作为物证移交至我们这儿的都只有图书，很少见到外包装，我瞅了半天，我们大队办理的案件中，并没有见过这种一次性能装三百本书的纸箱。"

"您说的也是实际情况。"隗国安略感失望，"不行我们再去文化部门跑一趟。"

"先别着急！"岳建忠拿起手机，"刚才我拍了张照片，给国保大队的大队长发了过去，他还没回我！"

"国保大队？"

"没错！"岳建忠解释，"我隐约记得，2005年我们分局办理了一起公安部挂牌的国保专案，一次性抓获了上百名嫌疑人，并捣毁了一家专门为不法宗教印刷宣传品的地下工厂，在分局组织的统一销毁行动中，我好像见过这种大号纸箱，不过因为时间太长，我也不太清楚，到底是不是你们提供的这种型号。"

正说着，微信那特有的提示音响起，发来的是一段语音："老岳，刚开会呢，你给我发这个干啥？"

嫌打字太慢，岳建忠干脆一个电话回了过去，在通话中大致介绍了情况后，专案组得到了一个振奋人心的消息，当年统一销毁的只是少量出版物，其中有大部分在审查起诉阶段，都作为物证移交至了法院，因本案至今还有在逃人员，所以相关物证依旧放在法院的仓库内。

展峰等人，在国保黄靖大队长的协助下，终于见到了纸箱实物，经过对纸箱纤维、胶带等样本的检验，最终确定，嫌疑人抛尸时，使用的就是这种型号的纸箱。

…………

国保大队会议室里，黄靖大队长将存有现场照片的U盘递给嬴亮。

当投影设备调试完毕后，黄大队介绍道："从照片上能看出，这是隐藏在民宅中的地下印刷厂，地上的部分是一间四合院，地下三层，才是他们印刷出版物的地方，目前这个地方已经拆迁。厂子老板是本案的一个嫌疑人，名叫秦学尚，绰号匠人。据他自己供述，他在五十多岁时查出癌症，后来在亲戚的蛊惑下，开始练习一些偏门的功法，自感有效后，他加入了非法邪教组织，并被组织成功洗脑。因为他本人一直从事印刷行业，于是被组织发展成了核心成员，专门负责印刷非法出版物。

"你们发现的那种大号纸箱，是他们专门找厂商定制的，这种纸箱质量好，容量大，适合搬运，而且他们这种地下的组织，都是以小据点的形式存在，每个纸箱正好可以供应一个据点，所以这种设计符合他们的组织需要。"

"黄大队。"展峰问，"秦学尚人现在在哪儿？"

第二案　夺命毒琴

"癌症转移，几年前人就没了。"

"没了？"隗国安叹息一声，"那当年印刷厂的从业人员是否都被抓获了呢？"

"集中收网时，印刷厂都在上工，在场的人员基本都被堵了，不过这些人都是领死工资的从业人员，并不涉嫌犯罪，后来我们把人移交给辖区派出所，做了治安处罚，人员名单，派出所那儿应该可以查到！"

黄靖介绍完毕，展峰又翻阅了一遍现场照片，很快，他在大门内侧发现了一个用水泥砌起的矩形圈，虽然照片拍得并不清晰，但放大后依旧可以模糊地看到，这个类似于猪圈的建筑物上开有一个门洞："黄队，你们在进行抓捕时，有没有发现一条狼犬？"

"你不说，我还没想起来，是有一条，很大，散养在院子中，在抓捕的过程中，还差点咬伤了我们民警。"

"狼犬的主人是谁？"

"按照正常猜测，应该是厂老板秦学尚，不过他人已经不在了，所以要想搞清楚，还得去问问当年被处理的那些员工。"

"我有一个问题！"熟悉抓捕套路的嬴亮突然发问，"你们在收网之前，有没有事先踩过点？"

"那指定是有，否则我们也不敢贸然行动！"

"是在夜里？"

"没错！"

"晚上厂里有没有人？"

黄靖摇摇头："虽然印刷厂建在地下，但机器开工的声音着实不小，所以他们基本上都是白天上工。我们也是摸清楚这一情况后，才把抓捕方案定在白天！"

"您说的是工厂从业人员！"嬴亮进一步解释说，"我问的是，厂子晚上有没有守夜的？"

"哦！那是我理解错了。"黄靖哈哈一笑，"踩点时我也在场，晚上是有一名青年男子看门，但在收网时，这名男子并不在厂里，我们怀疑，他可能是只上夜班。因为他并不涉案，所以我们也没有去核查他的身份。"

"也就是说，这个人是谁，目前并不在我们掌握之中？"

"是这样的！"黄靖解释道，"因为这家印刷厂干的是偏门，所以厂子员工都是秦学尚亲自聘请的，大部分都是他的亲朋好友，在审讯时，我们也通过他的供述核对过这些人员的信息，他可能不想牵扯更多的人进来，所以被我们当场抓到的他都认，没有落网的他只字不提！再加上并没有证据可以证实守夜人涉案，所以……"

"明白！"展峰点头，"那我们先找其他关联人问问看！"

…………

傍晚时分，在辖区派出所的配合下，曾被处理过的印刷厂工人悉数到来。在逐个询问过后，众人均表示，他们平时都喊守夜人叫阿冰，大名叫什么，倒是没人能说得清楚，至于他是怎么来的厂里，为啥会来厂里，却是无人知晓。

大家只知道他每天的工作，就是在工人下班后赶到厂里守夜，接着第二天一早把厂门打开，他就骑着自己的三轮摩托车回家。偶尔厂子忙不过来时，他还会负责送送货。因为他的作息和工人正好相反，所以大家最多和他打个照面，没几个人能说清他的情况。

不过隗国安还是根据多名工人的描述，给阿冰画了一幅画像。把成型后的图像拿给众人，无一人不说像极了阿冰，当嬴亮将画像扫描进系统进行人像比对时，却意外地发现，并没有比中这个相貌的人。

…………

嬴亮在案件系统中梳理着那密密麻麻的树形图，当所有线索汇聚到底端那一张画像、两张模糊截图时，他长叹一口气，无奈地道："真是近在眼前，又远在天边！"

说完，他看向展峰："展队，目前线索全部断了，我们下一步该怎么办？"

"并不是全部，我们还有一条线索！"

嬴亮双目放出精芒，提高嗓音问道："哪条？"

"还在养！"

"养？"

"嗯！"展峰朝车舱内那台嵌入式的多功能电子钟瞥了一眼，"最近气候湿润，估计应该长得差不多了！是时候去看看了！"

第二案　夺命毒琴

二十六

展峰口中所说的地方，并不是什么神秘之所，而是近些日子被保护得严严实实的第一现场——瓦当山埋尸林。

众人下车时，远远就看到报案人宋呆子站在路旁，举着喷淋管对着警戒圈内一顿滋水。

见周围负责警戒的民警视而不见，嬴亮跑了上去，冲他们大声喊道："嘿，你们干吗呢？没看见吗？"接着他又跑到宋呆子跟前，指着他鼻子道，"还有你，想破坏现场？谁让你这么干的？"

"喂，肌肉亮，能不能别动不动就发脾气，嚷嚷个啥！"吕瀚海一路小跑追了上去。

"这都是你安排的？"

"我？"吕瀚海喘着粗气，"我哪儿有那能耐，这都是展护卫的意思。"

"他的意思？"嬴亮傻了眼。

"对！"喘匀了气的吕瀚海接着道，"二十多天前，你们刚把林地现场勘查完毕，展护卫就吩咐了这件事，说在中午气候干燥时给这片林子洒遍水，这么做是为了啥，我也不清楚，横竖吩咐了就照办呗。"

"这么殷勤？"嬴亮上下打量他，"这活让你包了？"

"我天天跟着你们转，我哪儿有那工夫！"吕瀚海朝宋呆子努了努嘴，"包给他了！"

"多少钱一天？"

"二百！"

"你赚多少差价？"

"我又不是中间商，赚什么差价？"吕瀚海似乎没有开玩笑的心情，"展峰开多少，我就给他多少！这活我可没赚一分钱！"

嬴亮听出他语气中的不耐烦，虽然不对付，但也有些关心："你最近是怎么了？有心事？"

"没怎么！就是跑来跑去，有些累了，你话怎么这么多？"吕瀚海一脸不想说。

"累了你就去车里歇歇，办案子又用不到你，在这儿跟我发什么脾气？莫名其妙！我……"

"我只申明一点！"吕瀚海打断，"这活是我安排的，你他妈一下车，不管三七二十一就冲过来，要不是我腿脚快，你指不定跟人干起来了。得，该我做的事我做完了，我现在就回车里待着去！"

"你……"嬴亮被吕瀚海噼里啪啦一通说，头都大了一圈。

这时众人赶到，刚好和返程的吕瀚海打了照面："你干啥去？"隗国安停脚问道。

吕瀚海白眼一翻："这里有些人不待见我，咱回车里猫着去！"

"哎！九爷，你可不能自暴自弃啊，你可是咱们专案组的金牌司机！"

"别贫了！爷最近没啥心情，想清净清净！"

隗国安还想说上两句，却被展峰劝道："给道九点空间，他最近遇到烦心事了！"说完他和吕瀚海对视一眼，别有深意地道，"说不定过段时间就能解决了！"

吕瀚海愣了几秒，也没有说话，继续朝车的方向走去。

…………

第一次勘查埋尸林时，展峰就根据现场痕迹划出了挖尸人的大致活动范围，而宋呆子的浇灌区域，也正好与之吻合。

见众人满脸疑问，展峰便解释起来："市局在分离现场土样时，发现了几粒植物种子，这些种子颗粒太小，除非能请来专业的植物学家，否则很难判断种属。不过我能够确定的是，这几粒种子并不属于埋尸林的生态圈，为外来者携带而来。我仔细观察，这些种子遇水后，出现了破芽的迹象。"

"种子是外来者携带而来……"司徒蓝嫣第一个脑子转过圈来，"展队，你是说它们属于挖尸者？"

"没错！"展峰道，"虽说目前以我掌握的相关知识，暂时无法判断种子种属，但从种子的破芽痕迹可以判断出，这几粒种子并不是像风媒植物那样，落地即可生根。它还需要依靠一定的种植技术，才可以顺利发芽。这种子需要埋入土中，并汲取水分、营养。除非用工具将其从土壤中挖出，否则很难吸附在人体表面。"

"结合道九的推论，挖尸人应该是随身带着一把可拼接的螺旋洛阳铲，这

第二案　夺命毒琴

种铲子能深入地下挖出土样。所以我有理由怀疑，种子可能原本黏附在洛阳铲上，随后被挖尸人带进了林子。"

展峰手指眼前的埋尸林："这里面积较大，想寻找其他种子样本，无异于大海捞针，不过这里也有存在优势的一面。由于常年无人问津，林中土层腐殖质含量较高，有利于植物的生长。于是我反向思考，既然肉眼不能分辨，那么何不利用这个优势，让种子直接萌发出来？"

"高，实在是高！"隗国安拍起巴掌，"真是不服不行！"

"这些都是理论上的猜测，至于是不是行得通，还要复勘现场之后才知道。"说着，展峰抽出平板，调出原始照片，由他带路，众人依次钻入了警戒圈。

其他人穿戴整齐，鱼贯而入，展峰每走一步，都会仔细核对，生怕漏掉任何一个细节。没过多久，他就在现场边缘位置停了下来。

在没有被树叶遮挡的斑驳光点中，肉眼可见几株嫩芽从土层中钻了出来，高度最多也就和成年人的食指相当。

接过嬴亮递来的卷尺，展峰测量完株苗的相关数据后，又用手沿着根系小心翼翼地扒开了多余的土层。树林中多为腐殖土，土壤松软且间隙大，展峰毫不费力就将整株给取了出来。用手机拍照固定后，他又将照片导入进了识别软件之中。紧接着，手机屏幕上出现了类似于百度百科的图片文字信息。

"是丹参幼苗。"展峰将所有文字阅读完毕后，接着道，"培育过程很简单，种子播种后只需覆盖0.3厘米的土，接着浇水，保持适温及土壤湿润，约十五天即可出苗。育苗成功后，可以移植于大田继续种植。"

收起手机，展峰用两指夹住了幼苗展示给众人，这株幼苗的根系，比株苗还要长足足一倍。

"如果是野生株苗，根系不会在短期内发育这么良好。显然，挖尸人带入现场的种子，都是经过挑选的优等品。另外软件上说，丹参株苗目前都是在恒温的大棚培养，然后再移植到田里种植。每年9月份以后是移种的最佳时间。这刚好和我们的接案时间吻合。由此可以推断，黑衣人来挖尸之前，曾在某个丹参育苗大棚里使用过洛阳铲！"

嬴亮迅速在本地数据库中检索起相关信息。

"有了，本地西南方有一名叫亳和县的地方，那里有全国知名的中药材交易市场,估计也只有去那里,才能打听到何处有丹参的育苗大棚!"

隗国安也道:"按道九的说法,挖尸人是一名技艺很高的土夫子,他在育苗大棚中使用洛阳铲,说明那里一定有大墓,这也是一个判断的依据。"

二十七

"有大墓的丹参育苗基地?"摸着青色的下巴颏琢磨了半晌,辖区片儿警杨秋宁还是一脸茫然。

见对方脸上写满了沧桑,隗国安忙问道:"老兄,您想起什么了没有?"

杨秋宁把黑衣人的照片放在掌心,又仔细瞅了瞅:"你确定这人,是盗墓的?"

"应该……是吧……"隗国安故意拖长音,一副不确定的口吻。

"是这样的!"杨秋宁将照片还了回来,"我们这里在战国时期曾是国都,所以地下确实埋着不少古墓葬,早年也老有盗墓者来蹅摸。不过经过多年的打击,再加上政府重视,我们派出所这几年几乎没有接到过盗墓的案子。"

说着,他拇指向后一指:"瞧见值班室的大屏没,全区主要路口,包括村道都安装有人脸识别功能的高清探头,前科人员只要从探头下经过,系统就会自动报警。尤其在古墓葬群比较集中的地方,这种探头安装得更密集。另外,我们年初刚上的三代监控系统,还可以捕捉人的步态信息。就算戴口罩也没有用!"

隗国安一听,瞬间来了兴趣:"乖乖,你们县局这是下了血本了啊!"

杨秋宁嘿嘿一笑:"安个监控系统和丢件国宝,孰轻孰重,上面领导自然能掂量清楚。"

为了让众人近距离地感受三代系统的先进水平,他干脆把众人领到了大屏前:"你们瞧,画面是不是很清楚?就跟人在跟前一样!"接着,他手指右上角,"那边就是我们辖区最大的丹参育苗基地。"

众人顺着他的指尖瞧了过去,只是那块方屏上并没有出现所谓的"育苗大棚",而是黑压压的一群人在低头忙碌着什么。

看着那块被划割成矩形的土地,隗国安开口问道:"他们在干什么?"

"上个月中旬,市文物局下来一批人,说要是开挖一处墓葬,用于考古

第二案　夺命毒琴

研究。"

展峰眉头一皱，问道："具体情况你清楚吗？"

"怎么可能不清楚。"杨秋宁苦笑，"市局可是下了文，让我们派出所全力做好外围保护工作，所长给我们排了四个班，每班八人，分黑白两组，二十四小时不间断在外围巡逻。我们所本来就是县局最忙的单位，现在又有安保任务，几乎快要连轴转了！"

他长叹一声："真不知道啥时候才能整完，不过看这架势，没个一年半载怕是收不了手！"

展峰紧盯着屏幕："那块被围起来的地，之前是不是丹参的育苗大棚？"

"没错！"杨秋宁用手在屏幕上方比画了一下，"除此之外，这一大片都是，而且还是一个老板承包的！别看只有这一小块地，老板按天收补助，这可比他育苗赚得多多了！"

"为什么要开挖？难道是被盗后的抢救性发掘？"

杨秋宁冲嬴亮摆摆手："不是不是，从选址到开挖，我们派出所全程配合，里面的情况我多少了解一些。根据市文物局的领导说，他们是为了填补什么历史空白，所以逼不得已，才决定发掘。"

隗国安突然意识到了什么，他手指画面："这枚摄像头，是什么时候对准这个位置的？"

"按照所长的安排，从发掘第一天，就对着了！"

"视频能保存多久？"

"三个月！"

"很好！"隗国安喜悦之情溢于言表，和展峰对视一眼，他忙道，"麻烦老兄给我回放到第一天，四倍速播放，我要从头过一遍。"

在接待之初，杨秋宁就被告知要无条件配合专案组工作，所以对隗国安的要求，他执行得没有半点迟疑。

在值班民警的操作下，那块影像被拉至全屏，当视频播放还不到半天的工夫，隗国安突然举手要求暂停。

"他是谁？"手指画面中一位拿着金属杆的青年男子，隗国安问道。

杨秋宁走到近前，看了看对方的脸："哦，他是文物局聘请的专家，叫什么我也不清楚！"

值班民警用鼠标选取了对方的头像，很快回道："为防止有陌生人混入，文物局提供了一份现场工作人员的名单，我刚才比对了一下，他叫杜凯，是文物局聘请的专家，身份信息我现在就打在公屏上！"

杜凯，男，1980年5月3日出生，身份证号码34×××××××××××××××××……

当嬴亮把该信息导入案件系统后，隗国安以此为节点向后倒放，观察了半晌，他终于在田埂边发现了那个和本案挖尸人一模一样的黑色圆筒。

紧接着，他又截取了杜凯单独行走的相关影像。通过数据建模，隗国安发现，杜凯无论是身高，还是行走姿势，都和黑衣人完全吻合。

当天夜里，市局出动抓捕小组，将杜凯在家中擒获，随之被找到的，还有那双沾满泥垢的冰面钓鱼钉鞋。

…………

审讯室内，展峰出具了两份报告。一份记录是鞋底泥土样本的分析数据；另一份则为树皮表面钉鞋印的比对结论。

杜凯接过报告，很有耐心地一页一页翻看，直到他全部翻完，展峰才开口问道："你有什么疑问吗？"

杜凯摇了摇头，很平静地回了句："没有！"

"那好，咱也不用再绕弯子了，是谁让你去的瓦当山？去那里做什么？"

"一个挚友的请托，去帮忙找一具尸体！"

"你倒是很坦诚。"

"那可不，毕竟我又没干过违法的事，相反，我还是市公安局特聘的专业人才，和治安支队配合过不少起盗窃墓葬的案件。半个多月前，市局办公室通知我去领协助办案的奖金，正巧一位老熟人也前来报销发票，因很久没见，我就去他办公室聊了会儿天。他嘴巴很紧，没告诉我这事现在的情况，只是说去外地出了个差。本来呢，我也没有心思打听，准备喝了茶就走，没想到这个时候他接了个电话，电话那头说什么'公安部专案组''瓦当山'等等。他手机外音很大，我就基本听了个大概，当时是越听心越凉，可我之前哪里想到事情会闹这么大……"

说到这里，杜凯面露后悔之色："有段时间我也想着要主动去说明情况，可我又担心，这事会糊到我头上，毕竟那可是七条人命，这个锅我可背不动。所以，我就抱着侥幸心理，在家里整日提心吊胆，唉！"他长叹一口气，"我是真没想到你们能这么快找到我！现在被你们拿住，我心里早就做好了准备，放心，我会知无不言，言无不尽的。"

"既然是警民共建友好关系，那我也就直说了。"展峰将杜凯的双手从老虎凳的金属圈中放了出来。他活动了两下关节，道了声谢。

展峰道："我们已经查清，人肯定不是你杀的，你只是准备挖尸，而且还是处在未遂阶段，只要你能给我们提供破案线索，将功补过，这事还有翻篇的可能！"

"明白！"杜凯点点头，"只是我这人有个习惯，事得从头说，脑子才清爽，您不介意吧！"

见展峰摇头，杜凯才继续道："我们家祖上，其实都是靠盗墓为生，我叔父这辈也被抓进去不少，父亲为了让我走正道，坚决不允许我碰这行，不过我打小就对此很感兴趣，背地里偷学了不少家传的秘术，父亲发现时木已成舟，他见阻挡不了我，就逼着我发了个毒誓，保证不盗墓，从此以后也就不再过问了。

"虽然我对盗墓手艺了如指掌，但这些年并没有用在邪道上，你们去文物局打听打听就晓得，我现在是多家文物单位特聘的堪舆专家，只要有他们搞不定的墓葬，都会邀请我去帮忙，我每年光收到的协助金就有好几十万，完全够我生活。"

"这么说，你根本不缺钱？"

"确实不缺！"

"既然前途光明，那你为什么还要去做违法的事？"

"为了面子！"杜凯追悔莫及地摇头道，"我以为是举手之劳，着实没想到是这么大的坑！"

"是谁让你去的？"

"袁磊，他是影视文化圈的人。好几年前，盗墓题材影视剧大火，很多影视公司都跟风拍摄，因为我在这行比较出名，就有剧组联系我，想让我当顾问。我一听这活新鲜，于是就答应了。当年跟我对接的就是袁磊。不过说实话，我到现在都不知道他具体是干什么的，只知道他带我见过不少一二线明星。而且在他的介绍下，我还加了几位明星的微信。这些后来都成了我在朋友面前炫耀的资本。

"近一两年盗墓风过了,我俩的联系也就少了,不过这个袁磊很会来事,只要逢年过节,都会给我发个信息,没事寒暄两句。

"也就在一个多月前,他专门跑过来找我,说有个重要的事要和我商量,我看他神色凝重,就警惕起来。他当时也没说啥事,就问我,假如在山林里埋了具尸体,不知道位置,问我能不能找得到。

"我回他说,要看具体地形,如果周围种的有常年生的树,那这事就好办;如果只是光秃秃的一片地,那就要先判断具体的埋尸时间。

"他听我这么说,没等我反应过来,扑通一下就跪在了我面前,说他遇到了难事,只有我能帮忙,如果我不帮,他就不起来。无奈之下,我只好答应了他的要求。

"他低声告诉我,刚才说的假如其实是事实,希望我能帮忙在树林中找一具埋了很多年的尸体。只要我找准位置,剩下的事他去办,不用我再出面,还许诺给我十万元好处费。

"我琢磨着这也就是举手之劳,而且以我的身手,这种小事,绝对不会被人发现。于是在收了他的钱后,我就提前赶到瓦当山查探地形。

"在确定周围绝对安全的前提下,我摸进了那片树林。可让我疑惑的是,那片林子中,竟然不止一具尸骨,于是我按兵不动,返回家中把具体情况告知了袁磊。袁磊收到消息,又给另一个人去了电话,我这才知道他上面还有人,但具体是谁,我也不清楚。

"袁磊挂掉电话,又大致描述了一下细节。于是第二天,我又去了一趟。这次在他所划定的范围内,我确定了两具尸体的坐标,至于他到底要哪一具我也不知道。他听我说了以后,让我试着把人起出来,或者用什么办法判断具体是谁,见事越来越邪乎,我哪儿肯干这个?

"拒绝了他第三次的请求后,这事也就到此为止了,后来因为没帮上忙,加上我觉得事情恐怕只大不小,我就把那十万元又转给了他,希望这事别沾上我。差不多这事的经过就是这样!"

"你确定,袁磊只让你找一具尸体?"

"确定!要是他一开始跟我说不止一具,我哪儿会接这蹊跷活?指不定早就报警了。"

"他描述的大致位置,是在哪里?"

第二案　夺命毒琴

"从斜坡上去,进入林子后,靠东南角,我上树观察后,发现那个地方应该有两具尸骨,于是我就都标注了位置!"

展峰拿出平板,调出现场照片,接着双指一拉,发现了那里有两个土坑,坑口的位置分别放置"6""7"两块数字标牌。

"你用什么做的标记?"

"荧光漆!"

"你刚才说,那十万元是转过去的,你用什么转的?"

"支付宝嘛!用微信,我怕他不收!到时候露馅了赖给我!"

按照杜凯所说,嬴亮在交易流水中找到了这笔转账,通过账号,他很快核实了袁磊的身份。

袁磊,男,1974年10月11日生,名下有多家文化传播公司,甚至还有自己的百度百科,各种名头那叫一个眼花缭乱。不过在查询他的企业相关信息时,嬴亮发现了一个名为"帝铂文化娱乐"的传播有限公司。

因为之前专案组分析过,这件事可能和帝铂集团或东胜公司有关,所以嬴亮又就此发散,查询了该公司的投资所属关系。按显示出的树形图一路往上查,终点果然是帝铂集团。

此事关系重大,就算他和韩阳私交甚好,也不敢有所隐瞒,于是他把查询出的结果直接推送到了展峰那里。

展峰看后,把杜凯留在审讯室由值班民警暂为看管,专案组其他人员则在展峰的带领下走进了另外一间房。

简单通了个气,隗国安率先开口:"要是我没记错,按照原计划,山洼村项目开工那天,还要举办一场歌舞晚会,承办方好像就是帝铂集团旗下的娱乐公司!"

"那这就能说得通了!"司徒蓝嫣道,"之前之所以迟迟没有动手,正是因为没有接到正式的通知。再加上袁磊的身份,那么这件事,极有可能和这家娱乐公司有关!"

"没错!"展峰也道,"袁磊描述的位置,正是霍元宝的埋尸地,而根据我们的推断,杀害他的凶手是一名背着吉他卖唱的艺人。而这名真凶,可能就签约在这家娱乐公司旗下!"

"难道真是他?"盯着屏幕上刚检索出的名单,嬴亮喃喃自语。

"谁？"隗国安问。

"情歌王子——齐康！"

"唱《冷秋》的那个？"

"对！"

隗国安咋舌道："他当年可是火得一塌糊涂，而且看面相，他挺老实的一人，怎么看也不像是杀人犯，会不会搞错了？"

嬴亮也犹豫不决："我就是看到了他的名字，胡乱猜的，具体是不是他，我也不敢打包票……"

对比这俩男人，司徒蓝嫣对明星半点也不感冒，她很冷静地道："据杜凯的陈述，袁磊可能也只是个中间商。好在，霍元宝被杀的现场有一块砖头，上面有嫌疑人的指节纹，所以瞎猜无用，倒不如干脆一些，直接传唤齐康，凶手到底是不是他，一比就知！"

二十八

次日，帝铂集团大厦。

坐在办公室的真皮座椅上，韩阳刚打开电脑，手边电话就响了起来。那边告诉他，有警方前来，希望集团配合调查。

韩阳所在的执法部，平时主要工作可以笼统地概括为两大块：一是对内，查办集团从业人员的违法问题；二是对外，和公检法接头，做好案件移交、查证工作。只要集团内部涉及的问题达到了立案标准，那么执法部就成了相关人员的修罗场。

不过韩阳似乎并不喜欢"执法部"这个名称，打从他坐上第一把交椅后，他立刻将其更名为"执法局"，他则自称局长，这种看似另类的叫法，实则是在某种程度上弥补了他当年在警队的遗憾。

不过对这种在全国都数一数二的集团来说，部门更名并不是一件小事，不光牵扯到公章、文件等客观问题，往深了说，它还涉及企业形象。毕竟在外人看来，在私有制集团内部弄个"某某局"还是有些让人摸不着头脑。

然而，韩阳的这个举动，得到了一把手唐康永的无条件支持，这种破格的做法，让公司内部人都猜测，他和唐康永之间，应该存在着某种微妙的

第二案　夺命毒琴

关系。

韩阳作为部门一把手，同时又是集团的高管，平时能让他亲力亲为的案子寥寥无几，但只要推送过来，必定都是下属感到难办的棘手问题。

挂断电话，韩阳按动了藏在桌面下方的红色按钮，在手起手落的一瞬间，他的电脑自动连入了接待室的监控影像。

瞧着画面中的四人，韩阳突然勾起嘴角，差点乐出了声："正想会会他们，没想到却自己送上门来，真是想什么来什么，有点意思！"关掉电脑，他起身优哉游哉地朝门口走去。

…………

伴着"叮"的一声响，正对接待室的电梯门被打开来，一只脚刚迈出电梯，韩阳就瞧见了不寻常的一幕。

几分钟前，在电话中和韩阳通报情况的，正是集团的总接待岳晓红，她毕业于985院校，曾在外交部任翻译，擅长多国语言，甚至某些小语种也不在话下，别看她刚三十岁出头，但手下直接管理数十人，集团一把手唐康永的所有机密性对外文件，都是由她对接。

按集团办事流程，接待前她需要评判接待等级，普通业务按照级别由手下直接对接，而她认为比较棘手的问题，则会由她亲自汇报给公司高层。不过这种汇报也就是礼貌性告知，至于负责对接的高层如何抉择，她从不过问。

只是今天有些特殊，韩阳发现，接待室门口还站了一位身穿西装的中年男子，他叫陈国，打小在山里跟随爷爷练习内家功法。多年前集团在山中做慈善，唐康永见陈国家中屋无片瓦，心生怜悯，就顺手帮了一把。哪儿知陈国感恩图报，爷爷仙去之后，他独行数千里来到集团，成了唐康永的贴身保镖。

所以，无论是集团内，还是集团外，只要现场有他在，那唐康永必然就在附近。

韩阳见此情景有些不悦："晓红，我部门的事和我对接就可以，为什么多此一举告诉了唐总？"

"韩局！您误会了！"踩着那双细长的黑色高跟鞋，岳晓红快步朝他走了过去。

"误会？"

"您听我解释！"岳晓红紧张地朝接待室那扇磨砂玻璃门望了一眼，"几分钟前我刚给您打完电话，唐总他人就来了，还莫名其妙地跟我说，这几个人由他亲自接待。"

"由他接待？"韩阳也是一惊。

岳晓红小声道："我在集团做了这么多年接待，这种情况我还是头一次见，可够让人吃惊的。"

韩阳思索片刻，问道："那四位警官是什么时候到的？"

"不超过十分钟。"

"唐总会不会是路过？"

"不会！"岳晓红摇摇头，"他可是从顶楼的休息室下来的，我和他同乘一部电梯！"

"原来是这样！"韩阳有些玩味地朝接待室方向瞟了一眼，陈国双手插兜立在门前，此时正好和他对视，后者朝他礼貌地微微一笑，伸出右手轻轻挥动了两下。

韩阳知道这是在告诉他"切莫打搅"。算来，他和陈国有着类似的身世，再加上都是唐康永的心腹，所以两人平时私下关系不错。

韩阳心里清楚，陈国的底线永远绕着唐康永，所以对方给了他善意的提醒，他自然不能视而不见。他点点头，转身乘电梯原路返回。

在办公室的真皮沙发上落座，韩阳按下了藏在桌下的那枚红色按钮。很快，电脑屏幕上显现出接待室内的影像。

如果俯瞰全景，这间接待室的布局很像个"田字格"，面积三四百平方米，靠右上角为出入口，进门就是前台，根据接待规格不同，分为三个区域，分别是左上1号区，左下2号区及右下的3号区。

虽然从接待区的命名上看不出任何差异，但集团内部人知道，每个数字，分别代表了不同的接待等级。1号面积最大，多作为普通接待；2号面积适中，接待的均是和集团有过合作的贵宾；3号面积虽小，但可以在此享受最高级别的礼遇。

考虑到隐私，全部接待区只有门前那一片区域被监控覆盖，韩阳电脑上显示出的画面，也仅限于前台到门口这二十平方米。

进门靠右手边是一排软皮沙发，坐在最外侧的隗国安正边挠头皮边看手

第二案 夺命毒琴

机,中间的嬴亮一直想和旁边的司徒蓝嫣聊些什么,只是后者仿佛心不在焉,直视正前方,有一句没一句地搭着话。

韩阳清楚,司徒蓝嫣看的方向,正是3号接待室的那扇双开木门。不用猜,用排除法也能算到,此时的接待室里,应该只有唐康永和展峰二人。

韩阳目光冷峻,眉头也越收越紧:"放着康安家园几亿的大项目不做,下令不准碰展峰,今天得知展峰要过来,就连集团一把手的身份都不顾了,你们两个到底是什么关系?或者说……你莫非,有什么我不知道的秘密?"

正琢磨着,韩阳身边的办公电话突然响起,同时,监控影像中,唐康永和展峰也并肩走出。看着唐康永精神抖擞地走出画面,韩阳在电话铃快要中断时,终于按下了接通。

"韩局!"

他从声音分辨出,说话的正是刚才和他在电梯门口碰面的总接待岳晓红:"什么情况?"

"是这样的,唐总让我转告您,一切手续从简,公司要全力配合这四位警官的工作。"

"配合?"不知为何,韩阳听了这话,心中莫名多出一抹邪火,他虽然有所克制,但从他的声音里,还是可以听出明显的不悦。

岳晓红作为集团总接待,最擅长的就是捕获社交中的细节,她先轻咳一声,用这种礼貌而又不尴尬的方式提醒对方,待电话那边发出"嗯"声后,她这才继续道:"这几位警官这次来,是想找集团旗下公司的一位艺人了解情况。"

"谁?"

"齐康。"

哪怕从不追星,但韩阳对齐康的名字还是有所耳闻的,尤其他的那首成名曲《冷秋》,曾一度超过《老鼠爱大米》《两只蝴蝶》,长期霸占各种音乐榜,街边的各种音像店也不间断滚动播放。韩阳对此歌知之甚少,但受环境的影响,只要旋律一起,他倒是也能跟着哼上两句。

如今自媒体火速发展,"80后""90后"多已成家立业,有了经济基础的他们,很多人开始回忆往昔,而音乐作为一种特殊的载体,夹杂着每个人的时光记忆,尤其是婉转悠扬的情歌,更能勾起青涩过往。借着这波浪潮,很多老艺人再次火了一把，而齐康，就是其中比较成功的代表。

一听是艺人，韩阳顿觉头皮发麻，毕竟艺人有一定社会关注度，一旦出现负面新闻，恐怕就会对整个集团造成不可预计的影响。最典型的例子，就是某电商集团董事局主席的性侵事件，仅此一则新闻，就导致整个集团市值蒸发近千亿。

虽然此事不一定造成那么恶劣的影响，可一旦有公司对头借此炒作，品牌受到影响，恐怕是无法避免的事。

所以，专门针对集团旗下艺人，韩阳制定了一整套调查流程。如果某艺人出现违法行为，则由执法局出面，先进行内部调查，一旦查实，首先解除合约，其次移交给外部调查单位，最后召开新闻发布会，并雇用水军引导舆论，摆平负面影响。

也就是说，在处理艺人的问题上，一直是由执法局一手操办。而这个过程稍有闪失，就会造成不可估量的后果。

不过这件事就算再怎么棘手，韩阳也不能违抗唐康永的意思。一来他是韩阳的上级；二来，韩阳欠他的情，可能这辈子也还不完。

"行，这件事我来对接。"沉默片刻，韩阳总算是回了一句。

"韩局……"岳晓红欲言又止。

"怎么？"

"唐总吩咐，特事特办。"

韩阳心中微凛："怎么个特办法？"

"唐总的意思是……让四位警官直接把齐康带走！"

"直接带走？"韩阳抬高了调门，"要是我没记错的话，他这两天好像有演唱会吧？"为确定自己的判断，他以"齐康"为关键词百度了一番，当看清首页推荐上的日期时，他有些火大地对着电话那边道，"我刚查了，齐康有巡回演唱会，最近的一期就在明天！"

"没错，这个问题，我也提醒了唐总。"

"他怎么说？"

"还是那句话，让咱们全力配合几位警官的工作。"

"他疯了吗？"韩阳抓起电话，带着怒意压低嗓子，"你知道他们几个是谁吗？他们不是一般的警察，是公安部最顶尖的专案组成员。刚才和唐总一起进

3号区的是他们的专案组组长,这个人做事极为严谨,没有定案证据,他是不会轻举妄动的。以我对他的了解,只要齐康走出公司大门,百分之百是肉包子打狗有去无回。齐康身边会少得了狗仔队?很快就会有大新闻了。"

韩阳说完,注意到画面中岳晓红举电话的手在微微颤抖。同作为集团的高管,其中的利害关系对她而言,也是不言而喻的。

要是齐康被带走后限制了人身自由,那么将有一系列负面的连锁反应,这个后果,不是她和韩阳所能承担的。

电话两端突然都沉默,片刻之后,韩阳率先打破僵局:"算了,你先让他们等一会儿,我再去找一趟唐总,问问看他到底什么意思。"

岳晓红顿时如释重负地道:"那,一切就麻烦韩局了。"

二十九

"以我对展峰的了解,他们绝对不会是什么简单了解点情况。"

帝铂集团顶层,那间只有少数人可以涉足的休息室内,面对唐康永,韩阳说出了自己的担忧。

唐康永的目光在韩阳身上只是短暂停留,然后就看向了窗外,他似乎对韩阳的担心并不在意:"展峰他们……最近在忙什么案子,你知道吗?"

"一个多月前,集团山洼村项目工地的山林里,发现了七具尸骨,就是这起案子。"

"哦!"唐康永点点头,"我听庞虎提起过,听说闹得动静挺大?"

"没错!这个案子理论上是对外保密,可动用那么多警力封山,附近的居民只要不傻都能猜出其中猫腻。我相信虎哥应该跟您提过,山洼村的拆迁户已经去市公安局闹过一次,事情在短视频平台上闹得是沸沸扬扬,警方想把案子捂住是做梦!展峰这次过来找齐康,恐怕就是与此有关。"

唐康永"嗯"了一声,又问道:"从你的专业角度分析,那个叫齐康的艺人,和这件案子牵扯有多大?"

"展峰提交给我们的,是刑事案件法律手续,如果专案组手上没有可以定案的证据,这个手续是开不出来的!"

唐康永闻言,脸色骤然一变:"你是说,那七个人都死在齐康手下?"

"就算不是，也和他脱不了干系。"

"那就更不能包庇了！"唐康永正色道，"联系相关责任人，现在就把齐康控制起来，交给展峰！"

虽说是半道出家，但韩阳也跟了唐康永十多年，对方什么性格，他是一本清账，要是没有极佳的商业头脑，帝铂集团也不可能做到今天这个地步。在韩阳看来，对习惯了走一步看十步的唐康永来说，刚才的那番话，说得实在太随意了。

韩阳清晰地察觉到唐康永对展峰的袒护之意，如果韩阳只是一个下属，有了上级的决定，他只要照做即可，反正酿成什么样的后果，他的工资和待遇也不会少了一分，可偏偏韩阳和唐康永的情感并不是上下级那么简单，虽然以他高傲的性格，他向来懒得说车轱辘话。

可面对唐康永，他还是强压着耐心，仔细解释了一番："唐总，出了这样的事，集团自然不能包庇，但我觉得，还是按照程序来比较稳妥，至少不要给集团带来太严重的影响。我看，就由我带人先行调查，确定齐康有问题，解约后再交给展峰也不迟。您说呢？"

韩阳本以为这事再简单不过，一切按规章制度办理即可，他怎么想，平时通情达理的唐康永也应该会接受他的提议，可谁知唐康永问了句题外话："听说，你和展峰之间有些矛盾？"

"您听谁说的？庞虎？"韩阳眯起眼，虽未表现出怒意，但直呼其名，也表现出其心情不佳。

"难道他说错了不成？"唐康永并没有否认是庞虎泄露的信息。

"对不对，不是现在应该在乎的事。"韩阳往下压了压火头，"当初要不是您找到我，我也不会主动辞去警察职务。我始终知道我来公司的职责是什么，而且这些年，我也一直在履行我的职责，不管您对我怎么看，我对您和公司始终心怀感恩，所以历来有些事，不用您吩咐，我也知道该怎么去做。我和谁有矛盾，这只是我的个人问题。今天的事情，我是站在公司的立场上考虑的，和我跟展峰之间有没有矛盾无关。"

韩阳这番话说得推心置腹，可唐康永淡淡地道："我倒不觉得无关，你不肯和展峰合作，不就是因为这个？庞虎毕竟是长辈，他的话你要听，对你没有坏处。"

第二案　夺命毒琴

这番不阴不阳的话，顿时点燃了韩阳心中的怒意。"听他的？难道白鹭湾的教训还不够深？"

这话触动了唐康永的逆鳞，他大声呵斥道："住口，不再准提这件事！"

韩阳自知说错了话，连忙低下头："对不起，唐总，我……"

"算了。"唐康永深深地看他一眼，"我知道你一心都是为了我，为了集团，但齐康的事就别走什么程序了，既然你也说了，展峰肯定拿到了什么把柄，才会直接上门要人，那就都交给警方处置，至于会带来什么负面影响，集团全权承担！你放心，这事，没人会怪到你头上。"

事已至此，韩阳有些话想说，却又突然觉得没趣极了。此时的他，颇感一种热脸贴了冷屁股的心寒，他低声道："是！"便掉头缓步走出了房间。

在他身后，唐康永无声地叹息着，摇了摇头。

"这孩子……"

三十

在霍元宝被杀案现场，技术人员提取到了一枚指节纹，这种纹线，和指纹一样，由基因决定，胎儿在母体中就已产生，基本保持终身不变。它和指纹不同的是，指节纹虽人人不同，但不具备分类特征。因此，它只能点对点地进行比对。

齐康是在机场被抓捕人员带上车的，这一幕，偏巧被前来接机的粉丝看个正着，当然，还有那群靠花边新闻吃饭的狗仔。

虽说，抓捕人员都是便衣，用的也是寻常车辆，可齐康脸上那不安的情绪，还是被狗仔捕捉了特写。为了能抓个大新闻，隐藏的狗仔一直尾行，直至那辆民用车开进了公安局的大院。

偷拍到这张照片，无异于往汽油桶中丢了根火柴，那是绝对的爆炸性新闻。当展峰还在忙着比对齐康的指节纹时，"情歌王子被抓"的话题已霸占了各大平台的热搜榜。

不过很快，话题很快就从"情歌王子被抓"往另一方向开始蔓延，什么"帝铂集团工地发现七具白骨，公安部专案组已经介入""帝铂集团签约杀人犯做艺人，只知赚钱，践踏道德底线""公安部主动深入帝铂集团进行调查，可能涉及更多幕后资本"……

势态发酵越来越无法控制，集团上下都炸开了锅，尤其是那些手持股票的高管，更是八仙过海各显神通，找水军的找水军，找人删帖的找人删帖，都在想尽一切办法消除舆论影响，可唯独韩阳一脸不阴不阳的笑容，坐在自己的电脑前盯着大盘走势。

没人知道，只要他一个电话，这些负面报道就会从网上消失得无影无踪，可今天他偏偏不想这么做，尽管他的资产也在缩水，但钱对他来说并不重要，他就是想搞清楚一件事，唐康永对待展峰究竟有没有底线？是不是为了袒护展峰，可以把整个集团的利益都置之不顾？

现在看来，唐康永对展峰，那叫一个真心诚意。既然如此，要玩，那他干脆就直接玩一把大的。

冷冷地看着下降的绿线，屏幕中映出韩阳英俊的容颜，他瞥了一眼自己的倒影，目光冷酷无情。他很想知道，唐康永和展峰之间，到底是什么关系，而他，又能为此付出怎样的代价……

…………

待在市局办案区内的齐康，原本还准备等集团法务前来才配合调查，可当展峰将那份鉴定报告摆在他面前时，他的眼角就开始不停抽动，很快，他的双手也跟着颤抖起来。

空气中，从齐康身上传来的男用香水味让展峰想起某人，顿觉有些不适。专业素养却让他默不作声，稳稳地坐在审讯桌前，注视着一身奇怪打扮的齐康。

展峰清楚，像他们这种翻新的老艺人，要想取得关注，光靠几首老歌是远远不够的，只有不断制造话题，引发舆论，才能站在媒体的制高点获得流量。不管是正面宣传，还是负面新闻，都是引起关注度的手段。

其中，最具代表性的就是曾红极一时的某三人音乐组合，当其他两人都在事业上有所成就后，其中一人也只能靠奇装异服来吸引眼球。而齐康，走的显然也是这条路。

不得不说，四十多岁的他，配上一身杀马特打扮，再加上他自封的"情歌王子"称号，一套组合包装下来，完全印证了那句话——"土到极致就是潮！"他也完全hold（掌控）住了自己树立的艺人品牌。

第二案　夺命毒琴

不可否认，在这个自媒体高度发展的时代浪潮下，不管是老歌新唱，还是直播带货，都有一大批人买他的账。要是无人关注，他也不可能在短时间内登上热搜。

然而这一切，都将在此终结，这种从波峰瞬间跌到波谷所带来的精神打击，只怕绝不是一般人可以承受的。

如韩阳预测的那样，展峰从不打无准备的仗，在他带队去帝铂集团寻人时，就已经猜到了这个结果，当然，他也做好了和这位打持久战的准备。

也许是因为和帝铂集团有些交情，他这次给了齐康足够的准备时间。可让展峰没有料到的是，在看完报告没多久，齐康就要求去趟洗手间，当他再次回来时，那身奇装异服已被他丢进了洗手间的垃圾桶，就连他脸上花里胡哨的浓妆，也被清洗而尽。

此时的他身穿一套灰色的秋衣秋裤，那双尖头皮鞋被他趿拉在脚下，再配上那二十年前流行的爆炸头，他浑身上下都散发着一股平庸的气息。

"还是这身适合我！"他自顾自地走到了审讯椅前坐下，"实不相瞒，其实很多年前，我就想着会有这么一天，我早就做好了心理准备。我现在呢，该辉煌的也辉煌过了，该赚的钱也已经赚了，该享受的好日子也享受得差不多了，老天爷对我不薄，我也应该知足了！"

"既然你有这种觉悟，那就不为难你了！"说着，隗国安把审讯椅上用于锁手的铁环放了回去。

"谢了警官！"

"不客气！"隗国安道，"我刚翻了翻手机，因为你，这网上都吵炸天了，这事回头肯定要开新闻发布会，咱也别浪费时间，尽快把你的事说清楚，以后你需要什么帮助，我们也尽量满足，你看这成不成？"

"行！"齐康回答得很是痛快，可见之前一番言语，倒都是真心话。

思想工作做通，由展峰负责审讯，嬴亮记录，其他人则退到了隔壁的旁听室。

"那咱们就开门见山吧！"展峰问道，"瓦当山那片树林中，有几具尸体是你埋的？"

"只有一具！"

"死者叫什么？"

"我也不清楚！只知道他是个口音很重的外地人！"

"名字都不知道，你为什么要杀他？"

"因为他把面汤泼在我身上！"想起那件事，齐康自嘲地道，"就这么一点小事。"

"你是在哪里作的案？"

"当然是他住的地方！"

"用什么作案工具？"

"从路边捡的一块砖头，还有……"齐康突然顿住，沉默了片刻，他才又回答道，"还有我的那把吉他！"

基本事实记录完毕，这桩案子已是铁板钉钉，展峰本想继续问下去，没想到齐康却抬头望着墙顶的日光灯，自言自语起来。

"如果老天再给我一次重生的机会，我绝对会听我父亲的话，给他做个孝顺儿子，可现在……现在一切都晚了。"

他抹了一把湿润的眼角，低头看向展峰："警官，其实你们不知道，我从小家庭条件很好，我父亲是个做五金生意的商人，当年，在最繁华的地段，我们家可是有三间上百平方米的大门脸。哪怕到了今天，我家的五金生意，依旧在同行圈里数一数二。

"要不是因为家里有钱，从小衣食无忧，我也不会这么玩物丧志，做什么不靠谱的音乐梦。现在看来，我写的那些成名曲，也不过就是些口水歌，虽然霸占各种所谓的排行榜，但那些都是什么？在我看来就是屎。

"我现在不过就是把过去拉的屎再重新翻炒，用它们来赚钱而已。你们是不是以为我想这样？不，我也有脸，我也知道廉耻，我自封是情歌王子，何尝不明白这就是个笑话？可没有办法，我不为自己考虑，也得为我的老婆孩子着想，要是不想让孩子走我的老路，我就要赚更多的钱，让他好好上学，别他妈学我，一门心思追什么梦想。

"说实话，我是歌红人不红的那种类型，当年盗版横行，就算歌红也赚不了几个钱，这些年关注度下来以后，我一直坐吃山空，直到帝铂文化娱乐公司找我签约，准备重新包装我，才陆陆续续有些进账。炒了两三年的剩饭，我也算财务自由了，就算那件事被翻出来，我也可以面对一切。"

说完这些，他惨笑一声："我呢，年轻时是个挺喜欢装×的人。搞音乐，

第二案 夺命毒琴

是因为个人形象不咋地，所以只能靠其他方面来吸引女生。那时我觉得玩音乐比较高雅，于是就拿起吉他，将来想做个音乐人。

"因为这种不切实际的想法，我整个初高中阶段，压根就没有半点读书的心思。我上到高二就辍学在家了，我不好好学习，我爸倒是也没有过多指责，毕竟在他看来，就算我学习再好，将来也要继承他的衣钵，继续卖五金。

"对他来说，早辍学反而是件好事。可我志不在此，总想着搞音乐能一炮而红，做着明星梦。辍学第一年，我爸让我跟在他身后跑单子，我自然不乐意。因为这事，我俩几乎两天一小吵，三天一大吵。我妈实在看不过去，私下里跟我说，如果我真的喜欢玩音乐，就给我拿点钱，让我去找个师父好好学学，如果我是这块料，那她就支持我的梦想，如果不是，就尽早回来，跟着我爸干生意。我一听，觉得这个提议不错，就欣然接受。直到后来我才知道，这其实根本就是我爸的意思。

"拿着母亲给的一万元，我踏上了求学之旅。那个年代已开始流行北漂，我在很多音乐杂志上都能看到关于北漂的种种报道，于是我就觉得，去BJ市可以让我实现自己的音乐梦！"

说到这里，齐康苦笑着摇摇头："俗话说，知子莫若父，到了现在，我感觉我家里最了解我的人莫过于我爸，他心里特别清楚自己的儿子是块什么料，给我的那一万元，他也早就做好了打水漂的准备。只是那个年轻的我，还沉浸在自己虚幻的世界里，无法自拔。

"和朋友到了BJ市，我学着别人忆苦思甜，在地下室租了个房子，经朋友介绍，认识了一个在酒吧驻唱的大哥，他经常戴着一顶奔驰标志的棒球帽，所有熟悉他的人都喊他大奔。据我朋友说，大奔在BJ市音乐圈很出名，认识不少知名音乐人，我那时初出茅庐，朋友说什么就是什么。

"因为我这个朋友带我把了不少妹子，在音乐圈能一起把妹，那就是过命的交情，所以我对大奔的实力也深信不疑。

"北漂那段日子，一天到晚就两件事，喝酒、唱歌。虽然自己的名气不见长，但因为我出手阔绰，很快交到了一帮朋友，他们一张嘴就是：'嗜，康子，我跟您说，您的音乐那叫一个地道！那都盖了帽儿了！'

"不过这帮人也不是一点真才实学没有，他们或多或少都玩点乐器，当时在BJ市，我们还组了个乐队，起名叫'闪电组合'，我们还接过不少酒吧驻唱的活。

"在那段时间里，我认识了改变我一辈子的人。她叫刁彤彤，是个酒吧服务员。因为我经常买她的啤酒，所以一来二去我俩就熟络起来，后来谈起了恋爱。她告诉我，她喜欢我的歌，觉得我一定可以成功。可理想很丰满，现实很骨感，我在BJ市混了三年也没混出名堂，最落魄时还要彤彤卖啤酒养活我。那时彤彤并不知道我家里有钱，这更让我感觉，她是被我的音乐和人品吸引的。

"眼看在BJ市混不下去，我就想带彤彤回家，从父母那里再搞点钱，以此延续我的音乐梦。可彤彤对回家见父母这事有些抵触，她只肯留在BJ市等我。我实在拗不过她，就只身一人踏上了回家之路。

"那年我已满二十一周岁，家里有个比我小一岁的亲妹妹。她的学习也是一塌糊涂，和我不同，我是追求音乐辍学，她是因为早恋。

"不过她要比我懂事得多，知道帮父亲照顾生意，而且她谈的那个对象王亚就是个生意精，很会为人处世。之前我妹曾在电话里跟我说过这事，所以我对他的第一印象还很不错。

"那个年代，女孩都是二十多岁出嫁，我父母对他俩的婚事也没提出反对意见。都说长兄如父，得到了我的首肯，这桩婚事基本铁板钉钉了。

"妹妹订婚，我又回了家。这对我父母来说，简直是双喜临门，我爸本以为我折腾够了，可以子承父业，回家挑起大梁，可当我告诉了他我的真实想法后，他一巴掌甩在我脸上，骂了我一宿'不争气'，因为我爸常年搬货、运货，早就积劳成疾，他的身体也是每况愈下，加上我这一刺激，当晚就被送进了医院。

"我一琢磨，硬顶也不是个事，于是等我爸病情稍微好了一些，我就和他摊牌，说可以把五金店接过来，但前提是把门面房都过户到我的名下，生意交给我，他在家颐养天年。这话听起来，好像是我要尽孝，实际上我有更大的图谋。

"毕竟刁彤彤还在BJ市等着我，我不能在家里待太久，另外我还急需一大笔钱，这笔钱一定要能撑到我完成梦想。眼下的情况想从家里搞钱，可能性不大。于是我私下里和妹妹商议了此事。我那准妹夫给我出了一个主意，他让我先从父亲那里把商铺给过户过来，然后他出一笔钱，把商铺给买过来，过户到我妹的名下。

第二案　夺命毒琴

"按照父亲原先的规划，我家里一共三套门面，其中一套是我妹的嫁妆，剩下的两套归我。现在小妹眼看就要出嫁，也到了过户的时候，于是我爸出院后，就操办了此事。

"我这边拿到房，转脸就和准妹夫商量转让的事。一时间他们拿不出那么多现金，在我妹的软磨硬泡下，我用极低的价格，把房子过户给了我妹。办完手续，两套房将近三百平方米，到我手里也就二十万。我寻思肥水不流外人田，转来转去，都是在我们姓齐的家里，万一我将来要是火了，要这房子也没啥用。就这样，拿到钱后，我第一时间偷跑到了BJ市，去找刁彤彤。

"二十世纪九十年代末，二十万可不是一笔小数目，那时候，在BJ市买小点的房子也不过就这个价。可我鬼迷心窍，拿钱去出什么唱片。

"我连高中都没读完，能写出什么好歌，无外乎就是一些'我爱你，你爱他，他却爱她'的陈词滥调，这种歌一分钱能听十段。不过当你有钱的时候，没有一个人会说你的歌不好，他们会鼓动你出唱片，而且还有公司主动愿意包装。因为他们并不关心你唱得怎样，他们只赚自己该赚的钱。

"为什么说那时候很多人都去北漂，现在却没人提了？因为当年有一帮人看似怀揣梦想，其实呢？他们的梦想都是别人编织出的谎言！这就好比传销一样，组织里的人都会告诉你，快来吧，只要来，就能赚到钱。可等你真正融进去，你才知道，你花钱买的，只不过是一个发财梦，当你如梦初醒后，才会知道这一切都是套路和陷阱。

"有的人可能幡然醒悟，有的人会越陷越深，最终从被害者变成害人者，成为传销组织的帮凶。'发财梦'是这样，'明星梦'也是这样。

"揣着准妹夫倾尽所有换来的二十万，我跑遍了业界排得上号的唱片公司。经过一番讨价还价，我的第一张专辑《彤彤》问世。里面收录了十首我自认为很牛×的情歌。我以为我会一炮而红，可花了大几万，就换回来一屋子卖不掉的碟片。

"郭德纲有句话说得特别在理，'三岁经历一件事就明白了，活到九十五还没经历这个事，他也明白不了'。我就属于那种不到黄河不死心，不撞南墙不回头的主。

"一次失败，并没把我给打倒。我沉寂了半年，又开始了第二次、第三次尝试。

"可写歌这东西,要的是沉淀,光自我感觉良好都是扯淡。别人写眼泪,都是'从我眼中你看到什么,有没有一种令人心悸的坠落?就像夜空多少流星闪过,你抓不到一颗属于我的梦'。而我写眼泪,就那老三样,什么'痛苦过后的雨滴''悲痛过后的醒悟''爱和被爱的补偿'。

"这就像小学生写作文,就算写十万字、二十万字,也就停留在那个水平,这是无法弥补的短板,也是我爸看透的本质。他生前曾说过一句话,现在想想真的很有道理,他说只要我辍学,就只有继承五金店这一条活路。

"这一点,我父亲能看透,我妹能看透,甚至连我那个准妹夫都能看透,就只有我还在不切实际。

"又浑浑噩噩过了三年,见我手里的钱被挥霍一空,刁彤彤自然离我而去。对她的离开,我没有感觉太意外。在一起的前三年,我能感觉出她对我是心存希望的,可后来,她也开始劝我务实一些。

"早知道是这个结果,我不会蹚这摊浑水,可如今钱也花了,父母也得罪了,家里早就没我的容身之地,我要是这样觍着脸回家,谁又能看得起我?

"北漂了这么多年,哪里都是熟人,而且很多人都见利忘义,有酒有菜时大家都是兄弟,可当你落魄后,那比陌生人还生。

"弄成这个样子,我也没脸在 BJ 市混下去,不过也不想就这么半途而废。玩音乐的都知道,全国有两个地方音乐人扎堆,一个是 BJ 市,另一个就是 DF 市。想通之后,我带着仅有的积蓄,踏上了去 DF 市的火车,准备从头再来。

"那个时候没有网络直播,为了维持生计和支撑梦想,很多人选择卖唱,我也不例外。

"白天我在人流密集的广场支摊,晚上就背着吉他去美食街。有时辛苦一天,也最多赚个填饱肚子的钱。其实这都不算最糟心的,因为白天在广场唱,你想唱啥就唱啥,可那里基本围观的多,掏钱的少。

"到了晚上都是食客点歌,虽然点一首给一首钱,但他们听歌都是助兴,所以唱的也都是些下三烂。歌越低俗,喜欢的人越多,他们花钱想听的其实不是歌,而是看你出丑的样子,用来满足他们畸形的成功欲。

"我那时虽然已经揭不开锅了,但我始终有我的底线,让我唱三俗歌曲,我就算饿死,也不会答应。

"因为赚不到钱,所以我在 DF 市的日子过得很憋屈。一天晚上,我拿着

第二案 夺命毒琴

歌单走到一个中年男子面前,他正在喝啤酒吃烧烤,旁边还放了一碗刚盛上来的汤水面。

"我经常能在美食街见到他,而且他还跟我住在一个巷子,我住最东边,他住最西边,有时凑巧还能在胡同里打个照面,虽然我不知道他姓甚名谁,但硬说是熟人也不为过。我见他板着脸,可能心情不好,就问他要不要给他唱首歌助助兴。

"他一直低着头没说话,我以为他没听见,就又问了一遍,可让我没想到的是,他抬手就把桌上的面条泼在了我身上。我躲闪不及,一碗汤水面从我脖子一直淋到了脚面,给我烫得原地打滚。他可能还不解气,又把一大杯啤酒泼到了我身上。

"这时烧烤店的老板出来拉架,一把把那人推出了帐篷。我当时被烫得直不起身,店里的服务员慌忙把我拽进了卫生间,用冷水往我身上浇。

"等我稍微缓过来劲,店老板给我拿了一套衣服换上,又说了两句宽慰的话,等我气消得差不多,这才让我离开。"

齐康忍不住长叹道:"我永远忘不掉那个夜晚,忘不掉那个男人嫌恶的表情。回想这些年的种种,我感觉不到人生还有希望,我告诉自己,哪怕是豁出性命,也必须争这口气。因为我这辈子,也剩不下别的了,要是这口气出不去,我和死人有什么区别。"

"你当时是怎么打算的?"展峰问。

"我想弄死他!"齐康苦笑。

"你是什么时候准备作的案?"

"就在事情发生的第二天,他又在美食街喝酒,等他跟跟跄跄往家走时,我瞅准机会跟在了他身后,可就在他即将走出美食街时,一只手突然从我身后拽住了我!"

"他是谁?"

"到了今天,我还是不认识他……"齐康眼神迷蒙地回忆着,"那天他把我拉到了一个摊位前,点了四个菜和一箱啤酒。桌面上,摆着两副碗筷。

"我并不知道他是什么意思,刚想离开,他用手指指我的头顶,我顺着他指的方向看过去,发现了一个摄像头。

"他告诉我说,在我和那人发生争执时,他在旁边看得清清楚楚。他还说,那个外地人经常借着酒劲欺负弱者，前些日子还打了一个拾荒的老头。

"这个外地人确实可恨，他建议我，如果决定要报复，也不要那么冒失把自己也搭进去。君子报仇十年不晚。他说，我完全可以在摸清楚那个外地人的行踪后，弄他个神不知，鬼不觉，岂不是更好。

"他还说，就算我失了手，不小心弄死了这人也没事，在瓦当山上有一片林子，那里葬的都是社会的败类，只要把人竖起来埋到那里，绝对不会有人发现。

"说实话，我当时也不清楚他是敌是友，但有一点我可以肯定，要不是他提醒，我真会把那外地人当街给做了，而要是那样的话，我被警察抓到，恐怕也只是个时间的问题。

"当晚我吃了他两盘菜，喝了半箱啤酒，作为交换，他点了一首苏芮的《亲爱的小孩》，这首歌我给他唱了五遍，听到最后，他边喝酒边流泪，我问他怎么了，他告诉我说他想他女儿了。我也不了解他的经历，但我可以肯定，他能这么伤心，想必他那闺女也发生了什么大事。这么个情况，我也不好再久留，于是我背着吉他，跟他简单告了个别，打那以后，我就没再见过他。"

"你还记不记得，他长什么样子？"展峰问。

"男的，跟我年纪差不多大，浓眉大眼，具体长什么样，我回忆不起来了。"

"你看看这个！"展峰把印刷厂守夜人阿冰的画像放在了他面前，"是不是他？"

齐康的瞳孔瞬间放大："没错，没错！"他用手朝那幅素描画使劲戳了戳，"就是他，就是他！"

当确定一切和推测完全吻合时，展峰又问："你们在吃饭时，有没有说过什么？"

"说是指定说了，可时间太长，我真的是一点都想不起来说了啥了。"

齐康的解释合情合理，毕竟此事过去十多年，除非两人聊了什么敏感话题，否则想回忆起具体内容，也不现实。展峰也没在这件事上浪费时间，他继续问："再后来，你对那外地人做了什么？"

齐康答道："按那陌生人的指引，我尾行了他一段时间，摸清了他的行踪。有一天夜里，我从街边捡了一块砖头，躲着监控摸到他的门前，他那天晚上喝了不少酒，吐了一屋子。

第二案　夺命毒琴

"就在他开门准备清扫时，我一板砖拍在了他头上，紧接着用吉他背带将他勒死。做完这件事，我又用床单将他裹了起来，在屋里找了一圈，没发现什么身份证件，我就把尸体扛到了我的住处。之后，我从朋友那儿借来三轮摩托车，趁着夜色，将尸体拉上了瓦当山。"

说完了作案过程，齐康又是一阵长吁短叹："杀他的时候，我就像发泄了这么多年来心中所有的愤怒，所以我的大脑基本处于短路的状态，压根不知道害怕，可当我得手后，愤怒消失了，我也开始后怕起来。很快，我搬离了那条巷子，很长时间不敢出现在美食街。为了压制内心的恐惧，我开始不停地写歌、唱歌，讽刺的是，我的成名曲《冷秋》正好就是在那段时间创作而成的。没了美食街卖唱的收入，我只能在广场一唱唱一天。因为我只能用歌来麻痹自己，所以在唱时我是全身心的投入。

"不得不说，有时人生真的很奇妙，当你急切想得到时，反而抓不住，可一旦放下，顺其自然，你放下的又都蜂拥而至。

"不知是谁把我在广场唱歌的视频传到了网上，很快，就有唱片公司找到我，要买断《冷秋》的版权，并准备量身打造我。

"我那时已到了山穷水尽的地步，抱着死马当活马医的心态，我签下了合同。不过，在北漂那几年我踩过不少坑，所以这次我格外小心，反正我能看出的雷，基本都让我给避开了。也正是这个有心之举，才让我没完全卖身给公司。

"有了专业的包装、炒作推广，那首《冷秋》很快霸占了音乐榜、彩铃榜，随后公司乘胜追击，又给我找枪手写了几首口水歌，虽说热度比不上《冷秋》，但传唱度也非常高。

"靠这几首歌，我火了有四五年，2010年9月我和公司的合约到期了，那时我已走了几年的下坡路，公司也失去了和我续约的兴趣，我就转投其他小公司，捞点快钱。直到2012年，我在音乐市场彻底失去了一席之地，于是我选择接受现实，和我的助理结了婚，过上了老婆孩子热炕头的小日子。

"也不是我自吹，其实当时我买完车房，手里还有个四五百万存款，若要把这些钱存在银行吃利息，日子也能过得有滋有味，可我这个人就喜欢折腾，先后开过演艺公司、饭店、培训机构，均以失败告终，存款也被我折腾得所剩无几。

"红极一时,我多少有点偶像包袱,也拉不下来脸去干其他的,眼瞅着快揭不开锅,没想到短视频行业又开始兴起了。

"我抓住了这个机会,开始拍一些唱歌的视频挂在网上。没想到,过去这么多年,我还有些热度,不到一个月,粉丝就过了百万。

"再后来,帝铂文化娱乐公司找到了我,想跟我签约。他们公司想专门给"80后""90后"来一个回忆杀,很多像我这样的老艺人,都被他们给挖了去。我看他们的营销手段还不错,而且帝铂集团这个牌子又在全国能叫上号,于是就答应了。

"进公司以后,我们这帮人就被安排各种走穴、开巡回演唱会,我们心里也清楚,这就是在过度消费我们积累下的美誉,可没办法,这个社会,有钱男子汉,没钱汉子难,谁都得向五斗米折腰。

"公司除了给我们安排一些商业活动,还有一个附加条件,要是集团有楼盘开建,我们也要第一时间赶过去,参加奠基或相关的活动,因为是帮集团办事,这种活动的佣金很低。公司给我们下的任务,每人每年至少要参加五场类似的活动,否则就不安排商演。

"条款是'霸王'了些,不过大公司做事都比较人性化,集团全年的项目活动单,我们可以提前看到,公司旗下的艺人也能根据自己的时间安排档期,我就是通过这个,了解到山洼村项目即将启动。

"忙忙碌碌这么些年,我本来早把那件事忘得一干二净,可听说村子即将奠基,还要把瓦当山作为惠民工程修整一遍时,我突然有种不祥的预感,当年那事,指不定这回就要暴露了。

"如果早两年,我会自己动手,把尸体给挖出来。可现如今,我把自己暴露在了聚光灯下,我走到哪里都有狗仔跟着,所以这件事,我肯定没法子亲力亲为。

"眼看项目要开工,迫在眉睫,我只能找我的一位好友想办法。他叫袁磊,我北漂时就认识他,我俩共同出资办了个公司,我还把他介绍进了集团,是捆在一根绳上的蚂蚱,思来想去,我觉得这件事交给他办最稳妥。

"我把前因后果说给他听后,我俩利益捆绑,他也就应了下来,然而没过几天,袁磊告诉我,那片林子里埋了不止一具尸体,他也不知道该挖哪一具。

"我一听就猜到,另外的尸体怕是出自那个陌生人之手。再后来,我就接

第二案　夺命毒琴

到公司通知，因为警方需要侦办案件，山洼村奠基仪式取消。说实话，得知这个消息的时候，我已经做好了被抓的准备。只是，没想到会这么快……"

三十一

车舱内，专案组成员反复研究齐康的笔录，试图从中找到潜在线索。

司徒蓝嫣琢磨半晌，率先提出了第一个问题："从齐康目前的口供和我们掌握的情况看，杀死其他六人的凶手，能确定是印刷厂的守夜者阿冰。但让我感到奇怪的是，最后一名死者被害是在2003年，而那个地下印刷厂，2005年下半年才被端掉，在这两年时间里，阿冰有作案条件，但他没有继续作案。从犯罪动机上分析，他应该已经完成了自己设定的犯罪目标。"

嬴亮也一起猜测："难道阿冰女儿的死，和孔林羽他们六人有关？"

"齐康当年没有细问，所以阿冰女儿到底有没有死，只是他的猜测。另外，还有一点说不通。"

"哪一点？"

司徒蓝嫣继续分析："他对part1的六名死者，均存在威逼行为，很显然，阿冰是想从他们身上问出某个情况，他之所以没继续作案，一定是得到了自己想要的结果。我起先认为，阿冰的女儿走失，六名被害人或许知道情况，这才导致了惨案的发生。但这种假设又有点说不通，如果阿冰有女儿，那么印刷厂的工人不会不知情。"

说到这里她看向隗国安："鬼叔在给阿冰画像时，曾逐人询问过阿冰的情况，所有人的回答都出奇一致，阿冰一个人，没有结婚，也没有生育。假设印厂工人提供的情况相对客观的话，那么阿冰终止犯罪的原因，或许和他所谓的女儿无关。"

展峰点亮大屏，画面中出现了一小撮灰褐色的粉末："重检尸骨时，我在3号的上衣内侧的口袋中找到了这个。经检验，这是罂粟壳磨成的粉末，因为装在密封的塑料袋中，才得以保存。"他把画面放大。"从研磨的细腻程度看，并不是人工可以达到的，明显这是机器加工后的产物。我把这一小包粉末放在称上称重，发现刚好是20克，从这么精确的剂量分析，这包东西应该有它专门的供货渠道。

"于是，我联系了禁毒大队，他们告诉我，这个叫续命粉，那些吸毒者如果搞不到毒品，就会去买这个解瘾。因为罂粟属中草药的一种，在当地，有一家中药铺私底下专门做这种生意。老板姓黄，曾因此蹲了几年大牢，本人已在几年前病逝。

"我在分局物证室找到了当年扣押的续命粉样本，通过比对，发现两者间的研磨痕迹完全一致。也就是说，我们发现的这包续命粉，正是出自中医老黄之手。

"而据禁毒大队办过此案的民警反映，中医老黄做事极为谨慎，不是经常打照面的熟人，给他再多钱，他也不会把续命粉对外出售。"

说着，他调出 part1 的六名死者，其中孔林羽身份已被核实，显示的是照片，其他五人依旧用问号代替。"目前已知，孔林羽是本地人，在镇医院儿科工作。现在通过中医老黄，也基本可以确定，3 号长期在本地活动。既然他们六人被阿冰选成作案目标，那么以此类推，这六人平时的活动范围，一定也在附近。

"据印刷厂工人回忆，阿冰 2000 年初就在印刷厂工作，从进厂第一天起，他就始终单身一人。这个时候案件还未发生。也就是说，那时他和六名被害人和平共处在一个地方。"

司徒蓝嫣接过话："从犯罪心理的角度上分析，如果是一时兴起引起的矛盾，很难产生杀人冲动，尤其本案的被害人多达六人。这不是普通仇恨所能达到的后果，因此，我怀疑阿冰存在一种特殊的动机，犯罪心理学上称之为共振式犯罪冲动。

"共振，是指物体在特定频率下，比其他频率以更大的振幅做振动的情形，这些特定频率被称为共振频率。在共振频率下，很小的周期振动就可以产生很大的振动。例如，士兵踏步过桥，可将石桥震断，就是因为脚步频率达到了共振。此概念挪用到心理学上，主要是阐述由某些极小事件引发的极大犯罪冲动。

"多年前，阿冰告诉齐康在瓦当山林子里可以埋尸，而通过测算七名死者的死亡时间可以得出，霍元宝被害时，阿冰已杀了多人。在这个节骨眼上，他竟能在陌生人面前流泪，并坦言自己思女心切。说明这种情感在他心中酝酿已久，且无人可以诉说，当心理诉求达到巅峰时，他才会在音乐的刺激下，和陌生人袒露心声。由此分析，阿冰的共振式犯罪冲动，极有可能和孩子有关。"

"我也有一个地方闹不明白！"听了半晌的隗国安开口，"阿冰和齐康坐在一起,开局聊的话题明明是怎么杀人抛尸,可为什么到最后,会拐到孩子的身上?阿冰为何会要求齐康唱《亲爱的小孩》?又是什么原因,导致他们切入了这么沉重的话题?"

三十二

带着疑问,专案组再度来到审讯室。

经过司徒蓝嫣和隗国安连番询问和引导,齐康的眼神由迷茫逐渐清澈起来:"哦,我想起来了。我俩之前确实是在聊怎么跟踪、埋尸,可聊着聊着,那人给我看了张照片,他问我,我经常在美食街卖唱,有没有见过这个孩子。我接过照片一瞅,发现是个四五岁的小姑娘,眼睛大大的,长得很漂亮。不过我是第一次见,于是就说没有。他给了我一张照片,让我留意着。我问他,如果看到了怎么联系他,他说,不用联系他,可以直接报警。"

"照片呢?"隗国安问。

"装口袋里忘了拿出来,洗衣服时给洗花了!"

…………

齐康回忆起的这条线索,证实了司徒蓝嫣的猜想,阿冰既然能让齐康报警,说明这件事在派出所一定有过备案。

走出审讯室,展峰就联系到了辖区派出所的负责人,他们以"2002年前后,失踪女孩"为检索条件,在分局档案室内找到了一份卷宗。

吹落浮灰,翻开牛皮纸封面,首页贴着一张审批表格,最后一栏是派出所所长的签字:"同意撤销。"

拨通办案民警的电话,他很快回忆起了当时的情况:

当年,一名妇女来派出所报案称,她四岁的女儿左左已失踪多日,请求派出所帮忙寻找。接到报案后,派出所高度重视,印发了上百张寻人启事,张贴到附近的主要路口。另外,派出所还组织了搜捕小队,对小女孩可能经过的道路沿途调取监控。

可报案人无法回忆出女孩失踪的具体时间和地点,而且,当年条件落后,多数地方都没有安装监控,存在大片监控盲区,所以要查到小女孩的下落相当困难。

经数周寻找，小女孩始终无任何音讯，派出所就采集了女孩父母的血样，并把信息层层上报给了市公安局打拐办，由他们将此线索推送至全国打拐办。

　　在之后的一年中，派出所始终和女孩家人保持联系，只要一有线索，派出所和打拐办就会组成联合调查组，进行跟踪。

　　可让派出所没想到的是，后来女孩母亲突然打来电话，说女孩已经安全到家，并对派出所这一年的帮助表示感谢。

　　为证实女孩母亲所言非虚，派出所还专门派人到女孩家里，当看到女孩原模原样地回来后，派出所民警也感到奇怪。

　　可当问起事情缘由时，女孩父母对此闭口不答。只说是委托朋友找到的。朋友姓甚名谁，对方怎么也不肯透露。

　　女孩失踪可不是一天两天，傻子也能猜到是被拐卖了，奇怪的是，她这一家人，就是不愿配合警方。

　　等派出所再去找时，居然发现女孩一家已搬离了本市，怎么也联系不到。

　　派出所民警第一次到她家里时，采集了女孩的血液，经省厅 DNA 比对，确定和女孩父母存在血缘关系。既然确定女孩已经找到，那么这桩挂在市局打拐办的失踪案，就可以撤销，至于拐走女孩的到底是谁，女孩一家为何不配合公安机关调查，虽然存在疑点，但也只能放在后面慢慢查。

　　…………

　　听完复述，根据当年报案材料上所留的个人信息，嬴亮检索到了女孩一家的行踪。

　　女孩名叫年左左，目前在 CD 市某中学当老师，如今已成家，育有一女。其父亲年利友、母亲秦苗凤，都在某物业公司工作。

　　…………

　　从一家人反常的举动分析，此事必定存在某种特殊情况，年左左作为当事人失踪一年之久，就算当年她还是个孩子，那也不可能一点记忆都没有。于是专案组一致商议决定，直接去找年左左询问情况。

　　从学校将她带走时，年左左完全没有一点心理准备，而当隗国安把阿冰的画像摆在她面前时，她表现出了极度的恐慌。

　　无论她如何矢口否认，她也不过是个没有什么反侦查经验的普通人，尤其还有司徒蓝嫣这位心理侧写师在场，年左左那招闭口不答，也显得苍白无力。

第二案 夺命毒琴

经过一番心理较量，司徒蓝嫣把阿冰为了解救她，涉嫌杀害六人的犯罪事实告知了对方。

要是在当年，她可能不会有太大的反应，可现在不同，她已为人师表，不用多说，也应该知道问题的严重性。

果不其然，没和司徒蓝嫣对抗几个回合，年左左就败下阵来。

她坦白告诉警方，当年的事，其实时至今日，她也无法忘记。

2002年春季的一个傍晚，她母亲正在院子中晾晒衣服，她自己则跟在附近大孩子身后，跑出了院外。她家当年住在大杂院，附近到处都是巷道，跑着跑着她就迷了路。大孩子只顾着玩，也没注意到她跑丢了，一直到天黑，她都没有找到回去的路。

这时，一个路过的中年人把她带回了家，那个人穿着白色的大褂，嘴角还有一颗黑痣。

司徒蓝嫣听见这个描述，便给她看了受害人的复原像，她很快认出，带走自己的那人，就是6号死者孔林羽。

孔林羽将她带回家后，就以各种理由将她锁在了家中，后来又过了几天，她喝了孔林羽给她的一瓶饮料，接着就不省人事。等她再次醒来时，她发现自己在一间十分破旧的村屋里，有一位头发花白的老人摸着她的脸告诉她，这里就是她的新家，等她长大了，就跟她的哥哥在一起过日子。

那时候她年纪太小，并不知道过日子的含义。等长大后看了相关新闻才知道，她那时候是被人卖到了山里当童养媳。

据年左左回忆，那一年真是叫天天不应，叫地地不灵，不管她怎么哭喊，怎么闹，都无法离开那个村子。不过因为年幼，再加上村子里的玩伴多，她很快就和当地的孩子打成一片，日子也就这么没心没肺地过去了。

一年后，一位人高马大的中年人突然出现在了村子里，他找到了年左左的住处，掏出一些钱给了那老人，老人起先不同意，后来中年人掏出了一把刀，架在了老人脖子上，老人认怂，中年人这才把她给解救了回去。

她安全回到家时，中年人告诉他们一家人，不准和任何人提及这事，更不能跟警察说，否则不敢保证，她会不会又一次突然失踪。

他话里话外虽说有威胁警告的意思，但年左左一家人拎得清好歹，对恩人一番感恩戴德后，果真对此事闭口不言。

从司徒蓝嫣口中得知，对方为了自己杀害了六人，年左左既惊惧又愧疚，她提供了一条重要的线索：

当年被解救回来时，那人带她坐的是火车，买票时她看见了对方的身份证，因为那两个字她刚好认识，所以就记住了对方的名字——毛冰！

三十三

毛冰这个名字虽然普通，但有隗国安的画像作为参照，嬴亮还是比较有信心能查清他。

按照隗国安的要求，嬴亮以"毛冰"为检索条件进行模糊查询，由少到多，以乡、镇、区、市、省、全国六个等级进行分类，把所有叫毛冰的人，从系统库中全部调出来。

当隗国安浏览完省级库时，最终锁定了毛冰的真实身份。

"查到了生活轨迹！人就在本市！"嬴亮掩饰不住心中的喜悦，将查到的信息投到了公屏上。

"毛冰，男，1971年8月1日生，非本地人，1993年曾因涉嫌敲诈勒索罪，被判处有期徒刑六年，减刑后，于1998年被刑满释放。根据支付宝的消费轨迹，他每天早晚都会在固定摊点消费，目前他应该在本市有一份稳定的工作。具体做什么暂不清楚，但从轨迹看，具备抓捕条件。"

为了完善证据链，展峰将毛冰的照片又分别拿给关系人辨认。印厂工人指出，他就是守夜者阿冰。齐康和年左左也同时确定了他的身份。调查至此，杀害另外六人的嫌犯毛冰，已是插翅难逃。

三十四

警方把毛冰从电子厂带走时，他显得极为淡定。

在不紧不慢地更换了工作服后，他拉开车门，直接坐到了最后排。也许是他心里清楚警方找他的原因，没等民警开口，他直接双拳并拢，把手伸了过来。

第二案 夺命毒琴

抓捕民警也不跟他客气，直接押拷，将他送进了审讯室。

常言道，面由心生，但单纯看面相，毛冰不像什么大恶之人，相反，他那张饱经沧桑的脸上，竟还浮现着一股乡下人特有的淳朴气息。

长期的劳作，让年近半百的他看来比正常人苍老许多，由于在电子厂从事流水线工作，他的双手食指和拇指还缠着白色的胶布，这种可以黏附微小元件的简单设计，是每位流水线工人上岗前，必经的步骤。

胶带呈乳白色，宽度比小拇指盖窄上一些，上岗前，需正面绑上几圈，接着再把胶面露出，反绑几圈，使得食指和拇指带有黏性，这样才能适应流水线快节奏的操作。

毛冰端坐在审讯椅上，绑着胶带的食指和拇指一会儿粘在一起，一会儿又挣开，在手指每次分开的间隙，能明显地看到，胶带上黏附的乳白色胶状物，被拉出一根根黏稠的丝。

他显得有些心不在焉，但展峰感觉不到他有什么激烈的情绪，就好像这个人，现在正在等待一个迟来多年的结果，而且因为他心中早有预料，在这个等待的过程中，他表现出了前所未有的轻松。

在抓捕之前，展峰已看过关于毛冰的所有资料，如果要他给毛冰下一个定义，毛冰应该可以算作好人。

那么，一个好人为何突然变得这么凶残，甚至一口气夺取了六个人的性命，专案组中，想搞清内因的绝不止司徒蓝嫣一个人。

审讯室内安静了好一阵子，毛冰拒绝了隗国安递过去的烟卷后，突然露出了笑意："我知道，你们是在等我自己主动交代，谢谢各位给我时间，现在我基本想明白了，你们可以开始了。"

展峰之所以按兵不动，并不是在玩什么心理战术，毕竟毛冰是被他救下的女孩指认的，以展峰对毛冰的判断，基于毛冰犯过的事，他自己肯定也能猜出一二。

况且，从毛冰的心理角度分析，救一个小女孩，杀掉几个吸毒者，当年做得出来，又在城中坦然生活了这么漫长的岁月，他应该打从心底里认为，自己做的事是对的。

针尖对麦芒不是解决问题的态度，倒不如让他不受打扰地冷静一会儿，毛冰没有在被逮捕时反抗，他心中应该对此早有预估，那么等他想清楚其中的因果，才是讯问的最佳时机。

此时从毛冰的反应来看，展峰相信，确实如他所说，他已经想明白了。

"第一个问题，唱《冷秋》的齐康你是不是认识？"

"认识！"

"瓦当山树林中的六具尸体是谁埋的？"

"是我！"

"齐康杀人抛尸的方法，是不是你教的？"

"没错！"

毛冰的回答简短有力，让展峰更加清晰地认识到，这位对自己的犯罪行为和后果是有预计的，他凝视毛冰，沉稳地问道："为什么？"

"因为……"毛冰似乎一时间不知从何说起，顿了一会儿，他才淡淡地道，"我觉得，这应该算是为民除害。"

"为民除害？就因为他和齐康之间发生了矛盾？"

"当然不止这些，"毛冰摇摇头，"事情要从很久之前说起，故事很长……"

"没关系，让你来这儿的目的，就是要把话说清楚。"展峰的话语十分平静，带着让人安心的节奏，"只要能说清楚，不管是什么，我们都会听着。"

"有意思，那我就说吧。"毛冰抬眼瞧着展峰，咧开嘴，笑了起来，"你在抓我之前，应该查过我的案底，许多年前，我和你们警察打过交道。"

"1993年你因敲诈勒索罪，被判处有期徒刑六年，减刑一年，1998年刑满释放。"展峰缓缓陈述，然后提出了一个问题，"从你身边人对你的印象来看，你其实是个老实肯干的人，敲诈勒索，可不太像他们嘴里的你会干的事。"

"我也不想这样，所以你们警察说得对，人应该学法，不然有些时候，你自己都不知道已经犯了罪……"

作为系列杀人案的嫌疑人，犯罪动机必定有一个积累的过程，为了搞清他的犯罪心理，在抓捕毛冰之前，司徒蓝嫣就仔细研究了关于毛冰的所有资料。她认为，毛冰内心的罪恶根源，很可能和1993年的那起敲诈勒索案有关。

三十五

一来是为了搞清楚毛冰的整个作案过程，二来是要更深刻地了解到他的犯罪心理，作为主审的展峰之所以不紧不慢，是因为他此前已经做好了刨根问底

第二案　夺命毒琴

的准备。

"看来，那起敲诈勒索案对你的影响很大，所以你现在才会有这种认知……"

展峰的一句话像是戳中了毛冰的软肋，他的声音沉了下来："要不是当年被硬扣了这么个帽子，后面这些事，可能我根本不会干。"

既然他打开了话匣子，展峰也没接话，任由毛冰继续说下去：

"家里兄弟姊妹四个，我在家中排行老三，我的父母很早就分居，大哥小妹跟着我妈过，二姐和我跟着我爸。

"我妈是个老实的农村妇女，但我爸不是一个省油的灯，一心想捞点快钱的他帮人罩场子，结果被人砍死在街头，我们姐弟俩只好相依为命。

"1987年，我刚满十六岁，二姐就嫁为人妇。她为了能给我找个糊口的活计，托二姐夫帮我联系了他的远房亲戚，二姐夫还没介绍我的情况，电话那头就满口答应，就像提前商量好的一样。

"我坐在北上的车厢里，仔细想想当时的情况，觉得根本就是被骗了，等到下了车，按照地址找到那个亲戚，就知道我猜的是对的。

"二姐夫给我介绍工作是假，把我给打发走不耽误两口子过日子才是真。不过来都来了，想那么多也没啥意思，只能硬着头皮走一步算一步。

"不过有一点二姐夫倒没骗我，他远房亲戚在当地混得确实不错，只是道走得有点偏。

"二十世纪八十年代末还没有什么高速公路，货车司机跑长途，基本上走的都是省道或国道，有些修建得好的乡道、县道，平时也有不少大货车途经。

"那个年代没服务区，沿路建的只有各种私人停车场，货车司机如果途经某地，缴一定的钱，就可以把车停进停车场，里头有专门的看车人，可以保证油耗子不来骚扰。

"这种停车场和现在的停车场可不一样，后者只是停车，而前者像一个CBD（中央商务区），饭店、旅社、超市、按摩房、修理厂应有尽有，甚至有的停车场为了刺激消费，只要在里面消费满多少钱，就可以免一夜的停车费。

"想当年，货车司机是绝对的有钱人，而且路上这些额外费用，都是车老板买单，所以他们根本不在乎这点钱，他们在乎的只有一件事……"

"什么？"展峰问。

"安全。"

"安全？"

"没错！"毛冰点头，"别小看这简简单单的两个字，要想做到绝对安全，可不是一般人能办到的。"

他掰着手指数道："首先，最基本的，停车场面积要够大，只有这样，才能容纳更多的车。毕竟司机和车才是收入的根本来源。不管啥时候，地都是最值钱的玩意儿，要想搞到地，光有钱没有人脉绝对整不来。所以，停车场面积越大，对司机来说就越安全。当然，这种安全，仅仅是停留在表面。那个年代不像现在，车多人多，当货车司机的门槛很高，多数跑专线的司机，很多年都是那一拨人，所以停车场要想做到常年盈利，绝不能做一锤子买卖。

"其次，把人和车招呼进来，消费也得多样化，就拿吃的来说，南北口味天差地别，要做到雨露均沾，只开一家饭店绝对打不住。俗话又说，饱暖思淫欲，司机们吃饱喝足，都爱去找点乐子，这按摩房里的妹子多不多，长得漂不漂亮，是很多司机选择停车场的时候都会琢磨的问题。

"不过你们是警察，最清楚嫖娼是违法的，要是被你们抓到，罚钱就算了，还要被拘留。有些专线司机的工期，每月都会排得满满当当，一旦进了拘留所，货主的损失可就大了去了，所以货主和司机在签订用工合同时，都会提前约定，这种由货车司机自身导致的损失，都是司机自己买单。所以，怎么保证司机嫖得安全？这就成了问题，因为这些按摩房都建在停车场内部，有一定封闭性，通常的做法，就是多安排些小弟望风，发现风吹草动就撤，这问题自然就迎刃而解。要请得起这么多人，还是成年累月的开支，那必须得有大把的钱。

"有关系、有钱、有小弟，可这还远远不够。俗话说，有人的地方便有江湖，停车场是开门做生意，车一多，难免会招惹油耗子、扒手啥的玩意儿。这些人都是自成帮派，很容易混进来，要是司机在吃饭休息时，东西被人偷了，那么不管你的停车场面积多大，项目再多，也不可能留得下人，所以要想搞定这些江湖帮派，就必须有一定的手段。而最简单，也是最直接的方法，就是自成一派。"

似乎说得有些口干舌燥，毛冰端起水杯润润喉，继续道："我刚下火车，就被带进了车头帮的院子里，迎我的人就是二姐夫的亲戚，车头帮的高层，外号渣老五，我平时喊他五叔。据说，五叔和帮主有过命的交情，但到底有没有

第二案　夺命毒琴

这回事，我也不可能去问。横竖我个人感觉，五叔在帮里属于'上不上、下不下'的那种。"

"什么叫作'上不上、下不下'？"展峰颇有兴致地搭话。

"就是中不溜呗！"果然，毛冰也来了劲，"这就要从车头帮的建立之初说起。车头帮的老大，江湖名号是青爷，他本人以前做过货车司机，靠他自己，其实也掀不起多大的风浪，可他爹是村里的干部，因为手腕硬，十里八乡的村民对他都敬而远之。靠着他爹，青爷从村里圈了好几块地，联合与他一起跑货车的六个司机建起了停车场。因为每个停车场门前，都放着一个醒目的货车车头，久而久之，他们就给自己组建的帮派取名车头帮。

"车头帮，当然是青爷做老大，其他六位高层，则分别掌管一块。二叔管的是按摩院；三叔负责修理厂；餐饮、超市、住宿是四叔在打理；六叔不负责别的，单管帮里的一群小弟；七叔和青爷走得最近，大家说，他就是帮里的军师，手上负责整个帮的财务。能看出，他们每个人都身兼要职，可五叔就不是了。他们给五叔分的活，是掌管帮外的其他产业。"

"除了这些，这个车头帮还有什么产业？"

"青爷当年从村里圈了不少地，大部分沿路的都修建成了停车场，也有一些相对来说比较偏远的地方，这些地皮，就全交给五叔来打理。

"虽说论面积也不小，但出于地理位置的原因，几乎干啥啥不行，帮里各位叔爷一讨论，决定留下其中一块较大的地方盖一个菜市场，剩下的地，全部出租出去。

"菜市场是帮里的产业，需要有人去打理。可在帮中，很多小弟都习惯捞偏门，谁去管菜市场都觉得掉价，就在这个时候，我撞到了枪口上。五叔觉得我是亲戚介绍来的，相对其他帮众更值得信任，就把场外的管理权交到了我手上。"

"一个菜市场，帮会又要怎么管？"

毛冰见展峰不解，便耐心解释起来："五叔建起的兴怀菜市场，有一个足球场那么大，分场内和场外两大块。所谓场内，就是规规矩矩在划定的范围内，无论卖肉、卖菜，都有自己的水泥台，每个台子需按月交坑位费，这是菜市场的主要收入。不过随着菜市场人越聚越多，有些租不上台子的菜农，会沿菜市场一圈自行找地方摆摊，这些小贩，也靠着菜市场的人流量赚钱，所以他们也要被纳入收费的范畴，我们管这些人叫场外。当年，我和另外两个小弟，专门负责每天收取场外小贩的摊位费。等上手以后我才晓得，这可不是一件好干的差事！

"那个年代，土地比较宽裕，农村家家都有四合院，屋前院后基本上都会围个菜园子，譬如辣椒、茄子、西红柿这种家常蔬菜，基本不缺，农村人进菜市场主要买的都是肉荤。而卖肉的基本在场内都有台位，摆在场外地摊上，就算是好肉，给人的印象也会大打折扣。所以，场外基本都是一些靠卖青菜讨生活的老头、老太太，他们有些人，起早贪黑，步行数十里地，蜷缩在拐角一蹲一天，有可能就赚个块八毛的买馍钱。我每次看他们破衣烂衫的，都于心不忍，可没办法，帮里规定，每个场外的摊位，每天最少要交两元摊位费。虽然现在听起来没多少，可在当年，两元的购买力能比上现在的二三十元。我算过一笔账，每天在场外摆摊的菜农，能有将近一百人，真正能掏出钱的最多一半。我每天是磨破嘴皮子，也收不上钱，因为这事，我没少挨五叔臭骂！"

"我看过卷宗记录。"展峰说，"里面说，警方在场外找了几十个菜农问话，有三分之二的人在帮你求情，剩下的三分之一，又是另外一个极端，对于这种情况，你怎么看？"

毛冰苦笑："人心隔肚皮，要不是这三分之一，我那会儿也不会被判那么长时间。"

"怎么样？说来听听可以吗？"展峰的话很是客气。

"你们这么感兴趣，那我也没啥好隐瞒的！"毛冰满不在乎地说，"刚才我提到了一件事，说五叔在帮里虽然是高层，但没啥实权，你们知道为什么吗？"

三十六

见展峰没有接话，毛冰自问自答："因为五叔心善，有些事他不愿意掺和，所以才被孤立。青爷之所以让他坐上帮里的第五把交椅，是看在他们曾结拜闯过天下的分儿上。青爷常把一句话挂在嘴前，叫'心不狠、江山不稳；心不黑、必吃亏'，带头的是这样，所以整个车头帮都比较好勇斗狠，其他帮派根本不敢招惹。久而久之，五叔因为这性格，就和帮派其他人越拉越开，他说话在帮内也越来越不管事。

第二案　夺命毒琴

"不过帮派的主要收入，都在停车场，菜市场这点蝇头小利，根本没人看在眼里，也正是因为这样，五叔对菜市场的事，倒是可以做到说一不二。

"我老收不上账，五叔就单独见我，问是啥缘故。我打小过惯了清贫日子，看不得穷人受苦，就一五一十地把场外的状况给说了。五叔听后，给我出了个主意，他让我把场外的地从内到外分为上、下两块，靠近菜市场的上等摊位，留给能交上钱的摊主，远离菜市场的下等摊位就由我自行决断，可以少收，也可以不收，这样有了分层，更方便管理。

"我一听这确实是个好方法，第二天就执行。我让人用白石灰绕着菜市场画了个圈，依五叔的说法，圈内的是上等，圈外的则是下等。

"不过，就算理论说得再好，那也是纸上谈兵，地界刚划出来时，确实有不少愿意交摊位费的菜农搬进了圈里，可时间一长，当他们得知在圈外可以少交钱或者不交钱后，就又都搬出了圈子。

"而对来买菜的人，哪里的商贩集中，他们就往哪里去，毕竟圈内、圈外相隔也没有多远。这就尴尬起来，圈内愿意付摊位费的人越来越少，反而圈外的人越来越多。

"有段时间我真是一个头两个大，不过干这行时间久了，哪些人有钱，哪些人是真的困难，倒也骗不了我，所以到后来，那帮有钱人不管是在圈内还是圈外，我都照收摊位费，而对那些确实吃了上顿没下顿的穷苦人家，我基本上睁只眼闭只眼，能不收就不收。

"因为这种区别对待，卖菜的人们对我是褒贬不一。后来车头帮被当地警方列为头号黑社会帮派打击，警方就把我的收费行为定义成敲诈勒索，而那帮交了摊位费的菜农，最后都成了指认我的证人。"

"唉！"毛冰长叹道，"对那些被收费的商贩，我自己也觉得对他们不公平，所以我采取了很多弥补措施，比如，帮里停车场的饭店需要买菜，我都是第一个推荐他们，只要在我能力范围内，我每天都会帮他们介绍生意，圈内的商贩，其实不少赚。我也没想到，平时客客气气，叔长叔短，没想到最后，还是要置我于死地。"

展峰等他情绪平复片刻，问道："这事和你后来作案有什么必然联系吗？"

"认真说，也就是有一点关系！"毛冰有些痛苦地道，"归根结底，还是因为马茜。

"马茜？"

"对！"毛冰缓缓地回忆起来。

"正式入了帮，五叔就给我找了个地方安顿下来，住在一个只有三间瓦房的院子，房东是位快五十岁的寡妇，我喊她花婶。据说她是丈夫花钱从外地买来的媳妇，一口外地音，生活习惯也和本地人不同。她常说，嫁到这里，始终感觉水土不服。不过，花婶只是嘴上说说，最让她接受不了的是，她和丈夫结婚没两年，她丈夫就跟人打架被人一刀捅死，当了短命鬼。花婶一个外地人，在本地无亲无故，再加上怕人说闲话，就一辈子没再嫁，靠着丈夫留下的几间瓦房，勉强度日。三间房，一间住的是花婶，一间被我租下，剩下最后一间的租客，就是马茜。

"马茜比我小五岁，说话口音和花婶有点像，不知是出于什么原因，花婶几次问她是不是老乡时，她都闭口不答，好像故意回避这个话题。

"不过也没啥不好理解的，她毕竟是帮里按摩院的小姐，靠卖'肉'为生，这种见不得光的生意又不能光宗耀祖，所以一般人很少会主动提及家里的事。

"马茜比我早一年住进来，起先，她对我也是爱搭不理，后来五叔亲自来找过我几次，她跑过来问我和五叔的关系。因为那时我刚入帮，不知其中水深水浅，所以就敷衍地回了句，说五叔是我亲戚，别的就再没提了。

"像马茜这种女孩，就是帮里的赚钱工具，谈不上有什么地位，生意好时，就算来月经，也会被逼着上班。对她们来说，很希望能和帮里小头目挂上点关系，这样最起码日子会好过一些。事实上，帮里也的确有不少混得开的小头目会和按摩女之间保持着情人关系，这样按摩女一旦出了点什么事，就会有人帮着摆平。

"基于这种考虑，马茜把我当成了目标。

"那段时间，只要她下班，不是给我带吃的就是给我带喝的，而且在我屋里一坐就是老半天，那殷勤献得甭提有多明显了。

"虽然心里清楚，她也就是找个靠山，可那个时候，我也是正值盛年、血气方刚的年岁，再加上女追男隔层纱，前后不到一个月，我就把她抱上了自己的床。

"我俩发生关系后，她就到处跟人说我是她男人，久而久之，连跟着我的

第二案　夺命毒琴

几个小弟，也都习惯喊她大嫂。

"看在五叔的面子上，从那以后，马茜在按摩院确实好混了许多，最起码，来月经时，不再有人逼着她去上班了。

"不过五叔私下里警告过我，和按摩女之间要保持距离，不可生情，否则影响帮里的生意，青爷那边饶不了我。

"我当然明白五叔是为我着想，所以我和马茜也就是床上关系，并不是实质性的男女朋友，最多就是她遇到麻烦，我帮忙去说句话。

"我俩虽住一个院子里，但还是各过各的，只有当我想发泄时才会将她喊进屋。我对她的事也没兴趣了解。相处了大概一年，马茜告诉我说，她怀孕了，孩子是我的。"

毛冰顿了顿，眼中情绪有些复杂："我又不是傻子，在帮里混久了，也多少了解一些内情。像马茜这种按摩女，知道自己就算找到了靠山，也始终摆脱不了被利用的局面，一旦年老色衰就很容易被抛弃，有些按摩女就想到用孩子来拴住男人，以求更长远的可能。

"我感觉出马茜也想动这个心思，所以每次和她发生关系时，我都坚持戴套，而且用的都是我自己买的套，所以她说怀了我的孩子，我压根不相信。

"我建议她把孩子打掉，因为按摩女一旦怀孕，就意味着小一年不能上班，马茜是我名义上的女友，要是她坚持要生，青爷那边肯定需要我去善后，这不光是钱方面的问题，还有我要怎么觍着脸去张嘴的问题。毕竟帮里有明确规定，帮众和按摩女之间要保持距离，虽然私底下也有不少人把按摩女的肚子搞大，可他们都是速战速决，这边发现，那边就给流了，一般不会影响帮里生意。像这样把按摩女肚子搞大，还硬着头皮去请假的，我算是头一个。

"马茜执意要生，我执意不肯，我俩因为这事在院子里大吵了起来。

"花婶闻讯而来，问清楚情况后，动了善心，她说怎么也是一条命，救人一命胜造七级浮屠。她让马茜把孩子生下来，如果我们两个不想要，那就给她养，所有费用，她一个人承担。至于青爷那边，她去帮忙说情。"

三十七

　　话匣子已彻底打开,毛冰干脆主动跟展峰要了支烟卷点上,侃侃而谈道:"在这之前,我根本不知道花婶的背景。后来我才清楚,原来花婶的丈夫当年是替村里出头才被人捅死的,所以青爷的父亲欠她一条命,车头帮每月还都要给花婶一笔钱作为补偿,只要花婶张嘴,青爷那边绝对不会反对。

　　"当天夜里,花婶就去找了青爷,她想要个孩子养老,正好马茜怀了孕,孩子也不打算要,能不能让马茜不去上班,让她在家待产,这期间一切费用,由花婶负责。从头到尾,花婶没提我一个字。也许是花婶从来没跟青爷张过口,青爷给她留足了面子,前因后果也没问就应了下来。不光是这样,帮里还特批了一笔费用给马茜,让她安胎。可不知内幕的帮众还以为,青爷做的一切都是看我的面子,很多人对我又敬了三分。

　　"这事没对我有啥不好的影响,反而还潜移默化地提升了我的形象,演戏演全套,我打那以后,对马茜也开始关怀起来,有时我会去停车场的饭店,给她买点老母鸡汤,或者去超市买些孕妇奶粉啥的。

　　"十月怀胎,说慢也慢,说快也快,转眼间就到了马茜生产的日子,是个女娃。孩子出生时,我自然而然充当了父亲的角色,可能出于好奇,我就问了医生孩子的血型,医生告诉我说,是O型。

　　"我一听,感觉就跟被雷劈了一般,因为我就是O型血,于是我又逮住医生,往深问了几句,医生告诉我,马茜是B型血,那么我俩生下的孩子,要么是O型,要么是B型。又因为女孩遗传父亲多一些,所以我和马茜生下女娃,大概率是O型血。

　　"我知道医生误会了我的意思,不过这个结果是真的让我感到意外。我跑去问马茜,这孩子到底是不是我的,马茜从怀孕到生下孩子,始终一个答案,孩子就是我的。她还告诉我,是那次我喝醉酒后,和她发生关系时没戴套中的招。

　　"虽然这个说辞,她提了十几次,可我每次都当耳旁风。这次我却不再那么认为了,毕竟孩子的血型摆在那里,就连花婶都说孩子长得像我。

　　"况且,我确实有几次喝多后,和马茜发生了关系。所以她的说法,还真不一定是假的。

第二案 夺命毒琴

"把孩子抱回家后,大多时候都是由花婶在操劳,人都是感情动物,当我认定我和这孩子有血缘关系后,我整个人的心态就发生了巨大变化,我给孩子取名'笑笑',希望她一辈子能过得开心。

"让我困惑的是,我和花婶都对笑笑关爱有加,马茜这个当妈的却表现得相当冷淡,她生下孩子不久,就立马接着去上班。她那时一天晚上至少能接十个客人,按照提成,每天至少有小两百的收入,可她从没给孩子买过任何东西,仿佛这个孩子跟她没有任何关系一样。

"我和马茜本就是逢场作戏,而且要不是花婶去疏通关系,笑笑可能早就被打掉了,她现在这样冷淡,我也能够理解。没有母爱,那就必须多给笑笑一些父爱去平衡。

"时间一久,我享受起了和笑笑在一起的日子,当她奶声奶气地喊我爸爸时,我真的感觉有说不出的幸福。

"然而,好日子并未持续太久,笑笑三岁时,发生了一件我怎么也想不到的事。"

说到这里,毛冰掐了烟,把烟头丢在地上:"马茜死在了出租屋里,是我第一个发现的尸体,她的身边还扔了一根针管,手臂上还有注射后留下的针眼。我就算没吃过猪肉,也见过猪跑,这场面一看就知道,马茜吸了毒。

"我把手指放在她鼻尖,发现已经断了气,一时间也乱了阵脚,我去找五叔商量。五叔告诉我,车头帮不卖毒品,只要瞒着马茜按摩女的身份,就算捅到警察那里,也不会给帮里带来什么麻烦。

"他建议我,报警是最好的解决方式。于是在听了五叔的建议后,我傍晚去派出所报了案,在警察那里,我谎称马茜是租客,至于是什么身份,我也不清楚。警方后来经过调查,判断马茜是吸毒过量致死,至于后面他们准备怎么追查,警方并没告诉我。

"都说一日夫妻百日恩,虽说我和马茜谈不上有多深的感情,但她的死,对我和笑笑,都是一个不小的打击。很长一段时间,笑笑都哭着要妈妈,我只能骗她说,妈妈回了老家,很快就会回来。

"我本以为,再过段时间这件事就会被冲淡,可人算不如天算,车头帮因为常年横行乡里,各种举报信是满天飞,警方其实早就在排兵布阵,准备把帮派一网打尽了。我也是后来才知道,对马茜吸毒致死的调查,也不是想象中那么简单。

"原来警方早就掌握了车头帮所有小姐的身份信息，其中就包括马茜。我故意隐瞒身份这个举动，警方并没有点破，所以事发过后，我就成了重点怀疑对象。

"车头帮在举报人口里虽然被叫作黑社会，可是从法律上定性黑社会，还需要满足几个特征，当然，这都是我进了看守所以后才知道的。"

毛冰掰着手指，倒背如流，很显然，他在蹲大牢的时候有认真了解过："第一，黑社会性质组织犯罪，要有一定的人数，通常至少是三人以上联系紧密的组织。第二，组织有明确的领导者，其基本骨干成员固定，有较为严格的内部纪律及分工。第三，存在暴力性、敛财性和腐蚀性等特征。比如说操纵娼妓淫窟、地下赌场，再就是勒索敲诈及骚扰恐吓，打架斗殴、寻衅滋事之类。第四，犯罪形式存在多样性，至少要存在三种以上不同类型的犯罪，比如说组织卖淫、开设赌场、敲诈勒索，而敲诈勒索就是人们常说的收保护费，也就是我干的那活。

"按法律条款看，车头帮人数至少上百人，有明确的分工，停车场内设有赌场、按摩院，虽然看起来好像符合黑社会的种种条件，但其中，还有不少区别。

"毕竟车头帮主要还是开门做生意，所以除了按摩院、赌场，他们还真没做过多少出格的事情，况且赌场、按摩院都设在停车场院内，有专门的小弟把守，只要稍有风吹草动，人员就会一哄而散，很难打击。这也是警察迟迟没有动手的主要原因。

"直到我出现，警方才看到了希望，也是我霉运的开始。

"我在菜市场外围收摊位费这事，我自己都没觉得有啥问题，可真要上纲上线，我的行为就是敲诈勒索。

"警方盯了我有一个月的时间，他们偷偷找了几十个菜农暗地取证，很快我和另外三个人就被警方抓获，我那时能有啥法律意识，更不知道问题的严重性，就把怎么收摊位费的经过一五一十都说了出来。

"当警方问我帮派其他的问题时，我自然只字未提，不过另外三个人交代得很彻底，这一下我落了个抗拒从严，法院在审判时，几乎是依着顶格判的刑。

第二案　夺命毒琴

"拿下口供，警方掌握的证据就充分了，车头帮被一网打尽，五叔他们几个话事人，最低都是十五年起步，帮会老大青爷被判了死缓。

"这突如其来的灾祸，打得我措手不及，进监狱后我最放不下的就是笑笑，被判刑后，花婶过来探监，我千叮咛万嘱咐，一定要把笑笑给照顾好，等我出去。

"花婶满口答应，承诺每个季度都会来探视一次，告诉我笑笑的情况，我为此真的是感激不尽。

"前两年，花婶完全是按照约定执行，每三个月就来一次，每次来还会给我带张笑笑的照片，告诉我在里面好好改造，她会把笑笑照顾好。为了能早点出去，我在监狱里到处争取减刑的机会。

"可让我感到焦心的是，到了第三年，花婶就再也没来看过我，那时没有电话，我只能往家里写信，但不管我写多少封，到最后都是石沉大海，这让我感到一定出了问题。

"刑满释放后，我慌忙赶回家里，发现院子里空无一人，后来问了附近的人，我才晓得，家里出了大事。"

三十八

展峰注意到毛冰眼圈微微泛红，他连忙拽了几张纸巾递了过去，毛冰接过去，紧紧地攥在了手心里。

"邻居说，我进去头几年的一天晚上，他听到花婶站在巷子里号啕大哭，于是就穿衣出来询问情况。花婶说，有一群人冲进了院子里，把笑笑给抱走了，邻居一听，急忙带着花婶去派出所报了警。我只听了个开头，就感觉脊背发凉，我来不及放下行李，撒腿往派出所跑去。

"当年的派出所所长我认识，他也参与了车头帮的案子，得知我的身份，他把我领进了办公室，一五一十地把整件事情告诉了我。

"多年前那天晚上，院子里突然冲进去了三个人，他们拿刀逼着花婶，让她把钱交出来。自从车头帮被打掉，花婶就断了经济来源。加上马茜死在了房间里，派出所民警在抬尸时有不少人见到，所以花婶连靠租金度日都成了奢望。再加上还要照顾笑笑，家里根本一毛钱都拿不出来。

"那三人搜遍了整个屋子，分文财物都没抢到，于是气急败坏，给花婶和笑笑灌了安眠药，趁着花婶没失去意识，为首的人告诉她，三天内准备一万元，否则他们就撕票，说完这句话，三人就扛着笑笑离开了。

"花婶的药劲到第二天夜里才彻底过掉，她看着空荡的房间，绝望地哀号着，在邻居的劝说下，根本没有钱的她选择了报警。

"派出所接警后，感觉这起案件不简单，按照实际的经济状况，附近的人都比花婶要富裕，可嫌疑人为什么要单单选择花婶动手。所以，警方把嫌疑划分在了知情人一方。

"另外，凶手敢明目张胆地持刀抢劫，且绑架孩童，说明他们急需用钱，为了钱可以不择手段，警方怀疑这群人有吸毒前科。恰好笑笑的亲生母亲马茜，就是因为吸毒过量而死，警方很快把两者联系到了一起。

"他们怀疑，这三个人可能认识马茜，并从马茜那里得知了一些情况。马茜能向他们吐露家事，说明关系并不一般。

"于是警方从和马茜有关联的毒友开始着手调查，很快锁定了和马茜在一起卖淫的按摩女宋元迪。

"车头帮被打掉后，宋元迪仍然以卖淫为生，被治安大队及禁毒大队多次打击，和她有密切来往的人，一个是她的男友郭绍，还有两个是郭绍的好友付新好、陈念东。三人都因为吸毒被强制戒毒两年，刚刚刑满释放。

"花婶认出，那天晚上为首的那人就是郭绍。

"很快四人被抓捕归案，宋元迪坦言，她男友郭绍出狱后需要钱买毒，于是就问宋元迪身边是不是有富裕的朋友。宋元迪绞尽脑汁想到了马茜。她和马茜曾在一个按摩院上班，两人互称闺密，马茜染上毒瘾，也完全拜宋元迪所赐。

"正是有了这层关系，马茜很多事对宋元迪也不隐瞒，包括马茜怀孕生产的经过，宋元迪都了如指掌。

"见马茜生了笑笑后不闻不问，宋元迪还问过马茜缘故。马茜说她心里憋着一股气，她说孩子明明是我的，但我不想当这个爹，既然我不想负责，那她也没有必要去承担义务。况且花婶和我身上都有钱，我是车头帮的小头目，花婶每月都会从车头帮领取一笔钱，足够抚养孩子了。谁能想到，马茜当年随口的说的话，竟把笑笑送进了鬼门关。

第二案　夺命毒琴

"在男友郭绍的逼问下，宋元迪把这件事说了出来。当时我入狱，花婶自己带着孩子，他们觉得比较好动手，急于用钱，就选择了直接入室抢劫。经过一番寻找，没搞到钱，丧心病狂的他们把笑笑给绑走了。"

"嘭！"毛冰突然一拳砸在了审讯椅的铁板上，他昂头大吼道："这些吸毒鬼，简直畜生不如！他们都是杂碎！"

巨大的声响惊动了门外值守的干警，他们一拥而入，正要制止处在暴怒中的毛冰，展峰将他们拦了下来。

毛冰瞪着那双被仇恨填满的双目，眼里全是血丝："得知花婶报警后，他们竟然撕了票，笑笑才五岁，他们怎么忍心下得去手！要不是他们被判了死刑，我一定会亲手把他们碎尸万段！我要吃他们的肉，喝他们的血，我要给笑笑报仇，我要报仇！"

因愤怒而抖动的身体，使审讯椅发出剧烈的金属撞击声。在隔壁观察室的司徒蓝嫣双眼微闭，默默攥紧了拳头，此时她终于明白了，到底是什么动机驱使这个男人冷酷决绝地连杀六人。

咆哮还在继续，当毛冰的怒火快要燃烧到顶点时，展峰突然抓起一瓶矿泉水，朝毛冰的头上浇了过去。

突如其来的凉意，让毛冰渐渐冷静了下来。

展峰将剩下的半瓶水放在他面前："喝一点，你会感觉好受些。"

盯着他看了一会儿，感觉到展峰并没有恶意，毛冰抓起塑料瓶，将剩下的水灌进嘴里。毛冰怒红的双目，也慢慢褪去了血色。

"对不起，我……"毛冰欲言又止。

"没关系，这种事情，谁都很难保持平静。"

毛冰闻言，抬头望向展峰："我感觉你跟其他的警察好像不一样。"

"可能，一个人有一个人的办案风格。"

听出展峰并不想在案件以外的问题上多纠缠，毛冰点点头："你这样挺好的。接着往下说吧……在看到笑笑的尸体后，花婶经不住这种打击，直接卧床不起，没过半年，人就不行了。"

毛冰有些哽咽："后来，我跟着派出所所长，找到了花婶和笑笑的墓碑。那天晚上，所长怕我想不开，陪我喝了一顿酒，他说我这个人本质并不坏，希望我出狱后能重新做人。"

说到这儿,他将双手微微上抬,看着那副银白色的手铐,苦笑道:"我当时答应了所长,可惜……到头来,我还是没遵守约定!"

三十九

放下双手,他继续道:"那天晚上,我喝了很多酒,醒来时,我一个人在招待所里。我踉踉跄跄地起床,发现兜里有一个信封,里面装了五百元和一张字条,是所长的字迹。他说当年抓我时,有不少穷苦老百姓给我求情,得知我是因为收摊位费被抓,他们自发凑了五百元送到了派出所,希望派出所能放我一马,这件事让他很受触动,所以,他希望我不要一蹶不振。这些钱是他一个月的工资,权当是当年那些受过我帮助的菜农的一点心意,他想告诉我,这世上还有不少人念我的好,让我一定要振作起来。

"攥着那五百元,我说不出的难受,多年对警察的怨恨,在那一刻全都烟消云散了。说一千道一万,我自己违法在先,惩治犯罪,是他们的职责,站在警察的立场来说,又有什么错?

"当天下午,我回到了花婶的老宅,推开门的那一瞬间,我仿佛感觉笑笑会从堂屋跑出来,奶声奶气地喊我一声爸爸,可我站了好一会儿,堂屋门始终紧锁着。

"我又转头看向了马茜的住处,想到要不是因为毒品,她也不会客死他乡;要不是因为毒品,她的女儿也不会死。可能她自己都没想到,人一旦沾上了毒品,就再也不能称为人了!我很想知道,当她在阴曹地府看到笑笑时,她会哭吗?她会吗?"

毛冰的质问,让审讯室里的所有人都陷入沉默,毛冰用那双布满老茧的手,使劲搓着脸颊,金属手铐发出的摩擦声,将众人的注意力,又拉回到了毛冰身上。

"第三天,我决定离开那片伤心地!在车头帮时,有一个跟着我混饭吃的小弟,绰号瓜子,他被判了两年,我俩一个监区,他出狱那天告诉我,他当年是跟家里闹矛盾才离家出走出来混社会的,本想混出个人样,没想到却吃了两年牢饭。因为我平时对他不错,他跟我说,他其实也算是个富二代,出狱后没活路就去找他。临行前,他给我留了个号码。经他的介绍,我来到了这座城

第二案 夺命毒琴

市,认识了地下印刷厂的老板秦学尚,在他的厂子里当了一名守夜人。我对外的身份,是秦学尚的远方亲戚,这是因为瓜子担心我一个外地人在此被人欺负,故意给我安的头衔。把我安顿好后,瓜子很快就随家里人出了国,至今我也没再见过他。

"总算有了份糊口的工作,我倍感珍惜,因为我干事勤快,也得到了老板秦学尚的赏识,他对我逐渐信任,也开始给我派一些送货的活,让我赚点外快。

"秦学尚的印刷厂印的都是些非法刊物,有稳定的供货渠道,很多地方,都是相当秘密的点,不是信任到一定程度,秦学尚绝不会给我派这种活。

"我蹲过大牢,有一定反侦察能力,只要是我去送货,基本没出过事,这一点深得秦学尚的心。我俩的关系也越走越近,后来他放心大胆地把印刷厂的钥匙,都交给我保管。

"还是因为法制理念淡薄,我只觉得这种印书的行为,最多只能算得上违法,和犯罪还相差十万八千里,所以我自觉没有重蹈覆辙,也就干得心安理得。

"然而我不犯罪,不代表别人就不招惹我。

"一次深夜,我独自去美食街买点烧烤果腹。回来的路上,两个人持刀把我逼进了墙角,搜走了我身上的所有现金,为了防止我反抗,其中一人向我捅过来,还好我反应及时,用手护住肚子,匕首只是刺进了我的小臂。我疼得倒了个踉跄,摔倒在地,那两人见状掉头就跑。

"这时候,巷子里突然传来了开门声,借着月色,我抬头一看,一个男人探出头,他伸手做了一个'嘘'的手势,示意我不要出声,见四周无人,他把我拉进了院子里反锁了房门。

"他告诉我这一片很乱,尤其是到了晚上,抢劫案时有发生。他见我小臂在滴血,从屋内拿出了一个医药箱帮我包扎,闲谈中,他告诉我,他姓孔,是一名医生。他早早就听到了动静,但是他一个人也不敢开门,直到他听见脚步声远去,这才鼓足勇气探出头来。

"到了屋里我才发现,匕首扎得很深,而且还有不少锈渍,要不是孔医生出手相助,用不了多久我就可能会染上破伤风。虽然孔医生嘴上说是举手之劳,但他对我来说,无异于是救命恩人了。

"伤口止血后,我就道谢离开了,之后几天去找过孔医生,要在物质上表示感谢,可他始终不给我开门,好说歹说就那句'举手之劳,无足挂齿'。无奈之下,我把买的礼品从院子外丢了进去,这人情,也就算是还了。

四十

"被打劫的插曲过后,平平淡淡过了好几年日子。直到有一天,我发工牌时,发现有一个人不在,我给秦老板打电话,问这名工人是否请假。秦老板并没有接到请假通知,因为这件事,秦老板下令,在联系到那名工人之前,工厂不得开工。

"也许你们会觉得,会不会有些大惊小怪,但在秦学尚看来,这不是一件小事,他的印刷厂,干的可不是正经营生,万一工人被抓了去,就很可能暴露印刷厂的事。在苦苦找了两小时后,我才找到了那名工人的下落。

"和他聊过才知道,他亲戚家的女儿突然走失,他们所有亲戚得知消息后,都开始自发地去寻,那时候没手机,找人要紧,所以他就忘记了跟厂里报备。

"得知是虚惊一场,工厂继续开工,秦老板也十分大方地给那名工人批了一周的带薪假,告诉他尽快去找人。

"起先我并没把这件事放在心上,直到那名工人返厂后单独找到我,才和我聊起了后话。"

"为何要单独找你?"展峰问。

毛冰道:"像他们这样的工厂工人,每天都有固定的上下班时间,接触的人极少。而我不同,我虽说是个外地人,但是我在厂里还负责送货。

"而接货的那些人,都行踪诡秘,他们常年和警方打游击战,路子十分广,工友的意思,是希望我能从中带个话,找他们也想想办法。

"当我得知丢了的小女孩才五岁时,我立马就想起了笑笑。于是我想都没想,就满口答应了下来。我从工友那里拿了上百张寻人启事,只要我能接触到的人,我都每人塞一张。

"功夫不负有心人,我很快就收到了消息,其中一个接货人告诉我,这么长时间没有下落,小女孩八成是被拐卖了。而在这个地方,有几个人可能会干这种勾当,他还给我列出了名单。"

第二案　夺命毒琴

"为什么是可能？"

"这个问题我也问过他。"毛冰说，"接货人告诉我，他列出的这几个人，私底下干着买婚、卖婚、抱养孩童的勾当。他还说，他家亲戚常年不能生育，就是通过这帮人以两万元的价格，抱养了一个女娃。如果光棍汉找不到媳妇，只要肯出钱，他们也能帮忙解决。这种类似于中介的生意，在那个年代普遍存在。要是他们单干这行，我也不会对他们痛下杀手，要怪只怪那接货人还多了句嘴，他说，这几个人都吸毒。

"一提到吸毒，我整个人就不受控制了，我脑海中突然想象起笑笑被害死的一幕幕，我笃定这几个人一定是将女孩卖掉，换取了毒资。那颗复仇的种子，从此开始在我心里逐渐萌芽，当年无处发泄的怒火，在那一刻，重新燃烧了起来。

"有了目标，我开始暗中调查这帮人的行踪，我最初并不想杀人，但是吸毒的人，做出什么都不稀奇，我肯定不可能任凭他们戏弄我，但我也考虑到了最坏的结果，所以做好了一切准备，包括失手杀人后，要怎么运尸、抛尸。

"一个月后，我在晚上绑架了第一个人，我把他带进印刷厂，从他身上搜到一包黄豆大小的白粉。我拿着寻人启事问他女孩的下落，他从头到尾就一句话：'不知道。'

"他这么不配合，就让我起了杀心，折磨了他两个多小时后，我失去了耐心，直接把他给杀了，装进纸箱，然后我带着厂里的看门犬，骑三轮摩托车去了我事先选好的埋尸点——瓦当山。把尸体处理掉之后，我突然感到了前所未有的畅快。

"接下来的一段日子里，我依照名单挨个绑架，直到我遇到了两个人。"

四十一 ▶

毛冰手指敲了敲审讯椅的金属板。"先说大歌星齐康吧。我认识他时，他还在美食街卖唱。那段时间，因为我杀了好几个人，心里多少有些拧巴，所以很喜欢去美食街喝点小酒麻痹自己，然后回厂里睡觉。

"那天我正在喝酒，亲眼看到齐康被人泼了一整碗滚烫的面条，他疼得在地上打滚。从他的眼中，我看到了绝望，也看到了杀念，我感觉面前这个看起来脾气很好的卖唱人，这次绝对会报复，而且是那种鱼死网破的报复。

"杀过人，我当然能感觉出他身上的那种杀意，出于好奇，我干脆跟踪了他。

"在美食街，我经常能见到他，知道他也是苦命人，觉得他出手后可能会被抓到，于是我就在他准备动手之前，拽了他一把。

"那天晚上，我请他喝了顿酒，并告诉了他杀人抛尸的方法，作为回报，他给我唱了一首歌。"

"什么歌？"

毛冰鼻子微微抖动，低声道："《亲爱的小孩》。"

对上了细节，展峰没有继续发问，毛冰沉默了一会儿："还有一个人是我的救命恩人，孔医生。"

提到这个名字，他轻轻摇摇头，仿佛到现在也不敢相信："之前收货人给我名单时，标注出了这五个人谁是老大，谁是小弟。车头帮覆灭时，就是从小弟身上打开的突破口，所以我的想法跟办案警察如出一辙，我也是先绑架小弟，直到四个小弟全被我灭口，我才把他们的老大给绑了过来。

"在我的逼问下，他说出了一个人的姓名——孔林羽。我对这个名字很陌生，直到他说出了孔林羽的职业和住处，我才恍然大悟。原来他口中的孔林羽，就是救我的那个孔医生。

"我不敢相信孔医生也吸毒，而且更让我吃惊的是，他还是这个团伙的介绍人。"

"介绍人？"

"对！"毛冰道，"我摸清楚了这伙人的经营模式。放在当年看，他们的营生也谈不上多恶劣。他们五个人分为两拨，其中两人每隔一段时间就会往偏远地区跑一趟，去的都是那些穷得揭不开锅的地界，要是问到有女子愿意远嫁，确定好意向金后，他们就会联系要讨老婆的光棍，掏钱买媳妇，他们则从中赚取差价。团伙的另外三人则是长期蹲在镇医院新生儿科大楼外，寻求另外一种赚钱的机会。

"二十世纪九十年代往后，正是计划生育最为严格的一段时期，那时谁家要想多生一个娃，就跟打游击一样整天东躲西藏。我记得那年的春晚还演过一个小品，叫什么来着？"

第二案　夺命毒琴

展峰掏出手机查询一番："你说的是不是黄宏和宋丹丹表演的《超生游击队》？"

可能是想到小品中搞笑的桥段，毛冰咧开嘴巴笑笑："没错，就是这个。"

"不是春晚，是 1990 年央视元旦晚会。"

至于哪年的哪一台晚会对毛冰来说并不重要，不过展峰这种求证的态度，让毛冰更安心了，他继续道："在农村，传宗接代的思想根深蒂固，重男轻女是普遍存在的观念，谁家要是生了女娃，肯定会迎来冷眼。一气之下把婴儿丢在新生儿科大楼门口转头就走的，也大有人在。还有的男女青年，不小心怀了孕，月份大了才发现，打又不敢打，怕影响以后再生孩子，可生下来又养不起。

"他们说，每天就是蹲在大楼门前仔细观察，如果感觉有人想把孩子送人，他们就会暗自记下，把对方列为下一步目标。

"不问不知道，原来这里面还有门道。团伙的人说，不管目标在医院门前表现出多么不情愿，都不能上去就谈，毕竟是十月怀胎，冒着生命危险生下来的娃，出门就给卖掉，没有人能下这个狠心，所以这其实是一个比较漫长的交易过程。而在这个过程中，有一个极为重要的环节需要打通，那就是搞到这些人的身份、住址等信息。这对团伙成员来说难度较大，对新生儿科的医生来说，却是唾手可得。而这伙人的信息来源，全是那个救我的孔医生暗地里提供的。

"另外，还有一件事我没想到，他们五个人吸毒，竟然都是孔医生带下的水。当我杀到第五个人，也就是团伙的老大时，他告诉我，孔医生吸毒背了债，被迫从医院离职，为搞钱吸食毒品，他绑了一个小女孩，希望能通过团伙老大出手卖掉，得了钱三七分。因为他们合作多年，孔医生还掌握着购买毒品的渠道，所以团伙老大不得不按照他的指示办。多好笑，他是我的救命恩人，也正好是我要找的拐子。"

"也就是说，你在杀第五个人的时候，就知道了女孩的下落？"

"没错！"

"那你为什么还要杀孔林羽？"

"因为我不相信团伙老大说的话是真的，孔医生在救我时，我感觉他就是一位性格温和、通情达理的老实人，他怎么可能会为了钱做这样的事！"

"然后你就把他绑架了,想当面问清楚?"

"对!"

"那……他是怎么说的?"

"他……"毛冰长叹一声,"他都承认了!他还让我给他一个痛快,说是自己这样活着,人不人鬼不鬼,早就该死了。他跟我说,他最爱的人,就是因为吸毒死的,自己也走上了这条路,早就不想活了,只是自己动不了手。从他的眼睛里,我看出来,他是真的万念俱灰,就这样,我杀了他……"

交代完全部罪行,毛冰积压在心中多年的情绪似乎一扫而空,他带着松弛的表情,坐在审讯椅上,嘴里喃喃地重复着一句话:"你们知道吗?毒品这东西,真的是太可怕了……太可怕了……"

尾声

专案中心,犯罪心理研究室。

司徒蓝嫣将一份带着刚打印出来的热度的文档递给展峰,首页标题栏用二号宋体写着:"瓦当山系列杀人案犯罪行为特征及心理分析。"

翻到最后,展峰发现末尾页码上标注着数字52,他没有马上浏览,而是将整理好的文档卷成桶状,攥进手中。

司徒蓝嫣知道,这是展峰的一种习惯,即使在中心内部,他也不想案件的情况被外人窥视,但他又不喜欢带着文件夹走动,就采取了这种颇为随意的方式。

"辛苦了。"他说。

见展峰转身要走,司徒蓝嫣突然喊了一句:"展队!"

"有事?"展峰回过头。

司徒蓝嫣缓步来到门口,用身体挡在门前,这样既保证了外人不能进入,也拦住了展峰出门的脚步:"我想问你一件事,希望展队能如实相告。"她说话时,带着一种不容拒绝的口吻。

"什么事?"展峰的表情也随之变得严肃起来。

"我师父关荣被害的那桩案子,你是不是已经发现了什么?"

突如其来的一问,让展峰的眼角轻微地抽动了一下,这个细微的动作没逃

第二案　夺命毒琴

过司徒蓝嫣的眼睛。在这一刻，展峰也意识到，自己的反应已完全暴露在了眼前这位犯罪心理专家的面前。

"不用回答了，我已经知道答案了！"司徒蓝嫣的双眸闪过一丝落寞，"那么……上面对这桩案子是什么态度？还有没有侦破的可能？"

"……"

面对展峰的沉默，以往沉着冷静的司徒蓝嫣竟难得地急切："是缺乏证据，还是其他原因？"

展峰对每位组员的家庭背景都了如指掌，他知道司徒蓝嫣和父母聚少离多，他也知道导师关荣给了司徒蓝嫣堪比母爱般的关怀，她们的关系，已远远超越了师生之情。

从司徒蓝嫣进组的那一天起，她就没有放弃过对导师关荣案件的调查，只是，她没嬴亮表现得那么直接。

后来参与的案件越来越多，她对展峰也越来越了解。她发现，除非有确凿的证据能说服展峰，否则展峰绝不会信其他人的一面之词，可让司徒蓝嫣感到疑惑的是，师父关荣的案子，展峰查都没查，就提出要停薪留职。

回头看这个举动，显然不符合展峰的行为逻辑，所以司徒蓝颜大胆猜测，那起发生在多年前，差点把第一任专案组成员全部炸死的爆炸案，绝对有什么可疑之处，已经被展峰掌握在手中，这也促使了他的暂时离开。

几年后，展峰重新组建专案组，表现出惊人的破案能力，可他始终对一些案件只字不提，甚至是在和嬴亮针锋相对时，他也尽量表现出克制，这是为什么？而他现在的沉默，又是什么缘故？

司徒蓝嫣有太多的疑问一直压在心里，只是她不会像嬴亮那么莽撞。今天这一幕，经过她精心的策划，她趁展峰不备，问出了最关键的问题，而展峰本能的反应，便让他露出了破绽。

并没有像往常一样揣着明白装糊涂，司徒蓝嫣这次把展峰堵在了门前，带着展峰不给出明确的答复，就不挪动半步的决心。

屋内的气氛，也因此变得紧张起来。

展峰往前走了几步，司徒蓝嫣往后退了退，却没有轻易让开。

直到她负在背后的手触碰到冰冷的把手，她才停了下来，展峰站在和司徒蓝嫣仅有一拳距离的位置，他弯下腰，缓缓地靠近了她，司徒蓝嫣觉得左耳有

355

一股温热袭来。

他靠在她耳边轻声而笃定地道:"我保证,没有人会白死!"

说完,展峰抬手按动了门边的绿色按钮,那扇磨砂玻璃门在金属门轴的带动下,向外打开接近四十五度,贴着司徒蓝嫣的肩膀,展峰走了出去……

林婉杀人案、连环爆炸案、石头父母被投毒案,以及那起惨无人道的屠村案……

这些未解之谜,被展峰小心翼翼地藏在心中某个角落,然而今天,司徒蓝嫣的故意试探,终于在那个角落砸出了一个缺口。

展峰感觉,压抑多年的负面情绪突然包裹住了自己,他在曲折蜿蜒的走廊中快步穿行,直到监控再也无法捕捉他的行踪。

来到那扇极为厚重且雕刻着字母S的金属门前,他用任何人都无法复制的"掌静脉网"解开了门上的电子锁。

伴着"扑哧"的气压声,展峰走进了那间只有他才能步入的秘密空间。

写着"吕瀚海""林婉""高天宇""唐紫倩"等几人的线索墙,在他身边急速闪过,很快,他来到了属于"庞虎"的那块玻璃幕墙的前方。

由庞虎的一张户籍照,延伸出许多红色射线,线段的末端分别标注着:"油桶封尸案"(《特殊罪案调查组2》第一案)、"鲛女浮尸案"(《特殊罪案调查组4》第一案)、"边境白骨案"(《特殊罪案调查组4》第二案),以及刚刚发生的"瓦当山抛尸案"。

接着,由案件又牵出更多的线段,包括"油桶封尸案"中那具被盗的尸体、"鲛女浮尸案"那封针对隗国安的举报信、"边境白骨案"嫌疑人曹大毛提供的身份证线索,以及"瓦当山抛尸案"聚众闹事的拆迁户。

站在密密麻麻的线索前,展峰安静伫立,不知过了多久,他终于拿起记号笔在玻璃白板上写下了两个字——香烟。

放下笔的同时,他的脑中浮现出了多年前的一幅画面……

…………

那时的自己,还是一个在母亲身边帮忙卖炒海鲜的初中生。那天傍晚,放学归来的他一如往常,帮忙收拾着木桌上的碗碟。

突然,他闻到了一股特殊的清香,他循着味道走了过去,那是一位边嘞钉螺边抽烟的男性食客。

第二案　夺命毒琴

注意到自己正盯着他的烟盒，那人故意调侃道："我自己卷的！独家秘方，要不要来一支？"

他慌忙摆动双手："不不不，我还是学生，不会抽烟！"

那人点点头："不抽烟就对了……"他又看向展峰身后还在忙碌的女人，"你妈很能干，也很辛苦，你要多听她的话！"

"嗯！"年少的他连忙也点点头，却不知不觉地站在那儿，仔细闻着烟雾的气味。

那人见状好奇道："怎么，还有什么事吗？"

他指了指烟盒中那些没有任何标志的白色烟卷："我想问一下，你的这些烟，为什么有一股特别的香味？"

那人抬手往远处指指："看见街角的那间茶叶店没有？"

他顺着指向瞧过去，看到了一个黑底鎏金的牌匾，上面写着："易安居。"

他家的海鲜小炒摊位摆在巷子东边，他每次放学也都是从东边巷口经过，巷子西段有哪些店面，其实自己从未在意过。至于店老板姓甚名谁，他就更不可能知道了。

他接着问："这烟和那家店有什么关系？"

那人对他好像极有耐性，他抽出一支烟卷，用拇指和食指夹住点火那头来回揉捏，很快，黄绿相间的烟丝被他小心地搓在了白瓷盘上。

"黄的是烟草，绿的是一种茶叶碎，我照比例把两者混合，点燃后，就会有种特殊的清香。"

"这是什么茶？"他望着那弯弯曲曲的丝状物问。

"哈哈，你小子好奇心还挺重！"那人笑了笑，"这种茶叶比较贵重，一般人可喝不起，它被称为中华仙草，名为石斛！"

…………

记忆片段就此定格，展峰把手伸入了自己的上衣口袋，从中取出的，是一个透明状的塑料物证管，管中静静地躺着一支烟卷。

也就是之前和庞虎面谈时，对方出于客套让给展峰的那支。展峰将烟卷取出，放在鼻前嗅了嗅，他微微皱眉，似乎并不喜欢这种味道。

其实没人知道，从小到大他都对气味极为敏感，这是一种叫气味过敏的病症。他之所以突然想起了多年前的一幕，是因为那种特殊的清香，让他感到了极为不适，这就好比有的人闻到香水味会眩晕呕吐一样。

不过，这种病症也给展峰带来了破案上的便利，在"灵箱藏尸案"中（《特殊罪案调查组1》第二案）气味标的主要成分和"石棺抛尸案"（《特殊罪案调查组3》第一案）里，涂抹在尸表的防腐药材味，全都有赖于他对气味的过度敏感。

把烟卷重新放回了物证管中，当拇指再次压实盖口的那一刻，他朝庞虎的照片望了过去：

"现在……我终于想起你是谁了！"

（未完待续）

© 中南博集天卷文化传媒有限公司。本书版权受法律保护。未经权利人许可，任何人不得以任何方式使用本书包括正文、插图、封面、版式等任何部分内容，违者将受到法律制裁。

图书在版编目（CIP）数据

特殊罪案调查组 .5 / 九滴水著 . -- 长沙：湖南文艺出版社，2025.1. --ISBN 978-7-5726-2165-9

Ⅰ. I247.5

中国国家版本馆 CIP 数据核字第 2024H6W795 号

上架建议：畅销·推理小说

TESHU ZUI'AN DIAOCHAZU.5
特殊罪案调查组 .5

著　　者：九滴水
出 版 人：陈新文
责任编辑：张　璐
监　　制：毛闽峰
策划编辑：张园园　陈　鹏
特约编辑：云　爽
营销编辑：刘　珣　焦亚楠
封面设计：梁秋晨
版式设计：潘雪琴
出　　版：湖南文艺出版社
　　　　　（长沙市雨花区东二环一段508号　邮编：410014）
网　　址：www.hnwy.net
印　　刷：三河市中晟雅豪印务有限公司
经　　销：新华书店
开　　本：680 mm × 955 mm　1/16
字　　数：384千字
印　　张：22.75
版　　次：2025年1月第1版
印　　次：2025年1月第1次印刷
书　　号：ISBN 978-7-5726-2165-9
定　　价：52.80元

若有质量问题，请致电质量监督电话：010-59096394
团购电话：010-59320018